Camilla Grebe

Tagebuch meines Verschwindens

Psychothriller

Aus dem Schwedischen
von Gabriele Haefs

btb

*Für Åsa und Mats, weil ihr bewiesen habt,
dass selbst aus der schwärzesten Finsternis
ein Weg hinausführt.*

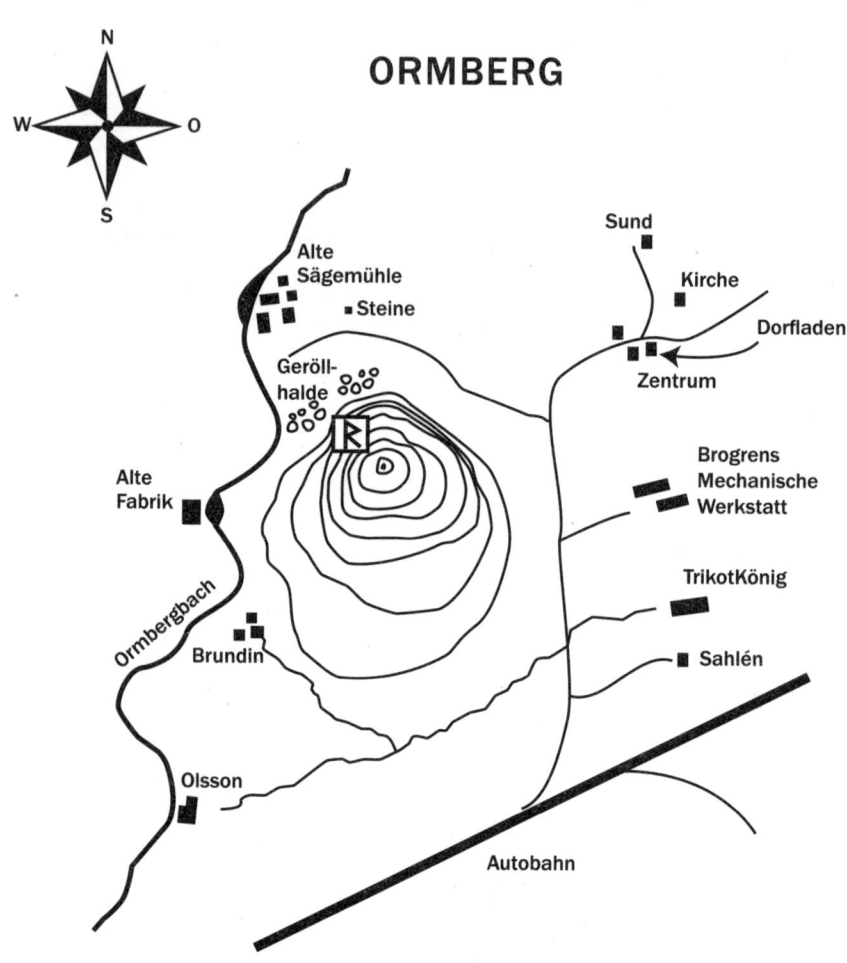

Wer Wind sät, wird Sturm ernten.

Bosnisches Sprichwort

ORMBERG

Oktober 2009

MALIN

Ich hielt Kennys Hand ganz fest, als wir durch den dunklen Wald gingen. Nicht, weil ich an Gespenster geglaubt hätte, natürlich nicht. Das taten nur Idioten. Solche wie Kennys Mutter, stundenlang saß sie vor diesen blödsinnigen Fernsehsendungen, in denen ein sogenanntes Medium alte Häuser nach Geistern durchsuchte, die gar nicht vorhanden waren.

Aber trotzdem.

Tatsache war, dass fast alle, die ich kannte, bei der Geröllhalde das weinende Baby gehört hatten – eine Art gedehntes, verzweifeltes Wimmern. Es wurde das *Spukkind* genannt, und obwohl ich nicht an Geister und anderen Unsinn glaubte, wollte ich auch nichts riskieren, deshalb ging ich nie allein hierher, wenn es dunkel war.

Ich schaute zu den spitzen Wipfeln der Kiefern hinauf. Die Bäume waren so hoch, dass sie den Himmel und den kugelrunden milchweißen Mond fast versteckten.

Kenny zog an meiner Hand. Die Bierflaschen in der Plastiktüte klirrten, und ich merkte, wie der Rauchgeruch seiner Zigarette sich mit dem von feuchter Erde und verfaulendem Laub vermischte. Einige Meter hinter uns schlurfte Anders durch die Blaubeersträucher, er pfiff ein Lied, das ich aus dem Radio kannte.

»Aber verdammt, Malin!«

Kenny zerrte an meiner Hand.

»Was denn?«

»Du gehst ja langsamer als meine Mutter. Bist du jetzt schon besoffen, oder was?«

Dieser Vergleich war ungerecht – Kennys Mutter wog sicher zweihundert Kilo, und ich hatte sie nie weiter gehen sehen als vom Fernsehsofa zur Toilette. Und bisweilen geriet sie sogar da außer Atem.

»Fresse«, sagte ich und hoffte, Kenny werde meinem Tonfall anhören, dass ich Witze machte. Dass er begriff, dass dieses Wort eine Art liebevollen Respekt enthielt.

Wir waren erst seit zwei Wochen zusammen. Abgesehen von dem üblichen ungeschickten Herumgeknutsche auf seinem nach Hund stinkenden Bett hatten wir die Zeit mit dem Versuch verbracht, unsere Rollen festzulegen. Er: dominant, witzig (ab und zu auf meine Kosten) und bisweilen überwältigt von einer frühreifen, egozentrischen Schwermut. Ich: bewundernd, fügsam (zumeist auf meine Kosten) und verständnisvoll und hilfreich, wenn er wieder schlecht drauf war.

Meine Liebe zu Kenny war so intensiv, unreflektiert und körperlich, dass sie mich manchmal total erschöpfte. Dennoch wollte ich nicht eine einzige Sekunde von ihm getrennt sein, als ob ich Angst hätte, er könnte sich als Traum erweisen, als wunderschöne Fantasie, die sich mein ausschweifendes Teenagergehirn zusammenfabuliert hatte.

Die Kiefern um uns herum sahen uralt aus. Weiche Mooskissen hatten sich um die Wurzeln herum ausgebreitet, und graue Flechtenbärte wuchsen an den dicken Ästen kurz über dem Boden.

Irgendwo war das Geräusch eines zerbrechenden Astes zu hören.

»Was war das?«, fragte ich, und meine Stimme klang vielleicht ein bisschen zu schrill.

»Das war das Spukkind«, sagte Anders mit theatralischer Stimme hinter mir. »Das will dich jetzt hoooooooolen!«

Er heulte.

»Verdammt, mach ihr doch keine Angst!«, fauchte Kenny, den offenbar ein plötzlicher und unerwarteter Beschützerinstinkt gepackt hatte.

Ich kicherte, stolperte über eine Wurzel und hätte fast das Gleichgewicht verloren, aber in der Dunkelheit war Kennys warme Hand zur Stelle. Die Flaschen in der Tüte klirrten dumpf, als er sein Gewicht von einem Fuß auf den anderen verlagerte, um mich zu stützen.

Diese Geste ließ mein Inneres richtig warm werden.

Dann lichtete sich der Wald, als ob die Kiefern zur Seite weichen und Platz machen würden für eine kleine Lichtung, wo sich vor uns die Geröllhalde ausbreitete. Der Steinhaufen sah im Mondschein aus wie ein riesiger gestrandeter Wal – überwuchert von dickem Moos und kleinen Farnbüscheln, die sich im schwachen Wind träge bewegten.

Jenseits der Lichtung zeichnete sich Ormbergs dunkle Silhouette vor dem Nachthimmel ab.

»Also«, sagte ich. »Hätten wir nicht einfach zu irgendwem nach Hause fahren und da das Bier trinken können? Müssen wir hier im Wald sitzen? Das ist doch saukalt.«

»Ich wärme dich«, sagte Kenny und grinste.

Er zog mich so eng an sich, dass ich aus seinem Atem den Geruch von Bier und Tabak herausriechen konnte. Ein Teil von mir wollte das Gesicht abwenden, aber ich zwang mich dazu, stillzustehen und seinen Blick zu erwidern, weil das eben von mir erwartet wurde.

Anders pfiff nur, ließ sich auf einen der großen runden Steine fallen und streckte die Hand nach einem Bier aus. Dann steckte er sich eine Zigarette an und sagte:

»Ich hatte gedacht, du *wolltest* das Spukkind hören.«

»Es gibt keinen Spuk«, sagte ich und setzte mich auf einen kleineren Stein. »An so was glauben nur Idioten.«

»Halb Ormberg glaubt an das Spukkind«, widersprach Anders, öffnete ein Bier und trank einen Schluck.

»Eben«, sagte ich.

Anders lachte über meinen Kommentar, Kenny dagegen schien ihn nicht gehört zu haben. Er hörte mir eigentlich nur selten zu, nie richtig. Stattdessen setzte er sich dicht neben mich und fuhr mir mit der Hand über den Hintern. Schob einen eiskalten Daumen unter meinen Hosenbund. Dann hielt er mir seine Zigarette an den Mund. Brav nahm ich einen tiefen Zug, legte den Kopf in den Nacken und schaute den Vollmond an, während ich den Rauch ausblies.

In der Stille wurden alle Geräusche des Waldes deutlich: das Rauschen des schwachen Windes, der durch die Farnwedel strich, dumpfes Knacken und Pochen, als ob tausend unsichtbare Finger am Boden entlangtasten würden, und ein Vogel, der in einiger Entfernung einen gespenstischen Schrei ausstieß.

Kenny reichte mir ein Bier.

Ich trank einen Schluck von dem kalten, bitteren Getränk und spähte in die Dunkelheit zwischen den Bäumen. Wenn sich dort jemand versteckte, sich an einen Baumstamm presste, würden wir ihn niemals entdecken. Es wäre so unvorstellbar leicht, sich hier auf der Lichtung an uns anzuschleichen, wie Rehe in einem Gehege abzuschießen oder Goldfische aus einem Aquarium zu nehmen.

Aber warum sollte jemand das tun, in Ormberg?

Hier passierte niemals etwas. Deshalb mussten sich die Leute wohl Gespenstergeschichten ausdenken – um nicht vor Langeweile einzugehen.

Kenny rülpste träge und öffnete ein weiteres Bier. Dann drehte er sich zu mir um und küsste mich. Seine Zunge war kalt und schmeckte nach Bier.

»Get a room!«, sagte Anders und rülpste ebenfalls. Laut, als sei das Rülpsen eine Frage, auf die er von uns eine Antwort erwartete.

Dieser Kommentar schien Kenny aufzureizen, denn er schob energisch seine Hand in meine Jackenöffnung, suchte sich den Weg unter meinen Pullover und presste meine Brust ganz fest zusammen.

Ich setzte mich anders hin, um es ihm leichter zu machen, und ließ meine Zunge über die spitzen Zähne gleiten.

Anders erhob sich. Ich schob Kenny vorsichtig weg und fragte: »Was?«

»Ich hab was gehört. Es klang wie… als ob jemand weinte oder wimmerte oder so.«

Anders stieß ein klagendes Geräusch aus und lachte dann so sehr, dass ihm das Bier aus dem Mund spritzte.

»Du bist doch gestört, Mann«, sagte ich. »Ich muss pissen. Ihr könnt ja so lange hier nach dem Spuk Ausschau halten.«

Ich stand auf, lief um die Geröllhalde herum und ging dann noch einige Meter weiter. Drehte mich um und überzeugte mich davon, dass Kenny und Anders mich nicht sehen konnten, dann knöpfte ich meine Jeans auf und ging in die Hocke.

Irgendetwas, vielleicht Moos oder ein Gewächs, kitzelte mich am Oberschenkel, als ich pinkelte. Die Kälte strich über mein Bein und unter meine Windjacke.

Ich schauderte zusammen.

Wirklich tolle Idee hierherzukommen, um Bier zu trinken. Echt! Warum hatte ich nichts gesagt, als Kenny diesen Vorschlag gemacht hatte?

Warum widersprach ich nie, wenn Kenny irgendetwas vorschlug?

Die Dunkelheit war kompakt, und ich zog das Feuerzeug aus der Jackentasche. Streifte das Rädchen mit dem Daumen und ließ den Schein der Flamme über den Boden leuchten: herbstbraunes Laub, samtweiches Moos und dann die großen grauen Steine. Und dort, in einer Spalte zwischen zwei Steinen, dicht in meiner Nähe, ahnte ich etwas Glattes, Weißes, wie den Hut eines großen Champignons.

Kenny und Anders redeten noch immer über den Spuk, sie klangen ausgelassen und nuschelten schon vom Bier. Ihre Worte folgten dicht aufeinander, stolperten und wurden zwischendurch von Lachen unterbrochen.

Vielleicht war es Neugier, vielleicht hatte ich einfach keine große Lust, jetzt gleich zu ihnen zurückzukehren, aber etwas brachte mich dazu, mir diesen Champignon ein bisschen genauer anzusehen.

Gab es um diese Zeit so große Champignons, mitten im Wald? Die einzigen Pilze, die ich hier je gepflückt hatte, waren Pfifferlinge gewesen.

Ich hielt das Feuerzeug an den Spalt zwischen den Steinen,

sodass das schwache Licht den Gegenstand deutlicher zeigte. Ich schob ein wenig Laub zur Seite und riss ein kleines Farnbüschel mit der Wurzel aus.

Doch, da lag einwandfrei etwas. *Etwas, das...*

Noch immer in der Hocke, mit heruntergelassenen Jeans, schob ich die freie Hand hinein und berührte vorsichtig mit dem Finger dieses Weiße, Glatte. Es fühlte sich hart an, wie Stein oder Porzellan. Vielleicht eine alte Schüssel? Jedenfalls einwandfrei kein Pilz.

Ich streckte mich ein wenig und rollte den Stein weg, der über der Schüssel lag. Er war kleiner als die anderen und nicht besonders schwer, aber er landete trotzdem mit einem dumpfen Knall neben mir im Moos.

Und da lag sie, die Schale, oder was immer es nun war. Sie war so groß wie eine Grapefruit, auf der einen Seite gesprungen und durchwachsen von einer Art fadenreichem, braunem Moos.

Ich streckte die Hand aus und berührte die dünnen dunklen Fäden. Rieb sie einige Sekunden zwischen Daumen und Zeigefinger, ehe mein Gehirn die Teile des Puzzles zusammenfügte, und ich begriff, was es war.

Ich ließ das Feuerzeug fallen, richtete mich auf, machte einige stolpernde Schritte in die Dunkelheit hinaus und schrie. Es war ein Schrei, der tief aus mir herauskam und niemals ein Ende zu nehmen schien. Als ob das Entsetzen jedes Sauerstoffatom, das sich in meinem Körper befand, durch die Lunge hinauspresste.

Als Kenny und Anders mir zu Hilfe kamen, hing meine Hose mir noch immer um die Knöchel, und meine Lunge hatte dem Schrei neues Leben gegeben.

Die Schale war keine Schale.
Das Moos war kein Moos.
Es war ein Schädel mit langen dunklen Haaren.

ORMBERG

Acht Jahre später – 2017

JAKE

Ich heiße Jake. Das soll ausgesprochen werden wie auf Englisch – Dschäjk, weil meine Eltern mich nach Jake Gyllenhaal so genannt haben – das ist einer der besten Schauspieler auf der Welt. Die meisten in der Schule sprechen meinen Namen ganz bewusst falsch aus, sie sagen *Jak-ke,* aber so, dass es sich auf *Hacke* oder *Zacke* reimt, oder schlimmer noch, *Kacke.* Ich wünschte, ich hätte einen anderen Namen, aber ich kann ja nicht viel daran ändern. Ich bin der, der ich bin. Und ich heiße so, wie ich heiße. Mama wollte so furchtbar gern, dass ich einfach Jake heißen sollte, und Papa machte immer, was Mama wollte, vielleicht, weil er sie über alles auf der Welt liebte.

Sogar jetzt, wo Mama tot ist, ist sie irgendwie noch immer bei uns. Ab und zu deckt Papa aus Versehen für sie mit, und wenn ich eine Frage stelle, zögert er lange mit der Antwort, als ob er sich überlegen müsste, was Mama wohl sagen würde. Dann kommt die Antwort:»Sicher, du kannst einen Hunderter leihen« oder »na gut, du kannst zu Saga fahren und dir einen Film ansehen, aber um sieben musst du wieder zu Hause sein«.

Papa sagt fast nie Nein, auch wenn er ein bisschen strenger geworden ist, seit TrikotKönig, die alte Textilfabrik, wieder als Flüchtlingsheim genutzt wird.

Ich möchte gern glauben, dass es daran liegt, dass er lieb ist, aber Melinda, meine große Schwester, sagt, dass er einfach zu faul ist, um zu widersprechen. Dabei schielt sie dann vielsagend zu den leeren Bierdosen hinüber, die auf dem Küchenboden aufgetürmt sind, grinst und macht perfekte Rauchringe, die langsam zur Decke hochsteigen.

Ich finde Melinda undankbar. Ich meine, sie darf zu Hause ja sogar rauchen, das hätte Mama niemals zugelassen, aber statt sich zu freuen, sagt sie so was. Es ist undankbar, ungerecht und vor allem kein bisschen lieb.

Als Oma noch lebte, hat sie manchmal gesagt, Papa sei vielleicht nicht das »schärfste Messer in der Schublade«, aber ich wohnte im schönsten Haus von Ormberg, und das sei ja auch nicht das Schlechteste. Ich glaube nicht, dass ihr klar war, dass ich genau wusste, was sie mit dem »schärfsten Messer« meinte, aber das wusste ich. Egal, es war jedenfalls völlig in Ordnung, ein stumpfes Messer zu sein, solange man ein schönes Haus hatte.

Das schönste Haus von Ormberg liegt fünfhundert Meter von der Autobahn entfernt, gleich am Waldrand, an dem Bach, der bis nach Vingåker weiterfließt. Es gibt zwei Gründe dafür, dass das Haus etwas Besonderes ist: Erstens ist Papa Zimmermann, und zweitens hat er selten Arbeit. Das ist ein Glück, denn deshalb kann er fast immer am Haus herumbasteln.

Um das Haus hat Papa das Gestrüpp entfernt und eine riesige Terrasse gebaut. Die ist so groß, dass man darauf Basketball spielen oder Rad fahren könnte. Wenn man wirklich Anlauf nähme und kein Geländer vorhanden wäre, dann könnte man noch dazu von der Querseite aus in den Bach springen. Ein Erwachsener würde das allerdings nicht wollen – das

Wasser ist eiskalt, sogar mitten im Sommer, und der Boden ist voller Schlamm und Wassergewächse und ekliger schleimiger Würmer. Im Sommer blasen Melinda und ich ab und zu die alten Luftmatratzen auf und lassen uns von der Strömung bis zu der alten Mühle tragen. Die Baumwipfel bilden ein grünes Dach, das an die von Oma gestickten Spitzendeckchen mit den Lochmustern erinnert. Das Einzige, was zu hören ist, sind die Vögel, das gummiharte Knacken der Luftmatratzen, wenn wir uns bewegen, und das Rauschen des kleinen Wasserfalls beim Weiher vor dem alten Sägewerk.

Wenn wir den Wasserfall erreicht haben, müssen wir aufstehen, die Luftmatratzen hochheben und durch das seichte, reißende Wasser zum Weiher hinunterwaten, der voller Seerosen und Seegras ist.

Als Opa, den ich nicht mehr kennengelernt habe, jung war, hat er in der Sägemühle gearbeitet, aber die wurde schon lange vor Papas Geburt stillgelegt. Die verfallenen Gebäude wurden von Skinheads aus Katrineholm abgefackelt, als Papa so alt war wie ich jetzt – vierzehn –, die verkohlten Ruinen sind aber noch vorhanden. Aus der Ferne sehen sie aus wie Hauer, die aus dem Gestrüpp aufragen.

Papa sagt immer, dass früher alle in Ormberg Arbeit hatten, entweder in der Landwirtschaft, in der Säge, in Brogrens Mechanischer Werkstatt oder bei TrikotKönig.

Jetzt haben nur noch die Bauern Arbeit, denn alle Industriebetriebe sind stillgelegt worden, und die Arbeitsplätze befinden sich in China. Brogrens Mechanische Werkstatt steht stumm und verlassen da, ein Skelett aus verrostetem Blech in der Ebene, und das schlossartige Klinkergebäude von TrikotKönig hat sich also in ein Flüchtlingsheim verwandelt.

Dahin dürfen weder ich noch Melinda gehen, obwohl Papa uns sonst fast alles erlaubt. Und er scheint nicht einmal nachdenken zu müssen, was Mama wohl sagen würde, denn die Antwort kommt blitzschnell, wenn wir fragen. Er sagt, es sei zu unserer *eigenen Sicherheit*. Es ist unklar, wovor genau er sich fürchtet, aber Melinda verdreht immer die Augen, wenn er dieses Thema aufgreift, und dann wird er wütend und fängt an, sich über Kalifat, Burkas und Vergewaltigungen zu verbreiten.

Ich weiß, was Burka und Vergewaltigung sind, aber Kalifat weiß ich nicht, ich habe es aufgeschrieben, damit ich es googeln kann – das mache ich immer mit Wörtern, die ich nicht kenne, Wörter finde ich nämlich toll, vor allem schwierige Wörter.

Ich sammele die sozusagen.

Noch ein Geheimnis, das ich niemandem erzählen kann. Man kriegt in Ormberg schon aus geringeren Anlässen Prügel, wenn man zum Beispiel die falsche Musik gut findet oder Bücher liest. Und einige – wie ich – beziehen mehr Prügel als andere.

Ich gehe hinaus auf die Terrasse, beuge mich über das Geländer und schaue auf den Bach. Die Gewitterwolken lösen sich jetzt auf und lassen einen schmalen Streifen blauen Himmel und eine intensiv orange Sonne gleich über dem Horizont sehen. Der Frost, der die Bodenbretter weich und wollig aussehen lässt, glitzert in den letzten Sonnenstrahlen, und das Wasser im Bach fließt dunkel und träge unter mir vorbei.

Der Bach gefriert nie – das liegt daran, dass er immer in Bewegung ist. Man könnte eigentlich den ganzen Winter hindurch darin baden, aber das tut natürlich niemand.

Die Bodenbretter sind voller Zweige, die der Sturm über Nacht von den Bäumen geholt hat. Ich müsste sie vielleicht aufsammeln und sie auf den Kompost werfen, aber ich bin wie hypnotisiert von der Sonne, die wie eine Apfelsine unter der Wolkendecke hängt.

»Jake, komm rein, verdammt noch mal«, ruft Papa aus dem Wohnzimmer. »Du frierst dir doch den Arsch ab!«

Ich lasse das Geländer los, sehe mir die perfekt geformten nassen Abdrücke an der Stelle an, wo meine Hände gelegen haben, und gehe rückwärts ins Haus.

»Mach die Tür zu«, sagt Papa auf seinem Platz im Massagesessel vor dem riesigen Flachbildschirm.

Papa dreht die Lautstärke mit der Fernbedienung herunter und sieht mich an. Zwischen seinen buschigen Augenbrauen zeigt sich eine Furche. Er streicht sich mit seiner sommersprossigen Hand die Haare über den Schädel. Dann greift er gewohnheitsmäßig nach den nicht mehr funktionierenden Kontrollknöpfen des Massagesessels.

»Was hast du da draußen gemacht?«

»Den Bach angesehen.«

»Den *Bach* angesehen?«

Die Furche zwischen Papas Augenbrauen wird immer tiefer, als ob ich eins der schwierigen Wörter benutzt hätte, die er nicht versteht, aber dann scheint er zu beschließen, das hier sei nicht der Rede wert.

»Ich fahre nachher zu Olle«, sagt er und knöpft seine Jeans auf, um für seinen Bauch Platz zu schaffen. »Melinda hat etwas zu essen gemacht. Steht im Kühlschrank. Wartet nicht auf mich.«

»Okay.«

»Sie hat versprochen, um zehn wieder zu Hause zu sein.«
Ich nicke und gehe in die Küche, hole mir eine Cola, gehe auf mein Zimmer und spüre das Prickeln im Bauch.
Ich werde mindestens zwei Stunden für mich haben.

Es ist dunkel, als Papa geht. Die Tür fällt so hart ins Schloss, dass meine Fensterscheibe klirrt, und bald darauf wird der Motor angelassen, und der Wagen fährt los. Ich warte einige Minuten, um sicher sein zu können, dass Papa nicht zurückkommt, dann gehe ich ins Zimmer meiner Eltern.
Das Doppelbett ist auf Papas Seite nicht gemacht. Auf Mamas Seite ist die Decke ordentlich über das Bett gebreitet, und die Kissen lehnen an der Wand. Auf dem Nachttisch liegt das Buch, in dem sie vor ihrem Tod gelesen hat, dieses Buch über die junge Frau, die sich mit einem reichen Kerl namens Grey einlässt. Der ist Sadist und kann nicht lieben, aber die Frau liebt ihn trotzdem, denn Mädchen finden es toll, wenn es wehtut. Das sagt Vincent jedenfalls. Ich kann das eigentlich nicht glauben, ich meine, wer kriegt denn gern Prügel? Ich jedenfalls nicht. Ich glaube eher, die Frau mag Greys Geld, denn alle lieben Geld, und die meisten würden alles tun, um reich zu werden.
Die Prügel einstecken oder einem fiesen Sadisten einen blasen, zum Beispiel.
Ich gehe zu Mamas Kleiderschrank und öffne die Spiegeltür. Die klemmt ein bisschen, und ich muss ihr einen Stoß versetzen, ehe sie aufgeht. Dann fahre ich mit der Hand über die Kleidungsstücke: glatte Seide, Paillettenkleider, weicher Samt, raue Jeans und knittrige, ungebügelte Baumwolle.
Ich schließe die Augen und schlucke.

Es ist so schön, so perfekt. Wenn ich reich wäre, so reich wie dieser Grey, würde ich mir eine *betretbare Garderobe* zulegen, oder wie das nun heißt. Ich würde mir für alle Anlässe und Jahreszeiten die passende Handtasche besorgen, und meine Schuhe würden in einem eigenen Schrank mit Beleuchtung stehen.

Mir ist natürlich klar, dass das alles unmöglich ist. Nicht nur, weil es einen Haufen Geld kostet, sondern auch, weil ich ein Junge bin. Es wäre total gestört, sich einen Schrank mit Mädchenkleidern anzuschaffen. Wenn ich das machte, dann wäre endgültig bewiesen, dass ich eine Missgeburt bin. Dass ich noch viel kränker bin als dieser verdammte Grey – denn es ist offensichtlich in Ordnung, Frauen zu fesseln und zu schlagen, aber nicht, sich wie sie anzuziehen.

Jedenfalls nicht in Ormberg.

Ich nehme das goldene Paillettenkleid heraus, das mit den schmalen Trägern und dem blanken, ein bisschen glatten Futter. Mama hat es zu Silvester getragen und als sie mit ihren Freundinnen auf eine Kreuzfahrt nach Finnland gefahren ist.

Ich halte es vor mich und mache einige Schritte rückwärts, damit ich mich im Spiegel sehen kann. Ich bin mager, und meine dunklen Haare machen mein Gesicht noch blasser. Vorsichtig lege ich das Kleid auf den Tisch und gehe zur Kommode. Ziehe die oberste Schublade heraus und nehme einen schwarzen BH mit Spitzen hervor. Dann streife ich Jeans und Kapuzenpulli ab und ziehe den BH an.

Es sieht natürlich ein bisschen blödsinnig aus. Es gibt ja nichts da, wo die Brüste sein müssten, nur einen platten milchweißen Brustkorb mit kleinen, albernen Brustwarzen.

Ich stopfe in jedes Körbchen einen aufgerollten Strumpf und lasse mir dann das Kleid über den Kopf gleiten. Wie immer, wenn ich das Paillettenkleid anprobiere, staune ich darüber, wie schwer es ist – schwer und gleichsam kalt auf der Haut.

Ich mustere mein Spiegelbild und bin plötzlich verlegen, ich würde lieber andere Kleider anziehen als ausgerechnet Mamas, aber ich habe natürlich selbst keine Mädchenkleider, und Melinda trägt meistens Jeans und Pullover, nie im Leben würde sie sich etwas so Schönes aussuchen wie das hier.

Ich überlege, welche Schuhe am besten zu dem Kleid passen. Vielleicht die schwarzen mit den rosa Steinen? Oder die Sandalen mit den blauroten Riemen? Ich entscheide mich für die schwarzen Schuhe – ich nehme fast immer dieses Paar – denn ich liebe diese funkelnden rosa Steine. Sie erinnern mich an kostbaren Schmuck, wie den von den Mädchen in diesem YouTube-Film, den Melinda sich oft ansieht.

Ich trete wieder zurück und mustere mein Spiegelbild. Wenn meine Haare nur ein bisschen länger wären, würde ich wirklich aussehen wie ein Mädchen. Vielleicht sollte ich sie ein bisschen wachsen lassen, damit ich sie hochstecken kann?

Was für eine aufregende Vorstellung.

Als ich zu Melindas Zimmer gehe, hinterlasse ich Abdrücke in dem dicken Teppichboden. Papa hat in allen Zimmern Teppichboden gelegt, nur nicht in der Küche, weil es so angenehm ist darüberzulaufen. Ich liebe dieses Gefühl des Weichen unter den hochhackigen Schuhen, es ist fast, wie durch Gras zu gehen, wenn ich im Freien bin.

Melindas Schminktasche ist groß und chaotisch. Ich schaue kurz auf die Uhr und beschließe, mich zu beeilen. Ziehe mir dicke Kajalstriche um die Augen, wie diese Sängerin Adele, und fahre mit dem weinroten Lippenstift über die Lippen. Mir wird innerlich ganz warm, wenn ich in den Spiegel schaue.

Ich bin richtig schön.

Ich bin Jake und doch nicht, denn ich bin hübscher und perfekter und sozusagen mehr ich selbst als vorher.

In der Diele ziehe ich eine von Melindas Jacken an – draußen ist es null Grad, und so gern ich das auch möchte, kann ich nicht nur im Kleid losgehen. Die schwarze Wolljacke kratzt und hat nicht mehr alle Knöpfe, deshalb kann ich sie nicht zumachen. Die Kälte beißt mir in die Beine, als ich die Haustür abschließe, den Schlüssel unter den leeren, gesprungenen Blumentopf lege und auf die Straße zugehe. Der Kies knirscht unter meinem Gewicht, und ich muss mich darauf konzentrieren, in den hochhackigen Schuhen das Gleichgewicht zu halten.

Die Nacht ist dunkel und farblos und riecht nach nasser Erde.

Jetzt fällt ein leichter Schneeregen. Das Kleid macht leise Geräusche, als ich gehe, es knistert gewissermaßen. Die Kiefern stehen stumm am Wegrand, und ich frage mich, ob sie mich sehen und was sie dann denken. Aber ich glaube nicht, dass die Kiefern etwas gegen mein Kleid haben. Sie sind einfach nur Kiefern.

Ich biege auf den schmalen Weg ab.

Ungefähr hundert Meter vor mir liegt die Landstraße. Ich kann bis dorthin gehen, aber nicht weiter, denn dann könnte mich jemand sehen, und etwas Schlimmeres könnte gar nicht passieren. Es wäre sozusagen schlimmer als der Tod.

Ich gehe so gern allein durch den Wald. Vor allem in Mamas

Kleidern. Ich stelle mir dann immer vor, ich wäre in Katrineholm, auf dem Weg zu einer Bar oder einem Restaurant.

Aber das wird natürlich niemals passieren.

Zwei Meter vor der Straße bleibe ich stehen. Kneife die Augen zusammen und versuche, alles so sehr zu genießen, wie es nur geht, denn ich weiß, dass ich gleich zurückgehen muss. Zurück zum schönsten Haus von Ormberg, zu Flachbildschirm und Massagesesseln und meinem Zimmer mit den vielen Filmplakaten. Zurück zu dem Kühlschrank, der mit Fastfood gefüllt ist und eine Eismaschine hat, die funktioniert, wenn man einige Male hart mit der Faust dagegenhaut.

Zurück zu Jake, der kein Kleid und keinen BH und keine hochhackigen Schuhe hat.

Kalte Regentropfen fallen mir auf den Kopf, laufen mir über den Nacken und zwischen die Schulterblätter.

Ich fröstele, aber eigentlich ist das Wetter nicht so schlimm. Jedenfalls im Vergleich zu gestern – da hat es so arg geweht, dass ich schon glaubte, das Dach würde vom Haus gerissen.

Irgendwo ist ein Aufprall zu hören, vielleicht von einem Reh – es gibt hier viel Wild. Einmal hat Papa ein ganzes Reh mitgebracht, das Olle geschossen hatte, und er hat es mehrere Tage in der Garage hängen lassen, ehe er es abgehäutet und zerlegt hat.

Noch mehr Geräusche.

Zweige brechen, und ich höre noch etwas anderes, ein ersticktes Stöhnen, wie von einem verletzten Tier. Ich erstarre und spähe in die Dunkelheit.

Etwas bewegt sich zwischen den Bäumen, kriecht im Gestrüpp auf mich zu.

Ein Wolf?

Dieser Gedanke kommt von irgendwoher, obwohl ich weiß, dass es hier keine Wölfe gibt. Nur Elche, Füchse und Hasen. Das gefährlichste Tier in Ormberg ist der Mensch, das hat sogar Papa schon gesagt.

Ich drehe mich um, um zurück zum Haus zu rennen, aber ich bleibe mit dem einen Absatz irgendwo hängen und kippe rückwärts auf den Boden. Ein spitzer Stein bohrt sich in meine Handfläche, und ich spüre einen scharfen Schmerz im Steißbein.

Eine Sekunde später sehe ich, wie eine Frau aus dem Wald kriecht. Auf einmal ist sie da, aufgetaucht aus dem Nirgendwo.

Sie ist alt. Die Haare hängen in feuchten Strähnen um ihr Gesicht, und ihre dünne Bluse und ihre Jeans sind nass und zerrissen. Sie hat keine Jacke und keine Schuhe an, und ihre Arme sind blutig und verschmutzt.

»Hilf mir«, sagt sie, als sie mich sieht. Sie hat eine so schwachen Stimme, dass ich kaum ein Wort verstehen kann.

Ich rutsche rückwärts über den Boden, um ihr zu entgehen, habe plötzlich eine Todesangst, denn sie sieht genauso aus wie die Hexen oder wahnsinnigen Mörderinnen in den Horrorfilmen, die Saga und ich uns immer ansehen.

Es regnet jetzt heftiger, und um mich herum hat sich eine große Pfütze gebildet. Ich komme in die Hocke, streife die Schuhe ab und nehme sie in die Hand.

»Hilf mir«, murmelt sie wieder und kommt gleichzeitig auf die Beine.

Mir ist natürlich klar, dass sie keine Hexe ist, aber vielleicht ist sie wahnsinnig. Und gefährlich. Vor einigen Jahren hat die Polizei in Ormberg einen geisteskranken Typen erwischt. Er war aus der Klinik Karsudden in Katrineholm ausgebrochen und hatte sich fast einen Monat lang in leer stehenden Ferienhütten versteckt.

»Wer bist du?«, frage ich, weiche zurück und spüre, wie meine Hacken im weichen Moos versinken.

Die Frau erstarrt. Sie macht ein verwirrtes Gesicht, weiß wohl nicht, wie sie diese Frage beantworten soll. Dann sieht sie ihre Arme an, schiebt mit der Hand einen Zweig weg, und ich sehe, dass sie etwas in der Hand hält, ein Buch oder vielleicht einen Notizblock.

»Ich heiße Hanne«, sagt sie nach einigen Sekunden.

Ihre Stimme klingt jetzt fester, und als sie meinen Blick erwidert, sieht es aus, als versuchte sie, sich ein Lächeln abzuringen.

Sie fügt hinzu:

»Du brauchst keine Angst zu haben. Ich tu dir doch nichts.«

Der Regen peitscht meine Wange, als ich ihren Blick erwidere.

Sie sieht jetzt anders aus, weniger wie eine Hexe und mehr wie eine Oma. Eine harmlose Oma, die sich die Kleider zerrissen hat und im Wald gestürzt ist. Vielleicht hat sie sich verirrt und findet nicht nach Hause.

»Was ist passiert?«, frage ich.

Die Oma, die Hanne heißt, mustert ihre zerfetzte Kleidung und schaut dann mich an. Ich ahne Verzweiflung und Angst in ihren Augen.

»Ich weiß es nicht mehr«, murmelt sie.

In diesem Moment ist in der Ferne ein näher kommendes Auto zu hören. Die Oma hört es offenbar auch, denn sie macht einige Schritte auf die Straße zu und schwenkt die Arme. Ich folge ihr an den Straßenrand und schaue in der

Dunkelheit dem Fahrzeug entgegen. Im Scheinwerferlicht sehe ich, dass Hannes nackte Füße von Blut bedeckt sind, als ob sie sich an scharfen Steinen und Zweigen aufgescheuert hätte.

Aber ich sehe noch etwas anderes, ich sehe, wie die Pailletten an meinem Kleid im Licht funkeln wie Sterne am Himmel in einer klaren Nacht.

In dem Auto, das immer näher kommt, kann einfach jeder sitzen – es kann ein Nachbar sein oder der große Bruder eines Kumpels oder der alte Irre von hinter der Kirche –, aber die Wahrscheinlichkeit, dass es jemand ist, den ich kenne, ist groß.

Die Angst breitet sich in mir aus, dreht meine Eingeweide um und quetscht mein Herz zusammen.

Es gibt nur eins, das schlimmer ist als Hexen und Irre und wahnsinnige Mörderinnen – nämlich, entlarvt zu werden. Dass jemand mich in Paillettenkleid und aufgerollten Strümpfen in Mamas altem BH sieht. Wenn das in Ormberg bekannt würde, könnte ich mir auch gleich die Kugel geben.

Ich weiche in den Wald zurück und hocke mich ins Gebüsch.

Der Fahrer muss mich gesehen haben, aber vielleicht hat er mich nicht erkannt. Es ist dunkel und gießt jetzt, und ich bin schließlich verkleidet.

Der Wagen hält und die Fensterscheibe gleitet mit einem summenden Geräusch hinunter. Musik strömt in die Nacht hinaus. Ich höre, wie die Oma mit der Fahrerin spricht, aber ich erkenne weder sie noch das Auto. Nach ungefähr einer Minute öffnet die Oma die hintere Tür und steigt ein. Dann verschwindet der Wagen in der Nacht.

Ich richte mich auf und gehe zur Straße, die sich wie eine dunkle blaue Schlange durch den Wald windet. Nur der Regen ist noch zu hören.

Die Oma, die Hanne heißt, ist verschwunden, aber auf dem Boden liegt etwas – ein braunes Buch.

MALIN

Ich zittere im kalten Wind, schaue den schwarz glänzenden Asphalt an und denke an die Frage, die Mama, kurz bevor der Anruf kam, gestellt hat.
Warum bist du eigentlich zur Polizei gegangen, Malin?
Wenn mir diese Frage gestellt wird, dann lache ich meistens und verdrehe die Augen. Dann sage ich so ungefähr, dass es jedenfalls nicht wegen des Gehalts, des Dienstwagens oder der fantastischen Arbeitszeiten war. Aber es geht darum: Ich tue es mit einem Scherz ab. Ich will diese Frage nicht ernst nehmen, will nicht mich selbst und meine Motive hinterfragen. Wenn ich doch einen Versuch machen wollte, dann wäre der Grund wohl, dass ich Menschen helfen will, dass ein Teil von mir wirklich glaubt, ich könnte dazu beitragen, eine bessere Gesellschaft entstehen zu lassen. Vielleicht besitze ich auch eine Art Trieb, Ordnung zu schaffen und Dinge zurechtzurücken, so, wie man zu Hause Ordnung schafft oder im Garten Unkraut entfernt.

Die Ausbildung an der Polizeihochschule in Sörentorp, im Norden von Stockholm, war zudem für mich eine angenehme Möglichkeit, von zu Hause wegzukommen. Eine Gratisreise von Ormberg fort und ein hervorragender Vorwand, um am Wochenende keine Besuche machen zu müssen.

Und das Skelett, das Kenny, Anders und ich vor acht Jahren im Wald gefunden hatten – hat das zu meiner Berufswahl beigetragen?

Ich weiß es eigentlich nicht.

Damals fand ich es jedenfalls spannend, bei einer aufsehenerregenden Ermittlung im Zentrum der Aufmerksamkeit zu stehen. Auch wenn das Opfer, ein kleines Mädchen, damals nicht identifiziert werden konnte und der Täter nicht gefasst wurde.

Ich hätte wohl nie gedacht, dass ich einmal gerade an diesem Fall arbeiten würde.

Ein kalter Wind bringt eine leere Plastiktüte und etwas Laub mit, trägt sie zu dem niedrigen braunen Krankenhausgebäude hinüber. Ein Mann kommt aus der Rezeption, stellt sich mit dem Rücken zum Wind und zündet sich eine Zigarette an.

Manfred Olsson, mein zufälliger Kollege, hat vor weniger als einer Stunde angerufen.

Ich denke an Mamas überraschtes Gesicht, als der Anruf kam. An ihren Blick, der zwischen mir und der Uhr hin- und herirrte, als ihr aufging, dass etwas Schwerwiegendes passiert war und dass ich losmusste, obwohl es der erste Advent war und der Sonntagsbraten auf dem Herd stand.

Manfred schien außer Atem zu sein, als ich mich meldete, als ob er eben die Drei-Kilometer-Strecke bei der Kirche gelaufen wäre. Aber andererseits keucht er fast immer, vermutlich, weil er ein Übergewicht von an die fünfzig Kilo mit sich herumschleppt. Jedenfalls war ich total unvorbereitet darauf, was er dann sagte: dass Hanne Lagerlind-Schön gestern im Wald aufgegriffen worden sei, allein, unterkühlt und verwirrt. Ob ich mit ins Krankenhaus kommen könnte, um mit ihr zu sprechen.

Die lokale Polizei hatte offenbar fast einen ganzen Tag gebraucht, um sie zu identifizieren und Manfred zu informieren. Vielleicht kein Wunder – in Ormberg gibt es ja keine Wache. Die nächste liegt in Vingåker, und wir haben nicht besonders viel Kontakt zu den Kollegen dort. Hanne konnte sich zudem nicht erinnern, was sie im Wald gemacht hatte und dass sie überhaupt in Ormberg gewesen war.

Von allen, mit denen ich je zusammengearbeitet habe, ist Hanne wohl die Letzte, von der ich erwartet hätte, dass ihr etwas zustoßen könnte. Die freundliche, schweigsame und pedantische Profilerin von ungefähr sechzig aus Stockholm, die nie zu spät zu einer Besprechung kommt und wirklich alles in ihr kleines braunes Buch schreibt.

Wie ist so etwas möglich? Wie kann man vergessen, wo man sich befindet und welche Kollegen man bei sich hat?

Und wo zum Teufel steckt Peter Lindgren? Er geht doch kaum einen Meter ohne Hanne.

Hanne und Peter gehören zu einer fünfköpfigen Gruppe, die noch einmal im Mordfall des Mädchens in der Geröllhalde ermittelt. Seit der neue Chef der Zentralen Polizeibehörde seine Stelle angetreten hat, sind innerhalb der Polizei zahlreiche Maßnahmen in die Wege geleitet worden: Gegen Verbrechen soll härter durchgegriffen werden, der Aufklärungsprozentsatz für schwere Gewaltverbrechen soll steigen. Besondere Teams sollen sich auf die Bandenkriminalität in den gefährdeten Vororten konzentrieren. Zudem werden Cold Cases, bei denen es um tödliche Gewalt ging, noch einmal aufgerollt, denn seit 2010 die Verjährungsfrist für Mord abgeschafft wurde, sind überall im Land die Stapel mit den Unterlagen über ungelöste Mordfälle gewachsen.

Der Mord an dem kleinen Mädchen in Ormberg ist so ein Cold Case, der aus der Vergessenheit hervorgeholt wurde und nun abermals untersucht wird. Wir arbeiten seit einer guten Woche an dieser Ermittlung. Hanne und Peter kommen von der NOA, der Nationalen Operativen Abteilung der Polizei. Wenn ich das richtig verstanden habe, sind sie auch privat ein Paar – ein sehr ungleiches Paar, denn Hanne ist mindestens zehn Jahre älter als Peter. Auch Manfred kommt von der NOA und arbeitet schon lange mit Peter zusammen. Außerdem gehört noch Andreas Borg zu dieser Gruppe – ein etwa dreißig Jahre alter Polizist, der normalerweise in Örebro arbeitet.

Und dann ich, Malin.

Dass ich an der Aufklärung des Mordes an dem Mädchen im Geröll arbeiten würde, ist gelinde gesagt unerhört – nicht nur, weil ich sie an jenem Herbstabend vor acht Jahren gefunden habe, sondern auch, weil ich nach meinem Examen an der Polizeihochschule bei der Ordnungspolizei in Katrineholm eingesetzt war. Aber das Ganze hat doch eine gewisse Logik – ich wurde nach Ormberg geschickt, weil ich hier aufgewachsen bin und Ortskenntnisse beisteuern soll. Ich glaube eigentlich, dass ich die einzige Polizistin in Sörmland bin, die ausgerechnet aus Ormberg kommt.

Dass ich dabei war, als der Leichnam gefunden wurde, hat bei der Entscheidung meiner Vorgesetzten offenbar keine Rolle gespielt. Sie wollten einfach jemanden vor Ort haben, der sich in den großen Wäldern, die das Dorf umgeben, auskennt und mit den alten Kerlen und den Omas in den Waldhäusern reden kann.

Und da haben sie nicht unrecht.

Ormberg ist Fremden gegenüber nicht gerade entgegenkommend, und ich kenne den Ort in- und auswendig und auch alle, die dort wohnen. Die, die noch übrig sind, genauer gesagt. Denn seit TrikotKönig und Brogrens Mechanische dichtgemacht haben, sind die meisten weggezogen. Übrig geblieben sind nur Ferienidioten, Alte und arbeitslose Umzugsverweigerer.

Und dann die Flüchtlinge natürlich.

Ich frage mich, wer auf die geniale Idee gekommen ist, hundert Flüchtlinge in einem entvölkerten Dorf mitten in Sörmland unterzubringen. Es ist auch nicht das erste Mal; schon als zu Beginn der Neunzigerjahre die Flüchtlinge vom Balkan eintrafen, musste TrikotKönig als Flüchtlingsunterkunft dienen.

Ich sehe Manfreds großen deutschen SUV auf den Parkplatz einbiegen und gehe ihm entgegen.

Der Wagen hält an, und Manfreds kräftige Gestalt nähert sich, schlurfend und vorgebeugt. Der Wind fängt seine rotblonden Haare ein und weht sie nach oben, nach hinten, so sehen sie aus wie ein Heiligenschein.

Er ist wie immer elegant gekleidet, in einen teuren Mantel und einen roten Schal aus dünner, ein wenig zerknitterter Wolle, den er sich mehrmals bewusst lässig um den Hals gewunden hat. Er hat sich die Aktentasche aus cognacfarbenem Leder unter den linken Arm geklemmt und beschleunigt jetzt seine Schritte.

»Hallo«, sage ich und laufe los, um mit ihm Schritt halten zu können.

»Kommt Andreas auch?«, frage ich.

»Nein«, sagt Manfred und presst die Hand auf seine rotblonden Haare, um sie zum Liegen zu bringen. »Der ist bei seiner Mutter in Örebro. Wir müssen ihn dann morgen informieren.«

»Und Peter, irgendwas gehört?«

Manfred antwortet nicht sofort.

»Nein. Sein Handy ist wohl ausgeschaltet. Und Hanne kann sich an nichts erinnern. Ich habe ihn zur Fahndung ausschreiben lassen. Polizei und Militär werden morgen früh den Wald durchsuchen.«

Ich weiß nicht, wie nah sich Peter und Manfred stehen, aber sie arbeiten schon seit vielen Jahren zusammen. Sie scheinen jedenfalls fast immer einer Meinung zu sein, und sie brauchen offenbar nicht viele Worte, um zu kommunizieren. Ein Blick oder ein kurzes Nicken, das scheint zu reichen.

Manfred macht sich bestimmt große Sorgen.

Seit vorgestern hat niemand von Peter gehört, seit er und Hanne gegen halb fünf unser provisorisches Büro in Ormberg verlassen haben.

Soviel wir wissen, habe ich sie als Letzte gesehen.

Als sie gingen, wirkten sie irgendwie aufgekratzt, als hätten sie etwas Lustiges vor. Ich habe gefragt, wo sie hinwollten, und sie sagten, sie wollten zum Essen nach Katrineholm fahren, sie hätten die pappige Imbisskost jetzt satt. Ja, so ungefähr haben sie das gesagt.

Danach hörten wir nichts mehr von Hanne oder Peter – was wir an sich auch nicht erwartet hatten, es war doch Wochenende, und wir alle wollten uns zwei Tage freinehmen.

Wir betreten das Krankenhaus und lassen uns an der Rezeption den Weg zur Station erklären. Die grelle Krankenhausbeleuchtung spiegelt sich in dem blanken Linoleumboden im Gang wider. Manfred sieht müde aus, seine Augen sind gerötet und seine Lippen blass und rissig. Aber er sieht oft müde aus. Ich nehme an, dass die Vollzeitarbeit und das Leben als fünfzig Jahre alter Vater eines kleinen Kindes ihren Tribut fordern.

Hanne sitzt auf der Bettkante, als wir das Zimmer betreten. Sie trägt Krankenhauskleidung und hat sich die orange Klinikdecke über die Schultern gelegt wie ein Cape. Ihre Haare hängen ihr in feuchten Strähnen auf die Schultern, als ob sie eben geduscht hätte. Ihre Hände sind zerschrammt, ihre Füße verbunden. Neben ihr steht ein Gestell mit einem Tropf, und eine Kanüle steckt in ihrer Hand. Ihr Blick ist glasig und ausdruckslos.

Manfred geht zu ihr und umarmt sie unbeholfen.

»Manfred«, murmelt sie mit kratziger Stimme.

Dann schaut sie mich an, legt den Kopf ein wenig schräg und macht ein verständnisloses Gesicht.

Ich begreife erst nach einigen Sekunden, dass sie mich wirklich nicht erkennt, obwohl wir seit über einer Woche gemeinsam an unserem kalten Mordfall arbeiten.

Bei dieser Erkenntnis wird mein Magen eiskalt.

»Hallo, Hanne«, sage ich und berühre ganz leicht ihren Arm, in der plötzlichen Angst, sie könnte bei meiner Berührung zerfallen wie eine Papierpuppe, denn sie sieht so grauenhaft zerbrechlich aus.

»Ich bin's, Malin, deine Kollegin«, füge ich hinzu und versuche, meine Stimme fest klingen zu lassen. »Erinnerst du dich an mich?«

Hanne blinzelt mehrere Male und erwidert meinen Blick. Ihre Augen sind wässrig und gerötet.

»Doch, natürlich«, sagt sie, aber ich bin sicher, dass sie lügt, denn ihre Miene wirkt gequält, als versuchte sie, eine schwierige Gleichung zu lösen.

Ich hole einen Hocker und setze mich ihr gegenüber. Manfred lässt sich auf das Bett sinken und legt ihr den Arm um die schmalen Schultern.

Hanne sieht neben ihm so seltsam klein und dünn aus, fast wie ein Kind.

Manfred räuspert sich.

»Kannst du dich erinnern, was im Wald passiert ist, Hanne?«

Hanne verzieht das Gesicht. Sie runzelt die Stirn und schüttelt langsam den Kopf.

»Ich kann mich nicht erinnern«, sagt sie und schlägt die Hände vors Gesicht.

Einen Moment lang glaube ich, dass sie sich schämt, denn es sieht aus, als wollte sie die ganze Situation aussperren.

Manfred erwidert meinen Blick.

»Das macht nichts«, sagt er, drückt Hannes Schulter und fügt dann mit fester Stimme hinzu:

»Du warst im Wald, im Süden von Ormberg, gestern Abend.«

Hanne nickt, setzt sich gerade und legt die Hände auf die Knie.

»Kannst du dich daran erinnern?«, frage ich.

Sie schüttelt den Kopf und kratzt zerstreut an dem Klebestreifen, mit dem die Kanüle befestigt ist. Ihre Nägel sind eingerissen und haben schwarze Trauerränder.

»Du bist von einer Autofahrerin gefunden worden«, sagt Manfred. »Offenbar warst du mit einer jungen Frau zusammen. Die trug eine Strickjacke und eine Art glitzerndes Kleid. Weißt du das noch?«

»Nein, entschuldige. Es tut mir so leid, aber...«

Hannes Stimme versagt, und die Tränen laufen ihr über die Wangen.

»Macht doch nichts«, sagt Manfred. »Macht nichts, Hanne. Wir kriegen schon noch raus, was passiert ist. Weißt du noch, ob Peter mit dir im Wald war?«

Hanne schlägt wieder die Hände vors Gesicht.

»Nein. *Entschuldige!*«

Manfred sieht traurig aus. Schaut mich flehend an.

»Was ist das Letzte, woran du dich erinnerst?«

Erst glaube ich, dass sie nicht antworten wird. Ihre Schultern heben sich immer wieder, und sie atmet mühsam, als sei ihr jeder Atemzug zuwider.

»Ilulissat«, sagt sie endlich, das Gesicht noch immer in den Händen vergraben.

Manfred fängt meinen Blick auf und formt mit den Lippen das Wort »Grönland«.

Hanne und Peter sind direkt von Grönland aus zu uns gestoßen. Sie kamen von einer zwei Monate langen Traumreise, die sie endlich angetreten hatten, nachdem sie lange an einem komplizierten Mordfall gearbeitet hatten.

»Na gut«, sage ich. »Und dann seid ihr nach Ormberg gekommen, um an den Ermittlungen zu dem Skelett in der Geröllhalde zu arbeiten. Weißt du das noch?«

Hanne schüttelt heftig den Kopf und schluchzt.

»Weißt du noch irgendetwas aus Ormberg?«, fragt Manfred mit leiser Stimme.

»Nichts«, sagt Hanne. »Ich weiß nichts mehr.«

Manfred nimmt ihre dünne Hand in seine und denkt offenbar nach. Dann erstarrt er, dreht ihre Handfläche nach oben und mustert sie mit großem Interesse.

Zuerst begreife ich nicht, was er tut, aber dann sehe ich, dass auf Hannes Hand etwas steht. Zittrige Ziffern in Schwarz, durchbrochen von kleinen Wunden, sind auf die blasse Haut geschrieben. Ich kann »363« lesen, aber dann verläuft die Schrift und ist nicht zu entziffern, so, als ob sie zusammen mit dem Schmutz aus dem Wald weggeschrubbt worden sei.

»Was ist das hier?«, fragt Manfred. »Was bedeuten diese Ziffern?«

Hanne starrt ihre Hand verständnislos an, als ob sie sie noch nie gesehen hätte. Wie ein seltsames Tier, das sich ins Krankenhaus geschlichen und es sich auf ihrem Knie gemütlich gemacht hat.

»Ich weiß nicht«, sagt sie. »Ich habe keine Ahnung.«

Wir sitzen mit der Ärztin, die Maja heißt und in meinem Alter zu sein scheint, in der Küche. Ihre langen blonden Haare fallen in weichen Wellen über ihren schwarzen Kittel. Sie erinnert mich vage an die vielen Mädchen, denen ich so gern ähneln wollte, als ich jünger war, klein, kurvenreich und zuckersüß – mit anderen Worten, alles, was ich nicht war. Sie trägt Jeans, und unter dem Kittel lugt ein rosa T-Shirt hervor. Auf der Brust hat sie ein blaues Schild mit der Aufschrift »Ärztin«, und in ihrer Brusttasche stecken einige Kugelschreiber.

Der Raum ist klein und eingerichtet mit zwei Kühlschränken, einer Spülmaschine und einem runden Tisch mit vier Hockern aus Birkenfurnier. Mitten auf dem Tisch steht ein

Christstern in einem Plastiktopf. Eine Dankeskarte mit zittriger Handschrift steckt zwischen den Blättern. Zwei Krankenschwestern kommen herein, holen etwas aus dem Kühlschrank und verschwinden dann mit lautlosen Schritten wieder auf dem Gang.

»Sie war arg unterkühlt und ausgetrocknet, als sie hergebracht wurde«, sagt Maja und gießt sich einen Schuss Milch in ihre Kaffeetasse. »Ja, sie trug ja offenbar nur eine dünne Bluse und eine Hose, als sie gefunden worden ist, obwohl draußen null Grad war.«

»Keine Jacke?«, fragt Manfred.

Maja schüttelt den Kopf.

»Keine Jacke, keine Schuhe.«

»Konnte sie etwas darüber sagen, was geschehen war?«, frage ich.

Maja sammelt ihre langen blonden Haare und steckt sie im Nacken zu einem Knoten zusammen. Schiebt die perfekt geformten Lippen zusammen, seufzt und schüttelt den Kopf.

»Sie konnte sich an fast nichts erinnern. Anterograde Amnesie nennen wir das. Ja, das ist, wenn man sich ab einem gewissen Zeitpunkt an nichts mehr erinnern kann. Zuerst glaubten wir, es liege daran, dass sie sich irgendeine Art von Schädeltrauma zugezogen hatte. Aber wir haben nichts gefunden, was darauf hinweist. Sie hat keine äußeren Verletzungen am Kopf, und die Röntgenuntersuchung hat keine Blutungen oder Schwellungen gezeigt. Aber natürlich können wir etwas übersehen haben. Man muss innerhalb von sechs Stunden nach dem Schädeltrauma röntgen, um mögliche Blutungen auf jeden Fall sehen zu können. Und wir wissen ja nicht, wie lange sie im Wald unterwegs war.«

»Ist es möglich, dass ihr etwas einen solchen Schock versetzt hat, dass sie es verdrängt hat?«

Maja zuckt kurz mit den Schultern und nippt an ihrem Kaffee. Zieht dann eine Grimasse und knallt die Kaffeetasse auf den Tisch.

»Entschuldigung. Der Kaffee hier schmeckt wie der letzte Dreck. Sie meinen, ob sie einem psychischen Trauma ausgesetzt gewesen sein kann und als Folge davon das Gedächtnis verloren hat? Vielleicht. Das ist nicht gerade mein Spezialgebiet. Aber wir glauben so langsam, dass sie an irgendeiner Form von Demenzkrankheit leidet. Vielleicht hat sich ihr Zustand dessentwegen, was sie erlebt hat, nun verschlechtert. Ihr Kurzzeitgedächtnis ist kräftig reduziert, aber an alles, was bis vor einem Monat passiert ist, scheint sie sich ziemlich genau zu erinnern.«

»Kann man das nicht in ihrem Krankenbericht nachsehen?«, frage ich.

»Sie meinen, in dem von ihrem Hausarzt?«, fragt Maja zurück. »Wir dürfen den ohne ihr Einverständnis nicht kommen lassen, so steht es im Gesetz. An sich ist Hanne auch einverstanden. Aber wir müssten wissen, wo sie in Behandlung war, und das weiß sie nicht mehr. Ja, die Krankenberichte befinden sich ja oft bei unterschiedlichen Pflegeinstanzen.«

Manfred räuspert sich und scheint zu zögern. Fährt sich mit der Hand über den Bart.

»Hanne hatte wirklich Gedächtnisprobleme«, sagt er leise.

»Was?«, frage ich. »Das hast du aber nicht erwähnt.«

Manfred windet sich und sieht verlegen aus.

»Ich hatte es nicht für so ernst gehalten. Peter hat es einmal erwähnt, aber ich hatte den Eindruck, sie sei vor allem ein bisschen schusselig, nicht, dass es sich um … Ja, also, dass sie *dement* ist, in klinischer Bedeutung.«

Er verstummt und spielt an seiner teuren Schweizer Armbanduhr herum.

Sein Geständnis verwirrt mich. Meint er allen Ernstes, dass Hanne an einer Mordermittlung teilnehmen durfte, obwohl sie krank ist? Dass einer dementen Person Fragen anvertraut worden sind, die sich um Leben und Tod drehen?

»Wir wissen ja noch nicht, warum ihr Kurzzeitgedächtnis so schlecht ist«, schaltet sich Maja diplomatisch ein. »Dahinter kann zwar eine Demenzproblematik liegen, aber sie könnte auch an einem Trauma leiden, sei es nun psychisch oder physisch.«

»Was passiert jetzt mit ihr?«, fragt Manfred.

»Das wissen wir noch nicht«, sagt Maja. »Der Sozialdienst versucht, eine vorläufige Unterkunft für sie zu finden, da die Geriatrie voll belegt ist. Außerdem ist sie nicht krank genug, um im Krankenhaus zu bleiben. Sie hat Probleme mit dem Kurzzeitgedächtnis, sonst ist sie aber funktionsfähig.«

»Kann sie ihre Erinnerung wiederfinden?«, frage ich. »Falls es nur ein Zufall ist, meine ich.«

Maja lächelt traurig und legt den Kopf schräg. Spielt an ihrer Kaffeetasse herum, legt die schmalen Hände auf den Tisch und faltet sie.

»Wer weiß. Es sind schon seltsamere Dinge vorgekommen.«

JAKE

Auf der Heimfahrt sitze ich im Schulbus neben Saga. Niemand sonst will neben ihr sitzen, aber ich tu es gern.

Ich mag Saga.

Sie sieht anders aus und ist auch anders, von innen, meine ich. Als ob sie aus einem ganz anderen Material wäre als die anderen. Einem, das härter und weicher zugleich ist.

»Hallo«, sagt sie und streicht sich eine Strähne ihrer rosa Haare aus dem Gesicht. Der Ring in ihrer Nase funkelt in dem trüben Dämmerlicht.

Draußen sind nur Felder zu sehen. Kilometer um Kilometer von schwarzen gepflügten Äckern. Und hier und da ein bisschen Wald. Bald werden wir die Tankstelle an der Ausfahrt zur Autobahn passieren, und danach wird der Wald immer dichter werden, je näher wir Ormberg kommen.

Ormberg ist gleichbedeutend mit Wald. Und dann haben wir noch den Berg Ormberg, mit seinen Überresten aus der Steinzeit. Wir waren mit der Schule da, aber viel zu sehen gab es nicht, nur ein paar große Steine in einem Kreis, auf einem Bergabsatz ziemlich weit oben. Ich weiß noch, dass ich enttäuscht war, ich hatte mit Runeninschriften oder Bronzeschmuck oder so was gerechnet.

Sara nimmt mein Handgelenk. Bei dieser Berührung geht ein Stoß durch meinen Leib und meine Wangen werden heiß.

»Lass mal sehen«, sagt sie, dreht meine Handfläche nach oben und sieht sich die Wörter an, die dort mit Tinte geschrieben stehen.

Proposition
Soßenfond
Konjunktion

Ich habe sie heute in Gesellschaftskunde, Hauswirtschaft und Schwedisch gesammelt.

»Die will ich nachher googeln«, erkläre ich.

»*Sweet*«, sagt Saga und schließt die Augen, wie um sich weit wegzuträumen.

Dabei sehe ich, dass sie glitzernden rosa Lidschatten hat. Es sieht aus, als wären Edelsteine zermahlen und vorsichtig auf ihre Lider aufgepinselt worden. Ich würde gern etwas sagen, ihren Lidschatten kommentieren. Oder vielleicht mit dem Finger darüberstreichen.

Aber das tue ich natürlich nicht.

Stattdessen verschlägt es mir den Atem, als Vincent Hahn sich auf mein Knie schiebt. Der Geruch von Zigarettenrauch und Kaugummi schlägt mir entgegen. Sein Gesicht ist so nah, ich sehe die spärlichen Barthaare, die Pickel mit ihren gelben Eiterköpfen und den flaumigen Schnurrbart. Sein Adamsapfel ragt aus dem Hals vor, es sieht aus, als ob er soeben ein Ei verschluckt hätte. Sein Blick ist voller Hass – Hass, von dem ich nicht einmal weiß, woher er kommt.

Ich habe ihm nie etwas getan, aber er liebt es, mich zu hassen. Ich glaube, dass es zu seinen Lieblingsbeschäftigungen im Leben gehört.

Ich bin sein *Lieblingshassobjekt*.

Vincent hat meine Hand mit eisernem Griff gepackt.

»Ja, Scheiße, kuckt mal, was sich der Schwule in die Hand geschrieben hat!«, schreit er. »*Konjunk... Konjunktion.* Was zum Teufel soll das denn heißen? Ist das so was wie ein Arschfick?«

Vincent macht Wichsbewegungen und grinst. Hinten im Bus ist Lachen zu hören. Ich sage nichts, denn das ist die beste Strategie. Früher oder später hört er wieder auf.

Vincent lässt mein Handgelenk los und stellt sich neben mich, packt meinen Nacken und schlägt meinen Kopf gegen den Sitz vor mir.

Dunk. Dunk. Dunk.

Es tut weh an der Stirn, und die Haut in meinem Nacken brennt unter seinem Griff.

Jetzt gibt es zwei vorstellbare Alternativen: Entweder wird er die Sache sattkriegen und zu seinen Kumpels hinten im Bus zurückkehren, oder alles wird noch schlimmer. Viel schlimmer.

»Lass ihn in Ruhe, du Freak«, sagt Saga.

Vincent erstarrt.

»Hast du was gesagt, Hure?«

Seine Stimme ist scharf und gemein, aber sein Griff um meinen Nacken lockert sich, und er lässt meinen Kopf in Ruhe.

»Ich habe gesagt, dass du ihn in Ruhe lassen sollst. Hörst du schlecht? Es ist so verdammt gemein, sich an Kleineren zu vergreifen.«

Vincent lässt mich los und schielt zu Saga hinüber, während ich mit gesenktem Kopf dasitze. Sie und ich wissen, dass sie mich bewusst kleiner macht, damit er aufhört.

Das ist schon in Ordnung.

Ich mache mich selbst auch immer kleiner. Werde so klein und uninteressant und fügsam, dass es keinen Spaß mehr macht, mich zu verspotten, zu schlagen oder anzupöbeln.

Das kann ich verdammt gut.

Einige Sekunden darauf verliert Vincent das Interesse und kehrt an seinen Platz weiter hinten im Bus zurück. Die Haut in meinem Nacken brennt, als ob jemand eine Flamme darangehalten hätte.

»Scheiß auf den Kerl«, sagt Saga. »Der ist doch *fucking* scheißgestört. Ist alles in Ordnung bei dir?«

Ich streiche mir mit der Hand über die Haut im Nacken, versuche, den Schmerz wegzumassieren.

»Das war saumäßig scheußlich.«

Sara reißt die Augen auf und beugt sich zu mir vor.

»Wenn er so was macht, dann musst du dir vorstellen, dass er auf dem Klo sitzt und kackt.«

»*Was?*«

Saga kichert und sieht zufrieden aus.

»Das sagt meine Mutter immer. Wenn sich jemand blöd aufführt oder sich einfach wahnsinnig wichtig nimmt, dann soll man sich solche Leute beim Kacken vorstellen. Denn dann kann man einfach keine Angst mehr vor ihnen haben.«

Ich überlege eine Weile.

»Du hast recht«, sage ich dann. »Das klappt wirklich.«

Sara lächelt, und das Prickeln in meinem Magen ist wieder da.

»Bis heute Abend?«, fragt sie. »Ich hab ein paar neue Horrorfilme runtergeladen.«

»Vielleicht«, sage ich. »Muss vorher noch was erledigen.«

Es ist still, als ich nach Hause komme. Nur die Geräusche des Waldes sind zu hören: das schwache Rauschen der Baumkronen und das leise Knistern und Knuspern unsichtbarer Tiere, die in der Dunkelheit auf der Lauer liegen. Die Luft ist gesättigt von Gerüchen: Kiefern, verfaulendes Laub und die feuchte Kohle im Grill vor dem Haus.

Papas alter dunkelblauer Volvo steht quer in der Auffahrt, als ob Papa es eilig gehabt hätte, als er nach Hause kam.

Ich schließe auf und gehe hinein. Lasse die Schultasche unter die Garderobe fallen und ziehe mich aus.

Im Wohnzimmer flackert Licht: Der Fernseher läuft, aber ohne Ton. Papa liegt auf dem Sofa und schläft. Er schnarcht laut und hat einen Fuß auf dem Boden stehen, als sei er mitten im Aufstehen eingeschlafen. Auf dem Couchtisch stehen einige leere Bierdosen.

Vorsichtig hebe ich seinen Fuß auf das Sofa und lege die alte karierte Decke über ihn. Er grunzt und dreht sich auf die Seite, mit dem Gesicht zum Sofarücken.

Ich schalte den Fernseher aus und gehe hinaus in die Diele. Schleiche die Treppe hoch, gehe in mein Zimmer und ziehe vorsichtig die Tür zu. Dann gehe ich zum Bett, hebe die Matratze hoch und ziehe das braune Buch hervor. Setze mich mit dem Rücken zum Bett auf den Boden.

Ich weiß, wer sie ist – die Frau, die mir im Wald begegnet ist, die, die Hanne heißt. Ich habe in der Lokalzeitung im Internet über sie gelesen. Der Artikel sagt, dass sie *an Gedächtnisverlust leidet* und *mit einer jungen Frau zusammen war*, als eine Autofahrerin sie gefunden hat. Die Polizei würde gern mit dieser jungen Frau sprechen, heißt es dort. Es war sogar eine Telefonnummer angegeben, die man anrufen soll. Sie schrieben, dass *alle Hinweise weiterhelfen* könnten und dass ein Kollege dieser Frau, ein Polizist aus Stockholm namens Peter, verschwunden sei. Dann stand da noch, wie dieser Peter aussah und dass er zuletzt *ein rot kariertes Flanellhemd und eine blaue Jacke der Marke Sail Racing* trug.

Beim Lesen habe ich wirklich mit dem Gedanken gespielt, diese Nummer anzurufen. Aber wenn ich das mache, kapieren sie doch sofort, dass ich da gestanden habe, in BH, Kleid und hochhackigen Schuhen. Und das geht doch nicht. Das ist einfach total verdammt unmöglich. Ich habe auch überlegt, ob ich das Buch bei der Polizei abliefern soll, aber die Wache liegt in Vingåker und ist auch nur an einem Tag pro Woche besetzt.

Außerdem: Wie sollte ich erklären, dass ich das Buch habe?

Ich habe viel über das alles nachgedacht und bin zu dem Schluss gekommen, dass ich am besten diese mit spitzer Schrift zu Papier gebrachten Aufzeichnungen lese und nachsehe, ob da etwas Wichtiges steht, etwas, das diesem verschwundenen Polizisten helfen kann.

Also mache ich das. Ich öffne das Buch, das sich vor Feuchtigkeit wellt. Auf der ersten Seite steht in altmodischer Schrägschrift *Tagebuch*. Und dann, gleich darunter: *morgens und abends lesen*.

Seltsam.

Hat Hanne an sich selbst geschrieben?

Warum schreibt man ein Tagebuch, das morgens und abends gelesen werden soll, als wäre es eine Medizin zum Einnehmen? Außerdem: Ein Tagebuch wird doch wohl nur von dem Menschen gelesen, der es geschrieben hat.

Hat Hanne an sich selbst geschrieben?

Morgens und abends lesen.

Das klingt doch total gestört.

Ich blättere rasch an zwei leeren Blättern vorbei und finde etwas, das aussieht wie eine lange alphabetische Liste. Die zieht sich über zwei ganze Seiten hin. Nach jedem Wort oder Namen stehen Zahlen.

Ich fahre mit dem Finger über den Text, halte beim Buchstaben M inne und lese:

M

Malin Brundin, Polizei: 5, 6, 8, 12, 20

Modus: 12, 23, 25

Metallplatte, im Skelett: 12, 23

Mir geht erst nach einer Weile auf, dass es sich um eine Art Inhaltsverzeichnis mit Seitenverweisen handeln muss.

Ich schlage eine Seite weiter hinten auf, dann noch eine. Auf jeder Seite hat Hanne unten rechts in der Ecke die Seitenzahl notiert.

Aber warum?

Es ist doch ein Tagebuch, kein verdammtes Kochbuch.

Ich finde keine Antwort auf diese Frage, deshalb blättere ich an dem Inhaltsverzeichnis vorbei und fange an zu lesen.

Ilulissat, 19. November

Darf man so glücklich sein?

Ich bin genau an dem Ort, an dem ich am liebsten sein möchte. Und ich bin hier zusammen mit dem Mann, den ich liebe.

Als ich heute Morgen aufgewacht war, brachte P mir das Frühstück ans Bett. Er war schon im Ort gewesen und hatte so ein Brot mit Körnern gekauft, das ich so gern esse. Es ist ja nichts Großes, ein Brot kaufen zu gehen. Aber bei so viel Fürsorge wurde mir innerlich ganz warm.

Wir blieben lange im Bett liegen. Liebten uns. Ließen uns mehr Kaffee aufs Zimmer bringen.

Dann: ein langer Spaziergang und Mittagessen in der Sonne, bis gegen zwei Uhr die Dämmerung einsetzte.

Das Wetter ist noch immer schön, aber um einiges kühler als vor zwei Wochen. Die Tage sind jetzt kurz, nicht viel mehr als drei Stunden.

In zehn Tagen wird es rund um die Uhr dunkel sein. Dann dauert es bis Januar, bis die Sonne zurückkehrt.

P findet es »creepy«, aber ich wünschte, wir könnten hierbleiben.

Ich vermisse hier gar nichts! Zum ersten Mal in meinem Leben kommt mir alles perfekt vor. Obwohl mein Gedächtnis immer schlechter wird, habe ich das Gefühl, dass mir in meiner vollkommenen grönländischen Blase nichts passieren kann.

Also, ja, man darf offenbar so glücklich sein.

Aber nur für kurze Zeit, fürchte ich.

Ilulissat, 20. November

Letzter Tag in Grönland.

Strahlendes Wetter, als die Sonne sich endlich sehen ließ. Das Wasser spiegelglatt. Die Eisberge wogten in der Bucht, einige riesig groß, fast einen Kilometer lang. Andere klein, wie Watte-

bäusche auf dem Wasser. Die Farbe: vom weißesten Weiß bis zu mattem Türkis.

Die Eisberge werden mir fehlen. Sie und die alte Siedlung. Sermermiut, die wir heute noch einmal besucht haben.

Ich legte die Hände auf die Felssimse, die das Binnenlandeis im Laufe von Jahrmillionen geschliffen hatte, und versuchte, mir das Leben hier im Tal vorzustellen: wie eine Generation von Inuit nach der anderen hier lebte, ohne auch nur eine Spur zu hinterlassen – anders als wir modernen Menschen, die die Erde zumüllen, wo wir uns auch ansiedeln.

Morgen fahren wir zurück nach Schweden.

Ich liebe diesen Ort hier und würde bleiben, wenn ich die Wahl hätte. Den langen dunklen Winter im Schein des offenen Feuers durchleben.

Aber ich habe keine Wahl.

Wir müssen nach Hause. Unser Urlaub ist zu Ende, zwei Wochen früher als geplant. Wir werden in einem kleinen Ort in Sörmland namens Ormberg an einem Cold Case arbeiten. Vor acht Jahren wurde das Skelett eines fünf Jahre alten Mädchens gefunden. Jetzt sind die Ermittlungen wiederaufgenommen worden. Wir fahren hin, sowie wir zu Hause angekommen sind.

Das Leben: Es gibt immer einen Ort, den man aufsuchen muss, immer jemanden, der uns braucht.

In diesem Fall: ein totes Mädchen in einer Geröllhalde.

Ich schaue von der spitzen Schrift auf und überlege. Hanne schreibt über das Mädchen, das hier in der Geröllhalde gefunden wurde. Ich war erst sechs, als es passiert ist, deshalb kann ich mich nicht mehr so genau daran erinnern, aber

Papa hat erzählt, dass diese Malin und ihre Kumpels im Geröll einen trinken und nach dem Spukkind Ausschau halten wollten, dass sie stattdessen aber voll auf einen Totenschädel gepisst haben.

Ich versuchte, mir vorzustellen, was das für ein Gefühl ist – da draußen zu stehen, mitten in der Nacht, bei Vollmond, und plötzlich einen Totenschädel zu finden –, aber das geht nicht. Es ist zu verrückt. Zu abgefahren irgendwie. So was kommt nur im Film vor, oder vielleicht an einem anderen Ort, in Stockholm.

Aber nicht in Ormberg.

Ich lese weiter:

Ich wollte ja nicht früher als geplant aus Grönland zurückfahren.

Darüber stritten wir uns. Oder: Ich stritt, und P bockte.

Ich fragte, ob das tote Mädchen ihn mehr brauchte als ich.

Er sagte, ich sei für meine sechzig Jahre ganz schön kindisch. Und er habe mit größerem Verständnis gerechnet.

Das Alter, ja.

P sagt, ich sei schön. Aber ich sehe nichts Schönes an Runzeln und schlaffer Haut. Zugleich: Es gibt Schlimmeres als körperlichen Verfall.

Den Verfall des Gedächtnisses.

Es wird mit jedem Tag schlimmer. Ich sollte vielleicht die Ärztin bei der Gedächtniserfassung anrufen, aber das will ich nicht. Die können ja doch nichts für mich tun. Ich habe schon alle Mittel genommen, die die Entwicklung verlangsamen. Etwas anderes gibt es nicht.

Ich saß gestern Abend auf dem Bett und versuchte, mich da-

ran zu erinnern, was wir tagsüber gemacht hatten. Das ging nicht! Die Stunden schienen aus meiner Erinnerung ausradiert worden zu sein, mit einem starken Lösungsmittel herausgewaschen.

Eine Erinnerung wie eine Amsel.

Aber die Ärzte sagen, ich besäße »überraschend gut erhaltene kognitive Fähigkeiten«.

Ein schwacher Trost, aber besser als nichts.

Ich bin KOGNITIV INTAKT, trotz der Falten, der grauen Haare und der Demenz.

Man würde das nicht in eine Kontaktanzeige schreiben: »Kognitiv intakte 60-Jährige sucht sportlichen Mann für gemütliche Abende zu Hause und lange Waldspaziergänge.«

Gestern: P hat natürlich gemerkt, dass etwas nicht stimmte, aber ich sagte nichts, als er fragte. Er ist der Letzte, dem ich es freiwillig erzählen würde – aus absolut egoistischen Gründen. Ich will nicht auf ihn verzichten – den Mann, den ich liebe, den Körper, den ich begehre.

Ich weiß ja, wie es enden wird. Mein Zustand wird sich verschlechtern. P wird es nicht mehr mit mir aushalten können oder wollen.

Dann muss ich auf ihn verzichten.

Nein, P darf nichts erfahren.

Keflavik, Island, 21. November

Am Flughafen. Warten auf die Maschine nach Stockholm. Heute früh sind wir von Ilulissat nach Nuuk und von dort nach Island geflogen.

P ist froh, erwartungsvoll. Er ist immer so, wenn eine neue, spannende Mordermittlung bevorsteht. Seltsam, dass der Tod eines anderen Menschen so viel Frohsinn hervorrufen kann!

Wenn ich ehrlich sein soll, dann glaube ich, dass P fand, wir seien schon lange genug in Grönland, als die Anfrage wegen der Ermittlung kam. Denn es ist kein wahnsinnig spannender Fall. Er ist nicht nur kalt, er ist so eiskalt wie die verschneiten grönländischen Gletscher.

ABER es ist ein guter Vorwand, um sich die beiden letzten Wochen, die wir hier verbringen wollten, zu ersparen.

Und im Grunde ist es mir auch recht. Es wird vielleicht interessant, zur Abwechslung Ormberg zu sehen.

P liest im Laptop das Protokoll der Voruntersuchung. Ich esse Schokolade. Schaue die anderen Fluggäste an. Frage mich, ob ich je wieder an einem Gate sitzen werde, wenn ich mein Gepäck eingecheckt habe und auf den Flug an einen abgelegenen Ort warte.

Muss jetzt aufhören. Wir boarden.

Nacht

Der Flug von Island war turbulent. Die Stewardess kippte P Kaffee aufs Knie. Sie war furchtbar verlegen, bat immer wieder um Entschuldigung und versuchte, den Kaffee wegzuwischen. P lächelte nur, beteuerte, das sei doch kein Problem.

In diesem Augenblick...

Ich sah es in Ps Gesicht, wie er sie anstarrte. Sein Blick wanderte über ihren Körper, als sei der ein fremdes Land. Ein neuer, spannender Erdteil, zu dem er möglicherweise gern ausgewandert wäre.

Ich hätte ihn anschreien mögen: Ich sitze hier doch neben dir – schau lieber mich an! Ich bin vielleicht nicht so jung und schön, aber total KOGNITIV INTAKT.

Natürlich habe ich nichts gesagt. Er hätte mich ja für verrückt gehalten, nicht nur für dement.

Wir fahren morgen nach Ormberg.

P & Manfred haben gesagt, ich könnte ihnen bei der Ermittlung helfen. Ich glaube eigentlich nicht, dass sie Hilfe brauchen. Ich glaube, sie wollen nur nett zu mir sein. (Aber ich freue mich wirklich auf das Wiedersehen mit Manfred.)

Jedenfalls, ich glaube, dass P mich in der Nähe haben will, damit er auf mich aufpassen kann.

P liebt mich bestimmt, aber ich glaube nicht, dass er Vertrauen zu mir hat.

Und da kann ich ihm kaum einen Vorwurf machen.

Nicht einmal ich selbst habe noch Vertrauen zu mir.

Ormberg, den 22. November

Ormberg ist so klein. Es kann fast nicht als Ortschaft bezeichnet werden. Zwei Kieswege, die sich mitten im Nirgendwo kreuzen. Ein paar heruntergekommene Häuser. Das größte, ein graubraunes mit zwei Stockwerken, war früher einmal der Dorfladen.

Manfred hat dort ein improvisiertes Büro eingerichtet. Er nennt es »Château Ormberg«. Sehr witzig, denn als Schloss kann man das nun wirklich nicht bezeichnen. Daneben: das alte Postamt. Es ist natürlich kein Postamt mehr, es ist an eine Online-Firma vermietet, die im Internet Hundekleider und

Hundebetten verkauft. Schließlich: ein Wohnhaus, das seit zehn Jahren leer steht. Fenster und Türen sind mit Brettern vernagelt, die Fassade mit Graffiti vollgeschmiert.

Um die Gebäude: Wiesen, bewachsen mit hohem Gras und Gestrüpp.

Zweihundert Meter weiter, auf der anderen Seite der überwucherten Wiese: eine Kirche. Sie wird nicht mehr benutzt. Muss unbedingt renoviert werden. Der Verputz blättert an vielen Stellen ab.

Hinter der Kirche: Wald, Wald und noch mehr Wald. Hier und da niedliche rote Häuschen – die meisten am Bach und in der Nähe der Kirche.

In Ormberg und Umgebung wohnen ungefähr hundert Menschen. Es ist mit anderen Worten ein kleines Dorf, sogar im Vergleich zu vielen anderen entvölkerten Gemeinden.

Manfred stellte uns Malin Brundin vor: eine frisch examinierte Polizistin, die in Katrineholm im normalen Dienst arbeitet. Malin kommt aus Ormberg. Kennt jeden »Arsch« hier und findet sich im Wald zurecht.

Malin ist nicht einmal fünfundzwanzig. Hat lange dunkelbraune Haare. Ist mager, muskulös und schön auf eine nicht alltägliche Weise – wie junge Mädchen das eben sind, ohne sich besonders anstrengen zu müssen.

Bis Leben & Jahre sie langsam einholen.

Malin hat uns in den Fall eingeführt. Zog die Landkarte hervor, zeigte uns die Stelle, an der der Leichnam am 20. Oktober 2009 gefunden wurde.

Malin, damals fünfzehn, war eine von drei Jugendlichen am Fundort.

Seltsamer Zufall, aber wie Malin sagte: Ormberg ist so win-

zig klein, dass solche unnatürlichen Zufälle aus natürlichen Gründen wahrscheinlich werden.

Wir schauten uns das Foto des Skeletts an. Lange Haarreste sitzen noch immer am Kranium.

Die vermutliche Todesursache: kräftige Gewaltanwendung von außen.

Malin zeigte uns weitere Bilder: Vergrößerungen des gebrochenen Schädels, Splitter des Schädelknochens vor einem Lineal. Einige Zähne, die im Skelett gefunden wurden. Kleine zerbrochene Rippen, wie sonnengebleichtes Treibholz an einem verlassenen Strand.

Der Tod ist selten schön, aber bei toten Kindern wird mir schwindlig und schlecht. Ich musste mich an der Tischkante festhalten, um nicht das Gleichgewicht zu verlieren.

Kindern dürfte so etwas nicht zustoßen. Kinder müssen spielen dürfen, hinfallen, nerven. Zu ganz normalen Menschen heranwachsen, die eigene Kinder bekommen, die dann spielen, hinfallen und nerven.

Und die jedenfalls nicht sterben.

P wirkte auch betroffen, aber nicht so erschüttert wie ich. Er ist wohl daran gewöhnt – hat in über zwanzig Jahren als Mordermittler vermutlich alles gesehen. Er ist zudem Mann (das mag heteronormativ sein, aber ich glaube, dass Männer anders sind).

Das Mädchen wurde nie identifiziert, obwohl aus dem Oberschenkelknochen die DNA erstellt werden konnte und jeder Nachrichtensender über den Fall berichtet hat. Die Medien tauften es damals rasch das »Ormbergmädchen«.

Es ist natürlich noch trauriger, dass ein Kind stirbt, ohne von irgendwem vermisst zu werden.

Dann kam ein weiterer Kollege, Andreas Berg – ein ziemlich gut aussehender Typ um die dreißig. Er ist der Vertreter der lokalen Polizei in der Ermittlungsgruppe, arbeitet sonst in Örebro.

Malins Reaktion fiel mir auf. Sie erstarrte, als Andreas hereinkam. Ich konnte nicht entscheiden, ob sie ihn nicht leiden konnte, doch leiden konnte oder einfach fand, dass er zu spät zur Besprechung erschien, aber es gab da eine Art Energie, die das Gleichgewicht im ganzen Raum störte.

Ich glaube nicht, dass P etwas bemerkt hat. (Und ja, ich glaube, das liegt daran, dass er ein Mann ist.)

Muss aufhören. Das Mittagessen wird serviert.

Ich schließe die Augen und denke an die Geröllhalde, rufe mir die Umrisse des Steinhaufens im Mondschein ins Gedächtnis, und die schwarzen Tannen, die im Kreis darum herum stehen. Kann fast spüren, wie mich die hohen Farnbüschel an den Beinen kitzeln, und wie meine Schuhe im weichen Moos versinken.

Das Ormbergmädchen.

Es wird noch immer darüber geredet, so, wie über alles geredet wird, das es nicht mehr gibt, wie Sägewerk, TrikotKönig und Brogrens Mechanische.

Ich habe noch nie daran gedacht, aber bei den Gesprächen hier in Ormberg geht es oft um die Vergangenheit.

Das Handy reißt mich aus diesen Überlegungen.

Es ist Saga.

Ich schaue auf meine Handfläche.

Kognitiv intakt

Inuit
Heteronormativ
Das werde ich dann später googeln.

MALIN

Es ist Montag, der 4. Dezember, und Peter ist seit Freitag nicht mehr gesehen worden. Ich denke an Hannes verwirrten Gesichtsausdruck, als Manfred und ich sie gestern besucht haben, an die Wunden, die ihre Hände und Füße bedeckten. Was ist den beiden dort im Wald nur passiert?

Es schneit jetzt. Schwere Flocken rieseln vom dunkler werdenden Himmel und lassen sich lautlos auf Blaubeergestrüpp und Moos nieder.

Ich stehe bei der alten Sägemühle am Bach, nur wenige hundert Meter nördlich der Geröllhalde. Es ist ein gutes Stück von der Stelle entfernt, wo Hanne am Samstag aufgetaucht ist, aber da Peter noch nicht gefunden worden ist, wurde der Suchradius erweitert. Polizei, Heimwehr und Freiwillige durchkämmen auf der Jagd nach ihm methodisch den Wald.

Das ist eine gewaltige Aufgabe: ein umfangreiches und unzugängliches Gebiet, und der Wald nach dem Sturm am Freitag voller Windbruch.

Die lokale Polizei leitet die Suche nach dem Verschwundenen, aber wir stehen im Kontakt. Einerseits, weil Peter unser Kollege ist und weil wir die Letzten sind, die ihn und Hanne vor seinem Verschwinden gesehen haben, andererseits, weil wir nicht ausschließen können, dass Peters Verschwinden mit unserer Ermittlung zu tun hat.

Der Einsatzleiter, Svante, ist um die fünfzig und kommt aus Örebro. Er arbeitet offenbar sonst mit Andreas zusammen.

Svante sieht aus wie der Weihnachtsmann – er hat graue Haare und einen üppigen schwarzen Bart. Er trägt eine dicke handgestrickte Mütze und eine überdimensionale Daunenjacke, die mich an Papa erinnert.

»Also«, sage ich. »Nichts?«

»Nichts«, sagt Svante und zieht sich die farbenfrohe Mütze tiefer über die Ohren. »Wir haben den Wald und die nicht abgeschlossenen Häuser durchsucht. Aber das wird jetzt sogar für die Hunde schwer. Drei Tage sind vergangen, und verdammt viele Leute sind da überall rumgetrampelt.«

Es ist zwei Wochen her, dass Hanne und Peter nach Ormberg gekommen sind. Obwohl wir vor ihrem Verschwinden erst eine gute Woche zusammengearbeitet haben, kommt es mir vor, als ob ich sie schon viel länger kenne. Und obwohl Peter seit drei Tagen nicht mehr gesehen worden ist, kommt es mir vor, als sei er erst gestern verschwunden.

Es ist, als ob sich die Zeit selbst aus Protest gegen das Geschehene zusammenkrümmte.

Ich führe Svante zwischen den verfallenen Häusern umher, zeige auf ein Gebäude nach dem anderen: Hochofen, Rostofen, Kohlehaus und Nagelschmiede.

Die Klinkergebäude sind einigermaßen erhalten, auch wenn die meisten Fenster schwarz und leer klaffen und davon berichten, dass das Werk schon lange leer steht. Vom Kohlehaus jedoch, das aus Holz war, ist nur noch ein Bretterhaufen übrig.

Wir klettern über einige große Äste und gehen auf den alten Rostofen zu, der in einem schönen achteckigen Haus mit einem hohen gemauerten Schornstein liegt.

Der Bach fließt uns schwarz und still entgegen. Das Blinklicht von Taschenlampen spielt auf der Wasseroberfläche, wo einsame Blätter langsam vorübertreiben.

»Warum habt ihr die Suche mit Hubschraubern eingestellt?«, frage ich und wische mir eine Schneeflocke von der Nase.

»Wir haben gestern die gesamte Umgebung mit Infrarotkamera abgesucht«, sagt Svante und schaut zum Himmel hoch. »Ist nichts bei rausgekommen. Und da hier überall Wald ist, kann man von oben nicht viel sehen. Das Beste, was wir tun können, ist, das Gelände zu Fuß abzusuchen.«

Ich zögere, ehe ich die Frage stelle, die mir seit heute Vormittag zu schaffen macht.

»Kann überhaupt jemand bei dieser Kälte drei Nächte überleben?«

Svante bleibt stehen, erwidert meinen Blick und zuckt kurz mit den Schultern.

»Draußen, ohne Schlafsack und Zelt? Nein, kann ich mir nicht vorstellen. Aber wir wissen ja nicht einmal, ob er im Wald ist.«

Er klettert über einige Steine am Bachufer.

»Man muss hier aufpassen, damit man nicht reinrutscht«, sagt er und nickt zum Wasser hinüber.

»Ja. Das kann leicht passieren.«

Ich könnte dort mit verbundenen Augen entlanggehen. Als Teenager haben wir im Sommer hier herumgehangen. Haben im Bach gebadet, Bier getrunken und gegrillt. Geknutscht und geraucht. Unsere frisch gewonnene Freiheit getestet und das Erwachsenenleben probiert, als wäre es ein kaltes Büfett, das unendlich weit in die Zukunft hineinreichte.

Jetzt haben sich alle anderswo Jobs gesucht und sind weggezogen.

Alle außer Kenny.

Wir bleiben vor einer schwarzen Mauer stehen, und ich fahre mit der Hand darüber, wische ein wenig Schnee weg.

»Mein Urgroßvater hat mit sechzehn im Werk angefangen und hier gearbeitet, bis es in den Dreißigerjahren dichtgemacht hat«, sage ich. »Er hat diese Mauer hier gebaut.«

Ich versuche, mir vorzustellen, wie es vor hundert Jahren hier ausgesehen hat, als das Werk noch in Betrieb war. Es war bestimmt hektisch und geschäftig – jetzt aber ist alles tot, verfallen und von Gestrüpp und Moos überwuchert.

»Seltsame Steine.«

»Das sind Schlackenziegel«, sage ich und zeige auf einen der schwarzen Steine in der Mauer. »Ein Abfallprodukt bei der Eisenverarbeitung.«

Ich sehe die Mauer und dann den Rostofen an.

»Woher kam das Erz?«, fragt Svante.

Ich schaue noch immer die Mauer an, und meine Hand ruht auf einem der schwarzen Steine.

»Vor allem aus Bergslagen. Aber auch von Utö im Stockholmer Schärengürtel.«

»Warum ist das Werk eigentlich stillgelegt worden?«

»Die Konjunktur, vermute ich. Eisenproduktion lohnte sich wohl nicht mehr. Genau wie Textilindustrie und Brogrens Mechanische. Die Arbeit verschwand, und wir blieben übrig.«

»Und alle, die hier gearbeitet haben?«

»Das muss hart gewesen sein. Meine Großeltern waren zur Zeit der Depression Kinder, und was sie so erzählt haben... Du würdest mir nicht glauben. Sie haben mehrere Jahre lang von Brotrinden und Sumpffischen gelebt. Ormberg war ja nie ein landwirtschaftliches Gebiet, es gab also kaum Arbeit, als Eisen- und Sägewerk verschwunden waren. Die meisten sind natürlich weggezogen. Aber die Familien meiner Großeltern wollten ihr Land nicht verlassen. Sonst gehörte ihnen doch nichts auf der Welt.«

»Ach so«, sagt Svante und scheint gehen zu wollen.

»Alle ziehen aus Ormberg weg, aber niemand zieht her.« Svante dreht sich um und erwidert meinen Blick. Wischt sich mit dem Daumen seines Fäustlings unter der Nase.

»Aber die Geflüchteten?«, fragt er. »Die Neuankömmlinge? Die können Ormberg vielleicht wieder aufblühen lassen?«

»Ernsthaft? Ein Haufen Araber mitten im Wald. Das kann nur schiefgehen. Die haben doch keine Ahnung vom Leben hier.«

»Aber ihnen wird doch sicher geholfen?«, er lässt nicht locker. »Mit Sprache und Arbeitssuche und so?«

Ich gebe keine Antwort, denn er hat recht. Sie bekommen wohl ziemlich viel Hilfe. Hilfe, die die Leute in Ormberg nie bekommen haben, obwohl die Industrien stillgelegt wurden und der Ort langsam einging.

Aber solche Dinge sollte man nicht laut sagen. Vor allem nicht als Polizistin, die die gute, gerechte Gesellschaft repräsentiert.

Als ich den Einsatzleiter verlasse, um die kurze Strecke durch den Wald zum Auto zu gehen, ist es schon dunkel. In mir wächst ein bohrendes Unbehagen.

Obwohl ich gewusst habe, dass die Suchaktion kompliziert werden würde, hatte ich doch mit irgendwelchen Fundstücken gerechnet. Egal was – einen Handschuh, eine alte Quittung oder eine Snusdose –, etwas, das uns verriet, dass Peter und Hanne hier gewesen waren. Aber alles, was wir gesehen haben, war Wald und noch mehr Wald. Die dunklen glatten Hänge des Ormbergs und der Bach, der sich stumm zwischen den Bäumen dahinschlängelt.

Unmittelbar ehe ich die Straße erreiche, höre ich einen Knall. Es klingt, als ob irgendwo hinter mir ein Ast durchgebrochen wäre.

Ich drehe mich um, ziehe die Taschenlampe heraus und schalte sie ein. Leuchte zwischen die Bäume. Ich sehe aber nur die gewaltigen Kiefern und die Schatten, die über das Unterholz huschen, wenn der Lichtkegel wandert.

Ich gehe weiter in Richtung Straße, werde jetzt schneller.

Der Schnee fällt jetzt dichter.

Große Flocken rieseln zwischen den Bäumen, tanzen im Licht vor mir. Ich denke, dass die Sicherheit, die die Taschenlampe gibt, trügerisch ist, denn außerhalb der scharf abgezeichneten Ränder des Lichtkegels ist die Dunkelheit undurchdringlich, während ich so deutlich zu sehen bin wie ein Feuer.

Als die Bäume spärlicher werden, um der Straße Platz zu machen, höre ich wieder etwas. Es ist ein kratzendes Geräusch, als ob jemand einen schweren Gegenstand über Steine schleifen würde.

Ich fahre herum und richte den Lichtkegel in die Richtung dieses Geräuschs, sehe aber nichts, denn der fallende Schnee reflektiert das Licht. Ich schalte die Taschenlampe aus, blinzele und warte darauf, dass sich meine Augen an die Dunkelheit gewöhnen.

Langsam treten die Konturen der Bäume hervor.

Seltsam: kein Wild, keine Verfolger, kein verwirrter Kollege, der sich zwischen Eisenwerk und Landstraße verlaufen hat.

Und doch bin ich sicher, dass jemand dort war.

Jemand oder etwas.

»Hallo?«, rufe ich. »Ist da jemand?«

Niemand antwortet. Das Einzige, was ich höre, ist das Geräusch meiner Atemzüge.

Als ich gerade gehen will, höre ich hinter mir Schritte. Schritte und etwas anderes – es klingt fast wie ein Lachen. Die Schritte kommen näher, und gleich darauf höre ich jemanden laut aufkeuchen.

Ein riesiges Wesen taucht ungefähr ein Dutzend Meter vor mir auf.

Es ist ein Mann. Er bewegt sich schwerfällig und langsam durch den Wald.

Gleich hinter ihm laufen drei kleinere Personen, offenbar Kinder. Das erste trägt eine rote Mütze und hält etwas in der Hand, das wie ein langer dünner Stock aussieht.

Der große Mann stolpert und kippt vornüber in den Schnee. Er stöhnt auf, als er auf den Boden aufschlägt.

Der Junge mit dem Stock brüllt:

»Wir haben ihn!«

Die beiden anderen Jungen holen ihn ein und stellen sich um den Mann im Schnee. Dann schlägt der Junge mit der roten Mütze mit dem Stock auf den Körper im Schnee ein. Er schlägt und schlägt, bis das Bündel im Schnee anfängt zu wimmern.

Etwas Kaltes durchfährt mich, als ich sehe, wer der Mann auf dem Boden ist.

Es ist Magnus.

Sack-Magnus.

So wird er genannt. Als Kind wurde er offenbar einmal in den Schritt getreten, und seine Hoden schwollen zu Fußballgröße an. Er musste ins Krankenhaus gebracht und operiert werden. Eine Menge Blut wurde abgezapft. Danach wurde er Sack-Magnus genannt, und dabei ist es geblieben.

Wenn man hier im Dorf erst einen Spitznamen hat, wird man den nicht so leicht wieder los.

Magnus ist mein Cousin und außerdem der Dorftrottel von Ormberg.

Ich halte ihn eigentlich nicht für zurückgeblieben, sein Problem liegt eher auf der sozialen Ebene. Er ist absolut abweichend, auch wenn es mir nie richtig gelungen ist, seine Abweichung zu beschreiben. Mein ganzes Leben lang habe ich schon den Drang, ihn zu beschützen, eine Art unbeholfene Zärtlichkeit, obwohl er zwanzig Jahre älter ist als ich.

Aber das ist vielleicht kein Wunder. Die Dreckgören von Ormberg haben sich einen Sport daraus gemacht, ihn zu terrorisieren. Sie werfen Steine, legen ihm Böller in den Briefkasten und spannen vor seinem kleinen Haus Stolperdraht über die Treppe.

Es ist vorgekommen, dass Margareta – meine Tante und die Mutter von Magnus – eins dieser Kinder erwischt und ihm eine Ohrfeige verpasst hat. Oder dessen Eltern angerufen, gedroht, geschimpft, getobt hat, wie das so ihre Art ist. Und das hilft natürlich. Für den Moment jedenfalls. Die Kinder kommen dann und bitten um Verzeihung; mit verlegenem Blick und schamroten Wangen.

Aber einige Wochen später geht es wieder los.

Das gehört zu den Gründen, warum ich Ormberg verabscheue – die Erkenntnis, dass man den Dreckskerlen nicht entkommen kann, es gibt keinen Zufluchtsort.

An einem kleinen Ort sind alle immer nackt füreinander. Und für sich selbst.

Ich laufe zu Magnus und seinen Quälgeistern.

»Was macht ihr denn hier?«, schreie ich.

»Scheiße«, sagt der Junge mit dem Stock, lässt ihn in den Schnee fallen und rennt auf die Straße zu.

Gleich darauf stürzen die anderen Jungen hinterher.

»… war doch nur Spaß«, höre ich einen sagen, ehe sie zwischen den Bäumen verschwinden.

Ich zögere, beschließe dann aber, bei Magnus zu bleiben. Gehe neben ihm in die Hocke und fasse ihn vorsichtig an den Schultern.

»Magnus, ich bin's. Malin. Ist alles in Ordnung mit dir?«

Magnus schluchzt laut hörbar. Sein schwerer Leib hebt und senkt sich, aber er sagt nichts.

»Ist alles in Ordnung mit dir?«, fragte ich noch einmal und streichele seinen Rücken.

»*Nöööö*«, jammert er.

Und dann:

»Sag Mama nichts. *Bitte!*«

Ich verspreche, nichts zu verraten, und helfe ihm auf die Beine. Wische ihm die Jacke ab und umarme ihn.

Magnus beugt sich vor und schluchzt an meiner Schulter – ein hundert Kilo schwerer Mann von fünfundvierzig, der soeben von einer Bande von halbwüchsigen Jungen gehetzt und geschlagen worden ist.

Sowie ich Magnus zu seinem Auto gebracht habe, wird mein Puls langsamer. Die Wut verraucht und weicht der Ruhe. Und die Ruhe lässt den rationalen Teil meines Gehirns zur Sprache kommen, den, der argumentiert und analysiert. Der sagt, dass man den Jungen im Wald keine Tracht Prügel verpassen darf, schon gar nicht als Polizistin.

Sie hatten Magnus offenbar zufällig bei der Fabrik entdeckt – das halbe Dorf war ja dort, um die Suchaktion zu verfolgen – und ihn dann durch den Wald gejagt.

Magnus wusste sehr gut, wer sie waren, wollte mir die Namen aber nicht verraten.

Auf halber Strecke zwischen Fabrik und Ortsmitte halte ich an, wie immer an dieser Stelle. Ab und zu steige ich auch aus dem Auto aus und setze mich eine Weile an den Straßenrand.

Aber heute nicht – ich will schnell zurück ins Büro, und außerdem ist mir noch immer unbehaglich zumute.

Hier ist nämlich die Sache mit Kenny passiert.

Ich schließe die Augen und bleibe eine Weile sitzen; stumm und still mit laufendem Motor. Dann recke ich mich und fahre zurück in mein Büro.

Mama ruft an, als ich zur Ortsmitte abbiege. Sie hat einige Fragen, was die Hochzeit angeht. Oder eigentlich sind es eher Vorschläge, die ihre Finanzen nicht belasten sollen.

Mama hat immer Angst, dass alles zu viel kostet, und obwohl ich ihr hundertmal erklärt habe, dass sie nicht eine Krone für die Hochzeit zu bezahlen braucht, höre ich die Besorgnis in ihrer Stimme.

»Red nicht immer über das Geld«, sage ich. »Ich bezahle. Wichtig ist doch nur, dass alles schön wird.«

Am anderen Ende der Leitung wird es still, und ich kann mir vorstellen, wie sie sich auf das Sofa sinken lässt und die Hände vors Gesicht schlägt. Mama hat nie begriffen, warum meine Hochzeit so wichtig ist. Ich nehme an, das war früher anders. Da war es sozusagen nichts Besonderes zu heiraten. Es war einfach etwas, das alle taten, weil es von ihnen erwartet wurde oder weil eine schwanger war.

Wenn ich selbst entscheiden könnte, würde ich die Hochzeit überhaupt nicht in Ormberg feiern, denn ich habe fast mein ganzes Leben mit dem Versuch verbracht, von hier wegzukommen. Aber es würde Mama das Herz brechen, und das will ich natürlich nicht. Außerdem ist es im Sommer hier umwerfend schön, also wird die Hochzeit sicher wunderbar werden.

Ich halte vor dem alten Dorfladen mit dem Handy am Ohr.

»Malin«, sagt Mama mit ihrer dünnen Stimme, und ich kann ihren unausgesprochenen Vorwurf ahnen. »Liebling, wenn du diese Einstellung hast, ist die Gefahr groß, dass du enttäuscht wirst. Versuch doch mal, ein bisschen lockerer zu sein. Alles wird gut gehen. Wir reden weiter, wenn du heute Abend nach Hause kommst, ja?«

Ich sage, natürlich können wir das, und dann legen wir auf. Dann schließe ich die Tür auf und gehe in unser überaus improvisiertes Büro in dem alten Lebensmittelladen.

Es gibt in Ormberg keinen Lebensmittelladen mehr, es fehlt an Kundschaft. Als Mama klein war, gab es hier einen Dorfladen, und in den Achtzigerjahren verkaufte Familie Karlman das Geschäft an die Kette Favör, die sich später in Vivo umbenannte. Vor zehn Jahren machten sie dicht, und seither steht das Haus leer. Zeitweise benutzten Teenager es als heimlichen Treffpunkt für Partys. Ich habe hier selbst schon im flackernden Kerzenlicht einen wilden Cocktail aus allen Alkoholresten getrunken, die wir uns zu Hause zusammengeklaut hatten. Das war eine logische und unausweichliche Folge der Tatsache, dass ich in diesem Loch hier geboren worden und aufgewachsen bin.

Mein Handy plingt, und ich ziehe es hervor, hole die Mitteilung von Max aufs Display und lese: »Grau oder Beige für das Sofa?«

Max ist mein Freund oder, etwas offizieller, mein Verlobter, da wir im Sommer heiraten wollen. Er arbeitet als Jurist bei einer Versicherungsgesellschaft und wohnt in Stockholm. Nach unserer Hochzeit werde ich ebenfalls dorthin ziehen. Dann werde ich nichts mehr mit Ormberg zu tun haben müssen. All die dünnen Fäden, die mich an dieses Loch fesseln, die Tausende von kleinen Nabelschnüren, die mich mit dem Dorf verbinden, werden gekappt sein.

Und Max ist die Schere, die das möglich macht.

Das ist ein wunderbares Gefühl.

Natürlich werde ich mit Mama in Kontakt bleiben. Zweimal im Jahr zu Besuch kommen oder, noch besser, sie nach Stockholm einladen.

Die Tür wird geöffnet, und kalte Luft fegt herein, bringt Blätter und den Geruch nasser Erde mit. Manfreds umfangreicher Körper taucht in der Türöffnung auf.

»Hallo«, sagt er. »Wie ist es gelaufen?«

»Na ja«, sage ich. »Ich komme gerade aus der Fabrik. Sie haben nichts gefunden.«

Er schließt die Tür und hängt seinen Mantel auf. Lässt sich mir gegenüber auf den Stuhl sinken. Er sieht resigniert aus – resigniert und fast wütend. Diese ganze Unruhe und der Druck scheinen eine Art Härte und Aggressivität bei ihm hervorzubringen, die ich bisher noch nicht bemerkt hatte.

»Verdammt.«

Ich nicke stumm und sehe ihn an. Die rotblonden Haare kleben an seinem Schädel, und er trägt einen Tweedanzug.

Er könnte von einem anderen Planeten stammen.

Niemand, absolut niemand in Ormberg würde sich jemals so anziehen. Nicht einmal die Leute aus Stockholm, die in den alten Herrensitz auf dem anderen Bachufer gezogen sind und seltsame kleine Pferde züchten, auf denen man nicht reiten kann, oder die vielen Deutschen, die heruntergekommene alte Katen im Wald kaufen und jetzt auf Nahkontakt zur Natur hoffen.

Als Manfred mit seinen Kollegen aus Stockholm herkam, habe ich mit dem Gedanken gespielt, ihm zu sagen, er solle sich anders anziehen. Um die Arbeit zu erleichtern sozusagen. Die Leute hier respektieren keinen, der sich kleidet wie ein englischer Lord auf dem Weg zur Fuchsjagd. Aber ich habe nichts gesagt. Und dann ist Peter verschwunden, und Manfred wurde so unausgeglichen, dass ich es nicht mehr gewagt habe, dieses Thema zur Sprache zu bringen.

Er ist übrigens noch immer unausgeglichen.

Ich auch.

Wir machen uns Sorgen um Peter, und außerdem sind hier eine Menge Presseleute aufgetaucht und stellen Fragen, die wir weder beantworten wollen noch können. Ich frage mich, wo sie wohnen – in Ormberg gibt es kein Hotel, nur einen Campingplatz hinten beim Långsjö, der um diese Jahreszeit leer und verlassen ist.

»Erzähl«, sagt Manfred, stellt eine Thermoskanne auf den Tisch und nickt zu der Landkarte hinüber, die ich vor mir liegen habe.

Mitten in der fruchtbaren Kulturlandschaft, die Sörmland ausmacht, liegt Ormberg: einige Tausend Hektar steiniges Waldgebiet, das sich nicht so gut zur Landwirtschaft eignet wie die weitere Umgebung. Einst ein kleiner, blühender Industriestandpunkt, jetzt ein Opfer der Landflucht. Die Karte zeigt Wald, Wald und noch mehr Wald. Und dann einige Höfe hier und da, wie zufällig ausgestreut, die meisten am Bach, der bis nach Vingåker fließt.

Das alles haben wir in Quadrate eingeteilt. Einige wichtige Stellen sind gekennzeichnet: die Geröllhalde, wo ich mit den anderen das Skelett gefunden habe, die alte Fabrik und die Stelle am Waldrand, wo Hanne aufgetaucht ist.

»Missing People und Heimwehr haben heute diesen Bereich abgesucht«, sage ich und zeige mit dem Kugelschreiber auf zwei Quadrate auf der Karte. »Ich habe mit Svante gesprochen, dem Einsatzleiter.«

»Und?«

»Nichts. Aber das Terrain ist unübersichtlich, man übersieht da leicht ... etwas ...«

Fast hätte ich gesagt, »einen Leichnam«, kann das aber noch rechtzeitig hinunterschlucken. Wir wollen an Peter nicht als an einen »Leichnam« denken – sondern an diesen freundlichen und gut aussehenden Polizisten aus Stockholm. Das heißt, gut aussehend, wenn man auf ältere Männer steht. Er ist nämlich fünfzig – das weiß ich jetzt, seit die Fahndung angelaufen ist. Ich weiß auch, dass er eins fünfundachtzig groß ist, achtzig Kilo wiegt und wirklich eine Beziehung zu

Hanne hat. Er hat einen Sohn namens Albin, der im Teenageralter ist und den er fast niemals sieht, und eine Ex, die er nicht ausstehen kann.

Wenn jemand von der Polizei gesucht wird, ist nichts mehr privat. Es spielt keine Rolle, ob du Opfer oder Täter bist. Wir werden all deine schmutzige Wäsche hervorkramen, alles, was du lieber im Kleiderschrank verstecken würdest, und werden sie vor aller Welt aufhängen.

Ich frage mich, was Peter denken würde, wenn er wüsste, dass wir hier sitzen, in dem alten Lebensmittelladen, und über seine Größe und sein Gewicht und darüber reden, mit wem er schläft.

Falls Peter das also jemals erfahren wird.

Er ist, soviel wir wissen, seit Freitag verschwunden, und die Temperatur sinkt nachts ziemlich weit unter null.

Außerdem gab es in der Nacht von Freitag auf Samstag einen Sturm. Der Sturm warf mehrere Bäume um und wehte offenbar das Dach von einer Scheune im Norden von Ormberg. Es ist nicht unvorstellbar, dass Peter ein Unglück passiert ist, wenn er sich dort draußen aufhielt.

Manfred dreht den Deckel von der Thermoskanne und streckt die Hand nach den Pappbechern aus. Streicht sich die feuchten Haare aus der Stirn.

»Kaffee?«

»Bitte.«

»Ich habe mit Berit Sund gesprochen, der Frau, die dem Sozialdienst hilft, sich um Hanne zu kümmern.«

»Ist Hanne bei *Berit Sund*?«

Berit, die in einer alten Kate hinter der Kirche und der Fabrik wohnt und die schon alt war, als ich klein war. Ich kann mir kaum vorstellen, dass sie sich jetzt um jemanden kümmern kann, schon gar nicht um einen verwirrten und traumatisierten Menschen. Aber ich weiß noch, dass sie früher Behinderte betreut hat.

»Ja. Hanne ist bis auf Weiteres bei ihr untergebracht. Bis der Sozialdienst eine andere Lösung findet. Ich finde das ziemlich gut, denn es bedeutet, dass wir zu ihr fahren und mit ihr reden können, wenn wir wollen. Falls und wenn sie anfängt, sich zu erinnern.«

»Tut sie das?«, frage ich. »Sich erinnern, meine ich.«

»Kein bisschen.«

Manfred schaut in seinen Becher. Er macht ein trauriges Gesicht, sein gesamter Walrossleib strahlt Resignation aus.

Ich würde ihn so unendlich gern trösten, weiß aber nicht, wie.

»Ich kann nicht fassen, dass sie uns das verheimlichen konnte«, sage ich. »Ich meine, wenn man nicht einmal mehr weiß, wo man ist, ist man doch schwerkrank. Wie kann man so etwas verbergen?«

Manfred schüttelt den Kopf, und sein Doppelkinn wogt.

»Ich weiß. Es ist seltsam. Aber ich glaube, sie hatte ihre Strategien, um das Leben in den Griff zu bekommen. Hast du an dieses Buch gedacht, das sie immer bei sich hatte?«

Ich nicke.

Natürlich erinnere ich mich an das braune Buch. Wenn Hanne es nicht unter dem Arm hatte, schrieb sie hinein. Und wenn sie das nicht tat, las sie darin.

»Du meinst, sie hat alles aufgeschrieben?«

»Ja«, sagt Manfred und schlürft seinen Kaffee. »Ich bin

ziemlich sicher, dass sie das getan hat. Sonst hätte sie ihre Arbeit doch niemals geschafft.«

»Aber dann muss sie doch alles notiert haben. Wie die Leute aussahen, was sie sagten ...«

Manfred gibt keine Antwort. Stattdessen schaut er durch das verdreckte kleine Fenster. Draußen ist der Tag der herannahenden Nacht gewichen, und auch hier drinnen ist es dunkel. Eine nackte Glühbirne, die an einer provisorischen Leitung von der Decke hängt, und das schwache Licht des Laptops sind die einzigen Lichtquellen.

Wir befinden uns in dem ehemaligen kleinen Büro des Lebensmittelladens. Das Nebenzimmer war das eigentliche Ladenlokal. Die Regale sind noch vorhanden, der alte Tresen ebenfalls. Die Wände sind mit Graffiti vollgeschmiert, und wir mussten haufenweise leere Flaschen, Kippen und gebrauchte Kondome wegschaffen, als wir eingezogen sind. Im ersten Moment fand ich das sogar witzig. Manfred nannte das Haus hier Château Ormberg, die Wohnstatt der Sünde im finstersten Sörmland. Und Hanne ... ja, Hanne zog ihr Buch hervor, vermutlich, um aufzuschreiben, was er gesagt hatte.

Manfred drückt seinen dicken Finger auf die Karte. Als er ihn wegnimmt, hinterlässt er einen Kaffeefleck auf dem Papier.

»Hanne ist hier gefunden worden, an der Straße, die südlich von Ormberg verläuft. Wir haben in einem Radius von einem Kilometer den Wald abgesucht und mit den Anwohnern gesprochen. Familie Brundin, deine Verwandten, war am Freitagabend offenbar in Katrineholm. Sie waren samstags zu Hause, aber da ist ihnen nichts Außergewöhnliches aufgefallen. Und Familie Olsson hatte offenbar auch nichts gesehen, oder?«

Ich schüttele den Kopf.

»Ich habe mit dem Vater gesprochen, Stefan Olsson. Und mit der Tochter Melinda, sie ist sechzehn. Die Tochter war am Samstagabend, als Hanne gefunden wurde, bei ihrem Freund, und der Vater war bei einem Kumpel, wo sie ein Computerspiel gespielt haben.«

»Computerspiel?«

»Japp. Und dann haben wir noch den Sohn. Jake. Der war am Samstagabend zu Hause.«

»Jake. Jake Olsson? Heißt der wirklich so?«

Ich nicke.

»Klassischer Ormbergname.«

Manfred lächelt unsicher, als habe er Angst, mich zu verletzen, wenn er lacht.

Wir haben einander in den zwei Wochen, in denen wir nun zusammenarbeiten, zwar recht gut kennengelernt, aber nicht ausreichend, um zu wissen, wo die feinen Grenzen zwischen Scherz und Beleidigung verlaufen. Vor allem, wenn es um so wunde Punkte wie meinen *Heimatort* geht.

Ich deute ein Lächeln an. Kein fröhliches Lächeln, sondern eher ein Ich-glaube-wir-sollten-jetzt-das-Thema-wechseln-Lächeln.

Manfred versteht den Wink und sagt nichts mehr.

»Was ist mit der Frau, die Hanne gefunden hat?«, frage ich. »Hat noch mal jemand mit der gesprochen?«

»Ja. Sie wohnt in Vingåker. Ich habe sie heute Vormittag angerufen. Sie hat ihre Geschichte noch einmal erzählt, hatte aber nichts hinzuzufügen. Sie war am Samstagabend gegen acht auf dem Weg zu Bekannten in Ormberg und wendete, als sie merkte, dass sie falsch gefahren war. Auf dem Rückweg sah sie Hanne, hielt an und nahm sie mit, als ihr aufging, dass Hanne etwas Schlimmes passiert war.«

»Und diese Frau, die sie erwähnt hat?«

»Sie behauptet noch immer, dass Hanne mit einer Frau zusammen war. Jung, vielleicht zwanzig, in einem gelben Kleid oder Rock mit dunklem Oberteil, ja, sie glaubt, das war eine Art Strickjacke. Kein Mantel, soweit sie sehen konnte.«

»Ich versteh das nicht. Warum läuft man um diese Jahreszeit so durch den Wald? Und bei diesem Scheißwetter?«

Wir schweigen, während wir über diese Frage nachdenken.

»Wir sollten vielleicht noch einmal mit Hanne reden«, sagt Manfred mit sanfterer Stimme.

Ich denke an Hanne: Peters Lebensgefährtin, zugleich Verhaltensforscherin und Spezialistin im Bereich Profiling. Manfred hat in den drei Tagen, an denen wir mit dem Fall arbeiteten, ehe Hanne und Peter nach Ormberg kamen, einiges über sie erzählt. Er hat gesagt, ihm sei niemals ein dermaßen intelligenter Mensch begegnet. Es sei fast unangenehm, wie präzise ihre Voraussagen zuträfen – und von gewissen Kollegen in Stockholm werde sie »Hexe« genannt.

Sie hat uns gewaltig an der Nase herumgeführt: Niemand von uns hat ihre Krankheit bemerkt oder die Ausmaße ihrer Behinderung geahnt.

Ich bin nicht sicher, was ich von Hanne halten soll.

Ich hatte oft ein Gefühl, dass sie mich seltsam ansah, vor allem, wenn ich mit Andreas sprach. Diese Blicke, die sich gewissermaßen wie Kaugummi an mich klebten, waren mir auf eine vage Weise unheimlich.

»Wir müssen unbedingt versuchen, Hannes Buch zu finden«, sagt Manfred. »Wenn sie alles, was passierte, aufgeschrieben hat, dann kann es uns vielleicht helfen, Peter zu finden. Ich habe sie sogar angerufen und gefragt, wo das Buch ist, aber sie erinnert sich nicht. Und diese Berit hatte auch keine Ahnung, als ich sie gefragt habe.«

»Es ist nicht hier und lag auch nicht in ihrem Hotel«, sage ich. »Ich war mit Svante da und habe nachgesehen.«

»Sie hatte es vielleicht bei sich, als die beiden verschwunden sind«, meint Manfred. »Und hat es im Wald verloren.«

»Dann wird es nach der Schneeschmelze im Frühling sicher auftauchen.«

Manfred seufzt.

»Und Peters Auto?«

Ich nicke und werfe einen Blick auf meine Notizen.

»Auch das ist noch nicht gefunden worden, aber die Kollegen haben es zur Fahndung eingegeben. Sie suchen auch nach den Mobiltelefonen der beiden. Und überprüfen, ob Peter seine Bank- oder Kreditkarten benutzt hat.«

Manfred verstummt. Sieht wieder auf diese seltsame Weise wütend aus, schließt die Augen und holt tief Luft.

»Ich frage mich ja, was das auf Hannes Hand bedeutet«, sage ich.

»Die Ziffern, die sie sich auf die Handfläche geschrieben hatte?«

»Ja. Wenn sie es selbst geschrieben hat. Da stand 363 und dann etwas total Undeutliches. Was kann das gewesen sein? Wir müssen versuchen dahinterzukommen.«

Die Tür wird aufgerissen, und Andreas kommt herein. Er trägt Jeans, einen Fleecepullover und eine Daunenweste.

Seine dunklen Locken sind feucht und Schultern und Oberarme durchnässt.

»Die Flamme des Fleißes lodert, wie ich sehe«, sagt er und stellt sich breitbeinig hin, ein bisschen näher, als mir angenehm ist.

Andreas ist die Sorte Mann, die sich für Gottes Geschenk an die Frauen hält, nur weil er mit einem baumelnden Penis zwischen den Beinen auf die Welt gekommen ist. Er glaubt vermutlich, auf mich irgendeine unwiderstehliche sexuelle Anziehungskraft auszuüben.

Das tut er aber nicht.

Ich fühle mich zu Andreas nicht im Geringsten hingezogen. Ich finde sein Verhalten jämmerlich oder vielleicht eher rührend. Er ist wie ein kleiner Junge, der nach Bekräftigung seiner Männlichkeit schreit, aber ich habe nicht vor, ihm diese Befriedigung zu gewähren.

Ich sehe mir wieder die Karte an. Die Quadrate, die Häuser darstellen, und die gewundene Linie des Baches. Die Höhenlinien, die die Topografie abbilden und sich um den Ormberg zu einem schwarzen Raster zusammenfügen.

Andreas räuspert sich, tritt noch einen Schritt auf mich zu und steht dann so nah, dass sein Bein fast meinen Arm streift.

»Ich komme gerade von Missing People. Sie haben im Wald etwas gefunden, dicht bei der Stelle, wo Hanne aufgetaucht ist. Ich habe keine Ahnung, ob es etwas mit ihr und Peter zu tun hat, aber ...«

Er beendet den Satz nicht, sondern wühlt in seiner Westentasche herum. Zieht eine kleine Plastiktüte heraus, die leer aussieht, und legt sie neben mich auf den Tisch.

Ein Wassertropfen fällt von seinem Arm auf meine Hand.

Wir beugen uns vor, um den Inhalt der Tüte zu betrachten, während Andreas weiterredet:

»Ich habe sicherheitshalber die Techniker hingeschickt. Dieser Typ von Missing People behauptet, sie hätten dort auch Schuhabdrücke gesehen. Sie haben eine Art Decke darübergelegt, damit die nicht zuschneien.«

Ich kneife die Augen zusammen und mustere die Tüte. Etwas darin funkelt auf.

Es ist eine kleine goldfarbene Paillette.

JAKE

Der Eiffelturm ist dreihundertvierundzwanzig Meter hoch, wiegt ungefähr zehntausend Tonnen und besteht aus zwölftausend Eisenbalken, die mit mehr als zwei Millionen värmländischen Nieten zusammengefügt sind. Der Bau dauerte zwei Jahre, und während der Arbeiten starb nur ein Arbeiter – und das nicht einmal während der Arbeit. Er wollte im Jahre 1889, einige Tage vor der Eröffnung, den Turm seiner Freundin zeigen, wollte ihr vielleicht ein bisschen imponieren, fiel jedoch von der ersten Plattform und brach sich dabei den Hals.

Er war sicher total überrascht. Die Freundin natürlich auch.

Es ist wichtig, diesen Hintergrund zu kennen, wenn ich eine richtig gute Kopie des Eiffelturms bauen will.

Ich schaue mir meinen Miniaturturm an, bin aber nicht richtig zufrieden. Etwas stimmt mit dem obersten Teil nicht. Er sieht ein bisschen schief aus, und wenn ich versuche, ihn mit der Zange zu begradigen, beugt er sich in die andere Richtung.

Es ist wirklich sauschwer, obwohl ich mir Bilder und Baupläne zusammengegoogelt und Stunden mit dem Bau des Turmes verbracht habe.

Die Tür wird aufgerissen, und Melinda kommt herein. Sie trägt ein enges schwarzes Kleid, das ihr bis zum halben Oberschenkel reicht. Es ist elegant, für Melindas Maßstäbe sogar sehr. So elegant, dass ich bei ihrem Anblick sofort daran denken muss, dass ich dieses Kleid gern anprobieren würde. Und dann kann ich nicht aufhören, daran zu denken.

So ist es mit *der Krankheit*.

Die lässt mich einfach nicht in Ruhe. Wie ein bockiger kleiner Hund, der mir die ganze Zeit folgt und mich am Bein zupft. Und es spielt keine Rolle, dass ich sage, er soll damit aufhören. Denn dann wird er nur noch eifriger und glaubt, ich wollte spielen.

Das will ich nicht.

Ich will, dass *die Krankheit* aufhört. Mich in Ruhe lässt und im Wald verschwindet, wie dieser Polizist.

Melinda schlägt sich die Hand vor den Mund und hält mitten in der Bewegung inne. Sie riecht nach Parfüm und Haarspray.

»Aber. Fuck. Total fantastisch. Hast du das selbst gebaut?«

Sie tritt noch zwei Schritte näher und stolpert über den Berg aus zerlegten Bierdosen auf dem Boden. Es scheppert, und sie greift nach der Schreibtischkante, um nicht zu fallen.

»Das ist für die Schule«, erkläre ich. »Wir sollen aus recyceltem Material etwas Bekanntes nachbauen.«

Ihre Augen funkeln vor Aufregung, als sie sich über meinen selbstgemachten Eiffelturm beugt und behutsam mit dem Finger die Spitze berührt.

»Sieht ja total echt aus. Wie hast du das gemacht?«

Ich zeige auf die aufgeschlitzten Bierdosen.

»Clever«, sagt Melinda und grinst. »Total clever. Hier gibt's ja Bierdosen in rauen Mengen. Wie hast du die zusammengesetzt?«

»Zuerst habe ich aus den Teilen da eine Art Rahmen gebaut.«

Ich zeige auf die Vertiefung, die sich am Rand jeder Bierdose entlangzieht, und füge hinzu:

»Denn die sind stärker und stabiler als das Blech der eigentlichen Dosen. Ich habe sie zurechtgehämmert und sie dann mit Stahldraht umwickelt. Danach habe ich Teile aus dem dünnen Blech herausgeschnitten und auf den Rahmen geklebt.«

»Wahnsinn. Du müsstest… wie heißt das, wenn man Häuser entwirft?«

»Architekt?«

»Genau. Du müsstest Architekt werden.«

Der Gedanke, dass ich später etwas werden muss, ist mir noch gar nicht gekommen. Und dass dieses Etwas Architekt sein könnte, ist fast unvorstellbar.

»In Ormberg gibt es keine Architekten«, sage ich.

Das stimmt.

In Ormberg gibt es fast nur Rentner und Arbeitslose. Und Stillmans, die im Internet Hundekleider verkaufen, und Skogs, die alberne Minipferde züchten. Im Sommer kommen dann noch die Deutschen und die Stockholmer. Die wandern im Wald, in einer besonderen Kleidung, mit der sie aussehen wie Militärs, und paddeln im Kanadier auf dem Bach.

Und dann grillen sie.

An windstillen Sommerabenden liegt der Geruch von gegrilltem Fleisch schwer über Ormberg, eine riesige Wolke aus nach Barbecue stinkendem Rauch.

»Stockholmgestank«, sagt Papa dann immer und rümpft die Nase.

»Kannst du mir helfen, meine Haare zu legen?«, fragt Melinda.

»Sicher«, sage ich und hoffe, dass sie nicht merkt, wie sehr ich mich freue.

Ein Junge hat keine Haare zu legen.

So was machen nur schwule Friseure in Stockholm oder vielleicht Künstler, die das tun müssen, damit die kleinen Mädels sie toll finden und sie bei Instagram liken.

Ich folge Melinda in ihr Zimmer. Der Boden ist von Kleidern übersät: Stringtangas in fröhlichen Farben und Spitzen-BHs. Eine umgestülpte Jeans liegt auf dem Stuhl. Melinda hebt die Jeans auf und schleudert sie durch das Zimmer, wo sie am Fußende des Bettes landet.

Der Parfümgeruch ist hier noch stärker, und der Schreibtisch ist mit Schminkutensilien bedeckt.

So viele schöne Dinge: glitzerndes Rouge, Kajalstifte, Lidschatten in allen erdenklichen Farben und kleine Tuben mit unbekanntem Inhalt, die sich in einer großen rosa Schminktasche mit Strassbuchstaben drängen.

Bitch steht auf der Tasche.

Ich wünschte, ich hätte auch so eine.

Aber das wäre doch *fucking* verdammt gestört.

Ich schlucke energisch und greife zur Lockenzange, die auf dem Boden liegt, ahne einen schwachen Geruch von verbrannten Haaren und spüre die Wärme des Griffes.

»Okay«, sagt Melinda. »*Let's do it.*«

Sie befestigt ihre langen Haare mit einer Klammer, und ich fange an, Locken zu drehen. Es ist für uns eine Art Ritual geworden, dass ich Melinda die Haare lege, wenn sie ausgehen will.

»Du bist ein Schatz«, murmelt sie und streckt die Hand nach dem Nagellack aus.

»Wohin gehst du?«, frage ich.

»Treff mich mit Markus«, sagt sie zerstreut, öffnet den Nagellack und fängt an, ihre langen spitzen Nägel zu bestreichen.

Markus ist Melindas Freund. Er ist achtzehn und fährt einen alten Ford, den er selbst restauriert hat. Er hat ihn vor einem Jahr auf dem Schrottplatz gekauft. Melinda sagt immer, der Wagen sei ein *Wrack* gewesen, aber er habe ihn in eine *sauscharfe Karre* verwandelt.

Ich weiß nicht so ganz, was ich von Markus halten soll. Er sagt nie etwas, wenn er hier ist, sitzt meistens schweigend da und lässt sich die Haare übers Gesicht hängen. Ich weiß kaum, wie er unter diesen Haaren aussieht. Papa kann ihn jedenfalls nicht leiden, ich habe ganz oft gehört, wie er und Melinda sich wegen Markus gestritten haben. Aber ich glaube, Papa hat vor allem Angst, Melinda könnte schwanger werden. Jedenfalls schreit er sie an: »… denn dann hab *ich* nicht vor, *dein* Drecksbalg zu versorgen!«

»Und du, was hast du heute Abend vor?«

»Weiß nicht«, sage ich. »Einfach zu Hause bleiben, glaub ich.«

»Du triffst dich nicht mit Saga?«

Beim Gedanken an Saga prickelt es ein bisschen in meinem Bauch. Als ob da drinnen ein ungeheuer kleines Insekt herumkriecht.

»Die geht aufs Schulfest.«

Melinda knallt die Nagellackflasche auf den Kopf.

»Warum habt ihr mitten in der Woche ein Fest?«, fragt sie. Und dann, mit sanfterer Stimme:

»Willst du nicht hin?«

»Keine Lust.«

Ich bringe es nicht über mich, das Melinda zu erklären. Bringe es nicht über mich zu erzählen, was Vincent und seine Kumpels machen würden, wenn ich hinginge. Aber wie üblich versteht sie es trotzdem. Das ist Melindas Superkraft. Sie weiß sozusagen immer, was ich denke, oft sogar, ehe ich selbst das tue. Als wären meine Gedanken Funkwellen, die sie auffangen und in Gedanken hören kann.

Ich nehme an, es ist meine Superkraft, aus alten Bierdosen Sachen zu bauen.

»Es ist wegen Vincent, was?«, fragt sie.

Ich gebe keine Antwort. Es zischt ein wenig, als ich eine feuchte Haarsträhne in den Schlund der Lockenzange lege.

»Den Arsch bring ich um, wenn er sich nicht zusammenreißt«, knurrt sie.

»Bitte tu das nicht!«

»Doch. Ich bringe ihn verdammt noch mal um, wenn er dich nicht in Ruhe lässt.«

Als Melinda weg ist, gehe ich in die Küche, um mir eine Cola zu holen. Papa schläft wieder auf dem Sofa, deshalb schalte ich den Fernseher aus und decke Papa zu. Hebe zwei leere Bierdosen auf und nehme sie mit hoch auf mein Zimmer.

Die will ich recyceln.

Aber zuerst will ich weiter in diesem Tagebuch lesen.

Ich nehme das Buch und setze mich aufs Bett. Streiche mit der Hand über den braunen Rücken.

Es ist wirklich seltsam. Wenn ich darin lese, habe ich ein bisschen das Gefühl, in Hannes Kopf zu sein. Es ist fast, als würde ich zu ihr, obwohl sie doch uralt und eine Frau ist. Als ob ich ein wenig von Melindas Superkraft bekommen hätte und Gedanken lesen könnte.

Ich weiß nicht, ob ich Hanne leiden kann, aber sie tut mir leid. Es muss grauenhaft sein, das Gedächtnis zu verlieren und alles, was passiert, in ein Buch schreiben zu müssen. Aber sie ist auch clever – es hat eine Weile gedauert, aber dann war mir klar, warum sie ein Inhaltsverzeichnis gemacht hatte. Sie kann ja nicht das ganze Buch lesen, wenn sie eine Kleinigkeit vergessen hat.

Ja, Hanne ist clever. Clever und einsam, denn sie kann niemandem erzählen, was sie denkt.

Diesem P schon gar nicht.

Das ist genau wie mit *der Krankheit*, denke ich.

Du hast ein Geheimnis, Hanne, und ich habe auch eins.

Wir waren gerade an der Fundstelle.

Der Weg dahin: schmal, voller Löcher, umrahmt von hohen Kiefern. Keine Häuser. Keine Menschen.

Die Geröllhalde ist vielleicht drei Meter breit und zwanzig Meter lang. Sie besteht aus einem Haufen bemooster Steine von unterschiedlicher Größe.

Dahinter: ein Hang, der immer steiler wird – der Ormberg.

Auf der anderen Seite: das dunkle Wasser im Bach.

Wir gingen im Moos in die Hocke. Versuchten, das Unvorstellbare in uns aufzunehmen. Dass das Skelett eines fünf Jahre alten Mädchens unter den Steinen hier gefunden worden war, mit über der Brust gefalteten Händen.

Ich überlegte mir, dass der Täter sehr stark gewesen sein musste, denn die Steine waren groß und schwer. Vermut-

lich kannte der Täter sich hier in der Gegend aus und wusste von der Geröllhalde, ehe er das Mädchen dort begraben hat. Außerdem sagt die Tatsache, dass das Mädchen mit gefalteten Händen begraben wurde, etwas über das Verhältnis des Täters zu ihm aus. Es ist fast liebevoll, als ob es dem Täter wichtig gewesen wäre.

Wir schwiegen eine Weile, dann sagte Andreas, wir müssten zurückgehen. Ich merkte wieder, dass Malin irritiert war.

Das kann keine Einbildung sein.

Nein, ich kann mir nicht vorstellen, dass sie ihn mag.

Ormberg, 23. November

Fünf nach drei Uhr nachts

Ich sitze in dem kleinen Sessel, schaue aus dem Fenster. Die Pfützen breiten sich auf dem unebenen Asphalt aus. Kleine schmutzig braune Lachen, die die Wolken ausgerotzt haben. Sie leuchten im Schein der Lampen auf dem Parkplatz. Das einzige Auto, das dort steht, ist unseres.

Ich weiß nicht einmal, ob es hier noch andere Gäste gibt.

Hinter dem Parkplatz: Dunkelheit. Keine Tiere, keine Menschen, keine vorüberfahrenden Autos.

Manfred wohnt im Hotel in Vingåker, und das ist sicher gut so. Unser Hotel liegt mitten im Nirgendwo, auf halber Strecke zwischen Ormberg und Vingåker.

Ich wurde von einem seltsamen Herzklopfen geweckt. Überlegte, was mich erschreckt haben könnte. Und begriff dann, dass ich wusste, was es war.

Erster Impuls: P zu wecken. Ihn zum Leben zu rütteln und

zu fragen, wo wir seien. Warum wir in dem fremden Bett lägen.

Aber ich beruhigte mich, sah ein, dass das das Letzte wäre, was ich tun könnte.

P darf absolut nichts wissen!

Ich konzentrierte mich deshalb darauf, mich zu erinnern. Erinnerte mich nur an Ilulissat: die Eisberge, die klare kalte Luft. Das seidenglatte Gefühl, dass alles perfekt war.

Ich hätte Grönland niemals verlassen dürfen. Dort war ich stark.

Ich stieg ganz leise mit dem Tagebuch aus dem Bett. Setzte mich in den Sessel und las. Wartete darauf, dass der Text etwas auslöste, einen Strom von Bildern und Erinnerungen.

Aber diesmal nicht.

Es war, wie irgendein Buch zum ersten Mal zu lesen. Als wäre nicht ich an allem beteiligt, sondern eine andere.

Werde ich langsam zu einer anderen? Ist es so? Oder ist das hier ein isoliertes Ereignis, eine Anomalie infolge einer Überanstrengung?

Ich konnte nicht schlafen und las stattdessen über die Ermittlung.

Die wichtigste Theorie der Polizei war anfangs, dass der Tod des Ormbergmädchens ein Unglück war, vielleicht ein Verkehrsunfall, den jemand zu vertuschen versuchte, indem er den Leichnam begrub. Aber als das Mädchen nicht identifiziert werden konnte, änderte sie ihre Ausrichtung.

Wenn jemand bei einem Unfall ums Leben gekommen und in der Geröllhalde versteckt worden wäre, müsste diese Person doch vermisst worden sein – aber hier wird kein Kind vermisst. Und in den umliegenden Gemeinden auch nicht.

Das Mädchen kommt nicht aus Ormberg.
Und es war kein Unfall.

Ich lege das Buch auf meine Knie und sehe den Eiffelturm an. Er leuchtet matt im Licht der Schreibtischlampe.

Ein kaltes Gefühl steigt mir vom Magen in die Brust. Was Hanne schreibt, ist ja nicht gerade etwas Neues, aber mir wird doch schlecht, wenn ich an das kleine Mädchen denke, das in der Geröllhalde vergraben wurde.

Es ist schwer zu begreifen, dass Hanne das vor weniger als zwei Wochen geschrieben hat. Dass sie dort in dem alten Laden saß und mit ihren Kollegen über das Ormbergmädchen diskutierte. Diese Malin kenne ich übrigens, das heißt, ich kenne sie nicht, dazu ist sie viel zu alt, aber ich weiß genau, wie sie aussieht und wo ihre Mutter wohnt.

Die Geschichte des Ombergmädchens hat etwas mit mir gemacht. Ich weiß nicht so recht, was es ist, aber mein Leben kommt mir nicht mehr so hoffnungslos vor. Vincent und seine Kumpel sind nur lächerliche Idioten, und *die Krankheit* ist zwar sehr krank, aber nicht so heimtückisch wie das, was dem Ormbergmädchen passiert ist.

Oder das, was Mama passiert ist.

Die Krankheit ist kein Krebs und keine Demenz, aber ich wünschte doch, sie würde verschwinden.

Ich strecke die Hand nach meinem Handy aus und googele »Anomalie«.

MALIN

Es ist nicht so einfach, als Erwachsene wieder zu Mama zu ziehen. Ich weiß nicht so recht, was ich mir gedacht habe, als ich das Angebot angenommen habe, bei dieser Ermittlung mitzumachen. Ich bin einfach nicht auf die Idee gekommen, dass ich dadurch dann auch wieder nach Hause ziehen müsste, jedenfalls vorübergehend.

Aber was wäre denn die Alternative gewesen? Im Hotel in Vingåker zu wohnen?

Nein.

Mama wäre so furchtbar verletzt gewesen. Und das will ich nun wirklich nicht. Ich liebe Mama, und auf eine seltsame Weise liebe ich auch Ormberg, obwohl ich hier niemals wohnen möchte. Die Natur ist großartig, und die Sommer sind magisch – eine ländliche Idylle mit roten Hütten, tiefen Wäldern und dem glitzernden, lauwarmen Wasser des Långsjö.

Und doch will ich hier weg.

Ich werde nicht mit Mamas vielen Fragen fertig, ertrage die Unruhe in ihren Augen nicht, wann immer wir über meine Arbeit sprechen.

Und dann ist es doch auch traurig zu sehen, wie der Hof verfällt.

Seit Papa vor etwas mehr als drei Jahren gestorben ist, ist am Haus wohl nichts mehr gemacht worden. Die Farbe blättert in großen Lagen von der Fassade ab, Windbretter und Fensterrahmen lockern sich, und der Garten hat sich in einen Urwald verwandelt. Eine Regenrinne ist heruntergefallen und liegt im hohen Gras auf dem Boden, liegt wie eine Schlange zwischen den Gewächsen auf der Lauer, bereit, mich ins Bein zu beißen, wenn ich vorübergehe.

Und dann ist da noch die Scheune.

Die Scheune ist vollgestopft mit Papas altem Kram. Er konnte einfach nichts wegwerfen. Hat alles gesammelt, von alten Haushaltsgeräten bis zu Transistoren, mottenzerfressenen Kleidungsstücken, Autoreifen, zerbrochenen Instrumenten, alten Langlaufskiern aus Holz, Farbeimern und allen Ausgaben des Jahrbuches des Schwedischen Tourismusverbandes seit 1969. Er ist sogar mit einer alten Waschmaschine in den Armen gestorben – sein Herz versagte, als er die zur Scheune tragen wollte. Als Mama ihn im Gras fand, umklammerte er noch immer die alte Cylinda, wie ein Schiffbrüchiger, für den die Waschmaschine einen Rettungsring darstellt.

In der Scheune türmt sich tonnenweise Schrott, von dem sich Mama einfach nicht trennen kann. Es ist der Abfall eines ganzen Lebens, und wenn ich dort hineingehe, komme ich mir vor wie in einem alten Film. Alle Erinnerungen brechen wieder über mich herein: Wenn ich mein altes Fahrrad ansehe, mit dem ich bei der stillgelegten Fabrik in den Straßengraben gefahren bin, spüre ich wieder den Schmerz im Handgelenk, und wenn ich an der Zeltbahn rieche, denke ich daran, dass ich mein erstes Mal in meinem Schlafsack hatte. Ich spüre Kennys Wärme und die Gerüche und die Kälte des Bodens unter der dünnen Isomatte.

Und dann die Cylinda.

Mama hat sie nie weggeworfen. Sie hat sie einfach zu dem anderen Schrott in die falunrote Scheune gepackt.

Mein Sexdebüt neben Papas Tod.

Als ich zum ersten Mal mit Max in Ormberg war, habe ich mich geschämt. Außerdem schämte ich mich, weil ich mich schämte. Denn obwohl Mama nervig sein kann, liebe ich sie ja doch, und es gibt eigentlich nichts in Ormberg oder meiner Kindheit, dessen ich mich schämen müsste. Aber zugleich ist Ormberg voll von allem, was ich nicht will: spärliche Bebauung und Arbeitslosigkeit und Überalterung. Häuser, die verfallen, Gärten voller Autowracks und rostiger Badewannen, aus denen früher Kühe getrunken haben, und vor allem voller Menschen, die sich an den Traum davon klammern, wie es früher einmal war.

Ich will so viel mehr.

Max und Mama verstanden sich übrigens sofort, was mich eigentlich nicht überrascht, denn Max kann sehr charmant sein, wenn er will. Er besitzt die Fähigkeit, sich Menschen zu nähern, sie dazu zu bringen, sich wahrgenommen und wohlzufühlen und einfach loszuplappern, obwohl sie eigentlich nicht besonders viel zu sagen haben.

Er hätte ein verdammt guter Polizist werden können.

Aber das ist auch etwas, was ich absolut nicht will – mit einem Polizisten zusammen sein. Max findet, ich sollte Jura studieren, wenn ich von Katrineholm nach Stockholm gezogen bin, und ich glaube, so wird es wohl werden.

Ich glaube, er möchte auch nicht mit einer Polizistin zusammen sein.

Ich halte vor dem alten Lebensmittelladen. Eine dünne Schneedecke liegt auf dem Boden. Alles ist weiß, und ich kneife in dem scharfen Sonnenlicht die Augen zusammen, als ich aussteige. Die Kälte schneidet mir in die Wangen. Wolkenfetzen jagen einander am klaren blauen Himmel, und der Wind lässt den leichten Neuschnee am Feldrand aufstieben.

Es ist Dienstag, und Peter ist seit fast vier Tagen verschwunden.

Ich denke an den freundlichen, sehnigen Polizisten mit den graublonden Haaren. An sein kariertes Flanellhemd und den Blick, der nie auch nur einen Millimeter abwich, egal, mit wem er redete.

Seit seinem Verschwinden haben wir die Ermittlungen über das Ormbergmädchen auf Eis gelegt, denn egal wie, ein über zwanzig Jahre alter Mord kann einige Tage warten.

Obwohl Peters Verschwinden ins Ressort der lokalen Polizei fällt, haben wir alles getan, um zu helfen. Wir haben uns an den Suchaktionen beteiligt, haben uns mehrmals mit dem Einsatzleiter getroffen und Hannes und Peters Papiere nach Hinweisen darauf abgesucht, wo sie am Freitagabend hinwollten.

Wir haben nichts gefunden.

Vielleicht ist das an und für sich schon ein Hinweis – vielleicht waren Hanne und Peter mit etwas beschäftigt, das sie uns anderen gegenüber aus irgendwelchen Gründen geheim halten wollten.

Andreas winkt mir zu, als ich hereinkomme. Die Reste seiner Safranschnecke liegen noch auf dem Tisch. Er sitzt zurückgelehnt auf dem Stuhl und hat die Füße auf den Tisch gelegt. Er hat zwar die Schuhe ausgezogen, aber trotzdem. Das hier ist ein Büro, ein überaus provisorisches zwar, aber dennoch ein Arbeitsplatz, nicht sein verdammtes Wohnzimmer. Ein Arm hängt träge über dem Nachbarstuhl, die andere Hand hält eine Snusdose.

Ich verabscheue Männer, die Tabak kauen.

»Hallo«, sagt er und lächelt so breit, dass der Priem unter seiner Oberlippe hervorlugt.

»Hallo«, sage ich und streife die Daunenjacke ab.

Mehr können wir nicht mehr sagen, denn nun wird an die Tür geklopft. Sie wird geöffnet, Schritte nähern sich, und eine schmächtige Frau von etwa siebzig betritt das Zimmer. Die dichten grauen Haare locken sich wie Lammfell um ihren Kopf, und ihre riesige Brille beschlägt, sowie sie in die Wärme kommt.

Ragnhild Sahlén.

Ragnhild wohnt auf der anderen Seite der Wiese, bei der alten TrikotKönig-Fabrik, wo jetzt Flüchtlinge untergebracht sind. Ganz dicht bei dem grün gestrichenen Haus, in dem Kenny gewohnt hat.

Wie so oft, wenn ich an meinen Freund von damals denke, krampft sich mein Magen vor Unbehagen zusammen. Wir waren zusammen, seit ich fünfzehn geworden war, und bis zu der regnerischen Nacht im Oktober 2011. Ich war siebzehn Jahre alt und nicht reif genug, ein solches Erlebnis zu verarbeiten.

Aber andererseits, wird man das denn je?

»Hallo, Ragnhild«, sage ich.

Ragnhild nimmt die Brille ab und reibt sie an ihrem Pulloverärmel, der unter der Jacke hervorlugt.

Vor ihrer Pensionierung arbeitete sie als Lehrerin in Vingåker. Seither engagiert sie sich im Heimatverein, der aus drei alten Leuten aus Ormberg besteht. Was sie in dem Verein machen, weiß ich nicht so genau, aber ich habe immerhin begriffen, dass sie sich sehr um die alte Fabrik kümmern – die wollen sie offenbar restaurieren und als Industriemuseum nutzen, und sie führen mit der Gemeinde einen ewigen Kampf, um Geld für dieses Projekt loszueisen.

»Malin. *Meine Liebe.* Das ist ja lange her.«

»Zwei Jahre«, präzisiere ich.

»Du müsstest häufiger herkommen«, murmelt sie und setzt die Brille wieder auf. »Ich glaube, dass ... der Hof müsste ein bisschen in Schuss gebracht werden.«

Sehe ich aus wie ein verdammter Zimmermann?, möchte ich sie fragen. Aber das tue ich natürlich nicht, denn sie spricht im Grunde nicht von dem Haus, sondern von meiner Mama. Was sie zu sagen versucht, ist, dass Mama mich braucht. Und das mag ja sein, aber *ich* brauche etwas ganz anderes, als hier in Ormberg zu vergammeln.

»Können wir Ihnen irgendwie behilflich sein?«, fragt Andreas, der sogar die Füße vom Tisch genommen hat.

»Ich möchte einen Diebstahl melden«, sagt Ragnhild und streckt sich ein bisschen.

»Es tut mir leid«, sage ich. »Wir sind hier mit den Ermittlungen zum Ormbergmädchen beschäftigt. Du musst nach Vingåker, wenn du eine Anzeige machen willst. Und die Öffnungszeiten da ...«

»So was habe ich ja noch nie gehört«, fällt Ragnhild mir ins Wort. »Warum stochert ihr denn in dieser alten Geschichte herum? Da kommt ja doch nichts bei raus. Ich dagegen, ich soll nach Vingåker fahren, wenn ich Hilfe brauche? Das ist doch absurd!«

»Leider ist das so«, sage ich und versuche, mich mitfühlend anzuhören, dabei möchte ich viel lieber sagen, dass sie verschwinden soll.

Wir schweigen, und Ragnhild sieht nachdenklich und vielleicht auch ein bisschen listig aus, als überlege sie, wie sie meine Argumente entkräften kann.

»Was ist denn passiert?«, fragt Andreas, und ich würde ihm gern einen ordentlichen Tritt gegen das Schienbein verpassen, aber leider stehe ich zu weit von ihm weg.

»Es war einer von den Ausländern im Asylantenheim. Ein junger Mann. *Ein Muslim.* Ich habe ihn mit einem gestohlenen Fahrrad gesehen. So einem Rennrad, wie sie bei der Tour de France benutzt werden.«

Die Vorstellung, dass Ragnhild sich die Tour de France ansieht, ist so absurd, dass ich mir ein Lachen nicht verkneifen kann.

»Sie haben diesen Burschen also gesehen, wie er ein Fahrrad gestohlen hat?«, fragt Andreas, der offenbar noch immer nicht begriffen hat, dass Ragnhild niemals aufhören wird, wenn wir sie einfach weiterschimpfen lassen. Dass sie eine Naturgewalt ist – viel stärker und ausdauernder als Vierkomponentenkleber. Es wird damit enden, dass wir den ganzen Tag lang verschwundene Katzen und Vandalen jagen.

Ragnhild nimmt ihre riesige Brille nun wieder ab, reibt sich die Augen und verlagert ihr Gewicht nervös von einem Fuß auf den anderen. Kleine Lachen aus geschmolzenem Schnee bilden sich unter ihren Gesundheitsstiefeln mit Schneespikes.

»Nein, ich habe gesagt, dass ich ihn *mit* einem gestohlenen Fahrrad gesehen habe«, sagt sie.

»Und wem gehört dieses Fahrrad?«, fragt Andreas und streckt die Hand nach einem Notizblock aus.

»Woher soll ich das wissen?«

Die roten Flecken an Ragnhilds Hals werden immer größer.

Andreas erstarrt mitten in der Bewegung und macht ein verwirrtes Gesicht.

»Aber woher wissen Sie dann, dass es gestohlen war?«, fragt er. »Wenn Ihnen das Fahrrad nicht bekannt war und Sie nicht gesehen haben, wie es gestohlen wurde?«

Ragnhild umklammert ihre Brille und räuspert sich.

»Das liegt doch auf der Hand. Dass solche Leute sich kein Rennrad leisten können. Natürlich hat er es gestohlen. Wenn die Gemeinde so ein Rad finanziert hat, dann will ich die Gemeinde verklagen, denn dann haben sie *mein* Geld gestohlen. Ich bezahle schließlich mein ganzes Leben lang schon Steuern. Wissen Sie, was so ein Rad kostet? Ich weiß das, denn Sivs Tochter hat so eins, und das hat zwanzigtausend gekostet.«

Andreas wechselt einen verständnisinnigen Blick mit mir.

»Wie schon gesagt, Ragnhild«, sage ich. »Es tut mir schrecklich leid, aber wir haben hier sehr viel zu tun. Du musst mit der Polizei in Vingåker reden, wenn du eine Anzeige erstatten willst.«

Es dauert dann noch zehn Minuten, bis wir Ragnhild hinauskomplimentiert haben. Als sie dann endlich geht, schlägt sie die Tür so hart zu, dass in dem alten Ladenlokal irgendetwas auf den Boden knallt.

Wir sehen aber nicht nach, was es war.

»So eine alte Kuh!«, sagt Andreas und betont jedes Wort.

Ich nicke.

»Ragnhild ist ... Ragnhild.«

»Aber sie kann ja durchaus recht haben«, sagt er nun und trommelt mit dem Kugelschreiber auf dem Tisch herum.

»Sicher. Sogar Ragnhild kann recht haben. Ein seltenes Mal.«

»Wir haben ziemliche Probleme mit einem Heim für Geflüchtete bei Örebro«, sagt Andreas. »Aber da geht es meistens um Bedrohungen und Schlägereien. Weil sie untereinander keinen Frieden halten können und so.«

»Man könnte ja meinen, sie sollten sich ein bisschen Mühe geben«, sage ich. »Wo wir sie doch immerhin aufnehmen. Auch wenn sie Schweres hinter sich haben und überhaupt. Denn das haben sie natürlich. Und davor habe ich allen Respekt.«

Ich denke an die Berichte in den Nachrichten. An die Bilder von Bomben, die über Aleppo fallen, und von toten Kindern an den Stränden des Mittelmeers. Mir wird so schlecht, wenn ich das sehe, dass ich einfach abschalte. Es dürfte nicht vorkommen, dass Menschen aufgrund von Krieg und Hunger ihr Zuhause verlassen müssen, kleine Kinder schon gar nicht. Aber wir können ja trotzdem nicht alle aufnehmen. Wir sind doch ein kleines Land, und wir liegen verdammt weit weg von diesen Konfliktherden.

Außerdem glaube ich, sie würden sich in einer Kultur, die größere Ähnlichkeit mit ihrer eigenen hat, wohler fühlen. Auf jeden Fall ist Schweden ein ziemlich fortgeschrittenes und gleichberechtigtes Land. Frauen haben hier dieselben Rechte wie Männer. Allein bei dem Gedanken, jemand könnte mich unter eine Burka zwingen, werde ich wütend.

Und wenn wir sie schon aufnehmen müssen: warum ausgerechnet in Ormberg, das so klein und abgelegen ist und selbst so viele Probleme hat? Warum kein größerer Ort, mit intakter Infrastruktur und Arbeitsplätzen?

Ein *anderer* Ort.

»Woran denkst du?«, fragt Andreas.

Ich schüttele den Kopf.

»An nichts. Irgendwas Neues von Peter?«

Andreas schüttelt traurig den Kopf.

»Nein. Ich habe vorhin mit Svante gesprochen, Peter scheint sich einfach in Luft aufgelöst zu haben. Zwei Tage lang wird das Gelände schon durchgekämmt, und noch immer haben sie nur eine … *Scheißpaillette* gefunden!«

Wir schweigen, und ich sehe noch einmal Peters Gesicht vor mir.

Sie sind ein ungleiches Paar, Peter und Hanne. Nicht nur, weil sie älter ist, sondern auch, weil Hanne zu bestimmen scheint, obwohl sie nicht sehr viel sagt. Peter trottet meistens hinter ihr her, wie ein braver Hund.

Er scheint wirklich an ihr zu hängen. Er spricht nicht darüber, aber es ist seinem Verhalten anzusehen: wie er ihr die Jacke über die Schultern legt, wenn es im Büro kalt ist. Wie er extra nach Vingåker fährt, um den Tee zu kaufen, den sie gern trinkt. Wie er sie nicht aus den Augen lässt, wenn sie sich im Raum bewegt.

Ja, ich glaube, er liebt sie.

»Was sagst du dazu, was auf ihrer Hand steht?«, fragt Andreas.

Ich schüttele den Kopf und versuche, Ordnung in meine Gedanken zu bringen. Denke an die Ziffern, die mit Tinte auf Hannes zerschundene Handfläche geschrieben waren.

»Vielleicht der Anfang einer Telefonnummer. Oder irgendeine Art Code. Etwas, das sie nicht vergessen wollte, das sie aber nicht in ihr Buch schreiben konnte.«

»GPS-Koordinaten?«, schlägt Andreas vor.

»Nein, das ist unmöglich. Nicht, wenn es irgendwo hier in Sörmland sein soll. Das habe ich schon überprüft.«

Andreas blättert in seinem Notizbuch.

»Svante hat jedenfalls von der Telefongesellschaft gehört«, sagt er. »Weder Peter noch Hanne waren am Freitagabend in Katrineholm, was sie doch offenbar vorhatten. Jedenfalls waren ihre Handys noch hier in Ormberg. Das von Hanne hatte am Freitagabend gegen sieben Kontakt zu dem Mast hier an der Autobahn. Seither war es stumm. Und Peters hatte gegen acht Kontakt zu demselben Mast. Ich weiß nicht, wie wir das deuten sollen, aber ich glaube nicht, dass sie Ormberg verlassen haben. Dann bin ich die Liste ihrer Telefongespräche und SMS aus den letzten Tagen durchgegangen. Du kannst auch gern noch mal nachsehen, ich kann jedenfalls nichts Auffälliges finden. Und Peters Bankkarte wurde am Freitag zuletzt benutzt.«

»Was aber haben sie im Wald gemacht?«, frage ich.

»Ja, was zum Teufel haben sie im Wald gemacht? Ich habe auch mit den Technikern gesprochen. Es gab tatsächlich an der Stelle, wo Hanne aufgetaucht ist, noch andere Abdrücke im Boden. Jemand ist mit hochhackigen Schuhen da im Schlamm herumgetrampelt. Genau da, wo diese Paillette gefunden worden ist.«

»Sie hatte also recht, diese Autofahrerin, die Hanne gefunden hat«, sage ich. »Da war eine Frau, in Paillettenkleid und hochhackigen Schuhen.«

»Sieht so aus. Aber das hilft uns jetzt ja auch nicht weiter.

Es gibt zu viele unbeantwortete Fragen. Wohin wollten Hanne und Peter? Wo steckt Peter jetzt? Wer war die Frau im Kleid, und was hat sie da im Wald gemacht? Und wo zum Teufel ist Peters Auto?«

Wir schweigen eine Weile, vereint in einer so starken Frustration, dass man sie fast mit Händen greifen kann.

Dann schaut Andreas mich an, wippt ein wenig mit dem Stuhl hin und her und lächelt.

»Du«, sagt er, als sei ihm gerade etwas Wichtiges eingefallen.

»Ja?«

»Wollen wir heute Abend nach Vingåker fahren und ein Bier trinken?«

Meine Schläfen pochen, und ich merke, wie meine Gereiztheit wieder zum Leben erwacht, gerade jetzt, wo ich ihn fast sympathisch fand.

»Heute Abend kann ich nicht.«

Ich zögere eine Sekunde, dann füge ich hinzu:

»Außerdem bin ich verlobt und ziehe in fünf Monaten nach Stockholm.«

»*Und?*«

Andreas lächelt jetzt noch breiter. Er lässt seinen Kugelschreiber auf den Tisch fallen und fährt sich langsam mit der Hand über die Bartstoppeln, schiebt sich mit Daumen und Zeigefinger den Priem aus dem Mund und stopft ihn in die Dose.

Er widert mich an.

Alles an ihm widert mich an: sein selbstzufriedenes Lächeln, sein Tabakkonsum und seine arrogante Art, mein Nein zu ignorieren. Als wäre unser Gespräch nur eine Farce, eine Art ausgefeiltes und ausgedehntes Vorspiel.

»Du hältst dich wohl für unwiderstehlich, was?«

Andreas lässt mich nicht mit Blicken los, als er antwortet: »Nein, aber dich.«

Ich bin sprachlos. Ehe ich die tödliche Antwort formulieren kann, die ich ihm so gern geben möchte, höre ich, dass die Tür geöffnet wird und sich aus dem Nebenzimmer schwere Schritte nähern.

Andreas reagiert nicht. Stattdessen starrt er mich noch immer lächelnd an, als wäre ich irgendein verdammtes Tier auf einer Ausstellung. Eine Katze mit fünf Beinen oder ein Kalb mit zwei Köpfen.

Das macht mich wütend.

Manfred kommt herein, und deshalb muss ich meine Wut hinunterschlucken. Ich habe seinen scharfen Blick gesehen, wenn Andreas und ich aneinandergeraten sind. Dieser Blick teilte mit aller wünschenswerten Deutlichkeit mit, dass Manfred keinen Streit akzeptieren würde.

Manfred tritt mitten in den Raum, knöpft langsam seinen Mantel auf und mustert uns schweigend. Von seinem Hosenbein tropft es auf den Boden. Dann setzt er sich auf einen Stuhl, beugt sich vor und sieht erst Andreas an, eine Sekunde später dann mich.

»Die Kollegen haben bei der Geröllhalde einen Leichnam gefunden«, sagt er.

»Peter?«, flüstere ich und spüre, wie sich mein Magen zusammenkrampft.

Manfred schüttelt den Kopf und richtet seinen düsteren, leeren Blick auf mich.

»Nein. Eine Frau.«

»Aber...?«

Ich kann nicht weiterreden, als ich begreife, was er da wirklich gesagt hat.

»*Aber?*«, frage ich noch einmal.

»Wir fahren jetzt hin«, sagt Manfred.

JAKE

Der Schulbus setzt uns im Ortskern ab.

Saga und ich bleiben vor dem alten Lebensmittelladen stehen, während die anderen in unterschiedliche Richtungen auseinanderschlendern.

Papa sagt, das Beste an Ormberg sei die Natur, sie sei die schönste in Schweden. Und dann die Jagd, es gibt hier jede Menge Damwild, Elche und Wildschweine. Ich sehe das nicht so – ich finde, das Beste sind die vielen alten Häuser, in denen man herumhängen kann. Bis vor einigen Monaten sind Saga und ich nach der Schule in den alten Lebensmittelladen gegangen, aber dann hat jemand ein riesiges Vorhängeschloss an der Tür angebracht.

Und jetzt wimmelt es in dem Haus nur so von Bullen.

Saga stochert mit dem Fuß im Neuschnee herum, schiebt sich den rosa Pony zur Seite und schaut in die großen, schmutzigen Schaufenster.

Im Inneren des Raumes brennt Licht – warmes Licht fällt über den Boden, und ich kann dort einen Heizlüfter erahnen. Außerdem hat jemand Ordnung geschaffen: Alle alten Bierdosen und Zeitungen sind verschwunden.

»Glaubst du, sie finden ihn?«, fragt Saga.

Ich schaue die Autos an, die draußen geparkt sind, und denke an P, Hannes Mann, der im Wald verschwunden ist.

Und dann denke ich an die vielen Menschen, die ihn im Wald suchen: die Heimwehr und dieser seltsame Verein, der nach Verschwundenen Ausschau hält.

Papa sagt, es ist nur eine Frage der Zeit, bis sie ihn erfroren auffinden werden. Er sagt, niemand kann um diese Jahreszeit mehrere Nächte im Wald überleben, schon gar nicht ein Stockholmer ohne Ausrüstung oder Erfahrung.

»Aber was ist, wenn ihn jemand umgebracht hat?«, sagt Saga und lehnt sich an das Schaufenster, hält sich die Hand an das Gesicht und lugt hinein.

Dann scheint sie das Interesse am Laden zu verlieren, bohrt die Hände in die Jackentaschen und dreht sich wieder zu mir um.

»Was, wenn hier ein Mörder wohnt?«, fügt sie leise hinzu, als ob sie Angst hätte, jemand könnte sie hören. »Was, wenn es derselbe Typ ist, der das Mädchen im Moos umgebracht hat?«

»Ein *Mörder? In Ormberg?* Spinnst du? Außerdem ist dieses Mädchen doch schon ewig lange tot.«

Saga macht ein verlegenes Gesicht und zuckt mit den Schultern.

»Aber warum nicht? Meine Mutter sagt, Gunnar könnte jeden umbringen, ohne mit der Wimper zu zucken.«

»*Gunnar Sten?* Ist der nicht, na ja, mindestens hundert?«

»Aber das meine ich doch gerade. Er ist alt genug, um vor zwanzig Jahren dieses Mädchen umgebracht zu haben. Und er ist ein totaler Widerling. Er hat offenbar unten am See, als er jung war, einen anderen fast totgeschlagen. Hat ihm mit einem Stein auf den Kopf gehauen, bis der Typ bewusstlos war.«

»Echt?«

Saga nickt ernst und erwidert meinen Blick. Im Licht der Dämmerung sehen ihre Augen fast grün aus.

»Und du?«, fragt sie. »Was meinst du, wer das gewesen sein kann?«

Ich überlege. Hier in Ormberg gibt es einfach niemanden, dem ich einen Mord zutraue. Alle, die hier wohnen, sind so unbeschreiblich alltäglich und langweilig. Natürlich gibt es ein paar verschrobene Opas und Omas. Aber die meisten hier sind total normal. Abgesehen von den Flüchtlingen natürlich. Aber die kenne ich nicht, die wohnen in der alten Fabrik von TrikotKönig, und da gehen wir nie hin.

»Familie Skog?«, schlägt sie vor.

Ich nicke langsam.

Familie Skog wohnt in dem Herrenhaus am See. Sie kommen aus Stockholm und haben keinen Kontakt zu Leuten hier aus dem Dorf. Papa sagt, dazu seien sie sich *zu fein*. Ich weiß nicht genau, wie er das meint, ich begreife nicht so ganz, was fein daran sein soll, den ganzen Tag mit der Mistgabel in der Hand im Stall zu stehen.

Also ja, komisch sind sie schon.

Aber Mörder?

Ich schüttele den Kopf.

»Nein, jetzt weiß ich«, sagt Saga. »*Ragnhild Sahlén.*«

»Ach, hör doch auf. Die alte Kuh.«

Aber Saga zieht mich begeistert am Ärmel und sagt:

»Die hat doch ihren Bruder umgebracht.«

»Der hat sich doch das Bein mit der Motorsäge abgesägt?«

Saga packt meinen Arm fester und zieht mich an sich und senkt die Stimme.

»Weil Ragnhild neben ihm stand und ihm ein Loch in den Kopf redete, ja. Und offenbar hat sie seine Asche als Dünger für die Himbeersträucher benutzt. Und dann hat sie aus den Himbeeren Marmelade gekocht und die seiner Freundin gegeben.«

»Du machst Witze.«

Saga schüttelt den Kopf.

»Ehrenwort. Oder es ist Renée Stillman«, fügt sie hinzu, lächelt verschwörerisch und macht große Augen.

»Aber warum sollte die einen Polizisten umbringen?«

»Die hat sich doch an ihren Hundekleidern dumm und dusselig verdient. Millionen. Will sich offenbar im Frühjahr einen Swimmingpool bauen lassen.«

»Ja, aber deshalb muss sie doch keine Mörderin sein.«

Saga zuckt mit den Schultern und sieht beleidigt aus. Zieht die Jacke fester um sich zusammen und dreht dem eiskalten Wind den Rücken zu.

»Was weiß ich. Mach einen besseren Vorschlag.«

Aber ich habe keinen besseren Vorschlag.

Ormberg ist so scheißunspannend. Ich kann mir nicht vorstellen, dass sich in einer der roten Hütten, die im Wald verstreut liegen, ein Mörder versteckt. Dass irgendjemand von den Menschen, die ich seit meiner Kindheit kenne, einem anderen Menschen das Leben genommen hat.

»Einer von den Flüchtlingen vielleicht?«, schlage ich vor.

Saga schüttelt den Kopf.

»Die sind doch gerade erst gekommen. Und das Mädchen ist schon verdammt lange tot.«

Sie hat recht. Es kann eigentlich keiner von den Flüchtlingen sein.

Die Tür zu dem alten Lebensmittelladen öffnet sich quietschend, und ein Mann in Papas Alter kommt heraus. Er ist groß und dick und angezogen wie der Börsenmakler in der Fernsehserie, von der ich gestern Abend die ersten Folgen gesehen habe. Der braune Mantel spannt über seinem Bauch, als er sich zu uns umdreht.

Hinter ihm kommt ein dunkelhaariger Mann, der etwas jünger aussieht, und dann Malin, die Polizistin geworden ist und sich für etwas *verdammt Besonderes* hält, weil sie in Katrineholm arbeitet.

Das sagt jedenfalls Papa.

Sie laufen zu einem großen schwarzen SUV, der vor dem Haus steht.

»Shit, die haben es ja vielleicht eilig«, sagt Saga.

»Vielleicht ist etwas passiert.«

Wir drehen uns um und gehen los.

Saga wirft sich die Schultasche über die Schulter.

»Ich kann ein bisschen mit zu dir nach Hause kommen«, sagt sie. »Meine Mutter ist ja doch nicht zu Hause, die trifft sich mit Björn.«

Björn Falk ist der neue Typ von Sagas Mutter. Er ist ein Dussel, der das ganze Jahr eine Schirmmütze trägt und in einem viel zu teuren Auto durch die Gegend fährt. Das Auto hat er von seinem Erbe gekauft, das bald aufgebraucht sein wird.

»Soll ich?«, fragt Saga. »Mit zu dir nach Hause kommen, meine ich?«

Ich denke an Papa, an die Stapel von Bierdosen und den Abfallberg in der Küche. An das Sofa im Wohnzimmer, das er in ein Bett verwandelt hat, und an die karierte Decke, die er sich immer um die Schultern legt.

»Vielleicht. Ich muss erst mit meinem Vater reden. Ich schick dir dann eine SMS.«

Saga nickt und fröstelt im Wind.

»Dann bis später, ja?«

»Klar doch.«

Sie verschwindet in Richtung Kirche. Die Tasche hüpft auf ihrer Schulter auf und ab, als sie schneller wird.

Natürlich liegt Papa schlafend auf dem Sofa, als ich nach Hause komme. Ich kann ihn schon in der Diele schnarchen hören. Es klingt, als ob dort in der Dunkelheit eine riesige Katze läge und dumpf knurrte, als ich das Zimmer betrete. Ein fader Geruch nach Schweiß, schalem Bier und Bratenfett hängt in der Luft. Die karierte Decke ist auf den Boden gerutscht und liegt als Wulst am Fußende.

Als ich mich danach bücke, sehe ich etwas unter dem Sofa hervorlugen. Ich gehe in die Hocke, strecke die Hand aus und taste mit den Fingern über einen kalten, zylindrischen Metallgegenstand.

Ich brauche einige Sekunden, um zu begreifen, dass es der Lauf eines Jagdgewehrs ist.

Aber warum liegt hier ein Gewehr, unter dem Sofa?

Papa hat keinen Waffenschein, aber manchmal leiht er sich ein Gewehr von Olle und geht trotzdem auf Jagd. Nur, in letzter Zeit haben sie doch gar nicht gejagt?

Vorsichtig schiebe ich die Waffe unter das Sofa, bis der Lauf nicht mehr zu sehen ist. Es scharrt ein wenig über den Boden. Papa zuckt zusammen und murmelt etwas im Schlaf.

Melinda kommt mit erhobenen Händen ins Zimmer, wie um mir zu signalisieren, ich solle leise sein.

»Weck ihn nicht auf«, flüstert sie. »Er hatte eine Scheißlaune, aber dann hab ich ihm was zu essen gemacht, und danach ist er eingeschlafen.«

Als sie das sagt, geht mir auf, dass wir über Papa reden wie über ein kleines Kind. Als ob Melinda und ich die Eltern wären und Papa unser Kind.

Wir gehen hinaus in die Diele.

»Ist etwas passiert?«, frage ich.

»Wieso denn passiert?«, fragt Melinda.

»Weil er sauer war.«

»Ach so. Weiß ich eigentlich nicht. Er wollte nicht darüber reden. Aber er hat das Übliche gemacht. Du weißt schon, ist im Wohnzimmer hin und her gelaufen, wie er das immer macht, wenn es ihm nicht gut geht.«

In meiner Brust breitet sich etwas Kaltes aus. Ich will nicht, dass es Papa nicht gut geht, schon gar nicht, wenn er ein Gewehr unter dem Sofa liegen hat. Aber ich sage mir, dass es für diese Waffe eine natürliche Erklärung geben muss. Vielleicht will er nachher zu Olle und Rehe schießen.

»Er hat übrigens alles aufgegessen«, sagt Melinda und fängt an, die Treppe hochzugehen. »Aber schau mal im Kühlschrank nach. Ich glaube, da sind noch Kokosküsse.«

Ich gehe in die Küche und öffne den Kühlschrank. Strecke die Hand nach der Tüte mit den Kokosküssen aus, fische drei heraus und gieße Cola in ein Glas. Dann schlage ich wütend gegen die in den Kühlschrank eingebaute Eismaschine, bis sich die Eiswürfel lösen.

Ich habe immer ein bisschen das Gefühl, an einem einarmigen Banditen gewonnen zu haben, wenn das Eis ins Glas fällt.

Ich laufe in mein Zimmer nach oben – den ganzen Tag frage ich mich schon, wie es mit Hanne weitergeht. Ich habe mich fast danach gesehnt, nach Hause zu kommen, damit ich in ihrer Geschichte weiterlesen kann.

Ich nehme mir das Tagebuch und setze mich ins Bett. Blättere bis zu der Seite mit dem Eselsohr und stopfe mir einen Kokoskuss in den Mund.

Morgen.
Das Schlimmste ist passiert!
Ich war so furchtbar müde, als der Wecker klingelte. Wurde nicht wach. Als ich endlich die Augen aufschlug, saß P nackt in dem kleinen Sessel vor dem Fenster.
Er las im Tagebuch!
Ich schrie los. Sprang aus dem Bett. Rannte zu P und riss ihm das Tagebuch aus der Hand.
P versuchte nicht, mich daran zu hindern, er schaute mich nur mit einer Mischung aus Staunen und Angst an. Ich brauchte einen Moment, um zu begreifen, dass er vermutlich nur erschrocken war. Und furchtbare Angst hatte. Was vielleicht kein Wunder ist – gefühlsmäßig war ich immer die Stärkere von uns beiden. Die Ruhige & Zuverlässige.
Was passiert, wenn ich nicht mehr stark bin? Wie soll P dann zurechtkommen?
Wer soll seine Sicherheit sein, wenn ich nicht mehr da bin?

Jetzt haben wir gerade gefrühstückt. P hat meine Hand gedrückt. Gesagt, dass er mich liebt und dass nichts daran etwas ändern kann.

Ich habe mich natürlich gefreut, aber zugleich kam ich mir so preisgegeben vor, so erniedrigt. Als ob ich ihm Geld aus der Brieftasche gestohlen hätte, und dabei hatte er MEIN Tagebuch gelesen!
Dass es mit solcher Beschämung einhergehen kann, krank zu sein!

Im Büro.
Gerade war Besprechung. Wir sind weiter die Ermittlung durchgegangen: den Bericht der Rechtsmedizin, die technischen Untersuchungen, die Vernehmungen.
Manfred hatte mit dem damaligen Leiter der Voruntersuchung gesprochen, ein Staatsanwalt im Ruhestand. Der sagte, er habe »nie die Theorie eines Verkehrsunfalls« hinnehmen wollen. Er glaubte, es handele sich um einen Pädophilen.
Ich bin dieser Hypothese gegenüber ein wenig skeptisch. Aber egal: Das Wichtigste ist, das Mädchen zu identifizieren.
Wir werden einen Termin mit dem Rechtsmediziner machen, um mehr über das Ormbergmädchen zu erfahren. Manfred interessiert sich vor allem für eine alte Verletzung an seinem Handgelenk. Er glaubt, die könnte uns bei der Identifizierung helfen. Offenbar ist der Sache bei den damaligen Ermittlungen nicht richtig nachgegangen worden. Manfred war deshalb empört. Hat die alte Ermittlungsgruppe eine »provozierende Versammlung von inkompetenten Dumpfbacken« genannt.
Vielleicht hat er recht.
Ich HOFFE, dass er recht hat. Denn wenn nicht, dann haben wir keine neuen Anhaltspunkte.

MALIN

Wir halten hinter den anderen Wagen, die in einer Reihe an der Landstraße stehen.

Es ist jetzt fast ganz dunkel. Es muss auch kälter geworden sein, denn die Kälte beißt in die Wangen, und der Schnee knirscht unter unseren Schuhen, als wir auf den Waldrand zugehen.

Manfred richtet seine große Taschenlampe auf die Bäume und klettert über den kleinen Graben, der die Landstraße vom Wald trennt.

Die Geröllhalde.

Ich denke an die vielen Male, die ich als Teenager hier war. Nicht nur an diesen schicksalhaften Abend, als wir das Ormbergmädchen gefunden haben, sondern auch die vielen anderen Male. Dunstige Frühlingsabende, wenn der Bodenfrost die Erde noch mit seinem kalten Griff gefangen hielt. Sternklare schwüle Augustnächte, in denen ich und meine Freunde versuchten, den Geist herbeizubeschwören, von dem wir glaubten, dass er hier draußen umging. Ich weiß noch, wie das Duralexglas mithilfe unserer Finger im Kerzenschein über den zerknitterten Bogen mit den Buchstaben wanderte, während die Mücken versuchten, uns bei lebendigem Leibe zu verspeisen.

Wie ist wohl die Sage dieses Spukkindes entstanden? Oder

wann ist sie entstanden? Vor oder nach dem Fund des Ormbergmädchens?

Ich muss Mama danach fragen.

»Was wissen wir über die Tote?«, fragt Andreas. »Kann das die Frau mit dem Paillettenkleid sein?«

»Keinen Scheiß wissen wir«, sagt Manfred und stapft jetzt in seinen blanken Halbschuhen durch den dezimeterhohen Schnee.

Er passt hier wirklich nicht hin, man kann nicht in handgenähten italienischen Halbschuhen durch den Schnee laufen, ohne als Vollidiot betrachtet zu werden. Außerdem friert man sich die Zehen ab.

Das müsste doch sogar ein Stockholmer kapieren.

Die Kiefernzweige biegen sich nach den Schneefällen der letzten Tage unter ihrer Last. Es ist schön wie eine Postkarte und ganz still, als ob der Wald selbst schlafen würde.

Manfred kommt überraschend schnell voran. Seine langen Beine steigen geschmeidig über verschneite Baumstümpfe und Steine.

Andreas dreht sich zu mir um.

Ich erwidere seinen Blick. Mein Fuß versinkt im Schnee, in einer kleinen Grube.

Andreas bleibt stehen und reicht mir die Hand.

Ich nicke zum Dank, und gleichzeitig streift ein Zweig mein Gesicht, und pudriger Neuschnee rieselt mir in den Nacken. Ich stopfe die Hände tief in die Taschen, auf der Suche nach Wärme, von der ich weiß, dass sie dort unten vorhanden ist. Die Handschuhe habe ich natürlich im Auto vergessen.

Dann lichtet sich der Wald, und ich ahne zwischen den

Kiefern einen schwachen Schein. Kurz darauf erreichen wir die im Licht badende Lichtung. Vor uns ragt die Silhouette des Ormbergs auf, bohrt sich in den Himmel. Ihre Spitze verschwimmt mit der Nacht. Ich kann nicht sehen, wo der Berg endet und wo das schwarze All beginnt.

Als stünde der Ormberg in direkter Verbindung mit dem Himmel.

Die Geröllhalde breitet sich unter der Schneedecke vor uns aus. Große tragbare Scheinwerfer sind vor einer hohen Kiefer am Waldrand aufgestellt, und drei Personen in weißer Schutzkleidung und Mundschutz hocken neben dem Baum. Eine von ihnen hat eine Kamera in der Hand, und einige Meter von ihnen entfernt liegen große Taschen im Schnee.

Die Leute von der Technik.

Die Kollegen von der lokalen Polizei sind schon vor Ort und blau-weißes Absperrband flattert im leichten Wind. In regelmäßigen Abständen leuchtet Blitzlicht auf.

Manfred dreht sich zu mir und Andreas um. Sein Gesicht verrät nichts über seine Empfindungen, aber ich kann sehen, dass er immer wieder die Faust ballt und öffnet, als ob er einen unsichtbaren Ball zusammenpressen würde.

Wir sind natürlich unendlich dankbar, weil nicht Peter tot im Schnee gefunden worden ist. Aber zugleich ist die Situation auch ein wenig absurd: Hunderte von Menschen suchen seit zwei Tagen nach ihm. Aber wenn sie dann endlich jemanden finden, ist es jemand ganz anderes.

Wir gehen zu Svante, dem Polizisten aus Örebro, der die Suche nach Peter leitet.

Er hebt die Hand, als er uns sieht.

Svante trägt dieselbe bunte, selbst gestrickte Pudelmütze

wie bei unserer ersten Begegnung. Sein Bart ist bereift, und ich finde wieder, dass er aussieht wie der Weihnachtsmann. Ein echter altmodischer Weihnachtsmann, der mit einem Sack voller Geschenke kommt und alle Kinder der Reihe nach auf seinem Knie sitzen lässt.

Ich registriere, wie Svante zu Manfreds teurem Mantel hinüberschielt. Das Seidentuch, das aus der Brusttasche herausragt, lässt ein wenig den Kopf hängen, wie eine durstige exotische Topfblume.

»Was zum Teufel ist hier eigentlich los?«, fragt Manfred, nickt zu dem Leichnam am Waldrand hinüber und fährt sich mit der Hand über den Bart.

Er fügt hinzu:

»Da suchen wir nach einem verschwundenen Kollegen und finden eine erschossene Frau.«

Svante nickt.

»Stimmt. Da kann ich nur zustimmen. Das ist verdammt seltsam. Ich fasse mal kurz zusammen, was wir wissen. Aber erst noch was anderes. Wir haben etwas gefunden nach meinem Anruf bei dir.«

Manfred runzelt die Stirn und lehnt sich so weit zurück, dass sein umfangreicher Bauch den Mantel ausdehnt.

»Was?«

Svante winkt uns, ihm zu folgen, und geht auf etwas zu, das wie eine große Reisetasche aus schwarzem Kunststoff aussieht. Die steht bei einem Scheinwerfer im Schnee.

Er beugt sich vor und zieht eine durchsichtige Plastiktüte hervor. Dann reicht er sie Manfred und richtet die Taschenlampe darauf, damit wir besser sehen können.

Manfred mustert den Inhalt. Es ist ein blauer Turnschuh,

von großen braunen Flecken übersät. Am Schuh kleben Klumpen aus halb geschmolzenem Schnee.

Ich schnappe nach Luft.

»Das ist Hannes Schuh«, sage ich.

Manfred nickt.

»Hanne?«, fragt Svante. »Die, die das Gedächtnis verloren hat?«

»Ja«, sagt Manfred. »Wo habt ihr den gefunden?«

»Ungefähr zwanzig Meter von der Toten entfernt. Im Wald. Wir hätten ihn unter dem Schnee niemals entdeckt, wenn wir Rocky nicht gehabt hätten. Ja, den Hund, meine ich.«

Manfred erwidert meinen Blick, schüttelt dann ungläubig den Kopf, als könne er nicht verstehen, dass da wirklich Hannes Schuh in der Plastiktüte liegt.

»Wie zum Teufel ist der dahingekommen?«, fragt Manfred und gibt Svante die Tüte zurück.

Und dann:

»Wir sprechen noch einmal mit Hanne, wenn wir hier fertig sind. Einen Versuch ist es wert.«

Manfred schweigt eine Weile, als denke er über etwas nach, und schaut zum Ormberg hinüber. Eine einsame Schneeflocke ist in seinem Bart hängen geblieben. Er wischt sie weg und fährt fort:

»Kannst du bitte zusammenfassen, was wir bisher wissen?«

»Eine Hundestreife hat sie um fünf nach zwei gefunden«, sagt Svante und nickt zu der vom Scheinwerferlicht angestrahlten Toten hinüber. »Die diensthabende Rechtsmedizinerin glaubt, dass sie seit mindestens drei Tagen tot ist, vielleicht vier. Die Temperatur ist ja erst am Sonntag unter den Gefrierpunkt gesunken, wenn sie also länger hier gelegen

hätte, müsste der Leichnam in schlechterem Zustand sein. Und wenn sie kürzer hier gelegen hätte, wäre die Schneedecke nicht so dick. Ja, ein Fuß von ihr schaute unter der Kiefer hervor, deshalb war er zugeschneit.«
Manfred macht ein nachdenkliches Gesicht.
»Haben sie diese Gegend hier gestern nicht abgesucht?«
»Doch«, sagt Svante. »Aber offenbar haben sie die Tote übersehen. Wahrscheinlich, weil sie verborgen war.«
Manfred schweigt. Er lässt seinen Blick über den Schauplatz wandern und nickt danach kurz.
»Hast du gesagt, dass sie seit drei, vier Tagen hier lag? Das bedeutet, dass sie am Freitag oder am Samstag gestorben sein muss.«
Andreas räuspert sich.
»Das ist ja gleichzeitig mit ...«
Er verstummt und schaut hinüber zu dem Bündel im Schnee, das im Licht der Scheinwerfer badet.
»Gleichzeitig mit Peters Verschwinden«, sagt Manfred leise. »Es kann kein Zufall sein, dass Hannes Schuh hier liegt. Was wissen wir über das Opfer?«
»Nicht viel«, sagt Svante. »Frau. Um die fünfzig. Barfuß, dünn angezogen. In die Brust geschossen und stumpfer Gewalt gegen den Kopf ausgesetzt.«
»Erschossen und außerdem misshandelt?«
Manfred macht ein überraschtes Gesicht.
»Korrekt«, sagt Svante. »Wollen wir einen Blick auf sie werfen, damit ich mehr erzählen kann?«
Blitze leuchten in der Dunkelheit auf, als die Techniker weitere Fotos machen. Manfreds Gesicht wirkt im Blitzlicht aufgedunsen und müde.

Andreas schaut zu der verschneiten Geröllhalde hinüber und richtet den Blick dann nach oben, zum Himmel.

»Was ist nur los an diesem verdammten Ort?«, fragt er und nickt zur Geröllhalde hinüber.

Niemand antwortet, denn was soll man sagen? Das Gefühl, dass die Geröllhalde in Ormberg das Epizentrum des Bösen ist, lässt sich nicht abschütteln.

Ich denke an das Ormbergmädchen, und die Erinnerungen kehren mit überraschender Kraft zurück. Wenn ich die Augen schließe, spüre ich fast Kennys warme Hand in meiner und höre das dumpfe Klirren der Bierflaschen in seiner Plastiktüte. Ich erinnere mich an die spitzen lila Blätter der Farnwedel, die meine Oberschenkel kitzelten, als ich zum Pissen in die Hocke ging, und daran, wie meine Finger das glatte Weiße zwischen den Steinen streiften – das, was ich für einen Champignon hielt.

Und jetzt das.

Alles scheint sich auf das hier zu konzentrieren, eine alte Geröllhalde auf einer Lichtung mitten im Wald.

Das muss doch etwas bedeuten, aber was?

Svante zieht die Handschuhe aus und drückt die Handflächen gegen seine glühend roten Wangen, um sie zu wärmen.

»Dann los«, sagt Manfred und geht vor uns her auf den Waldrand zu.

Wir treten nacheinander an den Leichnam heran, denn auf den von den Technikern in den Schnee gelegten Trittplatten ist nicht genug Platz für alle. Svante geht zuerst, stellt sich neben die Tote und winkt mich und Manfred zu sich.

Die Plastikplatten schwanken unter unserem Gewicht.

Als wir angekommen sind, verteilen wir uns auf die Platten und gehen in die Hocke.

Die Techniker haben die unteren Zweige abgesägt, um den Leichnam zu erreichen, die Zweige liegen einige Meter weiter auf einem Haufen. Daneben liegt eine Plane mit Sägespänen, mit der sie vermutlich die Leiche geschützt haben, während die Zweige abgesägt wurden.

Sie liegt unter dem, was vom Baum noch übrig ist, das Gesicht von uns abgewandt. Die Hände hat sie über der Brust gefaltet.

Eiskristalle bedecken ihre Kleider und die seltsam weiße Haut an ihrem Hals, ihren Händen und ihren Füßen, bringen sie in dem starken Licht zum Funkeln und zum Glitzern.

Die Frau trägt eine schwarze Trainingshose und ein blaues Jeanshemd, das ihr viel zu groß zu sein scheint. Über der Brust hat sich ein großer dunkler Fleck ausgebreitet. Sie ist barfuß, und die dünnen grauen Haare sind lang, sie müssen ihr bis zur Taille reichen.

Als ich das blutige, formlose Stück Fleisch sehe, das einmal ihr Gesicht war, scheinen meine Knie unter mir nachzugeben.

Das ist genau wie bei Kenny.

Neben dem Kopf liegt ein Stein, ebenfalls blutig.

Ich wende mich ab und spüre, wie die Übelkeit in mir aufsteigt.

»Und die Gerichtsmedizinerin war schon hier?«, fragt Manfred, scheinbar unberührt.

»Stimmt«, sagt Svante.

»Und?«

»Vermutlich erschossen und danach stumpfer Gewalt ausgesetzt.«

»In dieser Reihenfolge?«, fragt Manfred.

»Ja. Sonst hätte die Kopfverletzung viel stärker geblutet. Aber wir müssen abwarten, was die Obduktion ergibt.«

»Hm«, sagt Manfred. »Und wir haben keine Ahnung, wer sie ist?«

»Nicht die geringste.«

Manfred dreht sich zu mir um.

»Jemand, den du aus Ormberg kennst?«

Ich zwinge mich, die Frau noch einmal anzusehen. Sehe die Haare auf dem Schnee an. Verdränge die Erinnerungen an Kenny.

Sie kommt mir nicht im Geringsten bekannt vor.

Obwohl ihr Gesicht so zerschlagen ist, dass ihre Züge nicht zu erkennen sind, bin ich sicher, dass sie nicht aus Ormberg kommt. Sonst hätte ich sie erkannt.

»Sie ist nicht von hier«, sage ich und denke an diesen unfassbaren Zufall: dass zwei Mordopfer an ein und derselben Stelle gefunden worden sind, im Abstand von acht Jahren.

»Irgendwelche ballistischen Funde?«, fragt Manfred und dreht sich wieder zu Svante um.

»Die Schussverletzung in der Brust kommt von einer Kugelwaffe, das wissen wir immerhin. Aber wir haben weder Patronen noch Hülsen gefunden.«

»Kann der Schuss mit der Jagd zu tun gehabt haben?«, fragt Manfred.

»Es ist ja nicht gerade wahrscheinlich, dass irgendein Fehlschuss eine Frau trifft, die hier barfuß durch den Schnee spaziert, oder?«

Svante lacht ein wenig über seinen eigenen Kommentar, aber Manfred scheint das nicht komisch zu finden.

»Und wie sieht es hier in der Gegend mit Waffen aus? Gibt es viele Jäger?«

Svante lacht jetzt noch lauter, und ich weiß, warum, denn Manfreds Frage verrät, dass er absolut keine Ahnung von Ormberg hat.

»Du, wenn ich eine Krone für jedes Gewehr hätte, das hier in den Hütten versteckt ist...«

Manfred nickt. Dann legt er den Kopf schräg und beugt sich über den Leichnam auf dem Boden.

»Das Gesicht ist übel zugerichtet.«

Ich zwinge mich, das Gesicht der Toten anzusehen. Es hat sich in eine unförmige rote Masse aus zermalmtem Gewebe verwandelt. Die Augen sind zwei Brunnen voll gefrorenem Blut.

Ich schwanke und wäre beinah von der Trittplatte gefallen. Der Wald dreht sich um mich, und mein Mund ist wie ausgedörrt.

Manfred packt meine Schulter.

»Wenn du kotzen willst, dann mach das woanders«, sagt er trocken.

»Nein, es geht schon.«

Es geht gar nicht, aber das kann ich Manfred wohl kaum sagen. Das hier wollte ich doch immer: die richtigen Verbrecher jagen, mit den schlimmsten Verbrechen arbeiten.

Und jetzt habe ich viel mehr bekommen, als ich mir gewünscht habe.

Es ist das eine, tote Menschen auf Bildern zu sehen oder sogar auf einem Obduktionstisch – die klinische Umgebung bricht dem Entsetzlichen den Stachel ab.

Aber das hier.

Ich schiele noch einmal zum Gesicht der Frau hinüber. Zu den fleischigen, blutigen Löchern in ihrem Gesicht. Ein winzig kleines Rindenstück ragt aus einem dieser Löcher auf.

Wieder meldet sich der Gedanke an Kenny, und wieder wird mir schlecht.

»Ein verdammt übler Tod«, murmelt Svante.

Weder ich noch Manfred antworten, aber ich denke, dass er verdammt recht hat.

Das hier ist so falsch, so sehr gegen die Natur.

Die Frau dort auf dem Boden ist nicht alt. Sie hätte noch viele Jahre leben können, wenn sich nicht irgendwer das Recht herausgenommen hätte, ihr Leben auszulöschen.

Sie war die Tochter von jemandem, vielleicht war sie auch Mutter und Schwester.

Jetzt ist sie nichts mehr, nur ein Haufen gefrorenes Fleisch unter einer verstümmelten Kiefer.

Es schneit jetzt wieder. Der Wind fängt die Flocken, und sie tanzen um uns herum, wie wir hier hocken.

Ein Blitzlicht beleuchtet die Szene.

»Kannst du mir erklären, was wir über die Vorgehensweise wissen?«, fragt Manfred, richtet sich mühselig auf und atmet hörbar.

Die Trittplatte schwankt, und einen Moment lang glaube ich, dass sie unter seinem Gewicht zerbrechen wird.

Svante und ich richten uns ebenfalls auf.

»Wahrscheinlich zuerst erschossen und dann hier unter den Baum gelegt. Danach stumpfe Gewalt gegen das Gesicht. Wir glauben, dass dieser Stein dort verwendet wurde.«

Wir schauen zu dem blutigen Stein hinüber – groß wie eine Grapefruit –, der noch immer neben dem Kopf der Frau liegt.

Wieder erhellt ein Blitzlicht die Lichtung.

»Interessant«, sagt Manfred und schaut den Leichnam im Schnee an.

Ich kneife die Augen zusammen, aber die Umrisse der Toten sind mir durch den Blitz in die Netzhaut geätzt worden. Die Löcher, die einmal Augen waren, starren mich an.

»Und was ist mit Fußspuren? Können wir sehen, woher Opfer oder Täter gekommen sind?«

Svante schüttelt so energisch den Kopf, dass der Bommel an seiner Mütze hin und her hüpft.

»Am Wochenende hat ja kein Schnee gelegen, und da...«

Manfred nickt.

»Verdammt, ja. Daran habe ich nicht gedacht.«

Wieder dreht sich der Wald, und ich packe Manfreds Schulter.

Abermals blitzt es. Ich kneife die Augen zusammen, und wieder wird mir schlecht. Ich schluchze auf, fahre herum und laufe, so schnell ich kann, über die Trittplatten auf Andreas zu, der bei den Scheinwerfern steht.

»Geht's dir nicht gut?«, fragt er, als ich mich an ihm vorbeidränge.

»Doch«, sage ich.

»Bist du sicher?«

Ich mache noch einen Schritt. Schluchze wieder auf.

Weitere Blitze.

Obwohl ich die Augen zugekniffen habe, kann ich das Bild nicht aussperren.

»Mir geht es gut, hab ich doch gesagt.«

»Du, Malin, die Techniker wollen Speichelproben von uns nehmen.«

»Warum das denn?«

»Das ist Routine. Wir haben den Tatort kontaminiert. Unsere DNA wird dann im Eliminierungsregister gespeichert.«

»*Whatever*«, sage ich und reiße den Schnabel auf, als die junge Frau in Weiß auf mich zukommt.

Sie steckt mir das Wattestäbchen in den Mund und reibt es an der Innenseite meiner Wange.

Andreas tritt hinter mich. Der Schnee knirscht unter seinen Schritten.

»War es das?«, frage ich die Technikerin.

»Ja, danke«, sagt sie und steckt das Wattestäbchen in eine kleine Tüte.

Ich nicke, drehe mich auf dem Absatz um und kotze in den Schnee.

Ich höre erst auf zu zittern, als ich in meinem alten Kinderzimmer im Bett liege und mir die Daunendecke bis an die Nase ziehen kann.

Mamas Hand ruht schwer auf meiner Schulter, und ihre Augen mustern mich besorgt.

»Bist du sicher, dass du keinen Tee willst?«

»Sicher. Ich will nur schlafen. Aber jedenfalls vielen Dank.«

Mama nickt. Bückt sich, gibt mir einen leichten Kuss auf die Wange und streift meine Nase mit ihrem Zeigefinger, wie sie das immer gemacht hat, als ich klein war.

Ich spüre, wie die Wärme von ihrer Hand in meine Wange strahlt, und ich sauge den vertrauten, Geborgenheit schenkenden Geruch von Seife und Küche in mich auf, der ihr ganz eigener ist. Ein Teil von mir will die Arme nach ihr ausstrecken und sie festhalten, als ob ich noch immer dieses kleine Kind wäre und sie mein einziger wirklicher Zufluchtsort.

Aber stattdessen liege ich still da und sehe ihr hinterher, als sie aus dem Zimmer geht und vorsichtig die Tür hinter sich schließt.

Draußen drückt die Dunkelheit gegen das Fenster, wie ein großes schwarzes Tier, und eine Sekunde lang fürchte ich, die Scheibe könnte brechen und die Winternacht hereinströmen, wie kaltes Wasser in ein sinkendes Boot.

Ich wusste, dass es so kommen würde – dass diese Ermittlung eine Menge Dreck aufwühlen würde, den zu vergessen ich Jahre gebraucht habe.

Ich kneife die Augen zu, und gleich darauf sehe ich ihn vor mir.

Kenny.

Die sandfarbenen, ein wenig strähnigen Haare. Die schräg stehenden grünen Augen und die betonten Wangenknochen. Hände, die hart, und Lippen, die weich waren. Die Arme knotig von Mückenstichen und der Rücken glatt vor Schweiß, wenn wir uns liebten.

An dem Abend, an dem wir das Skelett gefunden haben, waren wir erst ganz frisch zusammen. Wir hatten noch nicht einmal richtig Sex gehabt.

Wir waren insgesamt zwei Jahre zusammen – das ist immer eine lange Zeit, und in dem Alter ist es eine Ewigkeit. Wir passten nicht zueinander, obwohl ich so verliebt in ihn war, dass ich mir fast die Hose nass machte, sowie ich ihn ansah.

Obwohl ich das nicht will, obwohl ich darum kämpfe, meine Gedanken in den Griff zu bekommen, muss ich doch an den Herbstabend denken, als alles zum Teufel ging.

Wir waren bei der alten Fabrik gewesen und hatten gefeiert. Und zwar ich, Kenny, Anders und zwei Freundinnen. Kenny hatte zwei Flaschen Schwarzgebrannten mit, die er seinem Vater geklaut hatte, und alle waren sturzbetrunken.

Das heißt, alle außer Anders, der irgendwelche Antibiotika gegen Mandelentzündung schluckte und deshalb keinen Tropfen Alkohol trinken durfte.

Wenn ich das richtig in Erinnerung habe, war es ziemlich lustig, jedenfalls, bis die eine Freundin Kenny in die Haare kotzte und er in dem eiskalten Wasser baden musste, um die Kotze wegzuwaschen.

Danach war das Fest vorüber.

Anders, der gerade seinen Führerschein gemacht hatte, sollte den alten Renault von Kennys Vater nach Hause fahren.

Ich weiß noch, dass sich die Stimmung wieder hob, als wir uns ins Auto setzten, als ob die Wärme in dem engen Innenraum die Feierlaune wieder geweckt hätte.

Kenny, der vorn auf dem Beifahrersitz saß, drehte das Radio auf volle Lautstärke, kurbelte die Fenster hinunter, um die Musik hinauszulassen, und schrie nach einem Bier.

Ich fand auf dem Boden ein paar Bierdosen, hob sie auf und reichte sie ihm von meinem Platz gleich hinter ihm, und da...

Aus irgendeinem Grund wollte Kenny sich unbedingt aus dem vorderen Seitenfenster beugen, und ich sollte das beim hinteren machen und ihm dabei die Bierdose reichen. Also öffnete er seinen Sicherheitsgurt, erhob sich auf wackligen Beinen und krümmte sich, um nicht mit dem Kopf an die Decke zu stoßen. Dann streckte er Kopf und Oberkörper aus dem Fenster.

Ich machte das hinten genauso, öffnete ein Bier und hielt es Kenny hin.

Ich weiß noch, dass wir laut schrien, als wir mit den Bierdosen anstießen, dass unsere Haare im Wind wehten und der Regen uns ins Gesicht schlug.

Wir waren nur eine betrunkene Freundesclique in einem Kaff in Mittelschweden, und wir wussten nicht, dass unsere Jugend in weniger als einer Sekunde vorbei sein würde.

Die Straße lag an dem dunklen, regnerischen Herbstabend undeutlich vor uns. Kenny streckte noch immer den Oberkörper aus dem Fenster, als ich am Straßenrand vielleicht hundert Meter vor uns etwas entdeckte. Ich schrie Kenny zu, er solle aufpassen, und setzte mich wieder. Aber statt meinem Beispiel zu folgen, drehte Kenny sich um und schaute nun in Fahrtrichtung.

Das war alles.

Eine Clique von großen Kindern. Ein idiotisches Spiel.

Dann kam der Knall.

Vielleicht lag es am Wetter, dass Anders es nicht sah, vielleicht war er von den Geschehnissen im Auto abgelenkt. Auf jeden Fall entdeckte er den Anhänger voller Baumstämme nicht, den jemand während unserer Sauferei bei der Fabrik am Straßenrand abgestellt hatte.

Wir stießen nicht mit dem Anhänger zusammen, wir kamen nur sehr dicht daran vorbei. Dicht genug, damit Kenny von einem Baumstamm im Gesicht getroffen wurde.

Danach sah er genauso aus wie die Frau in der Geröllhalde.

Danach hatte er kein Gesicht mehr.

JAKE

»Das ist aber verdammt schön!«

Saga beugt sich über den Eiffelturm, mustert offenbar den mittleren Teil und lächelt strahlend. Ihre rosa Haare sehen im Licht der Schreibtischlampe fast selbstleuchtend aus. Draußen ist es dunkel. Weder Wald noch Bach sind zu sehen, nur die schwarze Nacht verwandelt das Fenster in einen Spiegel.

Ich habe Saga keine SMS geschickt – ich vergaß es einfach, nachdem ich Papas Gewehr unter dem Sofa gefunden hatte. Aber sie kam trotzdem, sie tauchte einfach auf.

Denn Saga bittet nicht um Erlaubnis.

Sie macht, was sie will, und wenn man mit ihr zusammen sein will, muss man das einfach akzeptieren.

»Danke«, sage ich und schaue den Eiffelturm an.

»Und du hast nur Bierdosen verwendet?«

»Und ein bisschen Leim und Stahldraht.«

»Spitze. Du bist ein Genie! Das weißt du, oder?«

Sie umarmt mich kurz und erwidert dann meinen Blick.

Etwas krampft sich in meinem Magen zusammen. Ich weiß nicht, was ich sagen soll. Das geht mir bei Saga ziemlich oft so: dass ich sozusagen die Fassung verliere. Entweder weil sie etwas Blödes sagt oder weil sie so dicht bei mir steht und mich anstarrt. Es ist nicht unangenehm, aber ich habe das Gefühl, ich hätte den Mund voller Steine, und meine Beine werden warm und weich, wie gekochte Spaghetti.

Saga läuft durch mein Zimmer, springt ins Bett und setzt sich im Schneidersitz. Dann sagt sie:

»Dafür kriegst du ein Sehr gut. *Sweet!*«

Ich gehe zum Bett und setze mich vorsichtig ans andere Ende, so weit weg von ihr, wie ich nur kann.

»Meinst du, ich sollte den anstreichen?«

Sie zieht eine Grimasse.

»Warum denn?«

»Der richtige Eiffelturm ist angestrichen. Er war anfangs dunkelrot, aber jetzt ist er braun.«

Sie hüpft näher an mich heran, und wieder krampft sich mein Magen zusammen.

»Natürlich sollst du den nicht anstreichen. Dann sieht man ja nicht mehr, woraus er gebaut ist. Und darum geht es doch, dass er aus Bierdosen gemacht ist, meine ich. Wir sollten schließlich etwas recyceln. Das war doch die Aufgabe.«

Mein Körper kommt mir steif vor, obwohl ich versuche, mich zur Entspannung zu zwingen. Ich lehne mich zurück, aber dann sitze ich total schief, deshalb stütze ich mich mit der Hand an der Wand ab. Aber auch diese Haltung kommt mir komisch vor: unnatürlich, unbequem und vor allem schmerzhaft.

»Was hast du gebaut?«, frage ich.

»Äh. Hab noch keine gute Idee. Zuerst wollte ich etwas aus Tampons machen. Die sind total üble Umweltfeinde. Weißt du, wie viele Tampons jedes Jahr verkauft werden?«

»Nö.«

»Eben. Daran denkt kein Mensch. Aber man kann Tampons ja auch nicht recyceln.«

Saga macht eine angeekelte Miene und spielt an dem Ring in ihrer Nase herum.

»Jedenfalls«, sagt sie. »Dann dachte ich, ich könnte ein Kleid aus alten Pillendosen machen. Du weißt schon, Medizin. Meine Mutter hat doch Fibromyalgie und muss eine Menge Medikamente nehmen, deshalb habe ich die leeren Dosen gesammelt. Hab zu Hause eine ganze Tüte voll. Die sind sogar ziemlich schön. Silbrig, blank und so.«

»Gute Idee.«

Ich schiebe mich weiter über das Bett und lehne mich an die Wand. Saga kommt mir gefährlich nahe, aber ich will auch nicht gekrümmt wie eine Brezel dasitzen.

»Aber weißt du was? Die reichen nicht! Das wird nicht mal ein Rock, wenn man sie zusammensetzt. Stell dir das vor, eine ganze Tüte, und sie reichen trotzdem nicht.«

»Vielleicht kannst du etwas anderes daraus bauen?«

Saga seufzt und lehnt sich neben mich an die Wand. Sie ist mir so nah, dass ich die Wärme ihres Körpers an meiner Wange spüre und ihren Atem höre.

In meinem Kopf scheinen zwei verschiedene Stimmen zu lärmen – eine, die will, dass ich von ihr wegrücke, und eine, die will, dass ich hierbleibe: bei Atemzügen, Wärme und dem schwachen Duft von Zitrusparfüm.

»Verdammt. Ich schaff das nicht«, murmelt sie.

»Ich kann dir helfen.«

Sie dreht mir ihr Gesicht zu. Wir sind uns jetzt so nah, dass unsere Nasenspitzen einander fast streifen. Ich schaue in ihre hellen Augen, sehe die Sommersprossen unter der Schminke und den dicken schwarzen Lidstrich, der wie Vogelflügel zur Decke zeigt.

Und da tut sie es.

Langsam beugt sie sich vor und küsst mich. Als ihre Lippen meine streifen, scheint in meinem Körper etwas zu explodieren. Es gibt nur noch Sagas weichen Mund auf meinem. Es ist ein so sanfter Kuss, dass er kaum zu spüren ist. Ein Kuss, der Einbildung wäre, ohne die Tatsache, dass meine Lippen brennen, als ob ich gerade etwas Heißes getrunken hätte.

Ich will nicht mehr wegrutschen.

Diese Stimme im Kopf, die meinte, ich säße ihr zu nahe, ist verstummt und hat etwas anderem Platz gemacht. Ich will sie anfassen, sie an mich ziehen und sie wieder küssen. Aber das wage ich natürlich nicht. Stattdessen sitze ich so still, wie ich nur kann, als ob mein Leben davon abhinge.

»Du bist der Beste«, sagt sie, und es klingt, als ob sie das auch so meinte.

Als Saga gegangen ist, sitze ich noch lange im Bett und berühre meine Lippen. Die fühlen sich genau wie vorher an, und doch ist alles anders.

Ich frage mich, ob wir jetzt zusammen sind oder ob alles wie bisher sein wird, wenn wir uns das nächste Mal sehen.

Ich frage mich, ob ich verliebt bin.

Woher weiß man so etwas? Das Einzige, was ich weiß, ist, dass ich mich durch und durch gut fühle und dass ich das Gefühl habe, mich ein bisschen verändert zu haben. Ein anderer geworden zu sein. Als ob die Zellen in meinem Körper den Platz getauscht hätten, obwohl ich von außen noch genauso aussehe wie vorher.

Aber vor allem frage ich mich natürlich, ob Saga in mich

verliebt ist. Ich glaube schon, aber würde sie mich noch mögen, wenn sie von *der Krankheit* wüsste?

Vermutlich nicht.

Ich hole mir wieder Hannes Tagebuch. Ich habe fast ein schlechtes Gewissen, weil ich noch immer nicht alles gelesen habe, denn auf irgendeine seltsame Weise habe ich jetzt das Gefühl, sie zu kennen. Fast, als wäre sie wirklich meine Freundin, nur, weil ich ihre Aufzeichnungen gelesen habe.

Und wenn man mit jemandem befreundet ist, lässt man ihn doch nicht im Stich.

Man hilft, wenn etwas Schlimmes passiert.

Ormberg, 24. November

Wir hatten gerade eine Besprechung per Skype mit der Rechtsmedizinerin (Samira Khan) in Solna.

Sie fasste ihre Ergebnisse zusammen: Das Ormbergmädchen wurde im Herbst 2009 gefunden, nachdem es ungefähr fünfzehn Jahre im Wald gelegen hatte. Also wurde es etwa 1994 ermordet.

Es war bei seinem Tod etwa fünf Jahre alt, also müsste es 1989 geboren worden sein (plus minus vielleicht ein Jahr).

Die Todesursache war vermutlich heftige äußerliche Gewalt. Es gab eine Kreuzfraktur am Hinterkopf mit zahlreichen Knochensplittern. Auch mehrere Rippen waren gebrochen.

Die Rechtsmedizinerin will nicht darüber spekulieren, was passiert ist, aber sie betont, dass die Verletzungen auch von einem Unfall oder einer Misshandlung herrühren könnten.

Es gab Metallplatten im rechten Radius des Unterarms,

gleich oberhalb des Handgelenks. Diese Platten waren nach einem Bruch des Handgelenks eingesetzt worden (eine übliche Operation, die offenbar professionell ausgeführt worden war). Bei den Platten gab es zudem Spuren am Skelett, die auf eine Infektion hinwiesen (kann uns evtl. bei der Identifizierung helfen).

Die Ärztin glaubt, dass die Handgelenkoperation irgendwann Anfang der Neunzigerjahre durchgeführt worden ist, aufgrund der Operationstechnik und der Schrauben, mit denen die Titanplatten befestigt waren. (Die wurden in Schweden nur über einen begrenzten Zeitraum benutzt. Geht offenbar ebenfalls mit der Mode.) Der Knochen hatte gerade zu heilen begonnen, als das Mädchen gestorben ist. Vermutlich wurde es weniger als drei Monate nach der Operation ermordet.

Andreas und Malin werden sich bei den Krankenhäusern nach Patientinnen erkundigen, auf die diese Beschreibung passt (das wurde bei der ursprünglichen Ermittlung also nicht gemacht).

Wir haben uns auch das angesehen, was von den Kleidern der Kleinen noch vorhanden war. Die meisten waren total vermodert, aber ein blauer Synthetikpullover war noch in relativ gutem Zustand. Im Nacken saß sogar ein Etikett mit der Aufschrift »H&M«.

Ich hatte sofort schreckliche Bilder im Kopf.

Wer hat denn noch nie bei H&M eingekauft? Wer diesen Pullover erstanden hat, kann kaum geahnt haben, dass wir heute, viele Jahre später, hier sitzen und uns Bilder vom Skelett des Mädchens ansehen würden.

Bei diesem Gedanken wurde mir schwindlig.

Schuhreste wurden keine gefunden, was auffällig ist. (Schuhe

enthalten oft Plastik oder Gummi, was in der Natur nicht so schnell abgebaut wird.)
Endlich berichtete die Rechtsmedizinerin noch, dass das Mädchen bei Katrineholm begraben ist. Auf dem Grabstein steht kein Name, nur ein Herz und ein kleiner Vogel sind eingemeißelt.

Nach der Skype-Besprechung fragte Malin, ob der Täter die Schuhe des Mädchens als Trophäe behalten haben könnte.
Ich sagte, das sei möglich, aber nicht wahrscheinlich. Es kommt zwar vor, dass Mörder Trophäen sammeln, aber Schuhe...? Ich habe noch nie von einem Gewaltverbrecher gehört, der die Schuhe der Opfer aufbewahrt hätte. Sie nehmen meistens kleinere Dinge: Schmuck, Haarsträhnen oder, bisweilen, Körperteile.
Ich versprach jedenfalls, mich darüber zu informieren.
Dann gingen wir die Vernehmungen durch, die im Zusammenhang mit dem Leichenfund gemacht worden waren (vor allem die der Anwohner).
In der Nähe der Geröllhalde gibt es drei Wohnhäuser. Wir werden noch einmal mit den Besitzern sprechen.
Am nächsten: ein kleines Haus, das einem älteren Paar gehört – Rut & Gunnar Sten. Andreas und Malin werden sie morgen aufsuchen.
Ein kleines Stück weiter weg, auf der anderen Seite des Ormbergs: Margareta & Magnus Brundin. (Das wird ein bisschen »delikat«. Margareta ist die Tante unserer Polizistin Malin und Magnus ihr erwachsener Sohn, also Malins Cousin.)
Ich und P werden mit ihnen reden.
Endlich: Familie Olsson. Wohnen noch hundert Meter weiter südlich. Der Vater, Stefan, Tischler, ist laut Malin arbeits-

los und Alkoholiker. Die Mutter ist vor einem Jahr gestorben (Krebs). Auch die zwei Kinder der Familie, Jake und Melinda, wohnen dort.
   Ich und P werden auch mit ihnen sprechen.

Ich lasse das Tagebuch auf meine Knie sinken, denn es kommt mir plötzlich schwer und unhandlich vor.
   Sie haben über uns gesprochen, über *unsere* Familie. Und sie haben Papa als Alkoholiker bezeichnet.
   Etwas Kaltes breitet sich in mir aus, als fließe das schwarze Wasser des Bachs durch meine Adern, anstelle von Blut. Natürlich trinkt Papa gern Bier, aber Alkoholiker? Dann ist man doch wohl sehr krank und die ganze Zeit betrunken?
   Ich schiele zu dem Eiffelturm auf meinem Schreibtisch hinüber. Wie viele Bierdosen habe ich eigentlich verwendet? Und vielleicht noch wichtiger: Wie viele Bierdosen leert Papa jeden Tag?
   Ich habe noch nie darüber nachgedacht, aber die Garage ist ja vollgestopft mit Pappkartons voller leerer Bierdosen. Die bedecken fast eine ganze Wand.
   Es klopft.
   Ich lege ganz schnell das Tagebuch auf das Bett und ziehe die Decke darüber.
   Die Tür wird aufgemacht, und Melinda kommt herein. Sie trägt einen kurzen roten Rock und ein enges schwarzes Polohemd, das sich ihrem Busen anpasst. Ihre Lippen sind himbeerrot, und sie riecht nach Haarspray.
   Sie bleibt mitten im Zimmer stehen, lacht und dreht eine kleine Pirouette.

»Sehe ich okay aus?«

»Du siehst ganz toll aus«, sage ich und meine es ehrlich.

Was ich nicht sagen kann, ist, dass ich eines Tages auch so schöne Kleider haben möchte.

Einen Kleiderschrank voller kurzer blanker Röcke und enger Tops, voller langer Kleider und hochhackiger Stiefel mit Nieten. Ich liebe das Gefühl von Stoff unter den Fingerspitzen: weicher Samt, glatte Seidenstoffe und rauschender Tüll. Scharfe Pailletten, raue Wolle und daunenweichen Kaschmir.

Alles, was es in Ormberg nicht gibt.

Alles, was nur im Internet und in Melindas Zeitungen existiert.

Ich glaube, sie spürt meinen Blick. Kann meine Sehnsucht sozusagen riechen, *die Krankheit,* denn sie sieht plötzlich ein bisschen verwirrt aus. Als ob ich eine peinliche Frage gestellt hätte, und dabei habe ich die ganze Zeit geschwiegen.

»Was?«, fragt sie.

»Nichts.«

Ich zögere eine Sekunde, aber dann fasse ich mir ein Herz.

»Ist Papa *Alkoholiker*?«

Melinda erstarrt. Macht ein verdutztes Gesicht, als hätte sie mit dieser Frage nun wirklich nicht gerechnet, aber dann zuckt sie mit den Schultern.

»Warum fragst du das?«

»Wollte ich nur wissen.«

Melinda geht zu meinem Spiegel, zupft ein bisschen an ihrem Top und zieht den Rock gerade. Dann fährt sie sich mit der Hand durch ihre vollen braunen Haare, zieht einen Schmollmund und kneift die Augen zusammen, wie sie das bei Selfies immer macht.

»Weiß nicht«, sagt sie. »Er trinkt jedenfalls gern Bier. Sehr gern.«

Sie schaut auf die Uhr und fügt hinzu:

»*Shit.* Muss los. Markus holt mich in fünf Minuten ab. Ich habe für dich und Papa was zu essen gemacht. Papa schläft. Weck ihn nicht, okay?«

»Okay«, sage ich und sehe hinter ihr her, als sie das Zimmer verlässt.

Ein Hauch von Parfümduft hängt noch in der Luft, wie eine unsichtbare Erinnerung an ihren Besuch. Ich habe das Gefühl, dass der Duft mich kritisiert, mich an den erinnert, der ich im tiefsten Inneren bin, der ich aber niemals werden darf.

MALIN

Berit Sunds falunrote Kate liegt eingeklemmt zwischen dem Wald und einer verschneiten Wiese.

Ich habe Hanne nicht mehr gesehen, seit Manfred und ich sie am Sonntag im Krankenhaus besucht haben, aber er hat mit ihr telefoniert.

Berit, die mindestens siebzig sein muss, erwartet Manfred und mich schon auf der Treppe, als wir ankommen. Sie ist klein und untersetzt. Eine Kinderhaarspange fasst die spärlichen grauen Haare über einem Ohr zusammen. Ihr alter braun-weißer Hund mit dem zottigen Fell schnüffelt an unseren Füßen herum.

»Aber *Jessasmaria*!«, sagt sie und drückt meine Hände so fest, dass es wehtut. »Malin! Du bist ja vielleicht groß geworden. Und Polizistin noch dazu, das hätte man ja nie erwartet.«

Sie zögert eine Sekunde, lächelt so strahlend, dass ich alle Füllungen in ihren gelben Zähnen sehen kann, und umarmt mich dann schnell und fest.

Dann erstarrt sie, zupft ein wenig an ihrem Pullover und nickt zum Wald hinüber.

»Stimmt das? Ihr habt gestern in der Geröllhalde eine Tote gefunden?«

Ich nicke.

»Ja. Leider.«

Berit schüttelt den Kopf.

»Jessasmaria! Wisst ihr, wer sie ist?«

»Nein«, sagt Manfred und geht nicht näher auf die Sache ein.

Das scheint zu funktionieren, denn Berit stellt keine weiteren Fragen. Mir aber wirft sie einen langen, unruhigen Blick zu.

Die Diele ist klein und eng und riecht nach Kaffee und Rauch. Vor dem Fenster überwintern magere vergilbte Pelargonien, und auf dem Boden stehen die Schuhe in einer ordentlichen Reihe.

Wir gehen in die Küche, in der es wirklich einen kleinen Holzofen gibt. Orange Flammen züngeln um den Spalt in der gusseisernen Klappe. Auf dem kleinen Tisch stehen Kaffee und Pfefferkuchen bereit.

Wir setzen uns auf die Holzstühle und schauen aus dem Fenster. Ein verschneiter Garten zieht sich bis zum Nadelwald in der Ferne hin.

Eine Katze huscht unter den Tisch, und das weiche Fell streift meine Beine, während Berit zu einer Tür humpelt. Nach zwei Schritten bleibt sie stehen und dreht sich zu uns um.

»Die Hüfte.«

Sie schneidet eine Grimasse und verschwindet im Nebenzimmer.

Ich erwidere Manfreds Blick. Er schaut mich an, ohne etwas zu sagen, und gießt dann Kaffee in eine der angestoßenen Tassen. Das heiße Getränk dampft, als er mir die Tasse reicht.

Aus dem Nebenzimmer sind Stimmen zu hören, und dann kommen Berit und Hanne in die Küche.

Hanne sieht jetzt viel besser aus als im Krankenhaus. Ihr Blick ist klar, ihre Locken sind frisch gebürstet. Die meisten Schrammen scheinen verheilt zu sein, aber ich sehe an ihren Händen und in ihrem Gesicht einige Krusten.

Als Hanne uns sieht, erstarrt sie und scheint nachzudenken. Dann öffnet sich ihr Gesicht zu einem zaghaften Lächeln, und ich werde wieder daran erinnert, wie schön sie ist.

»*Manfred!*«

Hanne macht einige rasche Schritte auf den Tisch zu. Manfred springt auf, und die beiden umarmen einander lange schweigend. Dann schaut Hanne mich an, legt den Kopf schräg und blinzelt einige Male.

Das ist genau wie im Krankenhaus, kann ich noch denken, ehe sie mir die Hand hinhält.

Ich nehme vorsichtig die Hand und lächele vorsichtig.

»Hallo, Hanne. Ich bin's, Malin, deine Kollegin.«

Hanne kneift die Augen zusammen und öffnet den Mund ein bisschen, als ob sie etwas sagen wollte, aber sie zögert.

»Malin?«

Sie dehnt das Wort ein bisschen aus, als ob sie die Buchstaben auskosten würde.

Ich gebe mir alle Mühe, nicht enttäuscht oder geschockt auszusehen. Will sie nicht aus dem Gleichgewicht bringen, wo so viel davon abhängt, dass sie sich auf irgendeine Weise an die Geschehnisse vom Freitag erinnern kann.

Wir setzen uns an den Tisch, und Manfred schenkt für Hanne Kaffee ein. Berit legt zwei Holzscheite in den Ofen.

»Willst du keinen Kaffee, Berit?«, frage ich.

Berit humpelt an den Tisch heran.

Aus nächster Nähe sieht sie sehr alt aus. Ein Netz aus tiefen Runzeln breitet sich um ihre Augen aus, und die Haut auf ihrem Handrücken ist dünn und transparent wie Butterbrotpapier. Darunter kriechen blaue Adern, winden sich wie Schlangen, die aus der Haut herauswollen.

»Nein, danke, Liebe«, sagt Berit. »Ich habe eben erst welchen getrunken. Und ihr müsst doch in Ruhe reden können. Ich mache eine Runde mit Joppe.«

Als sie sich umdreht, sehe ich drei lange Schrammen an Berits linkem Unterarm. Es sieht aus, als habe jemand sie gekratzt.

Berit sieht meinen Blick, errötet und fährt mit der Hand über die Schrammen. Zieht den Ärmel nach unten, damit sie nicht mehr zu sehen sind, und geht dann gefolgt vom Hund nach draußen. Als sie in der Diele verschwinden, sehe ich, dass der Hund ebenfalls hinkt.

Es wird still.

Hanne, die sich neben Manfred gesetzt hat, fingert an ihrer Kaffeetasse herum und sieht ein bisschen verlegen aus.

»Entschuldige«, sagt sie und erwidert meinen Blick. »Dass ich dich nicht erkannt habe, meine ich.«

Ich hebe abwehrend die Hand.

»Macht doch nichts.«

Hanne nickt, schaut Manfred an und lächelt wieder.

»Bart steht dir.«

Manfred streicht sich über das Kinn und lacht.

»Findest du? Afsaneh sieht das anders. Sie findet, ich sehe aus wie ein Motorradhooligan. Behauptet, ich machte Nadja Angst.«

»Motorradhooligan?«, lacht Hanne. »Hör doch auf. So siehst du nun wirklich nicht aus.«

»Afsaneh?«, frage ich.

Manfred lässt Hannes Blick los und dreht sich zu mir um. »Meine Frau. Und Nadja ist unsere Tochter. Sie wird bald zwei.«

»Ach«, sage ich.

»Wie geht es Nadja?«, fragt Hanne. »Hat sich das mit den Ohren geklärt?«

»Jetzt geht es ihr gut. Sie haben ihr so ein Röhrchen eingesetzt. Und seither, *fingers crossed,* keine einzige Mittelohrentzündung mehr. Ein verdammtes Wunder, wenn du mich fragst.«

Hanne beugt sich zu Manfred vor und zieht das Seidentuch in seiner Brusttasche gerade. Diese Geste spricht von einer Fürsorge und einer Intimität, die mich überraschen.

»Als wir an dem Fall von der Frau mit dem abgeschnittenen Kopf gearbeitet haben«, setzt Hanne an, »da warst du ein *Wrack,* Manfred. Wirklich. Da hatte Nadja doch fast die ganze Zeit Ohrenschmerzen.«

Manfred lacht ein bisschen und verschüttet dabei Kaffee.

»Ich weiß nicht, ob es Nadjas Mittelohrentzündungen oder die Ermittlung waren, die mich zum Wrack gemacht haben.«

Ich komme mir auf seltsame Weise ausgeschlossen vor.

Es wird so deutlich, dass die beiden eine Vergangenheit teilen, zu der ich keinen Zugang habe. Dass sie nicht nur zusammengearbeitet haben, sondern auch die gegenseitigen Familien und Kinder kennen und Mittelohrentzündungen, Windelwechseln und Gott weiß was sonst noch zusammen durchgemacht haben.

Manfred schaut mich an und ahnt vielleicht, was ich denke, denn er zieht seinen Notizblock hervor und räuspert sich.

Hanne scheint den Wink ebenfalls zu verstehen, sie setzt sich ein wenig gerader hin und sagt:

»Ich weiß, weshalb ihr hier seid, und ich werde mir alle Mühe geben, euch zu helfen, aber ich bin nicht sicher, ob ich das kann. Es ist so seltsam. Ich erinnere mich an so viel. Meine Kindheit, zum Beispiel. Der Weg zur Schule – jeder Baum, jedes Haus und jeder Schritt sind sozusagen in meine Erinnerung eingeätzt. Und dann erinnere ich mich natürlich an die Arbeit. Die Morde, die Vergewaltigungen. Aber seit wir aus Grönland zurückgekommen sind, scheint nichts richtig haften zu bleiben, wenn ihr versteht, was ich meine. In meinem Kopf ist alles ein einziger Wirrwarr. Und je mehr ich versuche, mich zu erinnern, umso konfuser wird es.«

»Ist schon gut«, sagt Manfred und legt seine große Hand über Hannes. »Wir helfen dir ja auch.«

»Berit hat erzählt, dass ihr noch keine Spur von Peter habt.«

Hannes Stimme klingt brüchig.

»Stimmt«, sagt Manfred. »Wir suchen weiter. Und wir werden ihn finden, das verspreche ich dir.«

Hannes Blick wandert aus dem Fenster, zu der verschneiten Wiese und den dahinter aufragenden Kiefern.

»Es ist jetzt so kalt«, sagt sie. »So kalt. Wenn er nun bei dieser Kälte irgendwo im Wald ist!«

Manfred streichelt ihre Hand.

»Wir haben gestern eine tote Frau im Wald gefunden«, sagt er dann und sieht Hanne an. »Bei der alten Geröllhalde. Sie ist ermordet worden. Und einer von deinen Schuhen lag in ihrer Nähe.«

»Was sagst du da?«

Sie reibt ihre Hände aneinander und blinzelt mehrere Male.

»Hanne, ich glaube, dass du dort im Wald warst, als die Frau ermordet wurde.«

Manfred legt eine Pause ein, wie um Hanne ein wenig Zeit zu geben, seine Worte zu verarbeiten. Dann fügt er hinzu:

»Ich weiß, es fällt dir schwer, dich zu erinnern, aber alles kann uns weiterhelfen. Ein Geräusch, ein Geruch, ein einzelnes Erinnerungsbild, das dir uninteressant vorkommt.«

Hanne nickt und schließt die Augen.

»Grönland«, sagt sie. »Das ist das Letzte, woran ich mich deutlich erinnere. Danach verschwimmt alles. Aber ich habe Erinnerungen, oder Erinnerungsfragmente, die, *glaube ich*, von dem Tag stammen, an dem Peter verschwunden ist. Ich weiß noch, dass ich im Wald war. Dass ich rannte, als ob ich vor etwas weglaufen würde, oder vor jemandem. Ja, so ein Gefühl habe ich jedenfalls. Dass ich Angst hatte und irgendwie atemlos war. Dass ich am ganzen Leib Schmerzen hatte, aber dass ich dennoch weiterrannte. Und ich fror natürlich. Es war so schrecklich kalt.«

»Sehr gut«, sagt Manfred und streichelt Hannes Hand. »Weißt du noch, um welche Tageszeit das war?«

Hanne schließt die Augen und holt tief Luft. In einem ihrer Augenwinkel zuckt es ein wenig.

»Es war jedenfalls dunkel.«

»Gut. Und das Wetter?«

Hanne rutscht auf ihrem Stuhl herum und runzelt die Stirn.

»Ich erinnere mich an Regen im Gesicht. Und... einen Ast, der von einem Baum fiel. Ja, es stürmte. So ein richtiger Sturm war das.«

Manfred dreht sich zu mir um und formt mit den Lippen das Wort »Freitag«.

Hanne muss am Freitagabend während des Sturms im Wald gewesen sein. Das bedeutet, dass sie seit vierundzwanzig Stunden dort unterwegs war, als sie gefunden wurde.

»Okay«, sagt Manfred. »Sehr gut. Du sagst die ganze Zeit ›ich‹. War Peter mit dir im Wald?«

Hanne öffnet die Augen und wird ganz still. Sie schaut aus dem Fenster auf die verschneite Wiese.

»Ich weiß nicht mehr. Ich glaube, dass... *Nein.* Ich weiß es nicht.«

»Okay«, sagt Manfred wieder. »Dann gehen wir ein bisschen zurück. Weißt du, warum du oder ihr im Wald wart?«

»Wir... nein. *Entschuldige.*«

Hanne schüttelt langsam den Kopf und fügt dann hinzu:

»Entschuldige. Es ist alles so wirr. Aber es muss doch mit der Ermittlung zu tun gehabt haben. Warum hätten wir sonst in den Wald gehen sollen? Um Vögel anzusehen? Um hinter einer Kiefer zu knutschen?«

Manfred grinst.

»Was weißt du von der Ermittlung noch?«, frage ich.

Hanne antwortet nicht direkt, und als sie dann etwas sagt, sieht sie gequält aus.

»Wenn ich ehrlich sein soll?«, fragt sie langsam. »Nichts.«

Manfred erwidert meinen Blick, und ich kann die Enttäuschung in seinen Augen sehen.

»Okay«, sagt er. »Woran erinnerst du dich sonst noch?«

Hanne nickt und schließt abermals die Augen. Einige Sonnenstrahlen fallen durch das Fenster herein und bringen eine kupferfarbene Haarsträhne bei ihr zum Glühen.

»Dass wir in einem engen, dunklen Zimmer waren.«
»Moment mal, was für ein Zimmer?«
Manfred starrt Hanne an.
»Tja, ein Zimmer. Oder ein Raum eben. Kann eine Garage gewesen sein, oder eine kleine Kate. Ich weiß nicht, ob das vor oder nach dem Wald war. Und dann erinnere ich mich...«
Hannes Blick wandert zur Decke. Sie reibt die Hände aneinander.
»Bretter. Oder jedenfalls an das Gefühl unter den Händen. Ein bisschen rau und klebrig.«
»Was für Bretter?«, frage ich.
»Keine Ahnung. Nur... Bretter. Und...«
»Was?«
Manfred sieht eifrig aus.
»Bücher«, sagt sie mit Nachdruck.
»Bücher? Was für Bücher?«
»Weiß ich nicht. Normale Bücher. Also...«
Hanne verstummt und schließt wieder die Augen. Hebt dann die Hände an die Schläfen.
»Englische Bücher. Sie lagen in Stapeln auf dem Boden. Auf diesem widerlichen dreckigen Boden.«
Manfred wirft mir einen raschen Blick zu. Im offenen Ofen knackt es, und Hanne öffnet die Augen.
»*Wo?*«, flüstert Manfred.
»Ich weiß nicht.«
Hanne senkt den Kopf, und einen Moment lang glaube ich, dass sie gleich weinen wird.
»Apropos Bücher«, sage ich. »Du weißt nicht, wo dein Buch ist?«
Hanne schüttelt den Kopf.

»Das Tagebuch? Nein. Und glaub mir, wenn ich es wüsste, hätte ich es geholt, denn ich habe alles aufgeschrieben.«

Wir reden noch eine Weile, aber an mehr erinnert sie sich nicht, deshalb beschließen wir, ins Büro zurückzufahren.

Als Hanne gerade aufsteht, um Manfred zum Abschied zu umarmen, sehe ich im Ausschnitt ihres alten, verwaschenen Herrenhemdes eine Kette auffunkeln. Als sie sich zu mir umdreht, muss ich einfach danach fragen.

»Was für eine schöne Kette, Hanne. Ist die neu?«

Wieder macht sie dieses total neutrale Gesicht, von dem ich jetzt weiß, dass es bedeutet, dass sie sich nicht erinnert.

»Ich weiß nicht«, sagt sie zögernd, sieht gequält aus und hebt die Hand an ihren Hals. Dann zieht sie die Kette hervor, damit ich sie sehen kann.

Ein goldener Anhänger baumelt an einer dünnen Goldkette. Der Anhänger hat einen grünen Rand, wie Emaille, und in der Mitte Steine, vielleicht kleine Diamanten. Um die Steine ist ein verschlungenes Muster eingraviert.

»Das sieht alt aus«, sage ich und beuge mich vor, um besser sehen zu können.

Hanne nickt und wird rot.

»Du hast es vielleicht von Peter bekommen«, schlage ich vor.

»Vielleicht«, sagt Hanne und errötet noch mehr, als ob sie sich furchtbar schämte, weil sie uns nicht helfen kann.

JAKE

Sie haben bei der Geröllhalde eine ermordete Frau gefunden. Papa hat das heute Morgen erzählt, ehe ich zur Schule gefahren bin. Er hat auch gesagt, dass er einen Monatslohn darauf setzt, dass Opfer und Mörder beide aus der »Araberkolonie« in der alten TrikotKönig-Fabrik kommen.

Alle haben auch in der Schule darüber geredet, aber natürlich wusste niemand, was passiert war.

Saga und ich haben überlegt, ob wir zur Geröllhalde gehen und nachsehen sollten, aber sie musste nach der Schule auf ihre kleine Schwester aufpassen, und deshalb bin ich dann nach Hause gefahren.

Ich sitze jetzt am Schreibtisch, und vor mir liegt Hannes Tagebuch.

Ich habe es in mein Geschichtsbuch gelegt, damit ich es verstecken kann, falls Papa oder Melinda hereinkommen. Neben mir steht der Eiffelturm. Er ist jetzt fertig, so fertig jedenfalls, wie er jemals werden kann.

Am Donnerstag werde ich ihn abgeben.

Mit mir ist etwas passiert, ich weiß nicht so ganz, was. Es liegt vielleicht daran, dass Saga mich geküsst hat, oder Hannes Bericht ist mir sozusagen in den Kopf gekrochen und hat sich neben die anderen Gedanken gelegt.

Jedenfalls kommt mir alles anders vor, als ob die Cola mehr

nach Cola schmecken würde und die Bäume vor dem Haus viel schöner wären als in meiner Erinnerung. Jede Kiefer ist ein perfekter, gepuderter Kegel, und der Bach gleitet wie eine endlose blanke Schlange um Felskuppen und Steine.

Und Hanne hat eine eigene Stimme bekommen, als ob sie durch die dicht beschriebenen Seiten im Buch direkt zu mir sprechen würde. Als sei jedes Wort, jede Silbe, für mich allein bestimmt.

Das ist spannend, aber zugleich furchtbar *scary*, denn je weiter ich in ihrem Bericht komme, umso mehr merke ich, dass ich eine Verantwortung für sie und diesen P habe, auch wenn ich nicht so ganz weiß, was ich von ihm halten soll. Ich bin schließlich der Einzige, der weiß, was sie in den letzten Tagen vor ihrem Verschwinden im Wald gemacht haben.

Wenn ich daran denke, dann spüre ich ein Brennen im Magen, als ob jemand mich gezwungen hätte, einen großen Eiswürfel hinunterzuschlucken. Ich habe sofort ein schlechtes Gewissen, weil ich in den letzten Tagen den Eiffelturm gebaut habe und mit Saga zusammen war, statt das Tagebuch durchzulesen.

Ich fahre mit der Hand über die Seiten.

Das Papier ist ein wenig gewellt und fühlt sich rau an. Als ich die vertraute spitze Schrift sehe, macht mein Herz in meiner Brust einen Sprung.

»Hallo, Hanne«, flüstere ich.

Samstag & frei

Heute Vormittag habe ich ein bisschen im Hotelzimmer gearbeitet. Habe im Netz nach Gewaltverbrechern gesucht, die Schuhe als Trophäen behalten. Habe einen Serienmörder in den USA gefunden, der die Schuhe seiner Opfer gestohlen hat. Er war Fetischist und schizophren, hat nach den Morden die Schuhe angezogen und masturbiert. Er hat einem Opfer auch einen Fuß abgehackt, mit nach Hause genommen und daran Schuhe anprobiert.

Seltsam: Ich kann die streng analysierende Brille aufsetzen und feststellen, dass die Neigungen dieses Mörders vermutlich zutiefst psychische Ursachen hatten. Ich kann in seiner Kindheit graben und mildernde Umstände finden.

Aber ich kann es trotzdem nicht VERSTEHEN.

Das stört mich nicht weiter, denn es verdeutlicht die unsichtbare, aber unbestreitbare Grenze, die uns Menschen voneinander trennt. Man kann einen anderen Menschen niemals gänzlich verstehen. Oder sich auf ihn verlassen.

Ich denke ungewollt an P.

Wir haben nach dem Mittagessen einen langen Spaziergang im Wald gemacht. Sind zur Geröllhalde gefahren. Sind auf den Ormberg gestiegen. Die Sonne schien, die Luft war kalt und klar.

P war in strahlender Laune, redete über die Ermittlung. Ich fragte aus Versehen, wer Malin ist. Das rutschte mir einfach heraus. Ich hätte stattdessen im Tagebuch nachsehen sollen.

Es war, als ob in seinen Augen ein Licht erlöschen und einer wässrigen Leere weichen würde. Er ließ meine Hand los.

Ich versuchte, meinen Patzer abzutun, aber darauf ging er nicht ein.

P ist vieles (unzuverlässig, ab und zu gefühllos), aber nicht dumm. Nach dreißig Jahren bei der Polizei erkennt er eine Lüge. Ich musste ihm versprechen, am Montag die Ärztin anzurufen.

(Ich habe natürlich gelogen. Ich will diese Ärztin von der Gedächtniserfassung nie mehr sehen. Die, die immer von den FANTASTISCHEN Wohngruppen redet, die es für Demente gibt – als wären das Charterreisen, keine Pflegeheime, in denen man in einem Sessel vor einem Fernseher sitzt und in eine Windel pisst.)

Ich bin noch nicht so weit, aber so wird es enden.

Falls nicht ...

Ich habe angefangen, diesen Gedanken zu denken. Ich muss das nicht passieren lassen. Ich kann mich entscheiden, mein Leben zu beenden, ehe ich zu einem Gepäckstück werde.

Das Schwere ist natürlich zu wissen, wann. Im Moment komme ich ja zurecht. Habe wirklich nicht den Wunsch zu sterben. Zugleich: Es muss doch passieren, ehe ich mich selbst ganz verliere. Es gibt einen »point of no return«: einen Zeitpunkt, von dem an ein solches Vorhaben sich nicht mehr ausführen lässt. Danach setze ich mich brav auf das Fernsehsofa der Wohngruppe und esse meine Pürees.

Ich klappe das Buch zu und schaue aus dem Fenster. Es ist dunkel, aber ich ahne durch die kahlen Äste das Glitzern im blanken Schwarz des Baches.

Ein Kloß hat sich in meinem Magen gebildet.

Ich will nicht, dass Hanne stirbt.

Ich will nicht, dass irgendein Mensch stirbt, aber schon gar nicht Hanne. Ich denke an die magere Gestalt in der nassen

Bluse, barfuß im Wald. An die Haare, die in feuchten Strähnen über ihre Schultern fielen.

Und ich habe sie für gefährlich gehalten, für eine Mörderin.

Ich greife nach meinem Handy und googele »Fetischist« und »schizophren«, um nicht an Hanne denken zu müssen, aber sie will mich nicht loslassen. Es kommt mir vor, als ob sie mir aus dem Buch zuflüstern und mich um Hilfe bitten würde.

Was macht sie jetzt eigentlich?

Papa hat erzählt, dass sie bei Berit hinter der Kirche wohnt. Er hat gesagt, es sei unbegreiflich, dass sie »die alte Oma« für Hanne sorgen lassen. Aber dann hat er hinzugefügt, dass derzeit so vieles unbegreiflich ist, dass es vermutlich nur noch logisch ist.

Dabei habe ich mich gefragt, ob es früher anders war. Ob alles besser war, weniger verworren, sozusagen. Aber ich konnte nicht danach fragen, denn dann kam Melinda in einem sehr kurzen Rock, und Papa und sie fingen an, sich zu streiten.

Das machen sie oft, Papa und Melinda – streiten sich über Dinge, die eigentlich nicht wichtig sind, und dann weichen sie allem aus, das wirklich eine Rolle spielt.

Wie Mama.

Wir sprechen nie über sie, obwohl es weniger als ein Jahr her ist, dass sie gestorben ist, obwohl noch alle ihre Kleider im Schrank hängen und ihre Seite des Bettes noch immer unberührt ist.

Ich schaue auf die Uhr und blicke dann wieder hinaus in die Dunkelheit.

Halb fünf.

Nichts hindert mich daran, zu Berit zu fahren und zu sehen, wie es Hanne geht. Ja, nicht mit ihr zu sprechen, aber sie zumindest für einen Moment zu sehen und mich davon zu überzeugen, dass alles in Ordnung ist.

Je mehr ich daran denke, desto sicherer bin ich, dass es das einzig Richtige wäre. Dass ich nicht nur nach ihr sehen kann, sondern das tun muss.

Vorsichtig lege ich das Buch in die Schreibtischschublade, knipse die Lampe aus und stehe auf.

Berits kleines Haus leuchtet in der Dunkelheit wie ein Weihnachtsbaum. Warmes Licht strömt aus dem Fenster und färbt den Schnee draußen golden.

Ich habe mein Moped im Wald versteckt und bin das letzte Stück zu Fuß gegangen. Obwohl ich nichts Verbotenes tue, will ich hier draußen nicht entdeckt werden – denn wie sollte ich erklären, warum ich hier bin, warum es so verdammt wichtig für mich ist, Hanne kurz zu sehen?

Es ist saukalt heute Abend.

Mein Atem verwandelt sich vor meinem Gesicht in Rauch, und meine Wangen sind von der Kälte betäubt. Obwohl ich meine dicken Handschuhe anhabe, friere ich an den Fingern.

Ich gehe langsam auf das Haus zu und versuche zu erraten, durch welches Fenster ich am besten sehen könnte. Das Fenster links von der Haustür ist so niedrig angebracht, dass ich einfach im Beet davorstehen und hineinblicken kann.

Alles ist ruhig. Nicht eine Bewegung zu sehen, nicht ein Geräusch zu hören. Es gibt nur mich, das Haus und das geruchlose Schweigen des Winterabends.

Die Büsche unter dem Fenster packen meine Hosenbeine. Ich mache einen Schritt auf das Fenster zu und sehe zu spät, dass es Rosen sind. Die Dornen reißen meine Wade auf, es brennt und sticht.

Aber ich kann hineinblicken.

Das Zimmer ist leer.

Rechts stehen zwei Schlafsofas an der Wand, links ein kleiner Tisch mit Holzstühlen. Ganz hinten gibt es eine Tür. Die steht einen Spaltbreit offen, und ich ahne dahinter eine Bewegung, als ob jemand durch das andere Zimmer gehen würde.

Ich weiche von den Rosensträuchern zurück, überlege einige Sekunden und gehe dann um die Hausecke zum nächsten Fenster.

Das ist zu hoch in der Wand, man kann nicht hineinschauen, wenn man nicht auf irgendetwas klettert.

Eine Schneeflocke landet in meinem Gesicht, und dann noch eine, ich schaue mich um, kann aber nichts sehen, auf das ich mich stellen könnte, keine Kiste oder Leiter ragt unter dem Schnee auf. Stattdessen packe ich die Täfelung und ziehe mich hoch, bohre die Füße in den kleinen Spalt zwischen Fassade und Mauer und halte mich an der Fensterbank fest. Schaue vorsichtig durch den unteren Teil des Fensters, wo zu meinem Glück eine Topfblume steht.

Sie sitzen am Küchentisch.

Berit kehrt mir den Rücken zu. Ihr kurzer dicker Nacken wölbt sich über ihren Pullover, wie Teig, der zu lange gegangen ist. Hanne sitzt ihr gegenüber und schaut mich an. Auf dem Boden neben dem Holzofen liegt Berits alter Hund auf der Seite.

Mein erster Impuls ist herunterzuspringen, aber dann begreife ich, dass sie mich nicht sehen können. Draußen ist es dunkel und ich bin durch die Topfblume versteckt.

Ich kann Hanne fast nicht erkennen.

Ihre Haare sind lang, lockig und fluffig. Sie hält eine Teetasse in der Hand und lacht über etwas. Um die Schultern hat sie einen Schal gelegt, und um ihren Hals hängt ein großer Anhänger.

Sie sieht so stark aus, so froh und voller Energie. Ganz anders als die, die geschrieben hat, dass sie vielleicht sterben will. Aber so ist es wohl: Schwarze Gedanken sind uns nicht anzusehen, die gibt es nur in uns, in diesem düsteren Verschlag, der eine sehr dicke Tür hat. Der Todessehnsucht und *die Krankheit* enthalten kann.

Ich vermute, dass Papa dort die Erinnerungen an Mama versteckt hat.

Berit steht auf, geht zum Herd und streckt die Hand nach der Teekanne aus. Sie humpelt ein wenig, als ob ihr das Bein wehtun würde. Hanne hält ihr die Tasse hin, und Berit schenkt von dem heißen Getränk nach.

Der Küchentisch steht an einem Fenster, das auf die andere Seite schaut, zur Kirche hin. Ein Weihnachtsstern aus Stroh hängt an einem Haken vom Fensterrahmen. Auf der Fensterbank steht eine Topfblume, die traurig und krank aussieht. Die Blätter sind gelb und hängen schlaff nach unten. Einige einsame rosa Blüten schauen durch das Fenster hinaus in die Dunkelheit.

Meine Arme brennen vor Anstrengung, aber ich halte mich an der Täfelung fest, verzaubert von der Szene in der kleinen Küche. Es ist fast nicht zu begreifen, dass es Hanne ist, die dort sitzt. Irgendwie kenne ich sie ja besser als alle anderen Erwachsenen, aber trotzdem ist sie eine Fremde.

Ein Geräusch hallt in der Nacht wider, ein dumpfer Knall, aber ich weiß nicht, ob das aus dem Haus kam oder von draußen.

Berit setzt sich wieder. Ich ahne ihre gedämpften Stimmen durch das Fenster, aber ich kann nicht hören, was sie sagen.

Dann ist wieder ein Geräusch zu hören, eine Art Scharren, als ob jemand langsam mit den Nägeln über ein Stück Plastik fahren würde. Ich erstarre, denn ich bin jetzt sicher, dass das Geräusch von draußen kommt. Dass sich hier draußen im Garten jemand oder etwas bewegt.

Aber Hanne und Berit scheinen nichts gehört zu haben, denn sie lachen und reden und trinken einfach weiter ihren Tee.

Dann sehe ich es.

Unter dem Weihnachtsstern in dem anderen Fenster zeichnet sich ein bleiches, ausdrucksloses Gesicht ab. Die Augen sind dunkle Löcher und der Mund ein dünner Strich.

Ich lasse vor Schreck die Täfelung los und falle hilflos rückwärts in den Schnee. In der Sekunde, in der mein Rücken auf den Boden auftrifft, begreife ich, dass die Person, die vor dem anderen Fenster steht, sich hinter der Hausecke befinden muss, weniger als zehn Meter von mir entfernt.

Mein Rücken tut weh, und ich schnappe nach Luft, als ich aufstehe und durch den spärlichen Schneefall zu meinem Moped renne.

Meine Brust brennt vor Anstrengung, und meine Nase läuft, aber ich werde nicht langsamer, schaue mich nicht um. Ich habe viel zu große Angst, dass die Person, die da am Fenster stand, mich einholen könnte. Mich in den Schnee zerren und die bleichen Finger um meinen Hals legen.

    Aber es kommt niemand.

    Niemand legt mir eine knochige Hand auf die Schulter, als ich gerade glaube, entkommen zu sein. Niemand haucht mir in den Nacken, als ich beim Moped stehen bleibe. Niemand reißt mich zu Boden, als ich gerade losfahren will.

    Es gibt nur mich und die Dunkelheit und den Schnee, der noch immer lautlos über Berits kleinem Haus fällt.

MALIN

Ich spähe durch die Windschutzscheibe. Stelle fest, dass ich fast vergessen habe, wie vollkommen kohlschwarz die Nacht hier ist.

Fast wie im Grab.

Außerdem schneit es, was die Sicht noch weiter verschlechtert und mich zwingt, das letzte Stück im Schritttempo zu fahren.

Als ich das Haus erreiche, sehe ich, dass die Außenbeleuchtung defekt ist. Ich präge mir ein, morgen neue Glühbirnen zu kaufen. Ragnhild lag nicht ganz falsch, als sie meinte, Mamas Hof müsse dringend renoviert werden. Und ein paar Glühbirnen einzuschrauben, das schaffe sogar ich, obwohl ich vermutlich der ungeschickteste Mensch von ganz Ormberg bin.

Wenn man auf dem Land wohnt, sollte man stark und praktisch veranlagt sein.

Das hier ist kein Ort für Leute mit zwei linken Händen. Bäume fallen um, die Straße schneit zu, Autos bleiben mitten im Wald liegen, und während der Herbststürme jagt ein Stromausfall den nächsten.

Das stellt Forderungen an die Menschen.

Man darf auch nicht zimperlich sein, auf Ormberg schimpfen oder meinen, es wäre besser, anderswo zu wohnen, zum Beispiel in Stockholm – *schon gar nicht in Stockholm*. Und wenn man das doch meint, dann hält man besser die Klappe. Sonst wird man so schnell und unerbittlich aus der Gemeinschaft ausgeschlossen, wie im August die Sommergäste verschwinden.

Mama steht am Herd, als ich hereinkomme. Ihre kleine, untersetzte Gestalt hat so gar keine Ähnlichkeit mit mir. Wir haben immer Witze darüber gemacht, als ich klein war, dass ich gar nicht so aussehe wie sie und dass sie mich bestimmt im Wald bei den Trollen geholt hat.

Es duftet nach Wacholderbeeren vom Elcheintopf, der auf dem Herd vor sich hin blubbert, und Mama hält ein Glas Wein in der Hand.

»Hallo«, sagt sie, stellt das Glas hin und drückt mich schnell und so fest an sich, dass es mir fast den Atem verschlägt.

Ja, Mama ist wie geschaffen für das Leben hier draußen.

Stark, zäh und meistens mit dem Leben zufrieden. Jedenfalls mit *ihrem* Leben, wegen meinem kommt sie dagegen vor Sorge manchmal fast um. Vor allem, weil ich bei der Polizei bin. Ich glaube nicht, dass sie begriffen hat, dass ich bei meiner Arbeit in Katrineholm vor allem Betrunkenen ins Gewissen rede, Ladendiebe vernehme und Berichte schreibe. Vielleicht war ich deshalb so froh, als mir die Mitarbeit bei dieser Ermittlung hier angeboten wurde.

Endlich ein bisschen echte Spannung – ein Gewaltverbrechen, eine Mordermittlung, eine Chance, wirklich etwas auszurichten.

Und außerdem an dem unvorstellbarsten aller Orte: in Ormberg.

Ich glaube nicht, dass hier ein schwerwiegendes Verbrechen begangen worden ist, seit der deutsche Tourist bei einer

Streitigkeit auf dem Campingplatz unten am See durch einen Messerstich verletzt wurde. Die Wunde wurde in der Ambulanz in Vingåker mit nur drei Stichen genäht, und danach konnte er weiter im Vorzelt seines Wohnwagens Bier picheln.

Ansonsten passiert hier nicht viel: ab und zu ein kleiner Diebstahl, einiges an Sachbeschädigung, Schmierereien in Brogrens Mechanischer, die jetzt eine hypnotische Anziehungskraft auf Ormbergs Teenager auszuüben scheint. Und dann ab und zu eine Körperverletzung im Suff und etliche Festnahmen wegen Drogenbesitz – auf dem Land werden mehr Drogen konsumiert, als die meisten glauben.

Das ist alles.

So war es jedenfalls bis vor einigen Tagen.

Ich setze mich an den Küchentisch und drehe mich zu Mama um.

»Brauchst du Hilfe?«

Mama schüttelt den Kopf, wischt sich rasch mit dem Handrücken den Schweiß von der Stirn und trinkt einen Schluck Wein.

»Nein, nein. Bleib du nur sitzen, du hast schließlich den ganzen Tag gearbeitet.«

Und nun denke ich, dass ich das ja auch wirklich getan habe. Gesessen, im Büro, bei Berit, dann wieder im Büro.

»Es ist so unheimlich«, sagt Mama zögernd. »Das mit dieser toten Frau in der Geröllhalde.«

»Ja.«

»War sie von hier?«

»Nein. Ich habe sie vorher noch nie gesehen.«

Mama nippt an der Flüssigkeit in dem hölzernen Kochlöffel. Streckt die Hand nach dem Mörser aus, nimmt eine Prise von irgendetwas und streut sie in den Kochtopf.

»Und dieser Polizist aus Stockholm, habt ihr den gefunden?«

Ich denke an Peter. Zum ersten Mal seit seinem Verschwinden gestehe ich mir die Wahrscheinlichkeit ein, dass ihm etwas viel Schlimmeres passiert ist, als dass er mit einem gebrochenen Fuß in einem Sommerhaus herumsitzt.

»Nein, wir haben ihn nicht gefunden.«

»Wie lange ist er jetzt schon verschwunden?«

»Fünf Tage.«

Mama legt den Kopf schräg, als ob sie versuchen würde auszurechnen, wie wahrscheinlich es ist, dass jemand fünf Nächte im Wald überleben kann.

Ich glaube, auch sie kommt zu dem Schluss, dass die Wahrscheinlichkeit mikroskopisch klein ist, denn sie sagt nichts mehr zu diesem Thema. Stattdessen steckt sie den Kochlöffel in den Topf und rührt weiter.

Ich schaue die vier abgenutzten Teller mit dem Blumenmuster auf dem Tisch an. Das gute Silberbesteck, das normalerweise in einem weinroten Filzbehälter in der obersten Schublade der Vitrine aufbewahrt wird.

»Werden wir vier?«, frage ich. »Ich dachte, es kommen nur du, ich und Margareta.«

Margareta ist meine Tante. Genau wie Mama hat sie ihr ganzes Erwachsenenleben in Ormberg verbracht. Und genau wie Mama ist sie ein echtes Prachtlandei – körperlich stark und nicht im Geringsten zimperlich. Außerdem glaube ich nicht, dass sie je den Wunsch geäußert hat, sich an einem anderen Ort auf der Welt zu befinden als eben hier.

Am Mittelpunkt oder Ende der Welt, je nach Standpunkt.

»Magnus kommt auch.«

Ich nicke. Ich habe Mama nicht erzählt, dass ich Magnus am Montag im Wald davor gerettet habe, von irgendwelchen Drecksbengeln verprügelt zu werden. Einerseits, weil ich ihm versprochen hatte dichtzuhalten, und andererseits, weil ich schon sauer werde, wenn ich nur daran denke.

»Hast du mit dem Pastor über die Trauung gesprochen?«, frage ich.

Mama erstarrt in ihrer Bewegung. Dann kommt sie an den Tisch, wischt sich die Hände an der Schürze ab und setzt sich mir gegenüber.

»Malin. Mein Herz. Habt ihr euch das wirklich genau überlegt?«

»Wie meinst du das?«

Sie reibt eine Hand an der anderen und starrt den Tisch an.

»Es ist nur, dass ... ab und zu habe ich das Gefühl, oder ich frage mich ... *liebst* du ihn wirklich?«

»Bist du verrückt? Natürlich liebe ich ihn.«

Mama seufzt.

»So eine Heirat ist ein großer Schritt. Müsst ihr es so eilig haben? Es wäre vielleicht besser, zuerst eine Weile zusammenzuwohnen.«

Mama hat recht damit, dass wir das noch nicht lange tun. Wir haben uns kennengelernt, als ich an der Polizeischule war, und wir konnten nur einen Monat zusammenwohnen, dann bekam ich die Stelle in Katrineholm und musste umziehen. Jetzt pendeln wir, und das ist natürlich keine ideale Situation. Aber ich begreife trotzdem nicht, warum Mama das sagt. Warum sie meine Entscheidungen nicht ebenso respektiert wie ich ihre.

Wie zum Beispiel, dass sie in diesem Loch hier wohnen will.

Mama redet weiter:

»Ab und zu frage ich mich, ob du... Ja, also, ob das, was mit Kenny passiert ist...«

»Aber bitte. *Hör auf!*«

»Ja, ja«, murmelt Mama.

»Warum sagst du so was überhaupt? Du hast Max doch gern!«

Mama holt tief Luft und sieht mich an. Ihre blassblauen Augen sind gerötet. Die Runzeln um den Mund und die schweren Augenlider lassen sie müde und traurig aussehen.

»Ja, das tue ich. Aber schließlich will ich ihn ja nicht heiraten, Malin. Erzähl mir, warum du ihn liebst, was du an ihm liebst.«

»Was ist das hier? Willst du mich die Hausaufgaben abhören? Ich liebe ihn, weil... wir verstehen uns gut, okay? Er ist in Ordnung. Er ist cool und intelligent und verdient viel Geld, und wir werden ein gutes Leben haben.«

»In *Stockholm*?«

»Was spielt das für eine Rolle?«

»Es spielt absolut keine Rolle, wo ihr wohnt. Aber ab und zu habe ich das Gefühl, dass du von hier fliehen willst. Und das ist keine gute Grundlage für eine Ehe. Wenn du vor etwas fliehst, dann musst du sicher sein, dass du nicht im Grunde vor dir selbst weglaufen willst.«

Mama hat natürlich recht damit, dass ich hier wegwill. Jeder gescheite Mensch würde die Beine in die Hand nehmen, wenn er hier landete. Man lässt sich in Ormberg nicht häuslich nieder, wenn man nicht verrückt ist oder hier geboren oder beides.

Aber das mit Max hat nichts damit zu tun, dass ich von hier wegwill.

Max ist ganz einfach perfekt. Ich kann das nicht anders erklären. Er hat alles, wonach ich jemals gesucht habe: Ehrgeiz, Großstadt und finanzielle Sicherheit.

Und außerdem: Was ist Liebe eigentlich, außer einer Freundschaft, die mit etwas Sex gewürzt ist? Ich schlafe mit meinem besten Freund, und das gefällt mir gut, danke.

Noch etwas, das ich Mama wohl kaum sagen kann.

Warum müssen Menschen die ganze Zeit über Liebe reden, als wäre das eine Art magische, überirdische Kraft? Eine Art Religion sozusagen. Ich glaube nicht an Liebe, und ich glaube nicht an Gott.

Ich glaube an harte Arbeit, an Entschlossenheit und Zielstrebigkeit und alles andere, das zu Ergebnissen führt.

Ich glaube an Tatsachen und Wissenschaft, nicht an Aberglauben und Gefühle.

Vor allem nicht an Gefühle, vor denen soll man sich sorgfältig hüten. Sonst kann alles passieren. Man kann zum Beispiel schwanger werden und danach an einem Ort wie Ormberg festsitzen. Man kann für alle Zeit an einigen rotznasigen Gören und einem Typen hängen bleiben, der an einem Sommerabend unten am See, als man jung und dumm war und fünf oder sechs Bier getrunken hatte, vielleicht spannend wirkte.

Draußen vor dem Fenster leuchtet etwas auf, Scheinwerfer nähern sich in der Dunkelheit. Ein heruntergekommener Saab mit rostiger Vorderseite fährt vor dem Haus vor.

Magnus und Margareta.

Mama schaut auf die Uhr.

»Das wurde wirklich Zeit. Ich hatte sieben Uhr gesagt.«

Sowie Mama die Haustür öffnet, kommt Zorro, ein riesiger Schäferhund, hereingestürzt. Er bellt, springt um unsere Beine herum wie eine Flipperkugel und leckt meine Hände. Dann jagt er in die Küche und untersucht, ob es auf dem Boden etwas Essbares gibt.

Der alte Hund meiner Tante ist harmloser, als es den Anschein hat. Sie hat ihn schon so lange, wie ich mich zurückerinnern kann.

Magnus kommt herein, tritt sich auf der Vortreppe den Schnee von den Stiefeln und hängt seine Jacke auf. Margareta ist gleich hinter ihm, sie trägt eine schmutzige alte Windjacke und einen großen rosa Schal. Ihre kurz geschnittenen braunen Haare sind elektrisch geladen und richten sich auf, als sie die Strickmütze mit dem Herz absetzt.

Mama nimmt die Schürze ab, fährt sich mit der Hand über den Pullover und geht auf die beiden zu.

»Hallo«, sagt sie. »Wie geht es euch?«

Magnus schaut zu Boden, während er gleichzeitig die Stiefel abstreift. Als er sich aufrichtet, sehe ich, dass die Haare oben auf seinem Kopf dünn werden. Kahle Flecken leuchten im Licht der Deckenlampe. Sein umfangreicher Körper wirkt gebeugter als in meiner Erinnerung, sein Gesicht faltiger. Man sieht ihm an, dass er jetzt über fünfundvierzig ist.

»Doch«, sagt er träge. »Alles ist gut.«

Ich umarme ihn energisch, und ausnahmsweise erwidert er die Umarmung. Vielleicht ist er noch immer dankbar, weil ich ihn vor den Drecksbengeln im Wald gerettet habe.

»Es ist sogar sehr gut«, sagt Margareta mit ihrer zigarettenheiseren Stimme und verpasst mir eine Umarmung, die nach Rauch und altem Hund riecht.

»Malin. Meine Güte, ich hatte total vergessen, wie groß du bist. Du hättest Basketballprofi werden sollen, nicht Polizistin.«

Margareta lacht über ihren eigenen Spruch und lächelt breit. Ihre Zähne sind schief und voller hässlicher Füllungen. Ihre Hände, die auf meinen Schultern ruhen, sind stark und sehnig.

Magnus trägt einen ausgewaschenen Fleecepullover, der über seinem umfangreichen Bauch spannt, und Jeans von der Sorte, die man im Einkaufszentrum an der Autobahn auf halber Strecke nach Katrineholm kaufen kann.

»Kommt rein und setzt euch«, sagt Mama. »Das Essen ist fertig.«

Wir gehen in die Küche und setzen uns. Mama und Margareta beklagen sich lauthals über den Schneeräumdienst, und Margareta erklärt, dass sie wohl auch dieses Jahr wieder bei der Gemeinde anrufen und Krach schlagen muss, weil sonst ja doch nichts passiert.

Margareta ist gut in solchen Dingen, sie sorgt dafür, dass etwas passiert. Sie hat bei fast allem, was hier im Ort geschieht, ihre Finger im Spiel. Tatsache ist, dass sie wohl die einflussreichste Einzelperson hier in Ormberg ist, und das ist ziemlich beeindruckend, wenn man bedenkt, dass sie eine alleinstehende Hebamme im Ruhestand ist und den Dorftrottel zum Sohn hat.

Vor Kennys Tod habe ich alles unternommen, um nichts mit Margareta zu tun haben zu müssen. Mama hat mich damals immer daran erinnert, dass Margareta es schwer gehabt hatte und uns brauchte. Ihr erstes Kind war mit nur sechs Monaten an Lungenentzündung gestorben. Und ihr Mann, dessen Namen man auf keinen Fall nennen darf, wenn Margareta in Hörweite ist, hat sie wegen einer Friseuse aus Flen verlassen, als Margareta Magnus erwartete.

Ich vermute, deshalb stehen die beiden einander so nah.

»Magnus hat jetzt einen Job!«, zwitschert Margareta.

»Aber meinen Glückwunsch!«, sagt Mama und lächelt. »Wo denn?«

Magnus starrt seine Knie an.

»Er wird Ragnhild Sahlén helfen, das Gestrüpp am Bach zu entfernen«, antwortet Margareta. »Ja, das geht natürlich erst im Frühjahr los.«

»Das ist sicher eine hervorragende Arbeit«, sagt Mama und lächelt Magnus aufmunternd an.

»Glückwunsch«, sage ich und denke, dass es eben auch Vorteile hat, in einem kleinen Ort wie Ormberg zu wohnen. Denn egal, was passiert, die Leute kümmern sich umeinander. Es gibt eine Gemeinschaft hier, wie ich sie in Katrineholm oder Stockholm nie gesehen habe. Und obwohl die Kinder Magnus mit Steinen bewerfen, gibt es in Ormberg einen Platz für ihn. Er darf dazugehören.

Er darf das Gefühl haben, gebraucht zu werden.

Wir reden eine Weile über den Schneeräumdienst, dann wendet sich Margareta mir zu und legt ihre knochige Hand über meine.

»Das ist doch entsetzlich, Malin. Entsetzlich. Dass ihr eine Leiche gefunden habt. Und dann auch noch bei der Geröllhalde. Ist das nicht *merkwürdig*?«

Ich nicke.

»Was ist denn passiert?«, fragt sie.
»Darüber darf ich eigentlich nicht sprechen.«
»Das ist klar.«
Margareta streichelt meine Hand ein bisschen, dann redet sie weiter, als ob sie mich nicht gehört hätte.
»Aber dieser Polizist. Ist der wieder aufgetaucht?«
»Nein.«
Sie schüttelt langsam den Kopf und zieht ihren Mund zu einer bleichen Rosine zusammen.
»Wie scheußlich!«, sagt sie. »Stell dir vor, wenn er da draußen im Wald liegt. Starr gefroren wie ein Fischstäbchen.«
»Aber Margareta!«, sagt Mama und stellt das Glas ganz hart auf den Tisch.
»Entschuldige. Aber davor habt ihr doch sicher Angst?«
Margareta erwidert meinen Blick.
»Doch«, gebe ich zu und versuche, an Peter nicht als an ein Fischstäbchen zu denken.
»Kein böses Wort über Stockholmer«, sagt Margareta und hustet, »aber es ist leicht, sich hier im Wald zu verirren, wenn man sich nicht auskennt. Leicht, die Gefahr zu unterschätzen. Und dann ist da ja noch die Geröllhalde. Ich glaube ja eigentlich nicht an Dinge, die man nicht anfassen kann, aber ich würde mein Leben darauf verwetten, dass es dort spukt. Ich erinnere mich an diese deutsche Familie, die ...«
»*Bitte*, Margareta!«, sagt Mama.
Margareta zuckt kurz mit den Schultern und macht ein beleidigtes Gesicht. Magnus schaufelt sich schweigend und mechanisch Elcheintopf in den Mund.
»Glaubt ihr, sein Verschwinden hängt irgendwie mit der Frau in der Geröllhalde zusammen?«, fragt Mama.

»Keine Ahnung«, sage ich. »Vielleicht. Es gibt sicher einen Grund, warum Peter und Hanne, ja, das ist die, die im Wald gefunden worden ist, im Sturm hinausgegangen sind. Aber mehr wissen wir nicht. Allerdings...«

»*Was?*«, fragt Margareta und ihre Augen weiten sich gierig.

Das ist so typisch Margareta, diese ungehemmte Neugier, das schamlose Graben in den Angelegenheiten anderer.

»Wir werden ihn finden«, sage ich und versuche, sicher zu klingen. »Wenn sich Hanne nur endlich zu erinnern beginnt, was passiert ist.«

»Dann wollen wir wirklich hoffen, dass sie das tut«, sagt Margareta. »Er kann ja nicht den ganzen Winter da draußen im Schnee liegen.«

Mama wirft ihr einen warnenden Blick zu, sagt aber nichts.

»Ich meine nur, es wäre schlimm, wenn ein Kind ihn fände«, sagt Margareta zu ihrer Entschuldigung.

Magnus erstarrt, als er gerade wieder die Gabel zum Mund führen will.

»Wer ist tot?«, fragt er und sieht plötzlich ängstlich aus.

»Niemand, den wir kennen, ist tot«, sage ich, beuge mich vor und streichele seine Hand. Er zieht die Hand weg.

»Aber was sagt sie denn, die Frau, die ihr Gedächtnis verloren hat?«, fragt Mama und streckt die Hand nach dem Wein aus.

»Hanne? Das darf ich nicht erzählen«, sage ich. »Ich stehe doch unter Schweigepflicht.«

Margareta dreht sich zu Mama um und hebt ihre Zigarettenpackung hoch.

»Darf ich?«

»Sicher«, sagt Mama und schiebt ihr den gelben Aschenbecher mit der Cinzano-Reklame hin, den wir schon so lange haben, wie ich mich überhaupt erinnern kann.

Margareta steckt sich eine Zigarette an und macht genüsslich einen Zug. Dann hustet sie.

»Wie um alles in der Welt sind sie eigentlich auf die Idee gekommen, diese arme verwirrte Frau bei Berit Sund unterzubringen?«

»Ist sie bei Berit Sund?«, fragt Mama überrascht.

Margareta nickt, und ihre Augen leuchten.

»Ein Wahnsinn«, sagt sie dann mit Nachdruck. »Die Alte kann ja kaum sich und ihren lahmen Hund versorgen.«

Sie macht noch einen Zug. Die Zigarette zischt auf und blinkt mich an.

»Ich habe gehört, dass Berit ein bisschen knapp bei Kasse ist«, sagt Mama. »Da musste sie sich vielleicht etwas dazuverdienen.«

»Berit ist *immer* knapp bei Kasse«, lacht Margareta. »Ich weiß noch, im Winter fünfundachtzig. Ich musste zu einer Entbindung nach Berga. Ja, es war eine kritische Situation, Steißgeburt, und sie konnten nicht ins Krankenhaus fahren, denn es stürmte wie wild, und ich wollte gerade losgehen, als Berit anrief. Sie hatte es geschafft, ihr Auto anzuzünden, und...«

Ich wünsche mich weit weg, denn ich habe einfach keinen Nerv, mir Mamas und Margaretas ewigen Klatsch anzuhören.

Magnus starrt noch immer die Tischplatte an. Kein einziges Mal während der Mahlzeit hat er meinen Blick erwidert. Stattdessen hat er alles andere angesehen: Mama, Zorro, das Essen und die Decke.

Als Margareta mit ihrem umständlichen Bericht darüber

angefangen hat, wie sich Berit von ihr Geld geliehen hatte, um das aus Versehen in Brand gesteckte Auto zu ersetzen, klingelt mein Handy. Normalerweise hätte ich das Gespräch mitten beim Essen wohl nicht angenommen, aber diesmal ist das Klingeln eine willkommene Unterbrechung. Ich habe die Geschichte von Berits altem Auto schon mindestens hundertmal gehört.

»Entschuldigt«, sage ich, stehe auf und gehe in die Diele.
»Ich muss antworten, das ist sicher beruflich.«

Der Anruf kommt von Manfred.

Ich höre im Hintergrund das Brummen des Heizlüfters und weiß daher, dass er noch immer im Büro ist, obwohl die Uhr schon nach neun zeigt.

Aber natürlich, er hat in Stockholm Frau und Tochter. Da gibt es für ihn hier wohl nicht viel anderes zu tun, außer zu arbeiten.

In Ormberg gibt es sehr vieles, was man *nicht* tun kann.

Man kann nicht ins Fitnesszentrum gehen, in der Kneipe einen trinken oder sich aus der Pizzeria eine Capricciosa mitnehmen. Man kann nicht im Café vorbeigehen und sich einen Latte holen oder sich eine Abendzeitung kaufen. Man kann auch nicht aufs Postamt gehen oder sich einen Liter Milch oder eine Packung Eier für den Pfannkuchenteig besorgen, falls man einen Blackout hatte und vergessen hat, die vorher zu besorgen.

Dennoch ist Manfred erst einmal nach Stockholm gefahren, seit wir vor zwei Wochen hergekommen sind, obwohl es doch nur zwei Stunden Weg wären.

Ich frage mich, was Afsaneh dazu sagt.

Manfred bittet nicht um Entschuldigung für seinen späten

Anruf. Er ist keiner, der für irgendetwas um Entschuldigung bittet. Stattdessen sagt er:
»Die Technik hat angerufen.«
»Und?«
»Dieses Blut an Hannes Turnschuh…«
»Ja?«
»Das war nicht von ihr. Ja, die DNA-Analyse liegt noch nicht vor, aber sie haben die Blutgruppe untersucht, um festzustellen, ob sie Hannes entspricht. Was Kriminaltechnik und Rechtsmedizin eben gemacht haben, ehe die DNA-Analyse möglich wurde. Das Blut an Hannes Schuh gehört zur Blutgruppe O+. Hanne hat B+.«
»Kann es Peters Blut sein?«
»Nein. Der hat AB, eine ungewöhnliche Blutgruppe. Nur ein Prozent der schwedischen Bevölkerung hat die.«
»Du sagst also, dass…«
Meine Stimme versagt, als ich an die magere Frau im Schnee denke. An das Gesicht, das kein Gesicht mehr war, und an die langen, dünnen grauen Haare.
»Wie durch Zufall hat die ermordete Frau in der Geröllhalde Blutgruppe O+, wie übrigens zweiunddreißig Prozent der Bevölkerung, aber ich wage doch zu behaupten, dass das Blut an Hannes Schuh vom Mordopfer stammt. Es gibt nämlich keine andere logische Erklärung. Hanne muss also dabei gewesen sein, als die Frau gestorben ist, Malin. Ich kann es noch nicht beweisen, aber ich weiß, dass es so ist.«

JAKE

Wir haben heute einen halben Ausflugstag. Die ganze Klasse ist nach Vingåker ins Schwimmbad gefahren, aber ich habe beschlossen zu schwänzen. Ich hasse Sport, vielleicht, weil ich so klein bin und bei allen Wettkämpfen an letzter Stelle lande. Melinda sagt, dass ich noch wachsen und dass ich schneller als alle anderen laufen und schwimmen werde, wenn ich erst ein bisschen größer bin. Aber ich habe mich gestern gemessen, und ich reiche trotzdem erst bis zu dem kleinen blauen Kugelschreiberstrich, den wir im vergangenen Sommer an die Tür gemacht haben.

Und wenn wir uns zum Sport umziehen, bin ich noch immer der Kleinste. Sogar wenn ich mich auf Zehenspitzen stelle, reiche ich Vincent nur knapp an die Schulter.

Aber ich stelle mich natürlich nicht neben ihn – schon gar nicht im Umkleideraum –, dann könnte ich ihn ja gleich bitten, meinen Kopf ins Klo zu pressen.

Jedenfalls, Schwimmen. Wenn ich ehrlich sein soll, dann liegt es nicht nur daran, dass ich schwänze. Ich habe vorige Nacht fast nicht geschlafen, denn ich konnte nur an das bleiche Gesicht mit den leeren schwarzen Augenhöhlen vor Berits Fenster denken.

Ich hätte herausfinden können, wer es war, aber ich hatte zu große Angst. Ich rannte, so schnell ich konnte, zurück zum

Moped und schob es dann bis zur Landstraße, damit mich niemand hören könnte. Erst als ich sicher war, dass ich nicht verfolgt wurde, wagte ich, den Motor anzulassen.

Sobald es wieder hell wurde, fing ich an, mir einzureden, dass ich mir das alles sicher nur eingebildet hatte. Ich meine, wer sollte denn im Dunkeln bei Berit und Hanne spionieren? Und warum?

Jedenfalls habe ich viel an Hanne gedacht.

Sie ist uralt, aber auch stark und klug.

Außerdem macht sie offenbar nur spannende Dinge, sie fährt nach Grönland und jagt Mörder. Sie liegt nie auf dem Sofa und trinkt Bier, sieht fern oder fährt zur Arbeitsvermittlung.

Ich wünschte, mein Leben wäre ebenso spannend, aber in Ormberg passiert nichts. Es gibt hier nicht einmal Mörder. Abgesehen von dem, der die Frau in der Geröllhalde umgebracht hat, natürlich, aber der kann nicht von hier sein.

Ich habe zugehört, als Papa und Melinda darüber gesprochen haben. Papa sagte, es müsse ein Zuwanderer gewesen sein, ein Muslim. Die hätten eine andere Vorstellung von *Menschenwürde* und ein anderes Frauenbild.

Und töteten eben, wenn sie nicht zum Zug kämen.

Ich habe mich gefragt, was er wohl mit »zum Zug kommen« meint, obwohl ich ja den Verdacht habe, dass es »vögeln« bedeuten soll. Ich habe es mir auf die Handfläche geschrieben und beschlossen, später Melinda zu fragen, aber dann habe ich es vergessen.

Männer und Frauen wollen offenbar unterschiedliche Dinge.

Männer wollen immer etwas von Frauen. Ihre Körper, zum

Beispiel. Als hätten Männer einen gefährlichen Trieb, über den Frauen Bescheid wissen und vor dem sie sich hüten müssen.

Das macht mich traurig und verwirrt.

Erstens: Wollen Frauen nie etwas von Männern, sind es also nur Männer, die »zum Zug kommen« wollen?

Zweitens: Bedeutet das, dass ich später auch so einer werde, der alles tun würde, um »zum Zug zu kommen«? So einer, vor dem Mädchen sich hüten müssen? Werde ich sozusagen die Kontrolle über mich selbst verlieren, wenn ich älter bin, passiert das, wenn man ein Mann wird?

Denn dann will ich kein Mann werden.

Ich denke an Saga, an ihre weichen Lippen, als sie meine gestreift haben. An den Duft ihrer rosa Haare und die Wärme ihres Körpers. An die Explosion in meiner Brust, als sie mich geküsst hat, das Gefühl, dass dieser Moment wichtiger war als alles andere, was mir bisher passiert ist. Dass er auf irgendeine Weise mein Leben in Vorher und Nachher einteilte und dass es niemals wieder so sein würde wie zuvor.

Wie als Mama gestorben ist, nur auf positive Weise.

Saga hatte offenbar keine Angst vor mir. Saga wollte mich offenbar gern küssen.

Ich verstehe das alles nicht.

Möglicherweise sind nur Muslime für Mädchen eine Gefahr. Vielleicht liegt das an diesem Buch, das sie lesen, dem Koran, in dem steht, dass sie gegen die Ungläubigen Krieg führen müssen. Ich habe im Fernsehen Bilder von maskierten Männern mit ihren schwarzen Flaggen mit arabischem Text gesehen. Solchen Männern, die sich in die Luft sprengen, mit Lastwagen in Menschenmengen fahren, Gefangene enthaupten und ein weltweites Kalifat einrichten wollen. Manchmal habe ich Angst, dass sie herkommen könnten, nach Ormberg, aber im tiefsten Herzen glaube ich ja nicht, dass sie hier ihr Kalifat haben möchten.

Fucking Ormberg ist zu öde, sogar für verrückte IS-Krieger.

In der Bibel steht, man soll seinen Nächsten lieben wie sich selbst. Das bedeutet, dass man andere Menschen nicht verletzen oder töten darf, das haben unsere Lehrer uns erklärt. Aber Saga sagt, dass die Christen mehr Menschen in Gottes Namen umgebracht haben als die Muslime. Sie behauptet, dass Religion an sich gefährlich ist, dass man sich niemals einem Glauben unterwerfen darf, weil man dann selbst zum Sklaven wird.

Ich weiß nicht, woran ich glauben soll.

Jedenfalls nicht an Gott, denn wenn es ihn gibt, dann hat er Mama an Krebs sterben lassen, und dann will ich nichts mit ihm zu tun haben.

Ich habe meinen Eiffelturm in einen Karton gepackt und ihn hinten auf Melindas Moped gepackt. Wir sollen heute Nachmittag unsere Projekte einreichen. Das Tagebuch liegt im Rucksack, als ich zu Brogrens Mechanischer fahre.

Eigentlich darf ich ja nicht Moped fahren, ich bin noch keine fünfzehn. Aber alle hier in Ormberg tun das, denn das ist die einzige Fortbewegungsmöglichkeit. Papa will nicht, dass wir im Schnee Moped fahren, aber er schläft noch, und außerdem fahre ich vorsichtig.

Die Räder rutschen im Schnee hin und her, als ich vor dem roten Wellblechgebäude vorfahre. Der Himmel ist dunkelgrau mit lila Streifen, irgendwie bedrohlich. Eine Gruppe schwarzer Vögel fliegt auf und kreist über dem Gebäude, als ich anhalte.

Ich nehme den Karton mit dem Eiffelturm vom Gepäckständer und gehe durch die zerbrochene Tür mit dem gelben Schild »Zutritt für Unbefugte verboten«.

Die große Maschinenhalle liegt stumm und leer vor mir. Das hohe Dach wird von Betonpfeilern in unterschiedlichen Farben getragen, und ein bleiches Licht sickert durch die schmutzigen Dachfenster. Große Maschinen mit Zahnrädern und Kurbeln stehen an den Wänden. Es gibt Walzen und Drechselmaschinen und andere Apparate zur Metallverarbeitung, deren Namen ich nicht weiß. Ketten mit Haken laufen an Balken entlang, und durch die gesamte Halle zieht sich ein Querbalken, der von einem riesigen, komplizierten Tragwerk gestützt wird. Große aufgerollte Schläuche hängen von der Decke über den Apparaten, wie riesige Staubsauger. Es gibt auch Regale an den Wänden, mit einer Menge leer klaffender Fächer. In der ganzen Halle hängt ein schwacher Ölgeruch.

Papa hat mir von diesen Maschinen erzählt.

Er hat hier gearbeitet, ehe die Produktion nach Asien verlegt und die Fabrik aufgegeben wurde. Halb Ormberg war früher hier beschäftigt, und die, die nicht hier arbeiteten, waren bei TrikotKönig.

Deshalb gibt es heute in Ormberg so viele Arbeitslose.

Ich gehe vorbei an dem Monsterapparat, der aus gewaltigen Platten kleine Würfel pressen konnte, und versuche, mir vorzustellen, wie es war, hier zu arbeiten. Papa sagt, es war nicht so schlecht, es war hell und sauber damals, der Lohn war gut und die Kollegen sympathisch. Er sagt auch, dass die Politiker Ormberg im Stich gelassen haben und dass sein Leben ganz anders aussehen würde, wenn die Produktion nicht nach Asien verlegt worden wäre.

Ich frage mich, was genau dann anders wäre. Mama hätte sicher trotzdem Krebs bekommen? Aber vielleicht würde Papa nicht so viel Bier trinken und müsste nicht zu der alten Kuh in der Arbeitsvermittlung fahren.

Wenn Papa über Brogrens spricht, sieht er immer traurig aus, und ich gebe mir alle Mühe, ihn aufzuheitern. Versuche zu erklären, dass es auch positive Seiten hat, dass er nicht mehr dort arbeitet, weil er jetzt Zeit genug hat, das Haus auszubauen. Wir hätten ja niemals diese große Terrasse, wenn er noch in der Fabrik arbeitete, zum Beispiel.

Dann lacht er, packt mich wie zum Ringen und sagt, da hätte ich verdammt recht. Zur Hölle mit der Idiotin von der Arbeitsvermittlung und mit Brogrens eigentlich auch.

Ich finde es schön, wenn er das macht.

Ganz hinten in der Maschinenhalle steht der Schreibtisch des Vorarbeiters. Der ist natürlich leer, aber auf dem Boden liegen alte Telefonbücher. Es muss früher sehr kompliziert gewesen sein, wenn man jemanden anrufen wollte, musste man die Nummer in einer Art Lexikon nachschlagen.

Ab und zu blättere ich in den alten Telefonbüchern. Dort stehen Namen und Nummern von allen, die hier gewohnt haben, und von allerlei Firmen. Das Papier ist dünn und zerfällt, wenn man es zu fest anpackt.

Auf dem Boden neben dem Schreibtisch liegt eine schmutzige alte Matratze, und daneben stehen ein paar Kerzen. Bierdosen und Kippen bedecken den Boden – ich bin nicht der Einzige, der herkommt.

Vorsichtig stelle ich den Karton mit dem Eiffelturm auf den Betonboden, setze mich auf die feuchte Matratze und öffne den Rucksack. Ziehe Tagebuch und Coladose, die ich von zu Hause mitgenommen habe, heraus, suche mir die Seite mit dem Eselsohr und fange an zu lesen.

Gerade ist etwas Seltsames passiert. P ging auf die Toilette. Kurz danach ging ich auch hin, um mir ein bisschen Handcreme zu holen.
P stand in der Ecke, mit der Hose um die Knöchel, und schrieb eine SMS.
Warum schreibt man auf dem Klo eine SMS?
Warum?

Ormberg, 27. November

Wir hatten gerade eine Besprechung.
Ein großer Fortschritt!
Andreas hat bei der Befragung der Krankenhäuser etwas erreicht. Das Kullbergska in Katrineholm hat im November 1993 eine Fünfjährige mit einem gebrochenen Handgelenk operiert. Die Kleine bekam gleich danach eine ernsthafte Infektion und wurde intravenös mit Antibiotika behandelt, ehe sie nach Hause durfte. Die Rechtsmedizinerin hat die Röntgenbilder und die Berichte aus dem Krankenhaus mit dem Obduktionsbericht verglichen und ist zu »99 Prozent sicher, dass sie es ist«!
Das Mädchen hieß Nermina Malkoc. Sie wurde am Silvestertag 1989 in Sarajewo geboren. Kam im Sommer 1993 mit ihrer

Mutter, Azra Malkoc, geboren 1967 in Sarajewo, als Geflüchtete her.

Bingo!, sagte Malin, als Manfred das erzählte. Sie hörte sich so froh an, so sicher. Siegessicher.

Ich sah mir die Bilder vom Skelett des toten Mädchens an. Das Kranium mit den langen Haarsträhnen. Es kam mir so unwirklich vor, so unwürdig. Hier saßen wir, aßen Zimtschnecken und jubelten, weil wir sie identifiziert hatten.

Ihr Tod. Unser Glück. Zimtschnecken.

Alles zusammen in unserem miesen kleinen Zimmer.

Nermina und ihre Mutter Azra wohnten in dem Heim für Geflüchtete in Ormberg – in der alten TrikotKönig-Fabrik. Die wurde schon zu Anfang der Neunzigerjahre als Wohnheim für Geflüchtete benutzt, als viele aus dem ehemaligen Jugoslawien herkamen.

Offenbar verschwanden Azra und Nermina Anfang 1993 aus dem Heim. Danach ist nichts über ihren Verbleib bekannt.

Aber: Azras ältere Schwester, Esma Hadzic, wohnte auch hier im Heim für Geflüchtete. Und sie lebt noch immer in Schweden. Und ausgerechnet in Gnesta.

Das ist von hier aus nur eine Fahrt von einigen Stunden. Sie ist offenbar im Moment in Urlaub auf Gran Canaria, aber Manfred hat mit ihr telefoniert. Sie sagt, sie habe nichts von Azra oder Nermina gehört, seit die beiden damals aus dem Heim für Geflüchtete verschwunden sind. Sie hat zudem erzählt, dass Azra damals schwanger war.

Andreas & Malin sollen mit Esma sprechen und DNA-Proben nehmen, sowie sie nach Hause kommt.

Wir haben sofort angefangen, die neuen Informationen zu verarbeiten.

Manfred hat sich bei der Einwanderungsbehörde erkundigt.

Malin und Andreas fingen an, sich über das Heim für Geflüchtete zu informieren: Wer hat da zu Beginn der Neunzigerjahre gearbeitet? Ist etwas Besonderes passiert, das sich mit Azra und Nermina in Verbindung bringen lässt?

P ging die Liste der verurteilten Gewaltverbrecher aus der Gegend durch und nahm Kontakt zur Staatsanwaltschaft auf.

Wir diskutierten auch, ob Azra ihre Tochter ermordet hat. Wenn ein Kind ermordet wird, dann zumeist von Eltern oder Stiefeltern. Dass Azra nach Nerminas Tod verschwunden ist, kann darauf hinweisen. Vielleicht ist sie untergetaucht.

Wir werden in Azras Vergangenheit graben, versuchen herauszufinden, ob sie psychische Probleme hatte oder gewalttätig war.

Ein Geräusch stört mich beim Lesen. Ein Knall auf der anderen Seite der Maschinenhalle, wie von einer Tür, die zugezogen wird.

Ich verstaue das Tagebuch ganz schnell im Rucksack und horche konzentriert.

Schritte hallen in der Stille wider.

Ich schaue hinter dem Schreibtisch hervor und ahne die Silhouette einer Person, die sich in der Dunkelheit nähert. Erst einige Sekunden später sehe ich, dass es Saga ist. Ich spüre ein Flattern im Bauch, und mir wird innerlich ganz warm.

Sie trägt eine gestreifte Strumpfhose, grobe Stiefel und eine Daunenjacke und lässt ihren Rucksack an der rechten Hand hin- und herschwingen. Ihre rosa Haare hat sie zu einer Kugel mitten auf ihrem Kopf hochgesteckt.

Ich hebe die Hand zum Gruß, und nun läuft sie auf mich zu.

»Hallo«, sagt sie und klingt atemlos. »Ich hab ja gewusst, dass du hier bist.«

»Hallo«, sagte ich. »Bist du nicht mit zum Schwimmen gefahren?«

»Nö. Hasse Schwimmbäder. Weißt du, wie viele verdammte Chemikalien die benutzen? Um die Bakterien im Wasser zu töten, meine ich.«

»Keine Ahnung.«

»Genau. Daran denkt niemand.«

»Warum müssen sie die Bakterien töten?«

Saga legt ihren Rucksack auf die Matratze und setzt sich neben mich. Feuchte Flecken breiten sich auf den Schultern ihrer Daunenjacke aus, und mir geht auf, dass ich offenbar schon lange hier sitze und dass es draußen wieder schneit.

»Die Leute pissen ins Wasser. Das ist doch ekelhaft!«

»Und deshalb müssen da Chemikalien reingekippt werden?«

»Genau. Aber ich glaube, die Chemikalien sind gefährlicher als ein bisschen Pisse.«

Saga schaut zur Decke hoch und scheint zu überlegen. Dann sagt sie:

»Aber jedenfalls, man will ja nicht einen Schluck von diesem Wasser in den Mund kriegen. Das ist bestimmt noch giftiger als radioaktive Strahlung. Und sehr viel widerlicher.«

Ich muss einfach lachen.

Saga schweigt eine Weile, zupft eine Feder aus einem kleinen Loch in ihrer Jacke, dann noch eine. Und noch eine. Sie rieseln auf den Boden wie draußen die Schneeflocken.

»Du«, sagt sie zögernd.
»Ja?«
»Sind wir jetzt zusammen?«
»Ja«, antworte ich.

Wir sitzen eine Weile auf der alten eingesunkenen Matratze. Es kommt mir schön vor und gar nicht seltsam, als wäre es das Allernatürlichste auf der Welt, dass wir zusammen sind.
Als ob es an nichts etwas ändern würde, obwohl alles anders ist.
Dann greift Saga nach ihrem Rucksack und zieht eine Tüte heraus. Aus der Tüte nimmt sie einen Gegenstand, der ungefähr so groß ist wie ein halber Milchkarton.
»Was ist das?«, frage ich.
»Meine Projektarbeit. Das ist eine Pyramide aus benutzten Streichhölzern.«
»Sieht toll aus.«
Saga lächelt nachsichtig.
»Nicht besonders. Aber jedenfalls, das ist die Cheopspyramide.«
Sie fährt liebevoll mit der Hand über die Streichhölzer. Ihr abgeblätterter schwarzer Nagellack glitzert ein wenig in dem schwachen Licht des Dachfensters. Irgendwo tropft Wasser auf den Betonboden.
»Aber die sind doch nicht geklebt. Womit hältst du sie zusammen?«
»Ich habe sie mit benutzter Zahnseide umwickelt. Ich wollte, dass alles wiederverwendet ist.«
»Wow!«
»Ich glaube, ich habe noch nie so viel Zahnseide benutzt

wie in der vergangenen Woche. Es blutet jetzt nur noch, wenn man mir ins Zahnfleisch bohrt oder so. Aber wenn ich neue Zahnseide genommen hätte, wäre das doch Pfusch, oder?«

Ich nicke.

Ein dumpfer Knall unterbricht uns, und wir hören Stimmen, die lauter und leiser werden. Lachen, dann ein grelles Geheul, und dann näher kommende Schritte.

Wir ducken uns instinktiv hinter den alten Schreibtisch, aber es ist zu spät. Sie haben uns schon gesehen.

Vincent, Muhammed und Albin kommen mit raschen Schritten auf uns zu, wie Spürhunde, die Blut gewittert haben. Vincent geht vorweg, er geht immer vorweg, denn er ist der unbestrittene Anführer.

Der König der Arschlöcher von Ormberg.

Als er uns erreicht hat, spuckt er mit überraschender Kraft seinen Priem aus, wie ein braunes Geschoss, und verschränkt die Arme vor der Brust. Er räuspert sich, legt den Kopf in den Nacken und schaut auf uns herunter.

»Aber was zum Teufel, *Jak-ke,* hast du dir eine Freundin zugelegt?«

Muhammed und Albin lachen laut, und Albin steckt sich eine Fluppe an. Zieht den Rauch ein, behält ihn einige Sekunden lang im Mund und bläst ihn dann zur Decke hoch.

Sie kommen näher, und Saga drückt sich an mich. Ich bemerke plötzlich alles: die feuchte Kälte, die sich unter meine Jacke stiehlt, den Schimmelgeruch, das Geräusch von Sagas Atem und das leise Zischen von Albins Zigarette, wenn er den Rauch einsaugt.

»Bist du mit der Obermongo zusammen?«, fragt Vincent und nickt zu Saga hinüber. »Denn dann möchte ich mich bei dir bedanken. Keiner von uns würde mit ihr ficken wollen, und wenn sie uns anflehen würde. Und da tust du uns doch einen Gefallen.«

Vincent grinst breit und spricht dann langsam weiter.

»Verdammt. Ihr seid ein sauschönes Paar. Obermongo und CP-Schwuler. Würdet euch in Stockholm gut machen.«

Lautes Lachen. Muhammed grinst. Albin zieht wieder an seiner Zigarette und sieht unsicher aus.

»Wir gehen jetzt«, sagt Saga und fängt an, ihre Sachen zusammenzusuchen.

Ihre Daunenjacke raschelt, als sie aufsteht. Auf ihren Wangen sind rosa Flecken gewachsen, und ihre Hände zittern.

»Warum denn?«, fragt Vincent. »Wir sind doch gerade erst gekommen.«

Er streckt die Hand nach Sagas Pyramide aus, die auf dem Schreibtisch steht, hält sie vor sich hin und runzelt die Stirn, als ob er ein ungeheuer schwieriges mathematisches Problem lösen müsste.

So wie zwei plus zwei.

»Was zum Teufel ist denn das hier?«

Er dreht und wendet das Bauwerk aus Streichhölzern. Hält es ins Licht und kneift die Augen zusammen. Dann schüttelt er es, wie um festzustellen, ob es etwas enthält.

»Gib her!«, sagt Saga und streckt die Hand nach der Pyramide aus.

»Wenn du sagst, was das ist.«

Dann entdeckt Vincent den Karton mit dem Eiffelturm auf dem Boden neben der schmutzigen Matratze und lässt die Pyramide auf den Boden fallen. Sie landet mit einem Knacken, und die Streichhölzer fliegen über den feuchten Beton.

Muhammed und Albin sehen unsicher aus, schauen Vincent an, als erwarteten sie ihre Befehle, während Vincent einen Schritt vortritt und den Eiffelturm aufhebt.

Der glänzt matt im schwachen Licht und klirrt ein bisschen, als Vincent ihn an der Spitze fasst und hin- und herschwenkt.

»Sag nicht, dass du zu Hause gesessen und diesen Scheiß hier gebaut hast. Hast du nichts Besseres zu tun? Fehlt dir deine Mutter? Nimmt deine geile Schwester dich nicht mit?«

»Das ist der Eiffelturm«, sage ich leise.

Vincent lässt den Eiffelturm auf den Betonboden fallen. Der landet mit lautem Klirren und bleibt auf der Seite liegen, ein bisschen schief, aber sonst unversehrt.

Vincent dreht sich um und nickt Albin zu. Der tritt vor, stellt sich unsicher neben Vincent, schnippt die Zigarette zu einer alten Maschine hinüber und räuspert sich.

Albin kann uns leidtun.

Alle wissen, dass Albin uns leidtun muss. Nicht nur, weil er ein Idiot ist, der in allen Fächern durchfällt, sondern auch, weil sein Vater behindert ist. Seine Großmutter hat ein gefährliches Medikament genommen, als sie schwanger war, und deshalb wurde Albins Vater ohne Beine geboren.

Vincent kann uns auch leidtun.

Das sagt jedenfalls Melinda. Sein Vater arbeitet auf einer Bohrinsel in der Nordsee und ist fast nie zu Hause.

Ich versuche, an all das zu denken, als Albin neben dem Eiffelturm steht und mich ausdruckslos anschaut. Ich gebe mir wirklich Mühe, mir die Beinstummel seines Vaters vorzustellen, und wie der Rollstuhl hängen bleibt, wenn der Vater damit über eine hohe Schwelle fahren will und das nicht schafft.

Aber das geht nicht.

Ich kann mich noch so sehr anstrengen, er kann mir jetzt nicht leidtun. Und die Angst ist noch immer da; das Atmen fällt mir schwer, als ob mir jemand einen Strick fest, fest um den Leib gewickelt hätte und meine Lunge mit grünem Schleim gefüllt wäre.

Albin sieht Vincent fragend an.

Vincent nickt, sagt:

»Hau weg den Scheiß!«

»Nein«, schreie ich und springe auf. »Nein! *Nein!*«

Albin sieht mich müde an. Dann zuckt er mit den Schultern, als sei das nur eins von den vielen seltsamen Dingen, die Vincent ihm jeden Tag aufträgt. Noch eine Aufforderung, die er nicht hinterfragen will oder kann.

Und er hebt den Fuß und zertritt den Eiffelturm mit seinem großen nassen Turnschuh wie eine Spinne auf einem Kellerboden.

MALIN

Die Rechtsmedizinerin, Samira Khan, ist so klein, dass sie mir kaum bis an die Brust reicht.

Sie gibt uns allen die Hand.

Ihre langen dunklen Haare hängen ihr als dicker Zopf über den Rücken. Sie trägt über ihren grünen Kleidern eine Plastikschürze, die raschelt, wenn sie sich bewegt. Handschuhe und Brille liegen neben ihr auf einer Bank.

Unsere Skype-Besprechung über das Skelett in der Geröllhalde liegt fast zwei Wochen zurück.

Wir konnten damals nicht ahnen, dass wir Samira aufsuchen würden, um über einen weiteren Mord zu reden. Oder dass Peter spurlos verschwinden würde.

Manfred, Svante und ich sind die hundertachtzig Kilometer nach Solna gefahren, um Samira persönlich zu sprechen. Andreas ist in Ormberg geblieben. Er trifft sich mit Svantes Kollegen, um zu diskutieren, wie wir unsere Ermittlungen am besten miteinander verbinden sollen.

Obwohl wir nicht zu hundert Prozent beweisen können, dass das Blut an Hannes Schuh von dem Mordopfer bei der Geröllhalde stammt, gehen wir bis auf Weiteres davon aus. Das bedeutet, dass Hanne und vielleicht auch Peter den Mord gesehen haben oder dass sie sich zumindest in der Nähe aufhielten, als die Frau ermordet wurde.

Es ist selbstverständlich von Bedeutung für Peters Verschwinden: Erstens können wir annehmen, dass er und Hanne am Freitag verschwunden sind – an dem Tag, an dem die Frau ermordet wurde – und dass beide Geschehnisse miteinander zusammenhängen.

Zweitens müssen wir jetzt davon ausgehen, dass er einem Verbrechen zum Opfer gefallen sein kann. Dass er seit sechs Tagen spurlos verschwunden ist, spricht ja auch dafür, dass es sich nicht um einen Unfall handelt. Wenn er hilflos mit gebrochenem Bein im Wald läge oder ausgerutscht und im Bach ertrunken wäre, hätten wir ihn inzwischen gefunden.

Samira streift die Handschuhe über.

»Wie sieht das mit eurem Kollegen aus?«, fragt sie, als könnte sie meine Gedanken lesen. »Habt ihr ihn gefunden?«

»Noch nicht«, sagt Manfred.

Samira streift den Handschuh glatt und runzelt die Stirn.

»Und ihr glaubt, dass sein Verschwinden mit dem Mord an dieser Frau zusammenhängen kann?«, fragt sie und nickt zu dem Leichnam hinüber, der hinten im Raum auf dem Obduktionstisch aus rostfreiem Stahl liegt.

»Wir können unsere andere Kollegin, Hanne, mit dem Tatort in Verbindung bringen«, sagt Svante.

»Hanne? Die Frau mit dem Gedächtnisverlust?«

»Korrekt«, sagt Svante.

Samira zieht ihre Plastikschürze gerade und reckt sich ein wenig.

»Okay. Fangen wir an?«

Wir gehen zu den rostfreien Tischen. Die Frauenleiche auf dem Obduktionstisch ist bleich und schmal. Ihre langen grauen Haare hängen in Strähnen nach unten.

Der Leichnam ist nach der Obduktion züchtig verhüllt. Samira fängt an, die Tatsachen herunterzuleiern. Ihre Stimme ist leise und sachlich, engagiert, aber absolut nicht emotional.

Sie muss das hier schon hundertmal gemacht haben.

»Unbekannte Frau, circa fünfzig Jahre alt. Eins fünfundsiebzig groß, achtundfünfzig Kilo ...«

Svante fällt ihr ins Wort:

»Ist das nicht untergewichtig?«

»Nein, das bedeutet einen BMI von knapp unter 19. Das gilt als normal, auch wenn es am unteren Ende des Normalintervalls liegt.«

Svante nickt und vergräbt die Finger der einen Hand in seinem üppigen Bart, als ob er dort nach etwas suchen würde.

Ich schiele zu der Frau auf dem Obduktionstisch hinüber, vermeide es aber sorgsam, ihr zerschundenes Gesicht anzusehen.

»Sie war gesund und in guter physischer Verfassung«, sagt Samira nun. »Alle inneren Organe sind in einwandfreiem Zustand. Aber da ist eins ...«

Sie wirft einen Blick in ihre Unterlagen und fährt dann fort:

»Man kann eine gewisse Muskelhypertrophie sehen, also eine Schwächung der Skelettmuskeln. Das kann auf eine Krankheit hinweisen, die ich hier und jetzt nicht entdecken kann, oder darauf, dass sie ungeheuer wenig aktiv war. Wir können jedenfalls feststellen, dass sie nicht so dünn war, weil sie viel Sport getrieben hat. Und dann ist da noch etwas.«

Samira tritt einen Schritt auf den Kopf der Frau zu, streckt die Hand auf und zieht die Lippen der Toten auseinander.

Ein Schmatzen ist zu hören, und ich kneife die Augen zusammen.

»Die Zähne sind in einem ziemlich schlechten Zustand. Sie hatte starke Karies und Parodontose, und mehrere Zähne waren ausgefallen. Es gibt zwei alte Füllungen in den Prämolaren, also den vorderen Backenzähnen des Unterkiefers. Es sieht aus, als sei da irgendeine Goldlegierung als Füllung benutzt worden. Der Gerichtsodontologe hat sich das noch nicht angesehen, aber ich glaube nicht, dass diese Füllungen in Schweden gemacht worden sind. Schaut mal her!«

Samiras Stimme ist ruhig, jedes Wort ist genau, und ihre Herangehensweise ist bewusst pädagogisch – und doch fällt es mir schwer zu begreifen, was sie sagt. Noch weniger kann ich es über mich bringen, das Gesicht der Frau anzusehen.

»Interessant«, sagt Manfred und scheint das auch zu meinen.

Svante brummt irgendeine Bestätigung.

»Kommt es oft vor, dass jemand solche Zahnprobleme hat?«, fragt Manfred.

Samira nickt.

»Das ist nicht ungewöhnlich. Die häufigste Ursache ist eine Zahnarztphobie, also, dass man sich nicht zum Zahnarzt traut. Dann sehen wir es ziemlich oft bei Drogensüchtigen und psychisch Kranken.«

Manfred und Svante murmeln etwas, als sie sich nun über den Obduktionstisch bücken.

»Aber nichts weist darauf hin, dass sie drogensüchtig war«, sagt nun Samira. »Sie hat keine sichtbaren Narben oder Injektionswunden. Außerdem liegen schon Teilergebnisse der rechtschemischen Untersuchung vor. Blut und Urin waren negativ bei … wartet mal.«

Samira wirft einen Blick auf einige Unterlagen, die auf einer Bank neben dem Obduktionstisch liegen, und sagt dann:

»Keine Spur von niedrig dosierten Neuroleptika, Zolpidem, Benzodiazepin oder Gamma-Hydroxybutansäure, also GHB. Aber ich warte noch auf weitere Analyseergebnisse.«

Samira verstummt, tritt ein wenig zur Seite und erwidert meinen Blick. Dann runzelt sie die Stirn.

»Geht es dir nicht gut? Möchtest du dich setzen?«

Manfred und Svante fahren herum und mustern mich wortlos.

»Ist schon gut«, lüge ich und ringe mir ein Lächeln ab.

Samira nickt kurz, beugt sich über den Leichnam auf dem Tisch und redet weiter.

»Sie hat mindestens ein Kind geboren, das sieht man am Becken.«

»Nur eins?«, fragt Svante.

Samira lächelt kühl.

»Das kann man nicht sehen. Ich kann nur sagen, dass sie *mindestens* ein Kind geboren hat.«

Mir kommt eine Idee, und ich trete einige Schritte vor, sodass ich neben Manfred beim Kopf der Frau stehe.

»Du hast erwähnt, dass die Zahnfüllungen der Frau vielleicht im Ausland gemacht worden sind«, sage ich und schaue Samiras dunkle Augen an.

»Das könnte sein, ja. Und natürlich liegt es auf der Hand, dass sie bei diesen Zahnproblemen kaum Zugang zu moderner Zahnpflege gehabt haben kann. Sie könnte eine Geflüchtete sein. Ich glaube nicht, dass die Zahnmedizin zum Beispiel in Syrien besonders gut funktioniert.«

Samira verzieht traurig das Gesicht, legt den Kopf ein

wenig schräg und streicht mit dem Finger über den Arm der Frau. Die Geste verrät eine Zärtlichkeit, die mich überrascht.

»Aber sie sieht europäisch aus«, sagt Samira dann zögernd. »Und die Gebiete, in denen es bewaffnete Konflikte gibt, liegen derzeit doch außerhalb von Europa.«

Es wird still im Raum. Manfred räuspert sich.

»Sollen wir uns ihre Verletzungen mal genauer ansehen?«, fragt er und zeigt auf das Einschussloch in ihrer Brust.

Ich fahre mit Manfred zurück nach Ormberg. Svante, der nach Örebro muss, ist mit seinem eigenen Wagen unterwegs.

»Glaubst du, sie ist eine Migrantin?«, fragt Manfred, als er von der E 4 abbiegt.

»Das Mädchen aus der Geröllhalde, Nermina Malkoc, hat im Flüchtlingsheim in Ormberg gewohnt. Beide wurden an derselben Stelle gefunden. Beide wurden ermordet. Beiden fehlten Schuhe. Und genau wie zu Beginn der Neunzigerjahre, als Nermina ermordet wurde, wurde TrikotKönig als Asylbewerberheim genutzt. Ich frage mich nur, ob das ein Zufall sein kann.«

»Du meinst, jemand ist hier unterwegs und bringt Geflüchtete um? Dass wir es vielleicht mit einem Rassisten zu tun haben?«

»Wer weiß.«

Manfred nickt.

»Du und Andreas, ihr fahrt morgen ins Heim für Geflüchtete und sprecht mit den Verantwortlichen. Die müssen doch wissen, ob irgendwer vermisst wird.«

Andreas hebt die Hand zum Gruß, als wir wieder ins Büro kommen. Dann beklagt er sich über die Presseleute, die den ganzen Tag in ihren Autos vor dem Haus gesessen haben.

Ich mustere ihn, wie er da einsam am Tisch sitzt. Die Stühle von Hanne und Peter sind entsetzlich leer. Obwohl es nur wenig Platz gibt, haben wir die Unterlagen der beiden nicht weggeräumt. Stattdessen liegt alles noch da, wie eine stumme, aber eindringliche Erinnerung daran, was passiert ist – Peters Tabaksdose, sein Block mit eilig hingekritzelten Notizen und Hannes Handcremetube aus der Apotheke.

Manfred berichtet kurz über unser Gespräch mit der Rechtsmedizinerin. Ich hänge meine Jacke auf und setze mich Andreas gegenüber, ohne seinen Blick zu erwidern. Danach sehe ich meine Mails durch.

Max ruft einige Minuten später an. Andreas blickt fragend, als ich den Anruf annehme, und ich gehe hinüber in den alten Laden, um meine Ruhe zu haben.

Ich stelle mich vor das schmutzige kleine Fenster hinter der ehemaligen Kasse, kratze mit dem Fuß ein wenig in der Staubschicht auf dem Boden. Dabei hinterlasse ich tiefe Spuren, und ich erkenne unter dem Staub die senfgelben Bodenfliesen. Draußen ist es schon dunkel, und große Schneeflocken rieseln vom schwarzen Himmel.

In weniger als einem Monat ist Weihnachten.

Ich hoffe, dass wir bis dahin Peter wohlbehalten aufgefunden und die Morde geklärt haben. Und ich hoffe, dass ich dann weit weg von Ormberg sein werde.

Max geht es gut.

Sehr gut sogar. Sein Chef hat ihn gelobt, weil er einen komplizierten Schadenersatzfall so glänzend gelöst hat. Eine Frau um die fünfzig mit angeblichem Schleudertrauma hat seit Längerem gegen die Versicherungsgesellschaft, bei der Max arbeitet, prozessiert, und durch seinen Einsatz braucht die Gesellschaft dieser Frau nichts zu bezahlen.

»Das ist fantastisch, sie kriegt nicht ein Öre«, sagt er mit schlecht verhohlenem Stolz.

Doch, genau so drückt er sich aus.

Etwas stört mich vage an seiner langen und umständlichen Darstellung. Ich glaube, es ist eigentlich nicht die Tatsache, dass die arme verletzte Frau kein Geld bekommt, sondern eher, dass er so furchtbar langatmig und umständlich ist. Ich habe es nie besonders interessant gefunden, mir seine Geschichten aus der Firma anzuhören. Außerdem fragt er nicht ein einziges Mal, wie es mir geht.

Mamas Worte tauchen von irgendwoher in meinem Kopf auf:

Liebst du ihn wirklich?

Ich ärgere mich noch mehr, diesmal aber über Mama. Weil sie immer zu wissen glaubt, was das Beste für mich ist, obwohl sie es nie geschafft hat, dieses Loch hier zu verlassen. Obwohl sie noch immer in dem Haus wohnt, in dem sie aufgewachsen ist, und mit denselben Menschen zu tun hat wie schon als Kind.

Max sagt abschließend, dass wir uns am Wochenende nicht sehen können, er muss arbeiten, und ich antworte, dass das nicht so schlimm ist, ich muss ja doch wegen der Ermittlung in Ormberg bleiben.

»Ach so, okay«, sagt er nur, noch immer ohne zu fragen, wie es mir geht.

Als ich auflege, ist mir unerklärlicherweise unbehaglich zumute. Als ob mir eben eine Erkenntnis gekommen wäre, die ich aber noch nicht in Worte kleiden kann.

Und dann weiß ich, was es ist.

Ich will am Wochenende gar nicht nach Stockholm fahren. Ich bringe es nicht über mich, mit Max vor dem neuen Flachbildschirm zu sitzen und mir anzuhören, wie er sich über seine Arbeit verbreitet. Ich habe keine Lust, Entrecôte zu essen und zweieinhalb Glas Rotwein zu trinken. Bin überhaupt nicht scharf darauf, in seinem großen teuren Bett mit doppelten Rosshaarmatratzen und einem Rücken aus Leinenpolster, der perfekt zur Tagesdecke passt, mit ihm zu schlafen.

Was ist eigentlich los mit mir?

Ich habe alles, was ich mir jemals gewünscht habe, und jetzt scheint das nicht mehr wichtig zu sein.

»Alles in Ordnung?«, fragt Andreas und hebt die Augenbrauen eine Spur, als ich mich setze und mein Handy weglege.

»Warum sollte es das nicht sein?«, frage ich und höre selbst, wie übellaunig das wirkt.

Manfred räuspert sich.

»Sollen wir die Tipps durchgehen, die die Kollegen in Bezug auf Peters Verschwinden bekommen haben, oder habt ihr vorher noch etwas anderes zu klären?«

Er erwidert meinen Blick. Er sieht müde aus. Seine Augen sind rot unterlaufen und blank, und sein umfangreicher Leib hängt zusammengesunken wie ein Kartoffelsack im Sessel.

»Sicher«, sage ich.

Manfred blättert in den Papieren auf seinem Tisch.

»Insgesamt vier Hinweise, drei davon anonym. Der erste

stammt von einer gewissen Ragnhild Sahlén, die bei der alten TrikotKönig-Fabrik wohnt, also dem Heim für Geflüchtete.«

Andreas hebt den Blick vom Tisch und schaut mir ins Gesicht.

»Ist das nicht die...«

»Doch«, sage ich. »Das ist die alte Kuh, die den Fahrraddiebstahl melden wollte.«

Manfred sieht verwirrt aus.

»Hab ich irgendwas nicht mitgekriegt?«, fragt er und greift nach seinem Kugelschreiber, als ob er Aufzeichnungen machen wollte.

»Durchaus nicht«, sage ich. »Ragnhild Sahlén war neulich hier und wollte einen Diebstahl anzeigen. Sie war überzeugt davon, dass ein Mann aus dem Asylbewerberheim ein Fahrrad geklaut hatte.«

»Dann muss sie nach Vingåker fahren«, sagt Manfred. »Für so was haben wir keine Zeit.«

»Genau das habe ich ihr auch gesagt«, erwidere ich. »Was wollte sie, als sie angerufen hat?«

Manfred lässt seinen Kugelschreiber über das Papier gleiten und sagt dabei:

»Sie will gehört haben, wie einer der Männer aus dem Heim für Geflüchtete *Allahu akbar* geschrien hat, an dem Abend, an dem Peter und Hanne verschwunden sind. So, wie sie das darstellt...«

Manfred legt eine Pause ein und reibt sich die Augen, dann fügt er hinzu:

»Sie meint, dass der bestimmt irgendwie mit Peters Verschwinden zu tun hatte und dass er deshalb so geschrien hat.«

»Du machst doch Witze?«, fragt Andreas, zieht seine Tabaksdose hervor und schiebt sich einen Priem unter die Oberlippe.

»Leider nicht«, sagt Manfred. »Können wir diesen Hinweis ignorieren?«

»Unbedingt«, sage ich.

Manfred erzählt weiter.

»Bei den drei anonymen Hinweisen geht es ebenfalls um das Heim für Geflüchtete. Ein Mann will gesehen haben, wie an dem Abend, an dem Peter verschwunden ist und die Unbekannte ermordet wurde, zwei dunkelhäutige Männer einen aufgerollten Teppich ins Haus gebracht haben. Einen Teppich, der groß genug war, um einen Menschenkörper zu enthalten.«

Manfred malt mit den Fingern Anführungszeichen in die Luft, als er »Menschenkörper« sagt und fügt dann hinzu:

»Und eine Frau hat erzählt, dass sie an diesem Tag oben bei der Kirche drei junge dunkelhäutige Männer auf dem Weg in den Wald gesehen hat. Drei Männer, die ihrer Ansicht nach bedrohlich wirkten.«

»Woraus hat sie das geschlossen?«, fragt Andreas. »Dass sie bedrohlich wirkten?«

»Hat sie nicht gesagt«, seufzt Manfred. »Dann hat noch ein Mann angerufen und berichtet, dass es am Samstag auf dem Grundstück des Heims für Geflüchtete gebrannt hat. Ja, er meinte, sie hätten vielleicht einen Leichnam verbrannt.«

»Großer Gott«, sagt Andreas. »Einen Leichnam *verbrannt*? Weil er ein bisschen Rauch gesehen hat? Was ist eigentlich los in diesem Scheißkaff?«

Wir schweigen eine Weile, und ich spüre, wie meine Gereiztheit zurückkehrt. Verspüre das plötzliche Bedürfnis, die Menschen in Ormberg zu verteidigen, von denen Andreas offenbar eine so geringe Meinung hat, obwohl er selbst doch gar nicht weit von hier aufgewachsen ist.

»Tatsache ist«, sage ich, »wenn du in die Häuser hier gehst und mit den Menschen sprichst, ich meine, wenn du dir wirklich Zeit nimmst, dich hinzusetzen und mit ihnen zu reden, dann wirst du begreifen, warum sie solche Hinweise liefern.«

»Ach?«

Andreas klingt skeptisch.

»Ormberg ist eine kleine Gemeinde«, sage ich, so ruhig ich kann, obwohl meine Wangen glühen. »Aus irgendeinem Grund haben die Behörden beschlossen, hundert Araber mitten im Wald unterzubringen. Hundert Personen aus Ländern mit ganz anderen Wertmaßstäben, die Krieg und Folter und Elend erlebt haben. Und hier bekommen sie alle mögliche Hilfe, ein Dach über dem Kopf, Sozialhilfe und Ausbildung. Das ist ja auch richtig, aber du musst verstehen, dass die Menschen es hier in Ormberg nicht leicht gehabt haben. Die Leute sind schon immer von hier weggezogen, aber vor allem seit die Industrien dichtgemacht und nach Asien verlegt wurden. Die Post ist geschlossen worden, der Kindergarten ist geschlossen worden. Sogar dieser verdammte Laden hier ist geschlossen worden.«

»So ist es in vielen Orten«, sagt Manfred kurz.

»Ja«, sage ich. »Aber in Ormberg ist es seit Generationen so. Vor der Textilkrise und Brogrens Konkurs gab es hier eine Fabrik und eine Sägemühle. Jetzt gibt es nichts. Rein gar nichts. Die Menschen fühlen sich im Stich gelassen. Sie reagieren natürlich gereizt, wenn Flüchtlinge herkommen und ihnen scheinbar alles auf einem silbernen Tablett serviert wird. Außerdem stellen sie offenbar eine Menge Ansprüche. Arabisch sprechendes Personal im Sozialamt in Vingåker, besondere Schwimmbadöffnungszeiten für Frauen...«

Ich verstumme, als ich Andreas' Blick bemerke. In diesem Blick liegen Unglauben und Furcht, als ob er ein seltsames, gefährliches Tier ansähe, oder vielleicht ein Kind, das mit einer ungesicherten Waffe spielt.

»Worauf willst du hinaus?«, fragt er.

»Ich sage nur, dass ich verstehe, wie sie denken. Auch wenn ich ihnen nicht in jedem Punkt zustimme. Ich bin keine Rassistin, falls du das meinen solltest.«

»Aber hörst du selbst nicht, wie du redest?«, fragt Andreas. »Hörst du selbst nicht, wie... Malin, das könntest doch du sein!«

»Entschuldigung? Wie ist das zu verstehen?«

»Ich meine, das könntest du sein, die vor Krieg und Hunger geflohen ist.«

»Jetzt reiß dich mal zusammen. Darum geht es mir doch gerade. Ich bin aus Ormberg und uns, die von hier kommen, hilft niemand. Man sollte doch wohl erst vor der eigenen Tür kehren, ehe man dem Rest der Welt hilft.«

Manfred schlägt so energisch mit seiner großen Handfläche auf den Tisch, dass die Papiere hochspringen und auf den Boden flattern. Kaffee schwappt aus seinem Pappbecher.

»Verdammt noch mal! Ich weiß nicht, was mit euch beiden los ist! Aber egal, was ihr miteinander für Probleme habt, müsst ihr die außerhalb der Arbeitszeit klären.«

Dann steht er auf und fängt an, im Zimmer hin und her zu gehen.

»Aber«, sage ich an Manfred gewandt, »ich versuche nur zu erklären, warum die Leute hier sich so verhalten. Sie sind enttäuscht, weil sie nie irgendwelche Hilfe bekommen haben. Weil Ormberg nie auch nur ein Zehntel dessen bekommen hat, was den Flüchtlingen gegeben wird. Wie siehst du das selbst? Hast du dir das noch nie überlegt?«

Manfred bleibt stehen und dreht sich bedrohlich langsam zu mir um. Sein umfangreicher Leib ist ganz starr, wie eine Steinsäule.

»Es spielt absolut keine Rolle, wie ich über das Heim für Geflüchtete denke. Es ist verdammt egal, ob ich besondere Schwimmbadzeiten für muslimische Frauen für angebracht halte. Wir sind hier, um einen Mord aufzuklären. Und jetzt sind es zwei Morde. Mindestens zwei Morde, kann ich hinzufügen, denn wenn wir Peter tot auffinden, sind es drei.«

Ich schiele zu den Bildern an der Wand hinüber. Dem Skelett des Ormbergmädchens und zu dem Leichnam der gesichtslosen Frau im Schnee.

Manfred scheint meinen Blick nicht zu bemerken. Er redet einfach weiter.

»Wenn ihr eure politischen Meinungsverschiedenheiten nicht beiseitelegen könnt, schicke ich euch nach Hause. Und ich werde mich an eure Vorgesetzten wenden und über euer unprofessionelles Verhalten berichten. Habt ihr verstanden?«

Er lässt sich auf einen Stuhl sinken, seufzt tief und schaut zur Decke hoch.

»Und ich habe verdammt noch mal nicht vor, mir das von euch noch länger bieten zu lassen«, sagt er leise und betont langsam. »Jetzt reißt ihr euch zusammen, zum Teufel.«

Er seufzt wieder, massiert sich die Schläfen mit Daumen und Zeigefinger. Dann fügt er hinzu:

»Fahrt morgen zum Heim für Geflüchtete und sprecht mit dem Personal, versucht herauszufinden, ob die Frau in der Geröllhalde von dort gekommen ist. Und dann besucht ihr Nerminas Tante Esma in Gnesta. Sie kommt heute von Gran Canaria zurück. Wir müssen mehr über Nermina Malkoc in Erfahrung bringen. Und wir müssen ihre Mutter finden.«

JAKE

Saga und ich sitzen bei ihr zu Hause auf dem Bett und sehen uns auf dem Computerbildschirm einen Horrorfilm an. Es geht darin um ein Mädchen, das besessen ist, weil sie mit einem Typen geschlafen hat, der einen Dämon in sich hatte. Und jetzt muss sie mit einem neuen Typen schlafen, um den Dämon loszuwerden.

»Ich glaube, die in den USA haben Angst vor Sex«, sagt Saga nachdrücklich, als ob sie alles über Sex und vielleicht auch über die USA wüsste.

»Mm«, sage ich und wühle mit der Hand zwischen den süßen Bonbons in der Tüte herum.

Saga hat sie gekauft, weil ich ihr wegen der Sache mit dem Eiffelturm so leidtue. Ich weiß, dass es so ist, aber ich freue mich einfach darüber.

Ich denke an Vincent, Muhammed und Albin. Erinnere mich an Albins gelangweilten Blick, als er mit den Schultern zuckte und den Eiffelturm mit seinem nassen Turnschuh zertrampelte. Innerhalb von zwei Sekunden war die Arbeit von mehreren Wochen zerstört.

Danach haben wir zusammen die Reste des Eiffelturms aufgelesen, Saga und ich. Sagas Pyramide hatte die Sache ziemlich gut überstanden. Sie konnte die Streichhölzer, die beim Sturz auf den Boden heruntergefallen waren, wieder befestigen, und danach war fast keine Beschädigung mehr zu sehen.

Aber der Eiffelturm war nicht zu retten. Er war platt wie ein Pfannkuchen und sah so schief aus, dass man nicht mehr erkennen konnte, was er darstellen sollte.

Ich habe ihn trotzdem mit in die Schule genommen. Habe ihn abgegeben und erzählt, was passiert war. Eva, unsere Lehrerin, lief am Hals rot an, als Saga und ich berichteten, was Albin gemacht hatte. Sie wollte gleich nach der Stunde mit dem Rektor sprechen, erklärte sie.

Vielleicht hat sie das auch gemacht, aber es ändert ja nichts.

Der Eiffelturm ist zerstört, und Vincent und Albin und Muhammed werden immer solche schrägen Arschlöcher bleiben.

Letzteres hat Saga gesagt, sie nennt Vincent zu gern ein *schräges Arschloch,* wenn er es nicht hören kann.

Papa sagt, Vincent und seine Kumpels werden sich wieder beruhigen, sie werden sich *Manieren* zulegen, wenn sie älter sind. Er behauptet auch, dass uns Vincent eigentlich leidtun müsste und dass viele in der Pubertät so werden. Dass im Körper so viel passiert, dass der Kopf da nicht mehr mitkommt.

Er sagt, das sei so eine *Jungensache.*

Vincent ist also die Geisel seines eigenen Körpers, denke ich. Von Muskeln und Pickeln und allem anderen.

Noch ein Grund, kein Mann zu werden.

Saga fängt meinen Blick ein.

»Auf einer Skala?«, fragt sie und nickt zum Laptop hinüber.

Ich sehe das Dämonenmädchen an, das mit offenem Mund durch den Wald rennt.

»Acht vielleicht. Ich finde ihn ziemlich gut.«

»Klarer Neuner«, sagt Saga nachdrücklich und rückt ein bisschen näher an mich heran.

Die Wärme breitet sich in meiner Brust aus, und mein Herz macht kleine Sprünge, als ich ihren Arm an meinem spüre. Ich ahne eher, als dass ich sie spüre, die feinen Härchen an ihrem Oberarm an meiner Haut.

Ich habe natürlich tausendmal daran gedacht: dass es wieder passieren kann. Dass wir uns noch einmal küssen.

Das tut man doch, wenn man zusammen ist.

Diese Vorstellung ist erregend und beängstigend zugleich. Es ist ein bisschen so wie auf dem Dreierbrett des Sprungturms am See zu stehen, auf die spiegelblanke Wasseroberfläche hinunterzusehen und zu zögern – obwohl man weiß, dass es nicht gefährlich ist, hat man doch furchtbare Angst, dass etwas schiefgehen könnte.

Saga hält den Film mit einem Knopfdruck an. Blinzelt und sieht mich mit ernster Miene an. Die Wimperntusche hat einen dunklen Schatten unter ihre Augen gemalt. Das Rouge auf ihren Wangen glitzert im schwachen Lichtschein vom Bildschirm.

»Glaubst du, dass es bei der Geröllhalde spukt?«, fragt sie.

»Du meinst, ob ich an das Spukkind glaube?«

Sie nickt, feuchtet sich die Lippen an, und ihre Augen weiten sich ein bisschen.

»Ich glaube nicht an den Spuk«, sage ich. Aber in derselben Sekunde, in der ich das behaupte, muss ich an das vage bleiche Gesicht vor Berits Fenster denken.

»Nö, ich auch nicht. Aber komisch ist es doch.«

Saga fährt mit den Fingerspitzen über die Tastatur.

»Was ist komisch?«

Sie zögert, scheint danach aber zu beschließen, dass sie mir vertrauen kann.

»Dass sie so viele Tote gefunden haben. Ich meine, das kann doch kein Zufall sein. Dass dort zwei Menschen tot aufgefunden worden sind. Selbst wenn die Morde, na ja, zwanzig Jahre auseinanderliegen.«

Ich denke an Nermina, die nur zum Sterben nach Schweden geflohen ist. An alles, was ich weiß, was ich Saga aber nicht erzählen kann.

An allem ist *die Krankheit* schuld.

Wenn ich an dem Abend nicht in Mamas Kleid losgegangen wäre, hätte ich der Polizei das Tagebuch gleich zurückgeben können. Dann hätte ich es nicht geheim zu halten brauchen.

Saga schaut mich an und scheint zu zögern. Dann sagt sie: »Die Frau, die am Dienstag gefunden wurde. Die war erschossen worden. Und sie war barfuß.«

»Was? Barfuß im Schnee?«

Saga nickt ernst.

»Woher weißt du das alles?«, frage ich.

»Der Ex von Mamas Schwester, der in Brevens Bruk wohnt, hat einen Sohn, der mit einer Frau aus Kumla zusammen ist. Sie arbeitet bei der Polizei in Örebro im Büro. Aber du darfst das nicht weitersagen. Das musst du versprechen!«

»Versprochen. Was hat sie noch gesagt?«

Saga fingert an dem Ring in ihrer Nase herum.

»Dass sie wie ein Gespenst aussah. Mit verfilzten, langen grauen Haaren.«

»Papa sagt, dass sie aus dem Flüchtlingsheim gekommen sein muss. Und der Mörder auch.«

»Woher will er das wissen?«

Saga hebt die perfekt gemalten Augenbrauen.

»Wer hätte sie denn sonst umbringen sollen?«, frage ich.

»Gunnar Sten? Familie Skog? Das Spukkind etwa?«

»Nathalie sagt, dass sie das Spukkind bei der Geröllhalde gehört hat«, sagt Saga. »Zweimal. Einmal hat es mit ihr gesprochen, hat geflüstert, sie solle kommen.«

»Nathalie redet nur Scheiß.«

Saga sieht verlegen aus.

»Schon, aber ...«

Ihre Stimme versagt, und sie beugt sich zu mir vor. Ihre Augen sind in dem dunklen Licht groß und schwarz, und ihr Gesicht ist ernst.

Ich bleibe wie versteinert sitzen, wage nicht, mich zu rühren.

Will mich nicht rühren.

Dann küsst sie mich wieder, und ich küsse zurück. Diesmal geht es leichter, als ob die Lippen wüssten, was sie zu tun haben.

Sie schmeckt nach Kaugummi, und ich schließe die Augen, ohne zu wissen, warum. So, als ob es sonst zu viele neue Eindrücke geben würde, als ob ich nicht alles aufnehmen könnte, was passiert.

Draußen nähern sich Schritte, und wir fahren auseinander.

»Deine Mutter?«, frage ich.

»Äh. Die frisst Beruhigungsmittel. Die wird uns nicht stören.«

Aber in diesem Moment wird an die Tür geklopft.

»Saga, du musst kommen und in der Küche aufräumen.«

»Nachher«, ruft Saga und verdreht die Augen.

»Nein, sofort. Und dann will ich etwas mit dir besprechen.«

Saga seufzt und steht auf. Fährt sich mit der Hand durch die rosa Haare.

»Bin gleich wieder da«, sagt sie und läuft aus dem Zimmer.

Aber Saga ist nicht gleich wieder da. Stattdessen vergehen die Minuten und nichts passiert. Ich höre aus der Küche aufgebrachte Stimmen, aber ich kann kein Wort verstehen.

Ich schiele zum Laptop hinüber, aber ich finde, dass ich nicht einfach den Film weiterlaufen lassen kann, ehe Saga zurückkommt. Am Ende nehme ich das Geschichtsbuch aus dem Rucksack, das Schulbuch, in dem noch immer Hannes Tagebuch versteckt ist, und fange an zu lesen.

Auf den nächsten Seiten geht es um Vernehmungen, die Hanne und P durchgeführt haben. Das ist stinklangweilig, deshalb blättere ich ein bisschen weiter.

Ormberg, 28. November

P hat den PIN-Code an seinem Handy geändert. Ich habe das entdeckt, als er unter der Dusche stand. Ich wollte den Wetterbericht nachsehen. Gab den alten Code ein, den er seit einer Ewigkeit hat, aber das Handy blieb gesperrt.

Er hat seine PIN noch nie geändert. Die Einzige, die sein Handy benutzt, außer ihm selbst, bin ich.

Es muss also in seinem Handy etwas geben, das ich nicht sehen soll. Ich muss daran denken, wie er mit heruntergelassener Hose im Badezimmer stand und eine SMS schrieb.

Er verbirgt mir etwas.

Ich muss herausfinden, was das ist.

Früher Nachmittag im Büro
Malin & Andreas waren gerade bei Rut Sten, Anfang der Neunzigerjahre Leiterin des Heims für Geflüchtete.
Offenbar konnte sie sich an Azra und Nermina erinnern, aber nicht daran, ob es bei den beiden irgendetwas Außergewöhnliches gegeben hat. Sie haben das Heim am 5. Dezember 1993 wohl aus freien Stücken verlassen. Rut glaubte, dass es auf irgendeine Weise mit ihrer Aufenthaltsgenehmigung zusammenhing.
Manfred isst Zimtschnecken.
Das gönne ich ihm. P fragte, ob er die wirklich essen müsste. Manfred tat mir so leid. (Er ist dick, aber er ist ja auch ein erwachsener Mann und kann selbst entscheiden, was er sich in den Mund stopft.)
Wenn P dichter bei mir gesessen hätte, hätte ich ihm einen Rippenstoß verpasst, aber er stand an der Tür und war mit seinem Handy beschäftigt.
Dem Handy, ja.
Ich habe beschlossen, nichts zu sagen. Wenn ich ihm vorwerfe, dass er Geheimnisse hat, verwendet er das nur gegen mich. Wenn hier eine Geheimnisse hat, dann du, würde er sagen.
Und das stimmt ja auch.
Also sage ich nichts. Ich frage nicht, warum er die PIN geändert hat. (Es kann ja auch ein Zufall sein, der nichts mit mir zu tun hat, dem ZENTRUM DES UNIVERSUMS.)
Nein, ich war jetzt nicht ironisch. Ich bin nicht das Zentrum des Universums. Weder für P noch für irgendeinen anderen Menschen. Und auch kaum für mich selbst: Ich habe das Gefühl, langsam in winzige Stücke zu zerfallen, die in unterschied-

liche Richtungen verschwinden, davontreiben wie Herbstlaub auf dem kalten schwarzen Wasser des Ormbergbaches.
Das hier ist das Tagebuch über mein Verschwinden.
Nicht physisch, sondern bildlich – denn mit jedem Tag, der vergeht, gleite ich tiefer in den Nebel hinein.
Was werde ich, wenn ich nicht mehr Hanne bin? Wenn das, was mich ausmacht – meine Erinnerungen, meine Geschichte –, verblasst ist und von der Krankheit zu Staub zersetzt wird? WAS bin ich dann? Ein Körper ohne Seele? Eine Seele ohne funktionierenden Körper? Ein Stück Fleisch, in dessen Adern Blut pulsiert?
An solche Dinge denke ich die ganze Zeit.
Ich habe keine Angst vor dem Tod, aber ich habe Angst davor, mich selbst zu verlieren.
Deshalb ist das Tagebuch so wichtig. Um zu dokumentieren, aber auch, um mich daran zu erinnern, wer ich bin.
Es gibt mich! Jedenfalls noch für eine Weile.

P hat Vorstrafen- und Verdächtigenregister befragt. In Ormberg und Umgebung gibt es nicht viele Gewaltverbrecher. Hier wohnen vor allem Leute, die sich im Suff prügeln und Drogen konsumieren.
Aber diese beiden sind doch von Interesse:
Björn Falk, geboren und aufgewachsen in Ormberg, wohnte zwischen 2009 und 2016 allerdings in Örebro. Vor kurzer Zeit nach Ormberg zurückgezogen, nachdem er das Haus seiner Eltern geerbt hatte. Verurteilt wegen Körperverletzung, Hausfriedensbruch und grobem Frauenfriedensbruch. Hat seine ehemalige Lebensgefährtin zweimal fast mit tödlichem Ausgang misshandelt, einmal, indem er sie gegen ein heißes Sau-

naheizgerät gestoßen und dann die Tür blockiert hat. Die Frau brauchte drei Hauttransplantationen, um die Brandschäden am Oberkörper zu beseitigen. Björn Falk hat zudem Kontaktverbot in zwei Fällen, da er ehemalige Freundinnen schikaniert hat.

Mein Magen krampft sich zusammen, als ich das über Björn lese.

Er ist der neue Freund von Sagas Mutter, und ich bin ziemlich sicher, dass sie keine Ahnung davon hat, dass er ein gewalttätiger Mistkerl ist. Ich müsste Saga Bescheid sagen, damit sie ihre Mutter warnen kann.

Aber das geht ja nicht.

Was im Tagebuch steht, kann ich niemandem erzählen.

In meinem Nacken kribbelt es vor Unbehagen, weil ich schon wieder daran erinnert werde, dass Hannes Tagebuch vielleicht Dinge enthält, die ich nicht wissen dürfte und eigentlich gar nicht wissen will. Dinge, die geheim bleiben müssten.

Vielleicht wäre es besser, nicht weiterzulesen. Aber kaum habe ich das gedacht, da bleibt mein Blick am nächsten Absatz hängen, und mein Herz schlägt in meiner Brust einen Salto.

Der andere ist Henrik Hahn, ein Pädophiler, der sich an Kindern in Örebro vergriffen hat (in der Schule, in der er arbeitete). Hahn wurde 2014 in eine geschlossene Anstalt überwiesen und befindet sich in der Klinik Karsudden bei Katrineholm. Seine Frau Kristiane und sein Sohn Vincent wohnen in Ormberg.

Vor Überraschung fällt mir das Buch auf den Boden.

Ist Vincents Vater pädophil?

Vincent hat doch gesagt, dass er auf einer Bohrinsel in der Nordsee arbeitet. Dass er dort für alle Computer und IT-Systeme verantwortlich ist und dass er deshalb fast nie nach Hause zu Besuch kommen kann.

Sitzt er also in Karsudden, bei den ganzen Verrückten?

Ist er ein *Pervo*? Aber natürlich ein viel widerlicherer Pervo als ich. Als ich nämlich zuletzt nachgesehen habe, war es nicht verboten, Mädchenkleider und Schminke toll zu finden.

Vincent Hahn.

Der König der Arschlöcher von Ormberg.

Papa hatte also vielleicht doch recht. Vielleicht müsste Vincent mir leidtun.

MALIN

Das über hundert Jahre alte Gebäude aus Backsteinen wirkt protzig: Das Haus ist beeindruckend groß, an der Längsseite zieht sich eine Reihe von hohen, gewölbten Fenstern dahin. Warmes Licht strahlt heraus, mischt sich mit dem blaugrauen Dezemberdunkel und färbt den Schnee vor der Fassade golden.

Das daneben stehende Direktorhaus leuchtet ebenfalls, es liegt etwa fünfzig Meter vom Hauptgebäude entfernt. Hinter einem Fenster hängt ein einsamer Weihnachtsstern.

Der Schnee knirscht unter unseren Füßen, als wir die kurze Strecke vom Parkplatz zum Haupteingang gehen.

»*Verdammte Kacke*, das ist ja vielleicht kalt«, murmelt Andreas.

Ich nicke.

Das Thermometer zeigte heute Morgen, als Mama und ich beim Frühstück saßen, neun Grad unter null.

Ich bleibe stehen und werfe noch einen Blick auf das schlossähnliche Gebäude. Hier gab es über zweihundert Arbeitsplätze, bis TrikotKönig dann zu Beginn der Sechzigerjahre in Konkurs ging. Die Fabrik, die zusammen mit Brogrens Mechanischer der Hauptarbeitgeber von Ormberg war, konnte sich damals gegen die ausländische Konkurrenz nicht mehr behaupten.

Ich denke daran, wie es wohl zu den Glanzzeiten war, Ende der Fünfzigerjahre. Damals, als die Fabrik ganze Familien versorgte. Als die Eltern schichtweise arbeiteten und einander hier auf dem Vorhof ablösten. Zu Hause warteten die Kinder, vermutlich beschäftigt mit dem neumodischen Kram, den die technische Entwicklung und das doppelte Einkommen der Eltern ermöglichten: Fernsehen, Kobra-Telefon, Vinylschallplatten. Und über den tiefen Wäldern, irgendwo im stummen schwarzen Raum, schwebte der Satellit Sputnik.

Entwicklung, Fortschrittsglaube.

Danach senkte sich die Dunkelheit über Ormberg wie eine nasse Decke.

Wir klopfen an die kleine braune Tür rechts neben dem Haupteingang.

Eine Frau öffnet. Sie hat kurze graue Haare und einen gestrickten Poncho aus naturfarbener Wolle. Die hellen Augen sind umrahmt von dicken Kajalstrichen, und der Mund ist dunkelrot geschminkt, er sieht aus wie eine blutige Wunde mitten im Gesicht. Um den Hals trägt sie eine Kette mit einem großen Anhänger aus emailliertem Metall. Es sieht aus wie ein Käfer, ein Mistkäfer vielleicht.

Die Frau lächelt, und die Wunde im Gesicht springt auf, als sie sich vorstellt. Sie heißt Gunnel Engsäll, ist Sozialberaterin und Leiterin des Flüchtlingsheims.

Ihr Handschlag ist überraschend fest und ihr Lachen, als Andreas über die Schwelle stolpert, unerwartet und dröhnend – wie ein Gewitter an einem verschlafenen Sommertag.

»Hoppla!«, sagt sie. »Sie sind nicht der Erste, der sich hier die Nase anstößt.«

Wir gehen durch einen Gang, kommen an einer offenen

Tür vorbei. Dahinter ahne ich einen großen Raum, vielleicht ein Speise- oder Versammlungssaal. Ein Junge läuft mit einem Hockeyschläger in der Hand vorbei. Zwei Mädchen im Teenageralter kichern auf einem Sofa über irgendetwas.

Wir gehen weiter durch den Gang zu einem kleinen Büro. Setzen uns in die dort stehenden Sessel.

Das Büro ist spartanisch eingerichtet und wirkt doch gemütlich. Vielleicht wegen der bunten Kissen in den Sesseln.

Gunnel erklärt, dass sie nur zwanzig Minuten habe, dann komme ein Gemeindevertreter. Sie müssten über Brandschutzmaßnahmen und »anderen bürokratischen Müll« reden.

Ihr dröhnendes Lachen hallt im Raum wider, als sie Letzteres gesagt hat.

Andreas zieht seine Aufzeichnungen hervor.

»Am Dienstag wurde im Wald eine Tote gefunden, weniger als zwei Kilometer von hier entfernt«, sagt er und blättert in seinem Block. »Sie war ...«

Gunnel hebt die Hand. Ihre Armreifen klirren.

»Sie war nicht von hier.«

Andreas öffnet den Mund, wie um etwas zu sagen, bringt aber kein Wort heraus.

»Woher wissen Sie das?«, fragt er. »Wir haben ja noch nicht einmal ...«

»Ich habe schon von ihr gehört«, sagt Gunnel. »Um die fünfzig? Lange graue Haare?«

Andreas erwidert meinen Blick und sieht unsicher aus.

»Wo haben Sie das gehört?«, frage ich.

Sie verzieht keine Miene. »Ormberg ist klein. Und ich kenne alle unsere Bewohner. Uns fehlt hier niemand. Wenn jemand verschwunden wäre, würde ich das wissen.«

»Aha«, sagt Andreas. »Na gut. Dann habe ich nur noch zwei Fragen, ehe wir gehen. Wenn wir eine Woche in der Zeit zurückgehen, zum Freitag, dem 1. Dezember ...«

Andreas schaut auf seinen Block.

»Ist sie da ermordet worden?«, fragt Gunnel.

Wir schweigen.

Andreas räuspert sich.

»Darauf darf ich nicht näher eingehen. Wir stehen unter Schweigepflicht. Aber ich würde Sie gern fragen, ob an dem Abend hier etwas Außergewöhnliches passiert ist.«

Gunnel lässt ihren Blick zum Fenster hinüber wandern. Schüttelt langsam den Kopf.

»Das glaube ich nicht.«

»Hier soll angeblich ein Feuer gemacht worden sein.«

Gunnel blinzelt und schaut Andreas verständnislos an.

»Ein Feuer? Ja, das kann schon sein. Doch, einige von den Jungs haben jedenfalls einen Versuch gemacht, ehe dieser schreckliche Sturm aufkam. Wieso? Darf man das nicht?«

»Doch, natürlich. Ich möchte nur diese Auskunft überprüfen. Wir haben außerdem einen Zeugen, der bekräftigt, dass an dem Abend ein aufgerollter Teppich hier ins Heim für Geflüchtete getragen wurde. Ein Teppich, der groß genug war, um einen Leichnam zu enthalten.«

Gunnel verschränkt die Arme vor der Brust und macht ein mürrisches Gesicht.

»Soll das hier ein Witz sein?«

Andreas räuspert sich und starrt seine Schuhe an.

»Wir müssen allen Hinweisen nachgehen«, erkläre ich.

Gunnel schüttelt den Kopf.

»Wenn jemand eine Leiche hier ins Haus getragen hätte,

wäre uns das aufgefallen. Und wir grillen hier normalerweise Lammwürste und keine Körperteile.«

Gunnel springt auf und fängt an, in dem kleinen Raum hin und her zu laufen. Sie bleibt vor dem Fenster stehen. Schaut hinaus in den grauen Tag.

»Was ist bloß los mit den Leuten?«, fragt sie, ohne mit einer Antwort zu rechnen. »Da draußen gibt es so viel Hass. So viele, die ihre Wut auf die Geflüchteten projizieren. Warum schlagen sie auf die Schwächsten ein, auf die, die schon am Boden liegen? Können Sie mir das erklären?«

Wir schweigen beide. Andreas sieht aus, als ob er am liebsten im Erdboden versinken würde. Ich selbst bin gespalten. Natürlich sind Hass und Gewalt schrecklich, aber Gunnel und ihre politisch korrekte Deutung der Fremdenfeindlichkeit haben etwas irritierend Selbstgerechtes.

Gunnel sagt nun:

»Und gestern war diese Verrückte wieder hier. *Ragnhild...*«

»Ragnhild Sahlén?«, frage ich.

»Genau. Sie hat von einem Fahrrad gefaselt, das angeblich jemand von hier gestohlen hat. Und dann hat sie gesagt, sie werde dafür sorgen, dass wir hier schließen müssen.«

Gunnel geht zu ihrem Sessel zurück. Setzt sich wieder hin. Andreas erwidert meinen Blick.

»Das hat sie gesagt?«, fragt er.

Gunnel nickt.

»Haben Sie schon zu Beginn der Neunzigerjahre hier gearbeitet?«, frage ich in dem Versuch, das Thema zu wechseln, denn auch wenn Ragnhild sich auffällig verhält, kann ich mir doch nicht vorstellen, dass sie etwas mit der Frau in der Geröllhalde zu tun hat.

Gunnel nickt und reckt sich ein bisschen.

»Ja, ich habe eine Zeit lang hier gearbeitet, während des Krieges im ehemaligen Jugoslawien. Ich weiß noch, dass wir in gewissen Nächten mit dem Feuerlöscher in der Hand im Garten geschlafen haben. Ja, es gab hier einige, die sich damit amüsiert haben, immer wieder das Gebüsch hier vor dem Haus anzustecken. Wir haben auch mehrere Male bei der Polizei Anzeige erstattet, aber die Täter konnten nie gefunden werden.«

»Erinnern Sie sich an ein fünf Jahre altes Mädchen namens Nermina Malkoc?«, frage ich. »Sie hat mit ihrer Mutter Azra Malkoc hier gewohnt. Sie haben das Haus im Dezember 1993 verlassen.«

Gunnel runzelt die Stirn und spielt ein bisschen an ihrem großen Emaillekäfer herum.

»Nein. Leider nicht. Aber ich habe auch kein gutes Namensgedächtnis.«

Andreas zieht ein Bild von Nermina hervor und reicht es Gunnel.

Sie mustert das Foto schweigend und schüttelt dann den Kopf.

»Es tut mir leid. Sie müssten mit Rut Sten sprechen, die damals das Heim hier geleitet hat. Sie ist jetzt im Ruhestand. Oder Sie können es bei Tony versuchen, unserem Hausmeister.«

»Mit Frau Sten haben wir schon gesprochen«, sagt Andreas. »Sie erinnert sich an Nermina und Azra, weiß aber nicht, wohin sie gegangen sind, nachdem sie Ormberg verlassen hatten.«

Es wird an die Tür geklopft, und ein junger Mann mit Pferdeschwanz schaut herein.

»Sie sind hier«, sagt er. »Wir sitzen im Direktorhaus. Kommst du?«

Gunnel nickt.

»*Well*?«, fragt Andreas, als wir im Auto sitzen, um nach Gnesta zu Esma zu fahren, Azra Malkocs Schwester. Sie ist von den Kanarischen Inseln zurückgekehrt, und wir hoffen, von ihr irgendeinen Hinweis auf den Verbleib von Nerminas Mutter erhalten zu können.

»Well *was*?«, frage ich.

»Das war ja wohl nicht so schlimm.«

»Reiß dich verdammt noch mal endlich zusammen«, sage ich. »Wie oft muss ich dir noch erklären, dass ich keine Rassistin bin?«

Ich denke an unseren Streit gestern Abend, bei dem Manfred zugegen war. Daran, was Andreas gesagt hat, dass es genauso gut *ich* gewesen sein könnte, die vor Krieg und Hunger fliehen musste. Das war ein billiger und gemeiner Versuch zu punkten. Andreas ist nicht nur ein egozentrisches Machoschwein, er will offenbar auch auf meine Kosten seine moralische Überlegenheit zeigen.

Manfred hält mich jetzt sicher für eine üble Rassistin, und dafür kann ich mich bei Andreas bedanken.

Wir schweigen auf dem Rest der Fahrt nach Gnesta. Draußen senkt sich die Dämmerung. Schneefall setzt ein, als wir die Ortsmitte erreichen.

Andreas hält im Schneematsch vor dem grauen dreistöckigen Haus in der Nygata, in dem Esma Hadzic wohnt.

Ich ziehe meine Jacke fester um mich zusammen, als wir den kurzen Weg vom Parkplatz zur Haustür laufen. Der

Schnee wirbelt um uns in der Dunkelheit, absorbiert fast alle Geräusche, und nur ein Knirschen ist zu hören, wenn unsere Stiefel durch die dünne Schneekruste brechen.

Esma öffnet nach dem zweiten Klingeln die Tür. Sie ist groß und dunkel, mit fein geschnittenen Zügen. Die Haare sind zu einer strengen, kurzen Pagenfrisur geschnitten. Sie muss um die fünfzig sein, aber ihr Gesicht hat etwas Kindliches, fast Puppenhaftes an sich, als wären die Runzeln nur eine Maske, die mit einem Ruck weggerissen werden kann, um ein Mädchengesicht zu entlarven.

Erst als ich ihre Hand nehme, sehe ich, dass sie sich auf eine Krücke stützt und dass ihre Finger verkrümmt sind wie alte knotige Zweige.

Sie bemerkt meinen Blick.

»Rheumatismus«, sagt sie kurz. »Ich bin seit über zwanzig Jahren in Frührente.« Dann geht sie auf die Küche zu, auf die Krücke gestützt, und winkt uns mit sich.

Wir ziehen Stiefel und Jacken aus und folgen ihr.

Die Wohnung ist klein, klinisch sauber und in hellen Farben gestrichen. Der Boden in Diele und Wohnzimmer ist bedeckt von dunklen orientalischen Teppichen, die Wände jedoch sind kahl wie in einem Kloster. Die Küche kommt mir ebenfalls überaus spartanisch vor. Ein einfacher Tisch aus Kiefernholz und vier Stühle stehen einsam mitten auf dem Linoleumboden. Es gibt weder Vorhänge noch Blumen oder irgendwelche Dekorationen.

Wir setzen uns, und Esma serviert Kaffee und Pfefferkuchen. Ich bekomme sofort ein schlechtes Gewissen, als ich sehe, wie sie kämpfen muss, um mir mit ihren verkrümmten Händen die Kaffeetasse zu reichen.

»Kann ich helfen?«, frage ich.

»Nein«, sagt sie energisch und stellt die Tasse vor mich hin.

Sie schenkt sich selbst Kaffee ein und nimmt dann sehr langsam neben Andreas Platz.

»Ist es Nermina?«, fragt sie mit fester, aber dünner Stimme. Ihr Schwedisch ist perfekt, aber ich höre noch einen leichten ausländischen Akzent.

Andreas räuspert sich, und ich kann sehen, wie sein Blick zu Esmas verunstalteten Händen wandert.

»Wie unser Kollege schon am Telefon erklärt hat, sind wir noch nicht ganz sicher. Wir müssten ihre Identität durch eine DNA-Probe von ihren Angehörigen bestätigen. Aber es gibt mehrere Hinweise darauf, dass es Nermina sein könnte, die 2009 bei Ormberg gefunden wurde. Im Radius des Unterarms wurden Metallplatten entdeckt, die vermutlich bei einer Operation nach einem Bruch des Handgelenks dort eingesetzt worden waren. Und wenn wir das richtig verstanden haben, dann hat sich Nermina im Winter 1993 das Handgelenk gebrochen.«

Esmas Blick wandert zur Küchenlampe hoch. Ihre Augen sind blank, und sie blinzelt eilig einige Male.

»Es war Mitte November. Sie war damals von einem Baum beim Flüchtlingsheim gefallen und hatte sich beim Sturz mit der Hand abgestützt. Sie wurde in Katrineholm operiert. Sie durfte am selben Tag wieder nach Hause, musste dann aber drei Tage darauf zurückgebracht werden, weil sie hohes Fieber bekommen hatte. Danach war sie mehrere Tage im Krankenhaus. Azra hat sich solche Sorgen gemacht. Dieses… *Kinderskelett,* das gefunden worden ist. Das Mädchen in der Geröllhalde. Weiß man, wann es gestorben ist?«

»Die Rechtsmedizinerin meint, es müsse einige Monate nach der Operation am Handgelenk gewesen sein, weil die Schäden noch nicht ganz verheilt waren. Wenn es sich um Nermina handelt, dann bedeutet das, dass sie irgendwann Anfang 1994 gestorben ist. Aber der Leichnam wurde erst vor acht Jahren gefunden. Damals konnte er nicht identifiziert werden, deshalb wurden die Ermittlungen eingestellt, bis wir sie Ende November wiederaufgenommen haben.«

Esma nickt.

»Und wie ist es gestorben, dieses Mädchen ... das vielleicht Nermina ist?«

»Es weist äußerliche Verletzungen auf«, sagt Andreas. »Es kann ein Unfall oder Misshandlung gewesen sein. Wollen Sie die Details wissen?«

Esma holt tief Luft, nickt dann aber, und einige dunkle Haarsträhnen fallen ihr ins Gesicht. Sie streicht sie mit ihren verkrümmten Fingern zurück.

»Ja. Ich will es wissen. Fast meine gesamte Familie ist während des Krieges ums Leben gekommen, und ich musste so gut wie alle identifizieren. Ich habe die Knochenreste meines Mannes in Tuzla in der Hand gehalten. Ich habe meine Brüder in Srebrenica begraben. Ich habe die Massengräber in Kamenica und das Fußballstadion Nova Kasaba besucht, wo Tausende von Jungen und Männern vor ihrer Hinrichtung gefangen gehalten wurden. Man muss es wissen, das ist einfach so. Wenn uns alles andere weggenommen worden ist, dann hilft uns nur dieses Wissen weiterzukommen. Verstehen Sie?«

Andreas nickt stumm. Sucht zwischen den Papieren in seiner Tasche, zieht eine Karte von Ormberg und einige Fotos von der Geröllhalde heraus. Er legt alles vorsichtig vor Esma hin. Dann erzählt er von dem Steinbruch und dem Skelett, das 2009 dort gefunden wurde. Erklärt, dass die Ermittlungen damals ins Stocken gerieten, dass die Polizei nun aber kalte Fälle noch einmal aufgreift. Abschließend beschreibt er, wie die Rechtsmedizinerin bei dem Versuch vorgegangen ist, den Leichnam zu identifizieren.

Ich seufze erleichtert auf, weil er nicht erwähnt, dass ich dabei war, als Nermina gefunden wurde.

Esma erstarrt, als Andreas ihr Bilder des Steinbruchs zeigt. Sie bleibt einige Sekunden lang bewegungslos sitzen, dann jammert sie laut auf und legt die Hände auf das Papier. Streicht mit ihren geschwollenen, verkrümmten Fingern über Kiefern und Felsbrocken.

»Nermina«, sagt sie. »Nermina, mein Liebling. Hast du unter den Steinen gelegen?«

Dann schlägt sie die Hände vors Gesicht und schluchzt auf.

Andreas streckt die Hand nach dem Küchenpapier mit dem Herzchenmuster aus und reißt ein Stück ab. Reicht es Esma, die sich bedankt und sich die Nase putzt.

Sie bleibt einige Sekunden lang still sitzen, dann scheint sie sich zusammenzureißen. Knüllt mühsam das Küchenpapier mit beiden Händen zusammen und legt es auf den Küchentisch.

»Es ist nicht sicher, dass es Nermina ist«, sage ich leise, obwohl ich weiß, dass die Wahrscheinlichkeit, es könnte anders sein, verschwindend gering ist.

»Natürlich ist sie das«, sagt Esma kurz. »Außerdem wusste ich schon, dass sie tot sind. Aber es tut trotzdem weh.«

»Wie meinen Sie das?«, fragt Andreas. »Wie konnten Sie wissen, dass sie tot sind?«

Esma hebt ein wenig die Augenbrauen.

»Azra war meine kleine Schwester. Sie und Nermina sind vor fast fünfundzwanzig Jahren aus dem Flüchtlingsheim in Ormberg verschwunden. Der einzige plausible Grund, warum sie sich nicht bei mir gemeldet hat, ist, dass sie tot ist.«

»Sie sagen, dass sie verschwunden ist«, schalte ich mich ein. »Aber die Leiterin des Flüchtlingsheims sagt, dass sie und Nermina das Heim freiwillig verlassen haben.«

Esma lächelt traurig, hebt die Tasse an den Mund und nippt an dem heißen Kaffee.

»Was heißt schon verschwunden? Azra glaubte, ihr Antrag auf Asyl würde abgelehnt werden, und sie wollte versuchen, sich nach Stockholm durchzuschlagen.«

»Ich dachte, alle Bosnier hätten während des Krieges bleiben dürfen«, sagt Andreas.

Esma schüttelt den Kopf.

»Im Sommer 1993 bekamen fünfzigtausend Bosnier in Schweden eine dauerhafte Aufenthaltsgenehmigung. Aber zugleich wurde Visumpflicht für Bosnier eingeführt. Nicht, weil sich die Lage stabilisiert hatte, sondern weil man den *Migrationsdruck* verringern wollte.«

Esma schnaubt ein wenig, als sie das sagt. Dann fährt sie fort.

»Azra und Nermina hielten sich damals in Kroatien auf. Sie konnten sich kroatische Pässe besorgen und auf diese Weise trotz der Visumpflicht nach Schweden gelangen. Aber als sie dann hier waren, bekamen sie Probleme mit der Aufenthaltsgenehmigung. Obwohl sie beweisen konnten, dass sie in Wirklichkeit Bosnierinnen waren.«

»Also sind sie untergetaucht?«, fragt Andreas.

Esma nickt.

»Azra glaubte, sie würden nicht bleiben dürfen. Und es gab doch keine Zukunft für sie, weder in Kroatien noch in Bosnien.«

»Wissen Sie noch, an welchem Tag die beiden verschwunden sind?«, fragt Andreas.

Esma nickt wieder.

»Am 5. Dezember.«

Andreas notiert dieses Datum in seinem Block.

»Wissen Sie, wo die beiden in Stockholm hinwollten?«

»Nein. Es tut mir leid. Ich habe keine Ahnung. Ich weiß nur, dass irgendwer ihnen helfen wollte, nach Stockholm zu gelangen, aber ich weiß nicht, wohin sie dann wollten oder wer ihnen helfen sollte. Aber ich glaube, dass Azra Freunde in Stockholm hatte. Andere Bosnier, die schon länger in Schweden waren.«

»Sie haben unserem Kollegen gegenüber erwähnt, dass Azra bei ihrem Verschwinden schwanger war«, sage ich. »Stimmt das?«

Esma blinzelt mehrere Male.

»Ja. Das hat sie gesagt.«

»Im wievielten Monat war sie?«, frage ich.

»Das weiß ich nicht. Aber ihr war nichts anzusehen. Ich glaube, dass sie im Sommer schwanger geworden ist, noch ehe sie nach Schweden kam. Aber natürlich, Azra war auch sehr schmal, als sie Nermina erwartete, also kann ich da nicht sicher sein.«

»Wie ging es ihr?«, frage ich.

Esma zuckt mit den Schultern.

»Es ging ihr wohl gut.«

»Psychisch ebenfalls?«

Esma sieht mich an. In ihrem Blick liegt etwas Wachsames.

»Ja. Warum?«

»Wir müssen das wissen«, sage ich ohne eine weitere Erklärung.

»Es ging ihr psychisch ganz ausgezeichnet«, sagt Esma mit scharfer Stimme.

Andreas räuspert sich.

»Ihr Mann?«, fragt er.

»Tot«, sagt Esma sachlich. »Sie haben ihn nie gefunden. Er fuhr von Kroatien aus zurück nach Bosnien, und was dann passiert ist, weiß niemand. Er liegt wohl ebenfalls in einem dieser Massengräber. Sie werden niemals alle finden, die verschwunden sind.«

Andreas nimmt vorsichtig die Bilder an sich, faltet die Karte zusammen und legt sie in die Tasche.

»Nerminas Leichnam wurde 2009 entdeckt«, sagt er. »Wussten Sie davon? Dass in Ormberg ein kleines Mädchen tot aufgefunden worden war? In den Zeitungen wurde ja ziemlich viel darüber geschrieben.«

Esma schüttelt den Kopf und zupft ein wenig an dem Ball aus Küchenpapier herum.

»Nein. Oder, ich weiß nicht. Ich kann mich jedenfalls nicht daran erinnern. Wenn ich davon in den Nachrichten gehört habe, habe ich jedenfalls nicht an Nermina gedacht. Und warum hätte ich das tun sollen? Es war doch so viel Zeit vergangen. Und ich dachte ja, sie sei bei Azra.«

Ihre Stimme versagt.

»Sie haben gesagt, Sie hätten gewusst, dass Azra und Nermina tot waren«, sage ich. »Sie glauben nicht, dass sich

Azra versteckt gehalten haben kann? Dass irgendwer Nermina ermordet hat, während Azra überlebt hat? Sie wohnt vielleicht in Stockholm oder...«

Esma fällt mir ins Wort.

»Soll das Ihr Ernst sein?«

Esmas schönes, zerfurchtes Gesicht bekommt plötzlich einen harten Zug, und sie reckt sich ein bisschen. Hält meinen Blick fest und schlingt sich so hart die Arme um den Leib, dass ihre Fingerknöchel weiß werden.

»Natürlich hätte sie sich gemeldet, wenn sie das gekonnt hätte«, sagt sie dann leise. »So wichtig war es nicht für sie, in Schweden zu sein, dass sie sich über zwanzig Jahre lang hier versteckt hätte. *So toll ist es auch wieder nicht, hier zu wohnen.*«

Esma schaut durch die schwarze Fensterscheibe. Einige Schneeflocken wirbeln vorüber, schweben scheinbar schwerelos im Licht der Küchenlampe.

Ihr Kommentar weckt etwas in mir, eine Art Irritation vielleicht. Es überrascht mich, dass sie nicht dankbarer dafür ist, hier in Schweden eine Freistätte erhalten zu haben. Dass sie hierbleiben durfte, obwohl der Krieg zu Ende war. Viele würden wohl behaupten, es gebe keinen logischen Grund dafür, Esma Jahr für Jahr eine schwedische Frührente auszuzahlen, wenn sie doch in ihr Heimatland zurückkehren könnte.

Und ich sehe das teilweise auch so.

»Kann sie nach Bosnien zurückgekehrt sein?«, fragt Andreas.

Esma zuckt mit den Schultern.

»Sie meinen, ob sie nach dem Krieg zurückgegangen ist? Und dann wieder nach Schweden gekommen? Ja, das wäre wohl möglich. Ich dachte sogar, sie sei mit Nermina nach Bosnien gefahren, als ich nichts von ihnen hörte. Aber auch dann hätte sie sich doch bei mir gemeldet. Wir standen einander sehr nahe, Azra und ich, obwohl ich sieben Jahre älter bin. Ich war fast wie eine Mutter für sie. Nein. Ich glaube nicht, dass sie noch lebt.«

Wir bleiben noch eine Weile bei Esma. Andreas schiebt ihr ein Wattestäbchen in den Mund, damit die Techniker ihre DNA mit der vergleichen können, die wir für Nerminas halten. Er legt die Probe in eine kleine Plastiktüte und steckt diese dann in einen braunen Umschlag.

Danach kocht Esma noch eine Kanne Kaffee und zeigt uns Bilder aus Bosnien. Ihr Fotoalbum hat einen grünen Ledereinband mit Goldprägung und ist so alt, dass die Seiten aneinanderkleben. Obwohl die Polaroidbilder verblasst sind, bin ich beeindruckt von den üppig grünen bosnischen Hügeln.

Ich sage das auch – dass es sehr schön ist –, und sie stimmt mir zu.

Azra ist auf den Bildern auch schön und hat große Ähnlichkeit mit ihrer Schwester. Das gleiche schmale Gesicht, die gleichen hohen Wangenknochen, die gleichen dunklen Augen. Nur eben jünger. Jünger und glücklich ahnungslos über die Zukunft, als sie da in einer geblümten Bluse in der Sonne vor einem kleinen Steinhaus steht.

Das Bild ist ungewöhnlich scharf, und die Details sind deutlich zu sehen: ihre diskreten Ohrringe, der Sonnenglanz in den dunklen Haaren, der ein wenig schräg stehende Vorderzahn und der schöne Halsschmuck, den sie trägt – ein goldener Anhänger mit grünem Rand. Der Anhänger kommt mir auf irgendeine Weise bekannt vor, als ob ich ihn schon einmal gesehen hätte, mir fällt allerdings nicht ein, wo.

Esma blättert einige Seiten weiter.

»Es ist so schwer zu verstehen«, sagt sie und zeigt ein Bild von Nermina als Baby.

Sie runzelt ein wenig die Stirn und fügt hinzu:

»Dass Menschen so etwas tun können. Und ich denke nicht nur daran, was Nermina passiert ist. Ich denke an den Krieg. Dass Nachbarn übereinander herfallen können, plündern und morden. Achttausend Männer und Jungen sind bei dem Massaker von Srebrenica umgekommen. Sie wurden von ihren Familien getrennt, weggetrieben und wie Vieh abgeschlachtet. Und die Welt hat einfach zugesehen. Achttausend! Was ist los mit den Menschen? Und es nimmt nie ein Ende. Böses gebiert immer mehr Böses. Es gibt ein bosnisches Sprichwort: *ko seje vjetar, žanje oluhu.* Wer Wind sät, wird Sturm ernten.«

»Wer Wind sät, wird Sturm ernten«, sagt Andreas. »Das klingt biblisch.«

Esma zuckt mit den Schultern.

»Kann schon sein.«

Ich sehe mir wieder das Bild von Nermina an.

Mollige Babywangen, rosa Strampelanzug und ein Schnuller mit Blumenmuster.

Im selben Moment fällt mir ein, warum Azras Halsschmuck mir so bekannt vorkommt. Etwas in meinem Bauch verkrampft sich, und mein Mund ist wie ausgedörrt.

»Können Sie mir noch einmal das Bild von Azra zeigen?«, frage ich.

»Sicher«, sagt Esma und blättert einige Seiten zurück.

Ich beuge mich vor und mustere Azras Anhänger.

»Was für ein schöner Schmuck«, sage ich.
»Der hat unserer Mutter gehört. Azra hat ihn immer getragen. Es war ein Medaillon. Sie hatte ein Bild von Nermina hineingelegt.«
»Trug sie den Schmuck, als sie verschwunden ist?«, frage ich.
»Sie hat ihn nie abgenommen.«
»Dürfen wir das Bild ausleihen?«, frage ich. »Wir werden vorsichtig damit umgehen, und Sie bekommen es bald zurück.«
Sie hebt ein wenig die Augenbrauen.
»Ja, das geht natürlich«, sagt sie zögernd, löst vorsichtig das alte Foto aus dem Album und reicht es mir.
»Wir müssen jetzt los«, sage ich und ziehe Andreas vorsichtig am Arm.
Er scheint den Wink zu verstehen.
Wir verabschieden uns von Esma und versprechen, uns zu melden, sowie wir mehr wissen.
Kaum hat Esma die Tür geschlossen, dreht sich Andreas zu mir um und flüstert:
»*Was?*«
»Der Anhänger«, flüstere ich. »Azras Anhänger. Den trug Hanne um den Hals, als Manfred und ich bei ihr waren.«

JAKE

Papa schläft, obwohl es erst sechs ist.

Ich schleiche mich so leise vorbei, wie ich nur kann, vorbei am Wohnzimmer und in die Waschküche. In der Hand trage ich die Plastiktüte, die voller schmutziger Wäsche ist. Früher, als Mama noch lebte, hatten wir einen Wäschekorb aus Bambus mit einem blauen Spitzenband. An dem Band hing ein kleiner Beutel mit getrocknetem Lavendel. Aber der Korb wurde dann irgendwann zerbrochen, als Melinda einmal ein Fest hatte, und Papa hat danach keinen neuen mehr gekauft.

Das macht nichts, mit Plastiktüten geht es genauso gut. Nur fehlt mir der Lavendelduft. Sagas Mutter benutzt eine Seife, die genauso riecht, und jedes Mal, wenn ich mir bei Saga die Hände wasche, denke ich an unseren alten Wäschekorb und an Mama.

Ich schalte die Lampe ein. Der Boden ist bedeckt von schmutzigen Kleidungsstücken.

Ich schiebe mit dem Fuß einige Pullover zur Seite, damit ich die Waschmaschine erreichen kann. Dann fülle ich sie mit meinen Sachen, gieße Waschmittel in das kleine Fach und schalte die Maschine ein.

Die Waschmaschine gurgelt und macht dann einen kleinen Sprung.

Ich denke daran, was Saga vorhin gesagt hat. Dass Nathalie das Spukkind in der Geröllhalde zweimal gehört hat und dass es mit ihr gesprochen, geflüstert hat, sie solle kommen.

Es gibt doch keine Gespenster? Und selbst wenn, dann könnten die ja wohl keine Menschen umbringen?

Oder?

Und diese Frau, die ermordet worden ist, die, die mitten im Winter barfuß lief? Wer war sie und was wollte sie bei der Geröllhalde?

Als ich gerade das Licht ausknipsen will, sehe ich eins von Papas karierten Hemden zusammengeknüllt zwischen Wäschekorb und Wand liegen. Ich weiß nicht recht, warum, aber ich gehe in die Hocke und strecke die Hand danach aus. Das ist nicht logisch – der Boden liegt doch voller Kleidungsstücke, warum also gerade dieses Hemd aufheben –, aber etwas kommt mir auf unerklärliche Weise falsch vor. Einerseits begreife ich nicht, wieso das Hemd dort gelandet ist, andererseits sehe ich lange Fäden davon herunterhängen, als ob es zerrissen wäre.

Ich habe dieses braun karierte Hemd tausendmal gesehen, es ist eins von Papas Lieblingshemden. Ein Ärmel ist abgerissen und scheint nur noch an einem Faden zu hängen. Ein großer brauner Fleck hat sich im Stoff ausgebreitet. Das Hemd fühlt sich steif an, als ich es nun antippe.

Ich frage mich, was passiert ist und warum Papa das Hemd dorthin gesteckt hat, statt es wegzuwerfen. Aber vor allem frage ich mich, was ich damit machen soll. Am Ende stopfe ich es wieder hinter den Holzkorb und gehe hinauf in mein Zimmer.

Vielleicht müsste ich mit Melinda über Papa sprechen,

wenn sie nach Hause kommt. Ich habe ihr nichts von dem Gewehr unter dem Sofa gesagt, auf irgendeine Weise kommt mir das wie ein Verrat vor. Und jetzt das hier mit dem Hemd – sicher gibt es eine natürliche Erklärung, aber trotzdem.

Der Fleck sah aus wie getrocknetes Blut.

Ich stelle mir vor, dass Papa mit dem Arm irgendwo hängen geblieben ist, dann hat er sich losgemacht und dabei das Hemd zerrissen. Wenn ich die Augen schließe, kann ich sein Blut auf der sommersprossigen Haut vor mir sehen.

Die Tränen brennen hinter den Augenlidern, und das Atmen fällt mir schwer.

Seit Mamas Tod habe ich Angst, dass Papa etwas Schreckliches passieren könnte – dass er von der Straße abkommt, dass der Bach über die Ufer tritt und Papa ertrinkt, oder dass er von diesen fleischfressenden Bakterien infiziert wird.

Ich ziehe Hannes Tagebuch hervor, spüre das Gewicht in meinen Händen und sauge den Geruch von altem feuchtem Papier in mich ein.

Die Seiten kleben aneinander, und ich öffne sie vorsichtig, damit nichts zerreißt.

Wenn Hanne jetzt hier wäre, könnte ich sie fragen, was ich mit Papa machen soll. Ich bin sicher, dass sie sich mit solchen Dingen auskennt.

Ich fange an zu lesen, lande aber mitten in einer langen und langweiligen Zusammenfassung einer Besprechung mit jemandem, den sie als »Voruntersuchungsleiter« bezeichnet. Als ich das Buch schon weglegen will, bleibt mein Blick an einem Satz weiter unten auf der Seite hängen. »... *eben Familie Olsson besucht.*«

Familie Olsson – das sind doch wir. Ich, Papa und Melinda.
War Hanne denn hier?
Ich lese weiter.

Ormberg, 29. November

P und ich haben eben Familie Olsson besucht.
Die Straße dahin war erbärmlich, wurde immer schmaler, je weiter wir fuhren. Große tiefe Pfützen bedeckten die Fahrbahn. Ich dachte schon, wir würden stecken bleiben.
P sagte, es wäre doch ein »verdammtes Kettenfahrzeug« nötig, um hier durchzukommen.
Wir hatten aber keine Ahnung, was uns erwartete.
Ganz tief im Wald, am Bach, lag ein Haus, das an die Villa Kunterbunt erinnerte. Es stammte wohl vom Anfang des 20. Jahrhunderts und war nach allen Seiten ausgebaut worden. Seltsame Anbauten wuchsen wie Krebsgeschwulste an dem armen Haus. Ein gigantischer Balkon zog sich um das ganze Gebäude. An mehreren Stellen lagen unter Planen auf dem Rasen Bretterstapel.
Ich schloss daraus, dass irgendwer noch immer an dem Haus herumbastelt.
Der Garten war übersät von Abfällen und Schrott: Fahrräder, Autoreifen, Kohlengrills und zerbrochenes Werkzeug. Der Balkon aber war aufgeräumt, sah neu aus: Das Holz schimmerte nach der Imprägnierung noch immer grün.
Es gab auch einen Carport. An der einen Wand waren schwarze Müllsäcke aufgestapelt.
P ging hin und schaute hinein: Sie enthielten leere Bierdosen.

Stefan Olsson machte auf.

Er stank nach Schweiß und hatte eine Fahne. Hatte mindestens eine Woche nicht geduscht. Trug einen alten Trainingsanzug und Socken.

Er führte uns in die Küche. Erklärte, er sei allein (die Kinder waren in der Schule). Er bat um Entschuldigung: Er habe noch keine Zeit zum Aufräumen gehabt. Wir sagten natürlich, das spiele keine Rolle.

Ich versuchte, mich von dieser Umgebung nicht beeinflussen zu lassen, war aber dennoch geschockt.

Was für ein Elend!

Aber es war keine Armut, eher Vernachlässigung. Es fehlte nicht an Gegenständen (es gab einen riesigen Kühlschrank, eine Espressomaschine, einen Sodastream, eine Backmaschine usw.). Überall lagen Essensreste herum: im Spülbecken, auf dem Boden. An den Wänden waren leere Bierdosen aufgestapelt.

Stefan ist 48. Seine Frau Suzanne ist vor einem Jahr gestorben (Leukämie).

Stefan redete lange über Frau und Kinder. Hatte Tränen in den Augen. Putzte sich die Nase. Bat noch einmal um Entschuldigung für die Unordnung. Flüsterte: Ich weiß nicht, wie ich ohne meine Kinder zurechtkommen sollte.

Ich dachte: Es müsste doch genau ANDERSRUM sein. Es müssten die Kinder sein, die ohne dich nicht zurechtkommen. Aber ich sagte nichts, denn er sah so verzweifelt aus.

P fragte, ob er irgendwelche Hilfe bekäme. Stefan antwortete, seine und Suzannes Eltern seien alle tot. Aber, sagte er, ich bekomme ja Arbeitslosengeld. Wir hungern nicht. Und ab und zu gibt es Jobs bei den Sommergästen.

Stefan redete lange über die Kinder: Jake & Melinda. Sagte,

sie seien liebe Kinder. Fürsorglich und klug. Kümmerten sich um ihn, wenn er nicht mehr könne. Aber er macht sich Sorgen um Jake, bezeichnet ihn als »verletzlich«.

P begann mit der Vernehmung. Fragte, ob Stefan & Suzanne Ende der Neunzigerjahre hier gewohnt hätten (ja) und ob sie sich an das Ormbergmädchen erinnerten (natürlich, monatelang gab es kein anderes Gesprächsthema). Ob er sich daran erinnerte, dass die alte TrikotKönig-Fabrik damals als Heim für Geflüchtete benutzt worden war (absolut, alle waren damals wütend, sie wollten keine Probleme).

P erzählte von Nermina Malkoc. Erklärte, dass vermutlich ihr Leichnam 2009 in der Geröllhalde gefunden worden sei. Er fragte, ob ihm der Name etwas sage und ob er je im Heim für Geflüchtete gewesen sei.

Stefan hatte nie von ihr gehört. Er habe die Unterkunft nie betreten, weder in den Neunzigerjahren noch jetzt, sagte er. Er gebe sich »alle Mühe, sich und die Kinder davon wegzuhalten«, jetzt, wo die Geflüchteten aus Syrien gekommen waren.

Ich fragte, warum, und er antwortete, dass sie keine »Probleme« wollten.

Da war es wieder: das Wort PROBLEM (als ob das Heim Ormbergs großes Problem wäre, und nicht Arbeitslosigkeit, Landflucht und die umgekehrte Bevölkerungspyramide).

Ich wollte das wirklich verstehen, deshalb fragte ich noch einmal: Was für Probleme?

Stefan beantwortete die Frage nicht. Er ging zum Kühlschrank, holte sich ein Bier, öffnete die Dose und ließ sich auf den Stuhl sinken.

(Mir wurde fast schlecht von seinem Geruch, aber ich fand den Mann auf irgendeine Weise doch sympathisch. Vielleicht

lag es an der Weichheit in seiner Stimme, als er von den Kindern redete. An der Angst in seinen Augen, als er seinen Sohn »verletzlich« nannte).

P fragte noch einmal, ob er ganz sicher sei, das Heim für Geflüchtete zu Beginn der Neunzigerjahre nie aufgesucht zu haben.
Stefan ging geradewegs in die Falle. Sagte, er sei NIEMALS dort gewesen.
P zog alte Unterlagen hervor, die Andreas gefunden hatte und die bewiesen, dass Stefan 1993 insgesamt fünfmal als Tischler dort gearbeitet hatte.
Stefan wirkte sichtlich verlegen, bat aber um Entschuldigung und meinte, er habe das wohl einfach vergessen.
Weiter kamen wir nicht. Stefans Tochter Melinda kam nach Hause: eine pummelige Jugendliche mit viel zu viel Schminke und Kleidern, in denen sie billig aussah.
Stefan sagte kein Wort, als wir gingen. Stattdessen öffnete er noch ein Bier.
Obwohl ich ihn sehr sympathisch gefunden hatte, musste ich P zustimmen, als der Stefans Verhalten verdächtig fand. Warum diese Lügen, was die Arbeit in der Unterkunft anging?
Etwas hier stimmt nicht.
Stefan Olsson verheimlicht etwas.

Das Buch rutscht mir aus den Händen. Meine Brust krampft sich zusammen, ich habe das Gefühl, in einem Schraubstock zu stecken und durch einen Strohhalm zu atmen.
Das kann nicht wahr sein.
Das darf nicht wahr sein.
Die können doch nicht im Ernst glauben, dass Papa etwas mit den Morden zu tun hat.

MALIN

Es geht auf neun Uhr abends zu, als Andreas und ich vor Berit Sunds rotem Haus halten. Hinter den Fenstern brennt Licht, und langsam steigt Rauch aus dem Schornstein, um sich dann in der schneidend kalten Luft aufzulösen.

Wir haben auf der ganzen Fahrt von Gnesta hierher geredet: über Esma, den Krieg in Bosnien und Nermina. Und wir haben versucht zu begreifen, wie der Anhänger von Nerminas Mutter bei Hanne gelandet ist, wenn es sich denn um denselben handelt.

Als ich bei Esma zu Hause das Bild gesehen hatte, war ich ganz sicher, aber jetzt weiß ich nicht mehr so recht.

Der Schnee knirscht unter unseren Füßen, als wir den kurzen Weg zu Berits Haus gehen.

Andreas klopft an die Tür, und wir warten, aber nichts passiert. Dann bellt der Hund.

»Ich glaube, Berit ist ein bisschen schwerhörig«, sage ich. »Du könntest vielleicht...«

Andreas nickt, und ehe ich den Satz beenden kann, hat er bereits die Faust geballt und hämmert gegen die Haustür. Nach einigen Sekunden öffnet Berit. Sie hat Lockenwickler in den Haaren und darüber einen Schal, um die Lockenwickler festzuhalten. Der Hund hat aufgehört zu bellen, streckt aber die Nase durch den Türspalt und schnüffelt in der Luft herum.

»Malin?«, fragt Berit und macht ein verwirrtes Gesicht. Dann wandert ihr Blick zu Andreas. Sie blinzelt einige Male und öffnet den Mund, wie um etwas zu sagen.

»Entschuldige, dass wir so spät kommen«, sage ich. »Das hier ist mein Kollege Andreas aus Örebro. Wir müssten kurz mit Hanne sprechen.«

»Habt ihr ihn gefunden?«

Ihre Stimme ist ein Flüstern.

»Nein, es geht um etwas anderes«, sage ich.

Berit deutet ein Schulterzucken an.

»Ach, dann kommt ihr wohl besser rein.«

Sie humpelt durch die Diele.

»Wir trinken gerade Tee«, sagt sie mit dem Rücken zu uns.

Wir legen Jacken und Schuhe ab. Die blassen, schlaffen Pelargonien auf der Fensterbank sehen womöglich noch elender aus als in meiner Erinnerung. Um die Töpfe herum liegen gelbe, halb verschrumpelte Blätter.

In der Küche ist es angenehm warm. Im Holzofen knackt es, und über dem Tisch brennt eine Öllampe. Ein Weihnachtsstern aus Stroh hängt im Fenster, das nach Westen blickt. Hanne hält eine Teetasse in der Hand. Um ihre Schultern liegt ein Schal. Sie erhebt sich abwartend, als wir hereinkommen.

»Hallo«, sage ich.

Hanne sieht mich fragend an. Als sie die Hand ausstreckt, um nach meiner Hand zu greifen, verstehe ich, dass sie sich noch immer nicht an mich erinnern kann. Ich hätte damit rechnen sollen, aber aus irgendeinem Grund habe ich geglaubt, sie werde sich jetzt erinnern, ihr Zustand habe sich inzwischen gebessert.

»Hallo, Hanne«, sage ich. »Ich heiße Malin und bin eine Kollegin von Manfred.«

Ihr Gesicht öffnet sich zu einem vorsichtigen Lächeln.

»Ach. Wie geht es Manfred?«

»Dem geht es gut«, sage ich.

Hanne runzelt die Stirn und sieht gequält aus.

»Peter?«, flüstert sie.

Ich lege meine Hand auf ihre.

»Wir haben Peter noch nicht gefunden«, sage ich. »Deshalb sind wir aber nicht hier. Wir würden gern mit dir über etwas anderes sprechen.«

Berit nimmt ihre Teetasse und dreht sich zu uns um.

»Ich mache eine Runde mit Joppe. Ihr könnt doch sicher nachher ein Holzscheit in den Ofen werfen?«

Ich nicke und mustere Berit mit ihren Lockenwicklern. Die Schrammen an ihrem Unterarm sehen auch heute rot und wütend aus. Sie scheinen entzündet zu sein.

»Das da sieht nicht gut aus«, sage ich.

Berit legt die Hand über die Kratzer.

»Das wird schon«, sagt sie, dreht sich um und geht hinaus in die Diele.

Der Hund humpelt hinterher.

Andreas und ich setzen uns Hanne gegenüber an den Tisch.

»Wie geht es dir?«, frage ich.

Hanne zuckt mit den Schultern.

»Gut. Die Wunden sind fast verheilt. Aber ich kann mich noch immer nicht erinnern, was im Wald passiert ist, wenn ihr also deshalb gekommen seid, kann ich euch nicht helfen.«

»Wir würden gern über etwas anderes mit dir sprechen. Deinen Anhänger.«

»Meinen *Anhänger*?«

Hanne sieht verwirrt aus, lässt den Schal ein wenig von den Schultern gleiten und hebt die Hand an ihren Ausschnitt. Etwas glitzert zwischen ihren Fingern.

»Dürften wir uns das mal ansehen?«, fragt Andreas.

»Ja, sicher.«

Sie nimmt die Kette ab und reicht sie mir.

Der Anhänger ruht warm und schwer in meiner Hand. Eine grün emaillierte Kante zieht sich am Rand entlang, und in der Mitte sitzen Steine. Sie glitzern im warmen Licht der Öllampe.

»Es muss derselbe sein!«, sagt Andreas.

Ich schweige, nicke nur, denn er hat recht. Der Anhänger sieht haargenau so aus wie das Schmuckstück, das Azra Malkoc auf dem Bild in Esmas Album trägt.

»*Was?*«, fragt Hanne, und ihr Blick irrt zwischen Andreas und mir hin und her.

Ich drehe mich zu ihr um.

»Du und Peter, ihr habt hier in Ormberg an einer Ermittlung mitgearbeitet«, sage ich. »Kannst du dich daran erinnern?«

Hanne senkt den Blick.

»Ja. Nein. Oder, es gibt so vieles, woran ich mich nicht erinnere. Alles ist so... *durcheinander.*«

»Anfang der Neunzigerjahre wurde ein kleines Mädchen ermordet. Dieser Schmuck hier hat der Mutter dieses Mädchens gehört«, sagt Andreas. »Sie heißt Azra Malkoc.«

Hanne sieht entsetzt aus.

»Ich hatte keine Ahnung.«

»Weißt du noch, woher du den Anhänger hast?«

Hanne schüttelt den Kopf.

»Nein. *Entschuldigt!*«

Eine Sekunde lang glaube ich, dass sie gleich losweinen wird, aber dann holt sie tief Luft und scheint sich ein wenig zu beruhigen.

Andreas wühlt in seiner Tasche und zieht seinen Notizblock hervor. Öffnet ihn und nimmt das Foto von Azra heraus, das Esma uns geliehen hat.

»Erkennst du diese Frau?«, fragt er.

Hanne nimmt das Foto und legt es vor sich auf den Tisch. Dann streckt sie die Hand nach ihrer Lesebrille aus, die neben der Teetasse liegt, setzt sie auf und schaut lange das Bild an, auf dem die junge Frau in der geblümten Bluse aus zusammengekniffenen Augen in die Sonne blickt.

»Nein. Die kenne ich nicht. Aber ich sehe, dass sie den Anhänger trägt.«

»Hanne«, sage ich. »Dürfen wir die Kette ausleihen?«

»Die gehört ja nicht mal mir«, kommentiert Hanne leise. »Natürlich dürft ihr sie mitnehmen.«

Ich nehme ihre Hand. Die ist kalt, obwohl es hier im Raum so warm ist.

»Wenn dir irgendetwas einfällt, egal was, dann schreib es auf. Schaffst du das? Und du weißt doch sicher, dass du uns jederzeit anrufen kannst.«

Hanne nickt, ohne zu antworten.

Wir sitzen vor Berits Haus in dem dunklen Auto.

»Du hattest recht«, sagt Andreas und schaut den Anhänger in seiner Hand an.

»Ich wünschte, ich hätte mich geirrt«, sage ich. »Wir können jetzt wohl ausschließen, dass Peter irgendeinen Unfall hatte.«

»Hanne und Peter müssen auf irgendeiner Spur gewesen sein. Sie müssen am Freitag irgendwohin gegangen sein und dann ...«

Andreas beendet den Satz nicht.

»Aber warum haben sie uns anderen nichts davon gesagt?«

Wir schweigen beide. Obwohl wir eine entscheidende Entdeckung gemacht haben, kann ich mich nicht freuen. So vieles kommt mir hoffnungslos vor: die Erkenntnis, dass Peter mit größter Wahrscheinlichkeit einem Verbrechen zum Opfer gefallen ist, Hannes deutliche Verwirrung in Berits Küche und die Erinnerung an Nermina Malkocs Kranium zwischen den schweren, von Moos überwucherten Steinen in der Geröllhalde.

Und dann die Frau ohne Gesicht, die genauso aussah wie ...

Ehe ich seinen Namen auch nur denken kann, spüre ich schon, wie mir der Schweiß an den Schläfen ausbricht und mein Puls sich beschleunigt.

Warum habe ich diesen verdammten Auftrag eigentlich angenommen? Ich hätte in Katrineholm bleiben und mich weiter mit gestohlenen Fahrrädern, Schlägereien und dem ewigen Berichteschreiben beschäftigen sollen.

Andreas fingert an dem Anhänger herum, trommelt gleichsam nachdenklich darauf herum. Eine Sekunde später höre ich ein Klicken, und der Anhänger öffnet sich in seiner Hand wie eine Muschel. Sofort fällt mir ein, dass Esma gesagt hat, der Anhänger sei eigentlich ein Medaillon, und Azra habe ein Foto von Nermina hineingelegt.

»*Licht an!*«, sagt Andreas, und ich reagiere sofort. Taste an der Decke nach dem Schalter, und eine Sekunde später füllt ein so grelles Licht das Autoinnere, dass ich die Augen zukneifen muss.

Andreas verzieht angewidert das Gesicht.

»Was zum Teufel ist das denn da?«

Ich schaue in das Medaillon und sehe das Foto, aber ich sehe auch noch etwas anderes. Zuerst halte ich es für einen dicken dunklen Fussel, der über dem Bild liegt. Ich fahre vorsichtig mit dem Finger über den seidenweichen Flaum.

Ich schnappe nach Luft.

»Haare«, sage ich. »Das sind *Haare*.«

Es ist zehn, als wir den Wagen vor dem Büro abstellen. Wir haben beschlossen hinzufahren, um das Medaillon abzuliefern. Morgen früh werden wir es an die Technik schicken. Ich muss außerdem mein Auto holen, das steht vor dem alten Laden und ist sicher eingeschneit.

Der kalte Wind stiehlt sich unter meine Jacke, als wir durch den Neuschnee auf die Tür zustapfen.

Der Wind heult und pfeift um die Hausecken.

Ein Mann kommt von einem roten Audi her angelaufen, der ein Stück weiter entfernt steht. Eine Sekunde darauf wird noch eine Autotür geöffnet.

»Die vierte Staatsmacht ist auch schon da«, sagt Andreas und wird schneller.

Ich beschleunige meine Schritte ebenfalls, um der Presse zu entkommen.

Dann blicke ich in das Schaufenster.

Zu meiner Überraschung sehe ich Licht unter der Bürotür,

das einen gespenstischen Schein über den Boden des alten Ladens wirft.

»Warum ist da Licht?«, frage ich.

Es ist Freitagabend, und auch wenn Andreas und ich übers Wochenende arbeiten müssen, so wollte Manfred doch zu seiner Familie nach Stockholm fahren. Er müsste schon seit Stunden unterwegs sein.

»Er hat vielleicht vergessen, das Licht auszumachen«, sagt Andreas und öffnet die Tür.

Wir gehen hinein, ohne auf den Journalisten zu achten, der hinter uns herruft. Dann treten wir uns den Schnee von den Schuhen.

Auch der Heizlüfter ist eingeschaltet. Das träge Surren füllt den Raum – es klingt, als ob Hunderte von Insekten durch das Halbdunkel schwirrten.

Manfred sitzt am Tisch, als wir das Büro betreten.

Der Laptop ist geschlossen, und seine Papiere liegen auf einem ordentlichen Haufen neben der Aktentasche, als ob er gerade gehen wollte. Oben auf den Papieren liegt sein Handy.

»Bist du noch hier?«, frage ich.

Manfred antwortet nicht. Er schaut uns nicht einmal an, als wir mit von den Jacken triefendem Schmelzwasser in der Tür stehen.

»Wir waren bei Esma«, sagt Andreas. »Hanne hat ein Schmuckstück, von dem wir glauben, dass es Azra Malkoc gehört hat.«

Manfred nickt nur kurz und scheint an etwas ganz anderes zu denken. Sein Blick ist auf einen unsichtbaren Punkt hinter mir an der Wand gerichtet.

»Es ist einiges passiert.«

Wir warten darauf, dass er mehr sagt, aber er schüttelt nur den Kopf. Am Ende räuspert er sich und erklärt:

»Erstens kam ein Hinweis von einigen Siebzehnjährigen aus Vingåker. Sie wollen einen dunklen Volvo-Kombi älteren Jahrgangs an der Landstraße gesehen haben, zwischen der Geröllhalde und der alten Fabrik, an dem Abend, an dem Peter verschwunden ist und diese Frau ermordet wurde.«

»Glauben wir das?«, fragt Andreas. »Warum haben die sich dann nicht schon früher gemeldet?«

Manfred mustert seine großen, rissigen Hände. Zupft an der Nagelhaut an einem seiner Daumen herum.

»Sie behaupten, mit dem Moped von Vingåker hergefahren zu sein.«

Andreas schüttelt verständnislos den Kopf.

»Und?«

Ich versetze ihm einen diskreten Rippenstoß.

»Sie sind Auto gefahren«, sage ich. »Aber sie haben noch keinen Führerschein. Deshalb haben sie sich erst jetzt gemeldet, oder was?«

Manfred nickt und fährt fort:

»Nehm ich auch an. Sie haben einen dunklen Volvo gesehen. In dem Wagen saß ein glatzköpfiger Mann.«

Ich schnappe nach Luft.

»Stefan Olsson«, sage ich. »Die Beschreibung stimmt. Und er hat einen dunkelblauen Volvo.«

»Wir holen ihn uns morgen früh«, sagt Manfred. »Ich muss den Staatsanwalt noch anrufen, aber ich bin ziemlich sicher, dass wir ausreichende Gründe für einen Haftbefehl haben.«

Manfred erhebt sich langsam. Geht zur Wand und stellt sich vor das Bild der ausdruckslosen Frau im Schnee. Hebt die Hand, drückt den dicken Zeigefinger auf das Papier und sagt:

»Und das ist noch nicht alles. Die Rechtsmedizin hat angerufen. Die DNA-Analyse der ermordeten Frau aus der Geröllhalde ist fertig.«

»Schon?«, fragt Andreas. »Das dauert doch sonst…«

»Dieser Fall hat höchste Priorität«, fällt Manfred ihm ins Wort. »Sie haben alles andere beiseitegelegt.«

»Und?«, frage ich.

Manfred schüttelt langsam den Kopf.

»Ihr Profil hat auffällige Ähnlichkeit mit dem von Nermina Malkoc.«

»Was bedeutet das?«, fragt Andreas.

Ich brauche einige Sekunden, um zu begreifen.

Der Raum dreht sich, und das Surren des Heizlüfters scheint lauter zu werden, als ob die Insekten auf dem Weg hierher wären; ein riesiger schwarzer Schwarm aus Schmeißfliegen mit glitzernden grünen Leibern und Facettenaugen, bereit, in unser kleines Büro einzufallen.

Ich setze mich auf einen Holzstuhl und packe die Tischkante, habe plötzlich Angst umzufallen, denn ich habe fast das Gefühl, dass der Fußboden auf mich zukommt.

»Großer Gott«, flüstere ich. »Das ist ihre Mutter, oder was? Die Frau in der Geröllhalde ist Azra Malkoc, oder was?«

»Sehr enge Verwandtschaft«, sagt Manfred. »Mehr können sie im Moment noch nicht sagen. Aber ja. Der Techniker, mit dem ich gesprochen habe, meint, aller Wahrscheinlichkeit nach sei diese Frau Azra Malkoc.«

JAKE

Der Samstagmorgen ist stumm und grau.

Es zieht eiskalt von den Fenstern her, und ich krieche tiefer unter die Decke, auf der Jagd nach der Wärme, die dort vorhanden ist.

Ich bin total verstört wegen Hanne. Vielleicht bin ich auch enttäuscht, ich weiß es nicht so genau.

Kann man wütend auf jemanden und von dieser Person enttäuscht sein, auch wenn man ihr nie begegnet ist?

Hanne kann Ormberg nicht leiden. Und meine Familie auch nicht, oder unser Haus. Und sie findet, dass Melinda dick ist und billig aussieht.

Als ob sie selbst so *fucking* verdammt heiß wäre.

Ich finde Hanne ungerecht – ich finde absolut nicht, dass Papa schlecht riecht oder dass die Anbauten an unserem Haus aussehen wie Krebsgeschwüre.

Das mit dem Krebs erinnert mich an Mama: an ihre weichen Hände und die lange schmale Nase. An die Haare, die oben hell und unten dunkel waren, und an ihre Stimme, die fast immer freundlich klang. An diese englischen Bücher über Liebe *trotz aller Hindernisse,* die sie gelesen hat, als sie in Örebro im Krankenhaus lag.

Ihr Geruch änderte sich, als sie krank wurde.

Vorher hatte sie immer gut gerochen, frisch geduscht sozusagen. Aber dann, als sie diese ganzen Medikamente nehmen musste, wurde ihr Geruch auf irgendeine Weise chemisch, als ob sie mit Gift vollgepumpt würde. Und das wurde sie ja auch. Zellgift, erklärte die Ärztin, die aus dem Iran kam und Hadiya hieß und einen schönen Busen hatte und immer elegant geschminkt war.

Von dem Gift wurde Mama müde.

Die Haare gingen ihr aus, und die Nägel ab, und sie kotzte in einen Blecheimer.

Aber sie war immer fröhlich. Fröhlich und interessiert daran, was ich in der Schule erlebt hatte.

Sie versprach, wieder gesund zu werden, aber das war gelogen.

Erwachsene lügen.

Ich weiß, dass sie ihre Kinder dadurch beschützen wollen, aber mir wäre es lieber gewesen, wenn sie ehrlich gewesen wäre, denn ich war so unvorbereitet an dem Tag, an dem ihr Körper beschloss, dass er nicht mehr weiterkönne. Ich war sogar wütend auf sie, obwohl sie ja nichts dafür konnte, dass sie Krebs bekommen hatte und gestorben war.

Alles wurde anders, als Mama nicht mehr da war.

Papa sank sozusagen in sich zusammen, wie ein Ballon, der die Luft verliert. Er schien wirklich kleiner zu werden, und er schaffte fast gar nichts mehr. Melinda ihrerseits schien zu wachsen und stärker zu werden. Statt in ihrem Zimmer zu sitzen und Musik zu hören oder mit ihrem Typen zu knutschen, fing sie an zu kochen und einzukaufen und alles zu machen, was Mama früher gemacht hatte.

Ich nehme an, dass ich mich auch veränderte, ich weiß nur nicht, wie. Etwas in mir muss ummöbliert worden sein, auch wenn ich von außen noch genauso aussah. Es war ungefähr wie an dem Tag, als ich Saga geküsst habe.

Papa hat sich sicher auch verändert. Obwohl er nie darüber redet. Er spricht nur über andere Dinge, wie die Araber und Melindas Röcke, die viel zu kurz sind.

Sie reden jetzt davon, eine Art Bürgerwehr zu gründen, Papa und Olle. Papa sagt, der Mord an der Frau im Wald sei der »Tropfen« gewesen und dass es ihre Pflicht sei, die Frauen von Ormberg zu beschützen, auch wenn das bedeutet, dem einen oder anderen Araber »eins in die Fresse« zu geben.

Ich habe gefragt, wie er sicher sein könnte, dass gerade die Araber gefährlich sind, aber darauf gab er keine Antwort. Stattdessen knallte er dermaßen fest mit der Kühlschranktür, dass die Eiswürfel aus der Eismaschine fielen und über den Küchenboden kullerten.

Ich kann mir Olle und Papa hier in Ormberg auf Patrouille nicht vorstellen. Wo sollten sie auch hingehen, hier gibt es doch nur Wald. Wollen sie planlos durch den Schnee latschen und Araber jagen?

Und wo sollten sie bei ihren Schichten ihr Bier aufbewahren?

Ich hebe das Tagebuch vom Boden auf und wiege es in der Hand hin und her.

Gestern Abend habe ich mit dem Gedanken gespielt, es wegzuwerfen, aber je mehr ich darüber nachdenke, umso sicherer werde ich, dass ich es zu Ende lesen muss.

Vor allem jetzt, wo es um Papa geht.

Wir waren ziemlich bedrückt, als wir Fam. Olsson verließen.
Aber das Elend betrifft nicht nur sie.
Ormberg strahlt Verfall und Resignation aus: stillgelegte Fabriken, geschlossene Läden, mit Brettern zugenagelte Häuser.
Das Misstrauen den Geflüchteten gegenüber ist vor diesem Hintergrund vielleicht nicht so seltsam.
So läuft es ja wohl.
Das Gehirn sucht Kausalzusammenhänge. Es ist leicht zu glauben, dass die Geflüchteten an dem Verfall schuld sind. Dass Arbeitslosigkeit, Landflucht und Abbau öffentlicher Zuschüsse Symptome für dasselbe Problem sind.
Und wenn man dasteht und Versorgung und Würde verloren hat, ist es sicher sehr verlockend, anderen Menschen die Schuld zuzuschreiben.
Den Migranten zum Beispiel.
Ich denke an Nermina. An die Knochenreste auf den Fotos: weiß, verwittert.
Sehr tot.
Jetzt ruht sie unter einem Grabstein ohne Namen.
Ich muss ihr helfen!

Nachmittag.
P & ich haben Margareta Brundin besucht (Malins Tante). Sie wohnt mit ihrem erwachsenen Sohn Magnus im Süden von Ormberg.
Die Beziehung von Magnus & Margareta wirkt symbiotisch, fast schon ungesund. Ich wurde sofort neugierig und wollte mehr wissen. (Bei Gelegenheit werde ich Malin fragen.)
Margareta behauptet, keinen Kontakt zu den Geflüchteten

gehabt zu haben – weder in den Neunzigerjahren noch heute.
Sie und Magnus hätten sich von dem Heim ferngehalten.
Ich fragte, warum.
Sie erklärte, sie habe »dort nichts verloren« gehabt. Und ihr Sohn auch nicht. Dann sagte sie, sie glaube nicht, dass der Mörder aus Ormberg kommt.
Ich fragte, woher sie das wissen könne.
Ihre Antwort war wie erwartet: Alle in Ormberg kennen einander. Es muss jemand von außen sein.
Sehr seltsam – alle sagen dasselbe: Es gibt keine Mörder in Ormberg. Der Täter muss aus dem Flüchtlingsheim/Katrineholm/Stockholm/Deutschland kommen.
Es ist fast, als hätten sie im Ort eine Vollversammlung abgehalten und ihre Aussagen abgesprochen.
Wir fuhren zum Büro zurück, ohne klüger geworden zu sein.

Wieder Abend.
P ist joggen. (In der Dunkelheit, mit Stirnlampe – warum tut man so was?) Ich glaube, das ist so eine kleine Midlife-Crisis. Er ist schweigsam geworden und irgendwie in sich gekehrt. Er läuft jetzt viel mehr als früher. Mustert seinen Körper kritisch im Spiegel.
Der arme P: Es reicht also nicht, dass er mit meinem Alterungsprozess fertigwerden muss, er muss sich auch noch mit seinem eigenen herumschlagen.
Nein! Er braucht mir überhaupt nicht leidzutun!
Er brauchte doch keine Rücksicht auf mich zu nehmen, bisher nicht. Ich habe ihn einfach nur geliebt. Niemals etwas verlangt. Niemals etwas über unsere Zukunft wissen wollen.

Ich war so verdammt fügsam, wie ein abgenutzter BH mit schlaffen Trägern.

Ich muss eins zugeben: Ich bin furchtbar wütend. Bitter über das Leben, das mir diese verdammte Krankheit gegeben hat. Und ja, ich bin manchmal auch wütend auf P, weil ich weiß, dass er mich verlassen wird, wenn mein Zustand sich verschlechtert. Ich glaube, ich lasse meinem Zorn im Voraus freien Lauf. Denn ich WEISS, dass es so kommen wird.

P ist wie ein schiefer kleiner Baum in den Bergen: Er beugt sich im Wind, passt sich an, gibt beim geringsten Widerstand nach.

Man könnte ihn als rückgratlos bezeichnen.

Anfangs, als wir zusammen waren, hat er gesagt, es spiele keine Rolle, dass ich krank sei, er werde mich lieben, komme, was wolle.

Ich weiß nicht, ob das gelogen oder Wunschdenken seinerseits war, aber ich wusste schon damals, dass es nicht stimmte.

Vielleicht bin ich die echte Schurkin im Stück: der gefühlskalte, egozentrische und triebgelenkte Teil?

Ich wusste das alles ja, aber ich wollte ihn trotzdem.

Es war wie einen Kuchen essen, obwohl man das nicht dürfte. Ich wollte diese wunderbare forderungslose Zeit haben, die Reise nach Grönland, die Leidenschaft. Das federleichte Gefühl von Verantwortungslosigkeit und Nähe in all dem Schwarzen.

Drogen.

P war für mich wie eine Droge. Eine wunderbare Droge, auf die ich absolut nicht verzichten wollte.

Er war die Droge. Ich war die Süchtige. Wer bin ich also, ihn jetzt anzuklagen?

Ich schaue aus dem Fenster. Ahne ein Licht. Es wippt auf und ab, nähert sich langsam.
P ist auf dem Rückweg.

Die Türklingel geht – ich höre es deutlich, obwohl die Schlafzimmertür geschlossen ist.

Zuerst glaube ich, es ist Saga – wir sind heute nicht verabredet, aber sie taucht ja doch auf, wann sie will –, aber dann ist mir klar, dass es dazu viel zu früh ist. Saga schläft am Wochenende immer lange.

Ich stehe ganz leise auf, öffne die Tür einen Spaltbreit und höre aus der Diele unbekannte Stimmen.

Es sind ein Mann und eine Frau, die mit Papa reden. Ich kann nicht alles verstehen, was sie sagen, aber ich höre, dass sich der Mann als Manfred vorstellt. Nach einigen Minuten kommen sie herein und gehen mit Papa in die Küche.

Ich gehe die Treppe hinunter, erst zögernd, dann nimmt die Neugier überhand, und ich laufe zur Küchentür.

Es ist kalt, ich trage nur ein T-Shirt und Unterhose. Ich bekomme eine Gänsehaut und fröstele, als ich durch den Türspalt luge.

Papa sitzt mit dem Rücken zu mir. Er hat sich die karierte Decke über die Schultern gelegt, und sein Nacken glänzt, wie vor Schweiß.

Papa gegenüber sitzen Malin Brundin und der dicke Polizist mit dem Börsenmakleranzug – der, den Saga und ich vor dem alten Vivoladen gesehen haben. Das muss also dieser Manfred sein.

Ich nehme an, es ist der, über den Hanne im Buch schreibt. Der, der so gern Zimtschnecken isst.

Malin beugt sich vor und sieht Papa an. Etwas an ihrer Körperhaltung macht mir Angst. Es sieht fast aus, als wollte sie sich über Papa hermachen und ihn verschlingen.

»Und deshalb müssen wir fragen, wo du am Freitag warst.«

Papa fährt sich mit der Hand über den Kopf, wie um die nicht mehr vorhandenen Haare glatt zu streichen.

»Am Freitag? Na ja, du, das ist doch einige Tage her. Also, nein, weiß ich nicht mehr genau.«

»Es ist nur eine Woche her«, sagt der fette Bulle und verschränkt die Arme vor seinem Sakko.

»Doch, doch«, sagt Papa und schweigt eine Weile.

Dann setzt er sich etwas gerader hin und erklärt:

»Jetzt weiß ich's wieder. Ich war bei meinem Kumpel Olle. In Högsjö.«

»Bist du dir da sicher?«, fragt Malin.

Ihre Stimme ist so scharf, das gefällt mir überhaupt nicht. Ich habe Angst davor, was diese Stimme mit Papa machen wird. Er ist gar nicht scharf und scheint zudem die Gefahr nicht zu ahnen. Ich will ihm zuschreien, dass er ihr nicht vertrauen darf, aber das kann ich doch nicht. Deshalb stehe ich starr und stumm hinter der Tür, während der Kloß in meinem Hals immer größer wird.

»Doch, verdammt«, sagt Papa. »Ich bin mir sicher.«

»Denn er sagt, dass du am Freitag *nicht* bei ihm warst«, sagt Malin. »Er sagt, ihr hättet euch am Samstag getroffen, und das hast du uns ja schon erzählt. Offenbar...«

Malin schaut auf ihren Notizblock, dann fügt sie hinzu:

»Offenbar habt ihr *Counterstrike* gespielt.«

Malin lächelt ein bisschen, als sie das sagt, aber es ist kein freundliches Lächeln.

»Und was haben Sie also am Freitag gemacht?«, fragt Manfred.

»Keine Scheißahnung«, sagt Papa und breitet die Hände aus.

»Warum hast du gesagt, dass du am Freitag bei Olle warst?«, fragt Malin.

Mir wird innerlich ganz kalt. Sie versuchen, Papa in eine Falle zu locken, das ist ganz deutlich. Es ist wie in den Kriminalfilmen im Fernsehen. Sie sind zu zweit, und Papa ist allein, und trotzdem wollen sie ihn in die Falle locken. Obwohl er nur verwirrt ist und die Tage verwechselt.

»Da habe ich mich wohl geirrt. Ist das ein Verbrechen, oder was?«

Papas Stimme klingt jetzt schrill.

Weder Malin noch Manfred antworten. Dann steht Malin auf.

»Darf ich mal die Toilette benutzen?«

»Sicher«, sagt Papa und zeigt auf die hintere Tür in der Küche.

Ich sehe, wie Malin in Richtung Toilette und Wohnzimmer verschwindet.

Manfred und Papa schweigen eine Weile, als warteten sie beide darauf, dass der andere etwas sagt. Dann murmelt Manfred etwas, aber ich kann nicht verstehen, was er sagt.

Papa murmelt zurück.

Schritte nähern sich von der Diele her, und Malin tritt in die Tür. Sie trägt einen hellblauen Handschuh und hat ein Jagdgewehr in der Hand.

»Ich wusste gar nicht, dass du einen Waffenschein hast«, sagt sie und nickt zu Papa hinüber.

Papa schüttelt den Kopf.

»Das gehört nicht mir«, sagt er und sinkt auf dem Stuhl in sich zusammen. »Ich jage nicht.«

»Ich dachte, jeder Arsch hier jagt«, sagt Manfred.

»Ach«, sagt Papa.

»Unerlaubter Waffenbesitz«, sagt Manfred leise. »Das ist strafbar nach Kapitel 9, Paragraf 1 des Waffengesetzes.«

Dann sagt er etwas, das ich nicht verstehen kann. Papa schüttelt heftig den Kopf.

»Doch«, sagt Malin und lässt ihren Blick über Papa hinwegwandern. »Du kommst mit zur Wache. Da reden wir dann weiter. Über das Gewehr und über andere Dinge.«

Malin schaut auf und begegnet meinem Blick.

Sie erstarrt.

»Das ist *nicht* mein Gewehr«, wiederholt Papa tonlos.

Malin sagt nichts. Ihr Blick lässt mich nicht los.

»Hallo, Jake«, sagt sie. »Komm doch rein.«

Ich schiebe die Tür auf, bleibe aber in der Diele stehen. Fühle mich plötzlich in Unterhose und T-Shirt schrecklich nackt.

Papa dreht sich um und sieht mich an. Seine Augen sind wässrig, rot unterlaufen und weit offen. Ein Mundwinkel zuckt ein bisschen.

»Dein Vater muss mit uns nach Örebro kommen«, sagt Malin.

MALIN

Svante steht breitbeinig vor der weißen Tafel. Er nickt mir und Manfred zu, als wir hereinkommen. Er trägt eine Art Trachtenstrickjacke und hat sich die Jeans in die Socken gestopft. In seinem Bart klebt etwas, das aussieht wie ein Rest Rührei.

Ich setze mich neben Andreas. Er schiebt seinen Stuhl näher an meinen heran, und ich rutsche sofort in die andere Richtung. Das passiert automatisch, ich denke nicht mal daran. Aber wie immer kommt er mir zu nahe, und ich verspüre einen Stich der Irritation.

»Habt ihr etwas herausfinden können?«, fragt Svante.

Wir sitzen in einem Besprechungsraum auf der Wache in Örebro. Es ist ein seltsames Gefühl, wieder in einem richtigen Büro zu sein, nachdem wir über zwei Wochen in einer nach Schimmel stinkenden Bruchbude gehockt haben.

Obwohl Samstag ist, herrscht gewaltige Aktivität.

Die Erkenntnis, dass es sich bei der Frau in der Geröllhalde um Azra Malkoc handelt, hat ganz neue Möglichkeiten und Theorien eröffnet. Und der Gewehrfund bei Stefan Olsson weckt die Hoffnung, dass wir den Täter identifiziert haben.

Ich schaue mich um.

Mir gegenüber sitzt Malik. Ich konnte noch nicht mit ihm sprechen, aber ich weiß, dass er einige Jahre mit Svante zusammengearbeitet und vor einiger Zeit die einjährige kriminaltechnische Grundausbildung beim NFC beendet hat.

Malik, der wohl um die dreißig ist, hat grüne Augen, ein Gesicht wie ein Engel und lange, schmale Pianistenfinger mit blanken, gepflegten Nägeln. Der androgyne Anstrich wird dadurch verstärkt, dass er sich die Haare zu einem Knoten hochgesteckt hat. Um das Handgelenk trägt er geflochtene Lederbänder in verschiedenen Farben und Stärken, und an der linken Hand funkelt ein Goldring mit einem bernsteingelben Stein.

Die Tür wird aufgerissen, und Suzette kommt herein, eine der Ermittlerinnen.

Suzette ist eine muskulöse Frau von vielleicht vierzig mit kurzen blonden Haaren, heftigem Make-up und langen tiefblauen Fingernägeln. Sie hält einen Block und einen Kugelschreiber in der Hand und geht ein wenig vornübergebeugt, als ob sie Magenschmerzen hätte.

»Was macht ihr denn für ein Gesicht?«, fragt sie langsam. »Ist jemand gestorben?«

Das ist der älteste Witz bei der Truppe, aber ich kann mir ein kleines Lächeln doch nicht verkneifen.

Gerüchte behaupten, dass Suzette sich in ihrer Freizeit im Schönheitssalon ihrer Schwester in Örebro etwas dazuverdient und dass ihre Spezialität brasilianische Wachsbehandlung ist.

Andreas nennt sie *Queen of Brazilian* und sagt, sie packe verdammt hart zu, egal, ob sie Verbrecher jagt oder im Schönheitssalon »das andere« macht.

Suzette setzt sich neben Malik, lächelt mich an und legt die Hand auf den Notizblock.

Ich wünschte, Andreas hätte nichts über die Intimenthaarung erzählt, denn jetzt kann ich an nichts anderes denken, während ihre langen blauen Nägel auf dem Notizblock herumtrommeln.

Ich fange Svantes Blick auf.

Er räuspert sich.

»Manfred, möchtest du vielleicht anfangen?«

Der Leiter der Voruntersuchung hat beschlossen, die Ermittlungen über Peters Verschwinden und die Morde an Azra und Nermina Malkoc zusammenzuführen – und dazu haben sie guten Grund, niemand glaubt noch, dass beides nichts miteinander zu tun haben könnte.

Die neue, erweiterte Ermittlungsgruppe wird von hier aus arbeiten, aber wir behalten unser kleines Feldbüro in Ormberg. Außerdem bekommen wir nächste Woche Verstärkung aus der Zentrale in Stockholm.

Bei dieser Besprechung geht es darum, Malik und Suzette über den Fall zu informieren. Und das werden wir auch, sowie wir den anderen erzählt haben, was bei der Vernehmung von Stefan Olsson herausgekommen ist.

Das wollen jetzt nämlich alle wissen.

Die Nachricht von seiner Festnahme hat sich hier wie ein Lauffeuer ausgebreitet.

Manfred nickt kurz, erhebt sich mühsam und geht zu Svante nach vorn.

»Wir haben soeben eine einleitende Vernehmung beendet. Stefan Olsson bleibt bei seiner Geschichte. Er will die Tage verwechselt haben. Behauptet, am Samstag seinen Freund Olle in Högsjö besucht zu haben. Was er am Mordabend, also am Freitag, gemacht hat, weiß er nicht mehr. Er nimmt jedoch an, dass er mit dem Auto ›durch die Gegend‹ gefahren ist.«

Manfred zeichnet mit Zeige- und Mittelfingern Anführungszeichen in die Luft.

»An dem Abend war doch dieser höllische Sturm«, sagt Svante, schlägt die Arme übereinander und lässt sie auf seinem Schmerbauch ruhen. »Warum ist er dann da mit dem Auto *durch die Gegend* gefahren?«

»Das konnte er uns nicht sagen«, erwidert Manfred. »Er behauptet auch, dass er durchaus eine Weile zwischen Geröllhalde und Fabrik gehalten haben kann. Aber er behauptet, nie im Wald gewesen zu sein.«

»Und dass er Anfang der Neunzigerjahre im Heim für Geflüchtete gearbeitet hat, was sagt er dazu?«, fragt Svante.

»Er behauptet, auch das vergessen zu haben«, sagt Manfred. »Und über das Gewehr sagt er, dass ...«

»Dass er es vergessen hat?«, fragt Svante und lacht kurz über seinen Kommentar.

Manfred nickt, ohne auch nur im Geringsten den Mund zu verziehen.

»Das sollte ein Witz sein«, sagt Svante. »Du willst doch nicht sagen, dass er das gesagt hat? Ganz im Ernst?«

»Doch. Das will ich.«

Svante sieht verwirrt aus. Als ob er nicht entscheiden könnte, ob Stefan Olsson total verrückt oder einfach nur auf eine so teuflisch raffinierte Weise genial ist, dass er es nicht nachvollziehen kann.

Manfred greift sich ans Knie, zieht sich einen Stuhl heran und lässt sich mit dumpfem Aufprall vor die Tafel sinken. Dann sagt er:

»Ich rufe nachher den Staatsanwalt an. Wir wollen morgen eine Hausdurchsuchung machen. Heute ist Samstag, das bedeutet, dass der Staatsanwalt spätestens am Dienstag den Termin vor dem Untersuchungsgericht gemacht haben muss. Und bis dahin versuchen wir jetzt, alle losen Enden zusammenzubringen. Okay?«

Alle nicken, aber niemand sagt etwas. Das Einzige, was zu hören ist, sind Suzettes Nägel, die auf dem Tisch trommeln. Als ich sehe, wie sich ihre Hand über die Tischplatte bewegt, sage ich nichts.

»Holz«, sage ich.

Manfred macht ein verwirrtes Gesicht.

»Holz?«

»Hanne hat doch gesagt, dass sie sich an Bretter erinnert«, erkläre ich. »Und Stefan Olsson hat eine Menge Bretter im Garten, unter Planen.«

Manfred nickt beifällig.

»Sehr gut gedacht. Wir werden das bei der Hausdurchsuchung überprüfen. Bestenfalls können wir dann bei Stefan Olssons Haus Spuren von Hanne sichern.«

Suzette fährt sich mit der Zungenspitze über die dunkelroten Lippen und sagt:

»Also, was wird mit seinen Kindern, wenn wir ihn hierbehalten?«

»Ich habe mit dem Sozialamt gesprochen«, sage ich. »Die schicken heute Abend jemanden von der Familiengruppe hin.«

Manfred nickt.

»Und das Gewehr?«, fragt er.

»Schon auf dem Weg zur Analyse«, sage ich. »Aber wir

haben ja weder Patronen noch leere Hülsen zum Vergleichen, also weiß ich nicht, was dabei herauskommen kann.«

Alles schweigt.

»Glauben wir wirklich, dass er es war?«

Diese Frage stammt von Malik. Obwohl er bescheiden klingt, höre ich den Zweifel in seiner Stimme, ein Zweifel, der drückt wie ein kleiner, aber nerviger Stein im Schuh.

»Ich glaube gar nichts«, sagt Manfred. »Aber wir müssen das ja wohl überprüfen.«

Er massiert sich das Knie, schneidet eine Grimasse und schließt die Augen. Dann fügt er hinzu:

»Er kommt mir vor wie eine ziemlich traurige Existenz. Ich kann mir gut vorstellen, dass er nicht mehr weiß, an welchem Tag er in Högsjö war. Verdammt, nicht mal ich kann die Tage noch auseinanderhalten. Und natürlich ist es möglich, dass er an dem Abend in seinem Auto an der Landstraße gesessen hat, ohne etwas mit den Morden zu tun zu haben. Wenn man ehrlich sein soll, gibt es in Ormberg ja nicht viel anderes zu tun, als vor dem Fernseher zu sitzen oder Auto zu fahren. Das mit dem Heim für Geflüchtete nehme ich ihm nicht so leicht ab. Man vergisst doch wohl nicht, dass man irgendwo war, wenn man zu fünf verschiedenen Gelegenheiten dort gearbeitet hat. Und natürlich weiß er, woher er das verdammte Gewehr hat. Also, er verheimlicht etwas. Wir müssen nur herausfinden, was.«

»Vielleicht will er ja nichts sagen«, schlage ich vor.

»Er will nicht?«

Manfred hebt die buschigen roten Augenbrauen, und seine Stirn zieht sich zusammen wie ein Akkordeon.

Ich überlege, wie ich mich ausdrücken soll.

»In Ormberg gibt es ein weitverbreitetes Misstrauen der Polizei gegenüber. Oder eigentlich allen Behörden gegenüber.«

»Er macht sich alles doch nur schwerer«, sagt Manfred.

Ich sehe meinen Kollegen aus Stockholm an. Den teuren Anzug, die große Schweizer Armbanduhr und den perfekt getrimmten Bart.

Wie soll ich ihm erklären, was ich meine? Lohnt es überhaupt den Versuch?

»Ich weiß«, sage ich. »Ich versuche auch nur zu erklären, wie die Menschen hier denken. Sie haben kein Vertrauen zu uns.«

Einen Moment lang glaube ich, dass er gleich wieder lospoltern wird, wie als ich zu erklären versuchte, warum die Leute in Ormberg keine Flüchtlingsheime mögen.

Aber er sagt nichts, er nickt nur stumm.

»Wir können Stefan Olsson vielleicht für den Moment vergessen«, schlägt Svante vor. »Und die Gesamtlage zusammenfassen, damit Suzette und Malik dann auch Bescheid wissen.«

Manfred nickt den beiden Neuen aus Örebro zu. Dann erhebt er sich, wischt sich etwas vom Sakkoärmel und tritt vor die weiße Tafel. Er greift zu einem Kugelschreiber, zeichnet eine lange Zeitschiene und schreibt eine Jahreszahl auf.

»Azra und ihre fünf Jahre alte Tochter Nermina kamen im Sommer 1993 aus Bosnien her. Am 5. Dezember dieses Jahres verschwanden sie aus dem Heim für Geflüchtete in Ormberg. Alle nahmen an, sie hätten das Heim aus freien Stücken verlassen, deshalb wurde das Verschwinden nicht polizeilich gemeldet. Azras Schwester Esma hat ausgesagt, dass sie zunächst glaubte, die beiden seien nach Bosnien zurückgekehrt, dass sie seither aber zu der Überzeugung gelangt ist, dass sie tot sind, da sie sich nie bei ihr gemeldet haben.«

Manfred greift nach der Mineralwasserflasche auf dem Tisch, trinkt einen Schluck und berichtet dann weiter:

»Nermina Malkoc wurde vermutlich Anfang 1994 ermordet. Den Zeitpunkt konnten wir feststellen, da sie Mitte November 1993 operiert wurde und die Fraktur in ihrem Handgelenk bei ihrem Tod noch nicht ganz verheilt war. Die Todesursache war vermutlich kräftige äußerliche Gewalt. Der Leichnam wurde unter den Steinen in der Geröllhalde versteckt und erst 2009 von einer Gruppe Jugendlicher gefunden.«

Manfred nickt zu mir herüber.

Aller Augen richten sich auf mich, und ich spüre, wie meine Wangen heiß werden. Ich fühle mich immer total unwohl, wenn diese Geschichte zur Sprache kommt.

Manfred dreht sich wieder um, schaut die Zeitschiene an und malt ein Kreuz in die Mitte.

Er fährt fort:

»Wir sind am 22. November nach Ormberg gekommen, um den Mord an dem unbekannten Mädchen in der Geröllhalde zu untersuchen. Am 27. November konnten wir sie vorläufig als Nermina Malkoc identifizieren. Vier Tage später, am Freitag, dem 1. Dezember, verschwanden Peter und Hanne. Hanne wurde am Samstag, dem 2. Dezember, abends im Wald aufgegriffen, unterkühlt und verwirrt. Peter ist noch immer verschwunden. Azra Malkoc wurde erschossen, vermutlich am Freitag, dem 1. Dezember. Niemand hat etwas gesehen, niemand hat den Schuss gehört. Die Leiche wurde am 5. Dezember gefunden – also am Dienstag. Die Rechtsmedizinerin hat bestätigt, dass sie von vorn getroffen wurde, in die Brust, mit einer Kugelwaffe, aus circa zwanzig Metern Entfernung. Sie war barfuß. Und gestern kam die Bestätigung, dass sie mit größter Wahrscheinlichkeit Azra Malkoc ist, Nermina Malkocs Mutter. Am Tatort wurde einer von Hannes Schuhen gefunden. Am Schuh fanden sich Spuren von Azra Malkocs Blut, und damit können wir Hanne mit der Mordstätte in Verbindung bringen. Hanne trug zudem ein Schmuckstück, das wahrscheinlich Azra Malkoc gehört hat.«

»Steht es fest, dass das Blut an Hannes Schuh von Azra stammte?«, frage ich. »Zuletzt hatten die Techniker doch nur die Blutgruppen ermittelt.«

Manfred nickt und lässt sich mit lautem Schnaufen auf einen Stuhl sinken.

»Ja.«

»Und dieser Anhänger?, fragt Malik. »Konnte der schon richtig untersucht werden?«

»Erst mal nur in aller Eile«, sagt Manfred. »Die Kollegen von der Technik meinen, dass er wahrscheinlich nicht in Schweden hergestellt wurde, und das klingt ja plausibel. Sie können zudem bestätigen, dass menschliche Haare darin aufbewahrt wurden. Sie werden eine DNA-Analyse vornehmen. Offenbar waren auch Haarwurzeln vorhanden, was hoffentlich eine gängige DNA-Analyse ermöglichen wird. Aber wenn das nicht gelingt, müssen sie weitergehen und sich die mitochondriale DNA ansehen. Ja, verlangt jetzt nicht, dass ich erkläre, was das ist, es dauert länger und ist genauso zuverlässig.«

Andreas schüttelt langsam den Kopf.

»Woher zum Teufel hatte Hanne bloß diesen Schmuck?«

»Sie hat keine Ahnung«, sage ich. »Als wir sie gefragt haben, konnte sie sich an nichts erinnern.«

Manfred reibt sich die Schläfen mit den Fingerspitzen. Dann dreht er sich um und betrachtet die Zeitschiene, die sich von 1993 bis 2017 erstreckt. Am Anfang und am Ende der Schiene gibt es etliche Eintragungen, aber die Mitte ist leer, bis auf das Kreuz bei 2009, dem Jahr, in dem Nermina gefunden wurde.

»Nermina ist 1994 gestorben«, sagt er zögernd. »Azra wurde dreiundzwanzig Jahre später ermordet. Sie wurden am selben Ort gefunden. Es muss einfach derselbe Täter sein. Stefan Olsson war fünfundzwanzig, als Nermina ermordet wurde. Und er wohnte in Ormberg. Er könnte beide Morde begangen haben.«

»Ja, aber...«, sagt Andreas und verstummt dann.

»Peter und Hanne können ihm auf der Spur gewesen sein«, meint Svante nun.

»Ja, *aber*«, sagt Andreas noch einmal, »wo hat Azra Malkoc mehr als zwanzig Jahre lang gewohnt? Weder bei schwedischen noch bei bosnischen Behörden ist doch irgendetwas über ihren Verbleib zu erfahren.«

»Sie ist vielleicht untergetaucht«, sage ich. »Aber sie kann eigentlich nicht hier in der Nähe gelebt haben, denn dann würden wir das wissen.«

Manfred nickt.

»Ormberg ist zu klein. Hier kann man sich nicht verstecken. Aber in Stockholm.... Ja, vielleicht. Oder sicher auf dem Balkan. Jedenfalls, wenn man nicht gesucht wird.«

Er zuckt mit den Schultern.

»Aber«, sagt Andreas, »ihre Tochter wurde doch ermordet. Warum ist sie nicht zur Polizei gegangen?«

»Sie hatte vielleicht Angst, ausgewiesen zu werden«, sagt Suzette, die ihren Block beiseitegelegt hat und sich so weit über den Tisch vorbeugt, dass ihre Brüste auf der Tischplatte ruhen.

»Das hatte sie sicher«, stimme ich zu. »Aber macht man das nicht trotzdem, wenn ein Kind ermordet worden ist? Ist es nicht wichtiger, den Täter zu fassen, als Asyl zu bekommen?«

»Es war doch schon zu spät«, sagt Malik vorsichtig. »Ihr Kind war tot. Daran konnte sie nichts mehr ändern. Und da ist sie vielleicht geflohen. Und dann nach Ormberg zurückgekommen, um Abschied zu nehmen. Ungefähr wie wenn man ein Grab besucht.«

»Das ist möglich«, sagt Manfred. »Das klingt sogar glaubwürdig.«

»Es gibt noch eine andere Möglichkeit«, sage ich. »Angenommen, Stefan Olsson ist nicht schuldig. Der wahrscheinlichste Mörder, wenn es um ein Kind geht, ist ein Elternteil. Falls Azra aus irgendeinem Grund ihre Tochter umgebracht hat, könnte das doch erklären, warum sie untergetaucht ist.«

Manfred nickt.

»Absolut vorstellbar«, sagt er. »Aber wer hat dann Azra ermordet?«

»Das war vielleicht jemand, der Rache üben wollte?«, schlägt Suzette vor. »Jemand, der wusste, dass sie ihre Tochter ermordet hatte, und der sie umbrachte, um eine Art Gerechtigkeit zu schaffen.«

»Stefan Olsson«, sagt Andreas. »Der hat vielleicht…«

Manfred verdreht die Augen, und ich ahne, dass er unsere

Überlegungen für reichlich an den Haaren herbeigezogen hält.

Ich räuspere mich.

»Ihre Schwester sagt, dass sie schwanger war. Ich habe nachgerechnet. Bei ihrem Verschwinden muss sie ungefähr im fünften Monat gewesen sein. Wenn sie die Schwangerschaft zu Ende geführt hat, bedeutet das, dass das Kind im Frühjahr 1994 geboren wurde. Wir sollten uns bei den Krankenhäusern erkundigen.«

»Gut, Malin!«, sagt Manfred. »Sehr gut!«

Bei seinem übertrieben enthusiastischen Kommentar komme ich mir vor wie ein Schulmädchen, das alle Aufgaben richtig gelöst hat.

»Warum ist sie barfuß durch den Wald gelaufen?«, fragt Svante, der offenbar die ganze Zeit in eigene Gedanken versunken war.

»Kann sie aus einem Auto in der Nähe gekommen sein?«, schlägt Suzette vor. »Die Straße ist ja nicht sehr weit weg.«

»Sie kann die Schuhe verloren haben, wenn sie verfolgt wurde«, sagt Malik.

Manfred nickt und sagt:

»Klingt ein bisschen seltsam, aber ich nehme an, das kann durchaus möglich sein.«

Wir schweigen lange. Svante rutscht unruhig hin und her.

»Wie steht es mit weiteren Verdächtigen?«, fragt Suzette.

»Mager«, sagt Manfred. »Wir haben einen Pädophilen, Henrik Hahn, der derzeit in Karsudden sitzt. Hahn wurde 2014 in eine geschlossene Anstalt eingewiesen. Er hatte am Samstag Ausgang, am Freitag jedoch nicht. Wenn unser Zeitplan also stimmt, dann können wir ihn ausschließen. Als

Ironie des Schicksals war er Anfang 1994 übrigens als UN-Soldat in Bosnien stationiert, und da kann er mit Nerminas Tod nichts zu tun haben. Svante, deine Leute haben sicher mit seiner Frau gesprochen?«

Svante nickt.

»Sie gibt ihm für Samstag und Sonntag ein Alibi. Ich habe ihn übrigens auch vorher schon einmal besucht.«

»Wie ist er denn so?«, frage ich, vor allem aus Neugier.

»Sympathisch, gesellig. Wie verurteilte Pädophile das ja oft sind. Man braucht ja eine ziemlich große soziale Kompetenz, um an die Opfer heranzukommen.«

»O verdammt«, sagt Andreas und verzieht das Gesicht.

»Noch weitere Verdächtige?«, fragt Malik.

»Es gibt einen Björn Falk«, sagt Manfred. »Verurteilt wegen Körperverletzung, Hausfriedensbruchs und groben Frauenfriedensbruchs. Außerdem hat er mehrere Male Kontaktverbot bekommen. Holt den mal zur Vernehmung. Außerdem dürfen wir nicht ausschließen, dass die Morde rassistische oder fremdenfeindliche Motive haben. Ich ruf bei der Säpo an und hör mich mal ein bisschen um.«

»Was machen wir also jetzt?«, fragt Suzette und betrachtet ihre Nägel.

»Wir gehen unseren Fragen weiter nach«, sagt Manfred. »Erstens will ich alles über Stefan Olsson wissen. Herkunft, was er an diesem Freitag gemacht hat, welche Bretter er im Heim für Geflüchtete zusammengenagelt hat, mit wem er fickt und wie er sein beschissenes Frühstücksei bevorzugt.«

Manfred schreibt »Stefan Olsson« an die Tafel.

»Ich glaube, er trinkt vor allem Bier«, sagt Andreas.

Suzette unterdrückt ein Lachen.

Manfred macht weiter, als ob er nichts gehört hätte:

»Und wenn Hanne auf seinem Grundstück auch nur ein Haar verloren hat, will ich, dass wir das bei der Hausdurchsuchung finden, ist das klar? Danach müssen wir uns einen Überblick über alle verschaffen, die um die Mitte der Neunzigerjahre im Heim für Geflüchtete gewohnt und gearbeitet haben. Azra und Nermina hatten nicht viel Kontakt mit dem Ort an sich. Die Wahrscheinlichkeit ist groß, dass der Täter im Heim gewohnt oder es irgendwann besucht hat. Außerdem hat Esma ja gesagt, dass jemand den beiden helfen wollte, nach Stockholm zu gelangen. Wer war das? Kann es Stefan Olsson gewesen sein? Und ihr müsst diesen alten Hausmeister finden, den die Heimleiterin erwähnt hat, diesen Tony.«

Manfred schreibt in großen roten Buchstaben »Heim für Geflüchtete« an die Tafel.

»Und drittens«, sagt er dann. »Drittens müssen wir herausfinden, wo Azra Malkoc sich nach dem Tod ihrer Tochter aufgehalten hat. Schließlich verschwindet niemand, ohne Spuren zu hinterlassen. Wir müssen uns noch einmal bei den schwedischen und bosnischen Behörden erkundigen, damit wir nichts übersehen. Und wir müssen bei Azras Verwandtschaft suchen. Denn irgendwen muss es da doch geben, auch wenn die sich während des Krieges gegenseitig in Grund und Boden bombardiert haben. Stellt fest, ob Azra oder irgendeine anonyme Frau, bei der es sich um Azra gehandelt haben kann, 1994 ein Kind zur Welt gebracht hat.«

Manfred schreibt »Azra« an die Tafel.

»Und viertens?«, fragt Andreas.

»Viertens«, sagt Manfred und hebt den Stift wieder an die Tafel. Es knirscht, als er die Namen »Peter & Hanne« schreibt.

»Wir müssen Peter finden und feststellen, was an dem Abend passiert ist«, sagt er leise. »Sie haben etwas gewusst. Es gibt mehrere Fäden, an denen wir ziehen können: Wir müssen weiter die Nachbarn befragen, wir müssen Peters Auto finden. Und es wäre auch verdammt gut, wenn wir Hannes Tagebuch aufspüren könnten, denn ich bin ziemlich überzeugt davon, dass sie darin jeden verdammten Schritt notiert hat, den sie überhaupt gemacht haben.«

Ich beuge mich vor und erwidere Manfreds Blick.

»Wir haben überall nach diesem Buch gesucht. Es ist nicht in ihrem Hotel und nicht in unserem Büro. Ich glaube, sie hatte es bei sich, als sie verschwunden ist, und dann könnte es in Peters Auto liegen oder ...«

»Dann findet dieses verdammte Buch endlich«, knurrt Manfred.

Ich nicke stumm.

»Ich habe mir etwas anderes überlegt«, sagt Andreas. »Die Geröllhalde. Warum wurden Azra und Nermina beide dort gefunden?«

»Das ist vielleicht ein Zufall«, schlage ich vor.

Manfred erhebt sich, streicht sein Sakko gerade und geht zu der Karte von Ormberg. Die Höhenzüge um den Ormberg lassen diesen aussehen wie ein riesiges aufgesperrtes Auge, das uns von der Wand her anstarrt.

Manfred kehrt uns stumm den Rücken zu. Wippt auf den Fußballen hin und her. Dann zieht er einen Kugelschreiber aus der Jackentasche und sagt leise:

»*Nermina. Azra. Hannes blutiger Schuh.*«

Er zeichnet auf der Karte einen Kreis um die Geröllhalde. Einen dicken roten Kreis.

Und dann noch einen und noch einen. Der Kugelschreiber kratzt, als die blutroten Ellipsen auf dem Papier heranwachsen.

Jemand klopft an die Tür, aber niemand rührt sich oder sagt etwas, alle sitzen wie hypnotisiert da und starren die Karte an.

Manfred dreht sich um und erwidert meinen Blick. Steckt den Kugelschreiber langsam wieder in die Tasche.

»Sieht das hier aus wie ein Zufall?«, lautet seine rhetorische Frage.

Im selben Moment wird wieder geklopft, die Tür wird vorsichtig geöffnet, und eine junge dunkelhaarige Frau, die mir vage bekannt vorkommt, schaut herein.

»Da hat eine Gunnel Engsäll aus dem Flüchtlingsheim in Ormberg angerufen«, sagt sie. »Sie möchte mit jemandem von euch sprechen.«

Manfred verschränkt die Arme.

»Sag ihr, dass wir uns am Montag melden.«

Die Frau in der Tür zögert. Verlagert ihr Gewicht von einem Bein aufs andere.

»Es scheint wichtig zu sein.«

»Hörst du schlecht?«, sagt Manfred betont langsam. »Das erledigen wir am Montag.«

»Aber«, sagt die Frau in der Tür, und ihre Wangen sind jetzt glühend rot, »sie haben offenbar hinter dem Flüchtlingsheim eine riesige Blutlache gefunden.«

Gunnel Engsäll erwartet uns schon am Eingang. Hinter den Fenstern sehe ich besorgte Gesichter und Kinder, die neugierig ihre Nasen gegen die Scheiben drücken. Eine Frau zieht ein kleines Mädchen von einem Fenster weg und drückt es beschützend an sich.

Manfred, Andreas, Malik und ich sind zum Flüchtlingsheim nach Ormberg gefahren, um uns über den Fund zu informieren.

Die anderen sind nach Hause gegangen.

Es ist ja trotz allem Samstagabend, und die Wahrscheinlichkeit, dass diese hier entdeckte Blutlache etwas mit den Morden zu tun hat, muss doch als verschwindend gering gelten.

Gunnel streift eine dicke Daunenjacke mit Reflexstreifen über. Darunter ahne ich den großen Anhänger, der einen Käfer darstellt.

Sie geht vor uns her an der Längsseite des Hauses. In der Hand hält sie eine Taschenlampe.

»Es war eins der Kinder, ein kleines Mädchen namens Nabila, das das Blut gefunden hat. Aber ich habe keine Ahnung, wie lange die Lache schon da war. Doch da...«

Gunnel zögert offenbar ein wenig.

Sie steigt über einen heruntergestürzten Ast, räuspert sich und fügt hinzu:

»Ja, bei allem, was passiert ist und so, dachte ich, es wäre vielleicht das Beste, wenn ich Bescheid sage.«

»Das war auch sehr richtig von Ihnen«, sage ich.

Wir gehen um die Hausecke.

Ich ahne vor dem schwarzen Himmel die Silhouette von Bäumen.

Gunnel bleibt stehen und richtet die Taschenlampe auf den Boden, vielleicht anderthalb Meter vom nächsten Baumstamm entfernt.

Im Schnee ist ein großer rotschwarzer Fleck zu sehen. Er hat einen Durchmesser von etwa fünfzig Zentimetern und ist starr gefroren.

Malik stellt seine große Tasche ab und nimmt eine Taschenlampe heraus. Er richtet sie auf den Fleck und tritt zwei Schritte vor, dann geht er in die Hocke.

»Sieht aus wie Blut«, stellt er sachlich fest. »Und schaut mal, um den großen Fleck herum sieht man noch Tropfen.«

Malik zeigt auf kleinere Flecken, die die große Lache aus gefrorenem Blut umgeben.

»Und hier führt eine lange Tropfenspur vom Fleck zu dem Baumstamm.«

Malik macht eine fegende Handbewegung.

»Als ob eine verletzte Person vom Baum dorthin gegangen wäre«, sagt Andreas und zeigt auf den Fleck.

»Hm«, sagt Malik.

»Was?«, frage ich.

»Es gibt nur zwei Probleme«, sagt Malik und legt den Kopf ein wenig schräg, sodass seine langen Locken auf seine Schultern fallen. »Erstens liegt das Blut sozusagen auf dem Schnee, wie... Glasur. Frisches Blut ist warm. Es hätte Löcher in den Schnee schmelzen müssen.«

Gunnel wendet sich mit angeekeltem Gesichtsausdruck ab.

Malik fügt hinzu:

»Und zweitens...«

»Gibt es keine Fußspuren?«, fügt Manfred hinzu und nickt zu dem Fleck im Schnee hinüber. »Wenn hier eine verletzte Person gegangen wäre, müsste es doch Fußspuren geben.«

»Touché«, sagt Malik. »Es gibt keine Fußspuren zwischen

Baum und Blutlache. Aber um den Baum herum wimmelt es von Spuren.«

»Es hat vielleicht gespritzt oder so weit getropft«, meint Andreas.

Malik schüttelt den Kopf.

»Nein. Spritzer sehen ganz anders aus. Das hier sind klassische Tropfen. Die einzige Kraft, die Auswirkungen auf das Blut gehabt hat, ist die Schwerkraft, die dafür gesorgt hat, dass es geradewegs in den Schnee getropft ist, von...«

Malik richtet sich auf, legt den Kopf in den Nacken und richtet die Taschenlampe nach oben, in die Baumkrone.

Und da, vielleicht vier Meter über unseren Köpfen, hängt ein blutiger, unförmiger Klumpen an einem Seil, das über einen kräftigen Ast und dann den ganzen Baumstamm hinunterläuft.

Malik lässt den Lichtkegel am Seil entlangwandern. Es ist an einem Ast festgebunden, vielleicht anderthalb Meter über dem Boden.

Dann leuchtet er wieder den Gegenstand an, der oben in der Baumkrone hängt. Ich ahne etwas unter dem Blut, das aussieht wie blasse Haut.

»*Was bei allen Teufeln...*«, murmelt Manfred.

JAKE

Ich habe fast den ganzen Tag im Bett gelegen und versucht zu verstehen, was passiert ist, dass die Polizei wirklich heute Morgen hier war und Papa geholt hat.
 Ich rede mir ein, dass alles gut wird.
 Natürlich werden die Bullen ihm nichts tun, das ist mir schon klar, wir leben ja nicht in, na ja, Afrika. Aber was, wenn sie ihm nicht glauben und beschließen, ihn im Arrest in Örebro zu behalten?
 Es gibt noch eine andere Angst, eine Angst, die düsterer ist, es ist fast unmöglich, die Tür zu ihr auch nur einen Spaltbreit aufzumachen. Sie ist so verboten, dass ich kaum daran denken und noch viel weniger darüber sprechen kann. Sie ist wie alle Monster und Ungeheuer und Naturkatastrophen auf einmal.
 Was, wenn Papa in etwas verwickelt ist?
 Was, wenn er ins Gefängnis muss und verschwindet, genau wie Mama?
 Als ich das denke, krampft sich mein Magen zusammen, und es brennt hinter meinen Augenlidern.
 Ich kann mir nicht vorstellen, dass Papa jemanden ermordet haben kann, das ist einfach unmöglich. Dazu ist er viel zu lieb und verwirrt. Er kann ja nicht einmal Pfannkuchen backen oder zu Elternabenden gehen, wie sollte er dann

jemanden umbringen können? Aber dann muss ich wieder an das Gewehr und an das blutige zerrissene Hemd hinter dem Korb in der Waschküche denken.

Außerdem war er in letzter Zeit wirklich seltsam. Müder als sonst und reizbar.

Wenn ich an das alles denke, habe ich das Gefühl, dass diese Gedanken meinen Kopf zum Platzen bringen, dass er in tausend Stücke zerbrechen wird, genau wie der Eiffelturm.

Ich setze mich im Bett auf und wiege mich langsam hin und her.

Draußen ist es jetzt wieder dunkel.

Ein ganzer Tag ist vergangen, an dem ich rein gar nichts gemacht habe.

Langsam stehe ich auf und gehe in Melindas Zimmer. Dort ist es dunkel, und es riecht nach Zigarettenrauch. Sie hat eine SMS geschickt und gesagt, dass sie gegen sechs hier sein wird und etwas zu essen mitbringt.

Ich gehe zum Kleiderschrank und berühre die Klinke – eine Schnecke aus vergoldetem und glitzerndem Kunststoff.

Kaum habe ich die Tür geöffnet, da fühle ich mich auch schon ruhiger, als ob die vielen Kleider da drinnen mir zuflüstern, dass alles gut wird. Dass Papa bald nach Hause kommt und dass dann alles sein wird wie immer.

Ich ziehe mein T-Shirt aus und streife ein enges schwarzes Kleid über.

In dem schwachen Licht der roten Lampe neben dem Bett sieht meine Haut rosa aus, wie ein Weihnachtsschinken.

Melindas Kleider passen mir besser als Mamas. Sie sind kleiner und figurbetonter, auch wenn sie noch immer locker herunterhängen.

Ich strecke die Hand nach dem Lippenstift aus, der auf dem Schreibtisch liegt, und male mir den Mund rot an. Es ist schwer, das richtig zu machen, ich vermute, dass Mädchen lange üben müssen, ehe sie sich so schminken können, dass es gut aussieht. Dass man Jahre voll zielstrebigen Trainings braucht, um das perfekte Resultat zu erzielen.

Aber ich habe vor, gut zu werden.

Ich habe vor zu üben, bis die Kajalstriche gerade und sicher sind und bis der rote Mund symmetrisch wird. Bis das Rouge auf dem *höchsten Punkt der Wangen* sitzt und die Wimperntusche nicht mehr unter den Augen verschmiert ist.

Ich habe vor zu üben, bis ich genauso schön bin wie Melinda.

Ich lege den Lippenstift zurück und mustere mein Gesicht in dem Vergrößerungsspiegel auf dem Schreibtisch. Zwei widerliche dicke Haare ragen aus der Haut über meiner Oberlippe auf.

Ich wühle in Melindas Schminktasche, finde die Pinzette, mit der sie sich die Augenbrauen zupft, und reiße die Haare mit der Wurzel aus.

Es tut so weh, dass ich weinen könnte, aber danach fühle ich mich besser. Ich stelle mich vor den großen Spiegel. Recke mich ein wenig und schiebe mir die Haare hinter die Ohren.

Ich lächele versuchsweise, und das Mädchen im Spiegel lächelt zurück, als ob wir ein Geheimnis teilten.

Eines Tages, denke ich, eines Tages werde ich wirklich so wie du.

Das ist ein wunderbarer Gedanke, so leicht wie eine Feder, so befreiend wie ein Sonnenstrahl auf der Haut nach einem langen Winter und so erregend wie Sagas weiche Lippen auf meinen.

Und doch weiß ich, dass es falsch ist.

Ich bin ein Junge und kann mich niemals, niemals so sehen lassen wie hier. Es ist krank, widerlich und falsch. Es ist wider Gott und wider die Natur und wider alle ungeschriebenen Gesetze von Ormberg.

Es ist, wie auf die Bibel zu pissen.

Widernatürlich; dieses Wort habe ich gestern gelernt und sofort begriffen, dass es perfekt auf mich passt. Beim Googeln habe ich dazu gefunden: *unnatürlich, abnorm, schmutzig, verzerrt, pervers, morbide, ungesund* und *verderbt*.

Ich bin *widernatürlich*.

Warum fühlt es sich dann so gut an?

Ich muss eines Tages ein Mann werden, und ich kann nichts daran ändern.

Es steckt in den Genen, im Y-Chromosom. Und eines Tages, wenn mein Körper entschieden hat, dass es so weit ist, wird dieses verdammte Y-Chromosom dem Körper befehlen, die männlichen Hormone zu produzieren, die mich zu einem Monster machen. Zu einem haarigen, widerlichen Monster mit schwellenden Muskeln, das nur daran denkt, *zum Zug zu kommen*.

Wie die Muslime im Flüchtlingswohnheim. Wie Vincent, Albin und Muhammed. Wie alle Männer, die je gelebt haben.

Sogar Papa.

Wir haben das im Bio-Unterricht durchgenommen. Ich weiß, wie es läuft, und ich weiß auch, dass es unvermeidlich ist.

Wenn ich daran denke, möchte ich nur noch weinen.

Ich verlasse Melindas Zimmer und gehe in meins, noch immer im Kleid. Setze mich aufs Bett und nehme mir Hannes Tagebuch. Wiege es in der Hand und blättere zu der Seite mit dem Eselsohr weiter. Es fällt mir nicht mehr schwer, diese spitze, nach vorn gebeugte Handschrift zu lesen, ich habe fast das Gefühl, alles selbst geschrieben zu haben.

Mir kommt ein Gedanke, ein ziemlich verrückter Gedanke, aber dennoch. Je mehr ich darüber nachdenke, umso sicherer werde ich.

Ich bin noch immer wütend auf Hanne, aber ich glaube doch, dass sie mich verstehen würde.

Ich glaube nicht, dass Hanne mich für *widernatürlich* halten würde.

Wieder im Büro. Kurze Besprechung.

Im Moment ist Stefan Olsson unser einziger Verdächtiger, und das Einzige, was bei uns gegen ihn vorliegt, sind seine eigenen Lügen.

Wir verschaffen uns jetzt eine detaillierte Übersicht über ihn.

Er hat keine kriminelle Vergangenheit, abgesehen von dem Verdacht, dass er mit vierzehn den Brand im alten Sägewerk gelegt hat, was aber niemals bewiesen werden konnte. Er scheint ein relativ normales Leben geführt zu haben: Frau, zwei Kinder, Arbeit in Brogrens Mechanischer, bis ihm gekündigt wurde, nachdem er mehrmals betrunken zur Arbeit erschienen war. Danach scheint es rasch bergab gegangen zu sein: Die Frau starb, die Alkoholprobleme wurden größer.

Ich beiße mir so hart auf die Lippe, dass ich spüre, wie sich der Blutgeschmack mit dem Lippenstift vermischt.

Die alte Sägemühle – die wurde doch von Skinheads aus Katrineholm abgefackelt, das hat Papa so oft erzählt. Es ist klar, dass er nichts damit zu tun hatte.

Und die Stelle bei Brogrens hat er verloren, weil die Fabrik stillgelegt wurde.

Oder?

Mein Magen krampft sich zusammen, als ob ich vor einem Abgrund stünde und in die Tiefe hinunterschaute. Aber zugleich bin ich wütend. Und vor allem bin ich wütend auf Hanne, die Papa eine Menge Dinge unterstellt, von denen sie keine Scheißahnung hat. Wo ich doch gerade angefangen hatte, ihr den ganzen Mist zu verzeihen, den sie über unsere Familie geschrieben hat.

Wieder krampft sich mein Magen zusammen, und plötzlich weiß ich, was es ist.

Es ist das Gefühl, sich auf niemanden verlassen zu können.

Es ist das Gefühl, ganz allein auf der Welt zu sein.

Ich presse das Tagebuch an mich und lese weiter.

Abend und FINSTERNIS. Im wahrsten Sinne des Wortes.

P ist wieder joggen. Ich nutze die Gelegenheit, um einige Zeilen zu schreiben.

Vor einer Weile habe ich P ins Bett gezwungen, damit wir reden konnten. (Im Zimmer gibt es nur einen Stuhl, deshalb müssen wir im Bett reden.)

Er wirkte überrascht und ein wenig skeptisch, setzte sich dann aber doch auf die Bettkante und verschränkte demonstrativ die Arme vor der Brust.

Ich erklärte, er sei sauer und übellaunig. Schaue mich nicht mehr an und behandele mich bei der Arbeit wie Luft.

P sagte, ich sei überspannt, und er liebe mich. Er beugte sich zu mir vor und umarmte mich ungeschickt.
Und da. PENG!
Ich gab ihm eine Ohrfeige. Ich weiß nicht, wie das passieren konnte, ich neige ja wirklich nicht zu Gewalttätigkeiten. Ich glaube, ich habe noch niemals jemanden geschlagen, nicht einmal als Kind – ich war doch eine schüchterne, übergewichtige Brillenschlange, die sich für Inuit interessierte.
Ich war verzweifelt. Bat immer wieder um Verzeihung.
P sagte, das sei nicht ich, sondern die »Krankheit«. Dann ging er joggen.
Ich sitze jetzt allein hier und schreibe. Wind ist aufgekommen, der Nordwind heult vor dem Fenster. Es ist wirklich kein Wetter zum Laufen. Ich würde mir Sorgen um ihn machen, wenn wir uns nicht gestritten hätten. Hätte Angst, er könnte in der Dunkelheit stolpern, von einem Auto überfahren werden.
Aber es gibt jetzt keinen Platz für andere Gefühle. Ich bin erfüllt von einem Vakuum, einer grauenhaften Finsternis, die kein Ende nimmt.
Vielleicht ist Ormberg am Ende in mich eingezogen.

Ich werde beim Lesen unterbrochen, weil Melinda hereinkommt. Als sie mich auf dem Bett entdeckt, erstarrt sie mitten in der Bewegung, und das Lächeln verschwindet aus ihrem Gesicht. Und ich bin noch so in Hannes Bericht vertieft, dass ich zuerst nicht begreife, warum. Eine Sekunde lang glaube ich, es liegt daran, dass die Polizei Papa geholt hat.

Dann kommt mir die Erkenntnis, so hart und kalt wie einer von Vincents eisigen Schneebällen, die mitten im Gesicht landen.

Ich habe Melindas Kleid an!
Ich sitze hier im Bett, in einem engen schwarzen Kleid und mit rotem Lippenstift auf dem Mund.

So muss es sein, wenn man stirbt, kann ich noch denken, ehe Melinda hinausstürzt und hinter sich die Tür zuknallt.

MALIN

»Wirst du irgendwann mal fertig?«

Manfred schaut ungeduldig Malik an, der sich die letzte halbe Stunde damit beschäftigt hat, zu fotografieren, zu messen und Proben zu sammeln.

»Japp. Du kannst das Seil jetzt losmachen.«

Manfred bindet das grobe Seil vom Zweig los und lässt vorsichtig den Gegenstand aus der Baumkrone herunter. Der Zweig knackt unheilverkündend, als das Seil darüberläuft.

Andreas richtet die Taschenlampe auf das unförmige, blutige Bündel, das sich nun nähert.

Es sieht organisch aus, aber nicht menschlich. Ein bisschen wie ein verstümmelter Körperteil, den man nicht identifizieren kann.

»Verdammt!«

Manfred stolpert, schreit auf und lässt das Seil los, und das jagt mit einem reißenden Geräusch durch seine bloßen Hände. Der Gegenstand fällt mit dumpfem Aufprall in den Schnee. Schnee stiebt um das Bündel herum auf.

Manfred springt vor, reibt die Handflächen aneinander und verzieht vor Schmerz das Gesicht. Andreas macht ebenfalls einen Schritt, bleibt dann aber vor mir stehen.

»*Was zum Teufel?*«

Ich beuge mich vor, um besser sehen zu können.

Im Schnee liegt ein blutiger Schweinekopf, befestigt an einem groben rostigen Schlachterhaken.

Mamas Hand zittert ein bisschen, als sie Kaffee in die kleinen feinen Tassen mit dem Goldrand gießt, mit denen meine Großeltern zu besonderen Anlässen gedeckt haben, wie zu Schulabschluss, Geburtstagen und Mittsommer.

Als ich vom Flüchtlingsheim nach Hause gekommen bin, war ich lange unter der Dusche. Als ob das heiße Wasser die Erinnerung an den blutigen Schweinekopf wegspülen könnte, und an dieses andere, das, was viel schlimmer war: den Hass, der so groß ist, dass jemand sich die Mühe macht, vor der Wohnung muslimischer Flüchtlinge einen Schweinekopf zu hissen.

Malik hat uns dann ausführlich erklärt, warum Schweine und Schweinefleisch im Islam als unrein gelten und deshalb *haram* sind, verboten.

Die Beleidigung oder die Bedrohung, die der Schweinekopf bedeuten sollte, muss also direkt gegen die Flüchtlinge gerichtet gewesen sein. Aber ob es einen Zusammenhang mit unserer Ermittlung gibt, muss sich noch herausstellen.

Ich sehe Margareta an.

Sie hebt ihren runzligen, altersfleckigen Arm. Die Tasse liegt in ihrer gewölbten Handfläche wie ein Schmuckstück.

»Nur einen kleinen Schluck«, sagt sie und hustet. »Dann muss ich weiter. Rut und Gunnar brauchen auch ein paar Kilo.«

Margareta ist vorbeigekommen, um einen tiefgefrorenen Elchbraten abzuliefern. Die Jagdgesellschaft, die auf ihrem Grundstück jagt, hat in diesem Jahr mehrere Elche geschossen, und Margareta hat mehr Fleisch, als sie verzehren kann.

Mama setzt sich, schüttelt den Kopf und dreht sich zu mir um. Ihre Augen sind erfüllt von Unglauben und Angst.

»Das ist doch grauenhaft, Malin. Soll das heißen, dass irgendwer das Gesicht dieser armen Frau zerschlagen hat?«

Ich bereue sofort, dass ich von Azras Verletzungen erzählt habe. Aber es kann für Margareta kaum eine Neuigkeit sein. Sie weiß alles, was in Ormberg passiert, manchmal schon, ehe es passiert.

»Ja, es ist scheußlich.«

Mama stellt die Kaffeekanne auf den Tisch.

»Wer macht denn so was? Das kann niemand von hier gewesen sein.«

»Natürlich ist es niemand von hier«, schnaubt Margareta. »Aber hier in der Gegend treibt sich ja neuerdings so viel Gesindel herum, da weiß man gar nicht, wo man anfangen soll zu suchen.«

Ich hebe die Tasse an den Mund, trinke einen Schluck von dem heißen, dünnen Kaffee und frage mich, was sie sagen würden, wenn sie wüssten, dass Stefan Olsson in Örebro im Arrest sitzt. Ein Mann, der weder Araber noch Stockholmer ist, sondern so fest verwurzelt in Ormbergs Boden wie wir.

»Und den Polizisten aus Stockholm habt ihr noch immer nicht gefunden?«, fragt jetzt Margareta.

»Nein, aber wir werden ihn finden.«

»Da kann man sich nie so sicher sein«, sagt Margareta. »Ich habe einmal eine Frau entbunden, deren Mann sich bei Marsjö verlaufen hatte, und den haben sie nie ...«

»Aber bitte, Margareta«, sagt Mama, »muss das sein?«

»Ich meine doch nur, dass die Wälder hier groß sind«, sagt

Margareta und macht ein beleidigtes Gesicht. »Und die Seen sind tief. Man kann hier verschwinden. Für immer.«

»Wir *werden* ihn finden«, sage ich noch einmal. »Irgendwer muss doch etwas gesehen haben. Und Hanne, die mit ihm im Wald war, kann sich an einiges erinnern.«

»Woran denn?«, fragt Mama.

Ich zucke mit den Schultern.

»Nichts, worüber ich reden darf.«

Mama schüttelt den Kopf und greift sich mit der Hand an die Brust, als ob sie gerade mit einem Herzinfarkt kämpfen würde.

»Wenn er nun tot ist?«, flüstert sie.

»Natürlich ist er tot«, sagt Margareta trocken. »Der kälteste Winter seit Menschengedenken. Zehn Grad unter null und dreißig Zentimeter Schnee. So was überlebt kein Mensch. Ihr werdet ihn finden, wenn der Schnee schmilzt, das könnt ihr mir glauben.«

Mama schnaubt.

»Was ist hier eigentlich los? Ormberg war doch immer so ruhig und friedlich. Hier passiert so etwas nicht. Ich kann es nicht begreifen.«

Der warme Schein der Lampe fällt auf Mamas schwere, rosige Wangen.

Ich denke daran, was Hanne erzählt hat. An die Erinnerungsfragmente, die vielleicht richtige Erinnerungen sind. Oder nur ein Gemisch aus Träumen und Fantasien.

Mir kommt eine Idee. Ormberg ist nicht groß, und wenn jemand alles über die weiß, die hier wohnen, dann Mama und Margareta.

»Kennt ihr Leute in Ormberg, die englische Bücher lesen?«, frage ich.

»Englische Bücher?«

Mama schüttelt den Kopf und verzieht den Mund, Margareta dagegen macht ein nachdenkliches Gesicht.

»Vielleicht Ragnhild«, sagt sie. »Ja, sicher bin ich nicht, aber sie ist doch so verdammt stolz darauf, dass sie als Sprachlehrerin gearbeitet hat. Es würde mich nicht überraschen, wenn sie englische Bücher hätte.«

Und dann:

»Oder Berit. Die hatte in den Achtzigerjahren einen irischen Freund. Einen Gärtner. Der las offenbar wahnsinnig gern, wenn ich das richtig in Erinnerung habe. Gearbeitet hat er nicht so gern. Leider. Aber Berit ist ja immer auf die Falschen reingefallen.«

Margareta seufzt und schüttelt den Kopf.

Ich überlege. Beschließe dann, dass ich die andere Frage jetzt auch noch stellen kann.

»Ihr wohnt doch schon so lange hier, wisst ihr noch, wann diese Geschichte über das Spukkind in der Geröllhalde aufgekommen ist?«

Mama und Margareta wechseln einen Blick.

»Aber Herzchen«, sagt Mama und schüttelt den Kopf. »Das ist doch bloß Gerede.«

»Das ist schon klar«, sage ich. »Aber wann ist dieses Gerücht aufgekommen?«

Mamas Blick wandert nach oben, an die Decke.

»Ich weiß nicht mehr so genau, als du klein warst irgendwann, vielleicht.«

»Sumpf-Ivar hat das Kind gesehen«, wirft Margareta hilfsbereit ein. »Er hat einen nackten Säugling im Gras bei der Geröllhalde gefunden. Bleich wie der Tod und mit blauen

Lippen. Aber als er das Kind hochheben wollte, *paff*, da verwandelte es sich in Rauch.«

Sumpf-Ivar war Gunnar Stens Bruder.

Er wohnte am Rand des Sumpfes, bis er dann vor acht oder neun Jahren gestorben ist. Er war psychotisch und glaubte, die Leute von Ormberg bespitzelten ihn und hätten ihm Funksender in die Zähne einoperiert. In einem Winter umwickelte er sein ganzes Haus mit Blasenfolie, um zu verhindern, dass die Funkwellen ins Haus eindrangen.

Meine Freunde und ich hatten sehr viel Spaß mit ihm. Wir kletterten auf das Haus und stachen ein großes rot angemaltes Messer in den First.

Bei der Erinnerung schäme ich mich schrecklich.

»Sumpf-Ivar war psychisch krank«, sage ich.

»Aber er hat das Kind gesehen«, sagt Margareta und nickt nachdrücklich.

»Er hat alles Mögliche gesehen«, sagt Mama. »Ich würde ihm kein Wort glauben.«

»Wann war das denn?«, frage ich.

Margareta schürzt ihre dünnen, runzligen Lippen.

»Muss gewesen sein, nachdem Berit ihre alte Rostlaube von Auto abgefackelt hatte. Doch, so war das. Aber es war, ehe Rut und Gunnar diese protzige Glasveranda gebaut haben.«

»Und wann war das?«

Margareta zuckt kurz mit den Schultern.

»Das weiß ich wirklich nicht. Aber ich kann Ragnhild fragen. Die weiß es vielleicht noch.«

Dann reckt sie sich, schiebt mit der runzligen Hand die dünnen Haare zur Seite und holt tief Luft, um noch eine von ihren Geschichten zu erzählen.

»Nein, hört mal«, sage ich. »Ich muss jetzt bald ins Bett. Ich muss morgen früh raus.«

»Morgen?«, fragt Mama. »Musst du am Sonntag arbeiten?«

»Wir arbeiten an einer Mordermittlung, Mama.«

»Ja, ich will euch nicht länger aufhalten«, sagt Margareta und sinkt ein bisschen in sich zusammen, gleichsam enttäuscht, weil ich ihr nicht mehr zuhören mag.

Sie leert ihre Kaffeetasse und stellt sie mit einem kleinen Knall auf die Untertasse. Dann erhebt sie sich. Dreht sich zu mir um und erwidert meinen Blick. Macht ein ernstes Gesicht.

»Versprich mir, vorsichtig zu sein, Malin.«

Ich nicke.

Margareta drückt Mama kurz die Schulter und bedankt sich für den Kaffee. Geht zur Diele.

Mama steht auf und bringt sie hinaus.

Ich schaue mich im Zimmer um.

Hier zu sitzen, auf dem alten Sofa meiner Großeltern, und aus diesen Tassen zu trinken, gibt mir ein seltsames, bohrendes Gefühl von Angst. Alles im Raum – die dunklen Tapeten, das verschlissene alte Sofa und die dilettantischen Malereien mit den Gebirgsmotiven aus Norrland – versetzt mich unerbittlich zurück in meine eigene Jugend. Zu nächtlichen Bädern im Bach, zu versoffenen Festen und Geknutsche in Gesindestuben mit Plastikkorkboden und unendlich langweiligen Essen mit Margareta und Sack-Magnus, die einfach kein Ende nehmen wollten.

Das hier ist meine Kindheit, denke ich, als ich den zierlichen blauen Porzellanhenkel der Tasse fasse, die Tasse an den Mund hebe und auf den Lippen den Dampf des heißen Kaffees spüre.

Das hier bin ich, aber nicht mehr lange.

Bald wohne ich weit weg, in Stockholm.

Meine triste kleine Mietwohnung in Katrineholm mit behindertengerechter Küche und Bad ist nur eine Station auf dem Weg fort von hier.

Es stimmt mich wehmütig, aber es kommt mir richtig vor. Ich glaube, immer gewusst zu haben, dass ich Ormberg verlassen würde. Nicht, weil ich eine schlimme Kindheit gehabt hätte, ich hatte eine Menge Freunde, und meine Eltern waren wohl weder schlechter noch besser als andere. Nein, es ist etwas an Ormberg selbst, das ich nicht ertragen kann. Die Luft kommt mir so dick vor, dass das Atmen schwer wird, und die Wälder betrachten mich, und alle traurigen Existenzen, denen die Flucht von hier nie gelungen ist, scheinen mich zurückhalten zu wollen.

Vielleicht fürchte ich mich ganz einfach vor Ormberg – oder vielleicht eher davor, was aus *mir* werden würde, wenn ich hierbliebe. Ich bin davon überzeugt, dass ich mich langsam verwandeln würde, hinuntergezogen in die Hoffnungslosigkeit, die hier wuchert, und wie alle anderen in den kleinen Häusern hier werden.

Grau, engstirnig, ohne Träume.

Und dann ist da ja noch Papa. Und Kenny. Und das Skelett in der Geröllhalde, das kein Champignon war, sondern ein ermordetes kleines Mädchen.

Alle sind noch hier in Ormberg: die Toten, die mich nicht in Ruhe lassen wollen.

Und nun hat sich auch die Frau ohne Gesicht dieser Schar angeschlossen.

Als Mama wieder hereinkommt, sitze ich auf dem Sofa und halte das gerahmte Foto von Papa als Student in der Hand.

Mama sieht mich lange an, sagt aber nichts.

Auch wenn Papas Tod kein so arger Schock war wie Kennys, fehlt Papa mir natürlich noch immer sehr.

Wir standen einander nahe. In vieler Hinsicht näher als Mama und ich. Vielleicht, weil wir uns so ähnlich waren: impulsiv, empfindsam, aber zugleich pragmatisch und unsentimental.

Als Papa jünger war, war er ziemlich sportlich. Wir liefen im Winter Ski und zelteten im Sommer am Långsjö. Mama kam nie mit. Ich glaube, sie hielt es für zigeunerhaft zu zelten, wenn man ein voll ausgestattetes Haus hatte, in dem man wohnen konnte.

Später, als Papas Herz dann Ärger machte, stellten wir diese Ausflüge ein. Stattdessen saßen wir vor dem Kamin und planten Reisen, von denen wir wussten, dass es niemals dazu kommen würde: Rom, Paris, Krakau und Prag.

Papa liebte Großstädte.

Mama nimmt mir vorsichtig das Foto aus der Hand und stellt es zurück ins Regal. Dann lässt sie sich neben mich sinken.

Das Sofa knackt unter ihrem Gewicht, und eine Sekunde lang glaube ich, dass es zusammenbricht.

Sie legt den Kopf schräg und sieht mich an.

»Ich habe heute mit dem Pastor gesprochen«, sagt sie und streichelt behutsam meine Wange. »Mittsommer geht.«

»Danke. Das war lieb von dir.«

»Und dann habe ich Margareta gesagt, dass wir vielleicht ihre Scheune leihen möchten.«

»Ich habe doch gesagt, ich will das Fest nicht dort feiern.«

»Aber Malin ...«

Mama hat diesen ein wenig vorwurfsvollen Tonfall, den sie immer hat, wenn sie sich große Mühe gegeben hat und ich das nicht zu würdigen weiß.

»Ich will nicht bei denen feiern.«

»Hier ist es zu eng, wir haben nicht genug Platz«, sagt Mama.

»Doch. Wenn wir im Garten ein Zelt aufstellen, dann wohl.«

Mama schüttelt den Kopf und stellt die kleine Kaffeetasse so hart weg, dass ich Angst habe, sie könnte zerbrechen. Die blasse Haut an ihrem Hals zittert, als sie den Kopf in den Nacken wirft.

»Ein Zelt? So etwas Dummes habe ich ja noch nie gehört! Wenn man ein Dach über dem Kopf haben kann!«

»Hör endlich auf. Ich will nicht bei Margareta feiern! Sie mischt sich doch immer in alles ein.«

»Wir haben Margareta viel zu verdanken.«

»Das weiß ich. Aber das hier ist etwas anderes. Es geht ja schließlich um *meine* Hochzeit. Okay?«

Mama schnaubt, aber ich kann sehen, dass sie sich geschlagen gibt.

Margareta hat hier in Ormberg immer gemacht, was sie wollte. Sie ist eine der größten Grundbesitzerinnen und finanziell besser gestellt als die meisten anderen, was nur schwer zu glauben ist, wenn man ihr und Magnus' tristes Haus im Wald besucht. Es gibt keine Familie in Ormberg, die sich nicht schon einmal Geld von ihr geliehen hat. Das hat Margareta Einfluss verschafft. Die Menschen hören auf sie und tun meistens, was sie sagt.

Aber sie ist nicht nur ein Machtmensch, sie ist auch tatkräftig und hat für Ormberg viel Gutes erreicht, zum Beispiel hat sie dafür gesorgt, dass die Landstraße gebaut wurde und dass die Buslinie aus Vingåker fast bis zur Kirche verlängert wurde. Und sie hat die Gemeinde noch im vorigen Winter gezwungen, den Schneeräumdienst zu verbessern.

Mama seufzt tief, scheint aber beschlossen zu haben, dass sie in dieser Angelegenheit keinen Streit mehr will.

»Hast du schon ein Kleid gefunden?«, fragt sie mit einer Stimme, die sanfter und nach Versöhnung klingt.

»Nein.«

»Du könntest meins nehmen. Ja, dann müssen wir das natürlich enger machen.«

Mama lacht ein bisschen.

Sie ist dick, das war sie schon immer.

Das ist etwas, worüber wir nicht oft reden, und in Ormberg interessiert es ohnehin niemanden. Ich habe vage Erinnerungen daran, dass sie früher allerlei Diäten versucht hat – eine Zeit lang aß sie nur Eier und Eisbergsalat. Einmal, das muss gegen Ende der Neunzigerjahre gewesen sein, lebte sie von klaren Suppen und Weintrauben. Nach Papas Tod hat sie diese Schlankheitskuren wohl aufgegeben und ihre Liebe zu fettem Essen und Kuchen akzeptiert.

»Warte mal«, sagt Mama, steht auf und geht zum Bücherregal.

Sie kommt mit einem der alten Fotoalben zurück.

»Mama«, sage ich. »Das können wir uns doch morgen ansehen?«

»Ich will dir nur schnell etwas zeigen«, sagt sie und blättert zielstrebig durch das Album.

Bilder aus meiner Kindheit flattern vorbei: ein mageres Mädchen mit zwei langen dunklen Zöpfen, mein unvorstellbar blasser Kinderkörper in einem aufblasbaren kleinen Planschbecken auf dem Rasen, Sack-Magnus, der mich mit einfältigem Blick ansieht und die dicken Lippen zu einem O formt, während Margareta mich in seinem alten roten Seifenkistenauto über den Kiesweg schiebt.

Ich gähne.

Mama scheint das nicht bemerkt zu haben. Sie blättert zielstrebig weiter zum Beginn des Albums zurück.

»Hier!«, sagt sie.

Ich betrachte das verblasste Polaroidbild von Mama und Papa vor der Kirche. Sie sehen so steif und verlegen aus, dass ich fast lachen muss. Mich überkommt eine unerwartete Zärtlichkeit, ein Gefühl, das zur einen Hälfte aus Liebe zu bestehen scheint und zur anderen aus trauriger Sehnsucht danach, was einmal war und nie wiederkehren kann.

Papa hat einen dunklen Anzug und eine rote Blume im Knopfloch, vielleicht eine Nelke. Mama trägt ein Spitzenkleid, das über ihren fetten Armen und der schweren Brust spannt. Der Stoff ist schön, sicher könnte das Kleid verändert und noch einmal getragen werden.

»Doch«, sage ich. »Schön.«

»In Vingåker gibt es eine tüchtige Näherin«, beginnt Mama.

»Bitte. Ich will ein eigenes Kleid!«

Mama verstummt und fährt mit dem dicken Finger über den dünnen Plastikfilm, der das Foto bedeckt.

»Ich dachte doch bloß...«

Ihre Stimme versagt, und mich überkommt sofort ein schlechtes Gewissen.

»Ich werd's mir überlegen«, sage ich, greife nach dem Fotoalbum und blättere einige Seiten weiter.

»Dein erster Sommer«, sagt Mama und lächelt verstohlen.

Ich sehe mir das Bild von mir selbst als Baby an, suche nach vertrauten Zügen in dem runden Gesicht. Ich bin es, und ich bin es doch wieder nicht: die dunklen Augen, die etwas zu füllige Oberlippe und die erstaunten Bögen der Augenbrauen über der winterweißen dünnen Haut.

Ein anderer Gedanke schleicht sich heran – vielleicht, weil wir hier in dem Album mit den Kinderbildern blättern.

Ich denke an Andreas und unseren Besuch bei Esma Hadzic in Gnesta. An die Fotos von Azra und Nermina und an Esma, die mit ihren verkrümmten Fingern über die Bilder strich, so wie Mama es eben getan hat.

Ich frage mich, ob Azra noch ein Kind bekommen hat und wo sich dieses Kind jetzt wohl befindet. Ich habe die Rechtsmedizinerin angerufen und gefragt, wie wahrscheinlich es sei, dass dieses Kind geboren worden ist. Die Rechtsmedizinerin konnte das nicht mit Sicherheit sagen, meinte aber, wenn Azra das erste Drittel der Schwangerschaft ohne Komplikationen hinter sich gebracht hätte, wäre die Wahrscheinlichkeit »sehr groß«, dass sie die Schwangerschaft zu Ende geführt und ein gesundes Kind auf die Welt gebracht hat.

Ich bin überzeugt davon, dass es nur eine Frage der Zeit ist, bis wir dieses Kind irgendwo ausgraben werden. Und ich werde dafür sorgen, dass das Kind gefunden wird, und wenn ich dafür den ganzen Wald auf den Kopf stellen muss. Das Kind braucht ein Grab, und Esma hat ein Anrecht darauf, zu wissen, was passiert ist, auch wenn mich etwas an ihr auf eine vage Weise stört.

Ich kann verstehen, dass man vor Krieg und Elend flieht. Aber warum sollen ich und alle anderen Steuerzahler ihre Frührente finanzieren, wo sie doch längst wieder in Bosnien leben könnte? Mama hat niemals Geld vom Staat bekommen, auch wenn die Götter wissen, dass sie es gebraucht hätte. Stattdessen musste sie Margareta anpumpen, wie alle anderen hier im Dorf.

Mein Handy klingelt wie bestellt, als Mama, die sich offenbar in Erinnerungen verloren hat, mir ein Foto zeigen will, auf dem ich einen glänzenden schleimigen Fisch aus dem Weiher bei der alten Sägemühle ziehe.

Ich entschuldige mich und nehme das Gespräch an.

Es ist Max.

Ich bitte ihn, einige Sekunden zu warten, dann gehe ich aus dem Wohnzimmer und zur Treppe.

Mama sieht ein bisschen enttäuscht aus, als ich verschwinde, und ich habe schon wieder ein schlechtes Gewissen.

Mich bei Mama einzuquartieren, war wirklich eine erbärmlich schlechte Idee – erwachsene Menschen sollten nicht bei ihren Eltern wohnen. Ich begreife nicht, wie Margareta und Magnus es miteinander aushalten. Er hätte doch schon vor fünfundzwanzig Jahren von zu Hause wegziehen müssen.

Aber Margareta hat ja sonst niemanden, und Magnus eigentlich auch nicht.

Einsamkeit ist offenbar ein viel stärkeres Bindemittel als Liebe.

Ich stehe vor dem Fenster in meinem alten Kinderzimmer und rede mit Max. Er hat heute richtig schlechte Laune. Ein

Radfahrer, der von einem Bus angefahren worden ist, hat einen Prozess gegen die Versicherungsgesellschaft gewonnen und wird eine vollständige Invalidenrente beanspruchen können.

»Welche Verletzungen hatte er, was hast du gleich noch mal gesagt?«, frage ich und reibe mit dem Finger an der beschlagenen Fensterscheibe herum.

Draußen wirbeln Schneeflocken vorüber.

Max erzählt von dem fünfundzwanzig Jahre alten Mann, der jetzt im Rollstuhl sitzt und einen Katheter benutzen muss, um seine Blase zu leeren, und von seinem Mistkerl von Anwalt. Ich merke, wie mich Kälte überkommt – Kälte und noch etwas anderes, ein unbestimmtes Gefühl von Unbehagen und Irritation, das ich nicht richtig benennen kann.

Vielleicht liegt es daran, dass Max so hart klingt, oder daran, dass dieses ganze Gerede über Verkehrsunfälle mich wieder an Kenny erinnert.

»Du meinst also, er hätte gar nichts kriegen sollen?«, frage ich und fahre mit dem Finger über die kalte, beschlagene Scheibe.

Max erklärt, dass er das nicht so gemeint habe, aber dass er schließlich für die Versicherungsgesellschaft arbeite und nicht für eine Gutmenschensendung im Fernsehen. Und ob ich überhaupt wisse, wie viele von den sogenannten »Invaliden« ihr Leiden vortäuschen. Wie viele jeden Monat ihre Rente kassieren und dann den Stützkragen abnehmen und nach Hause gehen, um mit den Kindern Trampolin zu springen.

Ich male ein Herz ans Fenster. Und dann noch eins.

»Was hast du nur für einen Scheißjob«, sage ich.

»Wie ist das zu verstehen?«

Ja, er fragt, »wie ist das zu verstehen«. Max ist sehr gut erzogen und würde niemals »was« fragen, wenn er etwas nicht verstanden hat. Das gehört zu den vielen kleinen Dingen, die uns unterscheiden und die mich anfangs wohl auch zu ihm hingezogen haben.

»Ich habe gesagt, du hast einen Scheißjob. Du sitzt da hinter deinem tollen Schreibtisch und hast alle Arme und Beine noch, und du betrügst Leute, die nicht einmal selbst pissen können, um ihr Geld.«

Er schweigt für einen Moment.

»Was zum Teufel?«, sagt er dann. »Seit wann spuckst du denn so linke Töne?«

»Vielleicht, seit ich dich kenne.«

Ich drücke das Gespräch weg und schaue mein Handy an, ohne zu begreifen, was hier passiert ist. Ich bereue es sofort, als ich einsehe, was ich getan habe. Ich habe Max ohne einen wirklichen Grund beleidigt und verletzt, denn er hatte ja recht damit, dass er nur seine Arbeit gemacht hat.

Ich weiß, ich müsste ihn sofort anrufen und um Verzeihung bitten. Erklären, wie müde ich war und unter welchem Druck wir alle hier stehen. Von Azra und Nermina und Peter erzählen. Von der Angst, einen Kollegen tot aufzufinden, und von der ebenso entsetzlichen Alternative: ihn gar nicht zu finden.

Und dann von allem anderen, worüber ich nie wirklich mit ihm zu reden versucht habe: wie wenig er weiß und begreift, über meine Familie und die Menschen, die hier wohnen. Es spielt keine Rolle, wie gut er und Mama sich verstehen, wenn sie sich treffen. Max kehrt ja doch immer in seine peinlich saubere Jugendstilwohnung mit den teuren italienischen Designermöbeln und Badezimmerarmaturen in spiegelblankem Messing in Stockholm zurück. In das Bett mit der Rosshaarmatratze, die einen Monatslohn gekostet hat – ja, einen seiner Monatslöhne, einer von meinen würde da niemals ausreichen.

Kann er jemals begreifen, wie es ist, wenn einem ein Bus die Beine zerschmettert oder wenn man die Arbeit bei TrikotKönig verliert und keine andere findet, weil alle Firmen stillgelegt worden sind und die Gemeinde kein Geld hat, um denen, die hier wohnen, zu helfen, und die sich abgehängt fühlen und es ungerecht finden, dass die Menschen im Geflüchtetenheim Essen, ein Dach über dem Kopf und eine Ausbildung erhalten, einfach so?

Was weiß er über die Finsternis in Ormberg?

Aber ich bringe es nicht über mich, ihn anzurufen. Jetzt nicht.

Stattdessen starre ich die Herzen auf der Fensterscheibe an. Wische sie mit der Handfläche weg.

Liebe ist nicht mein Ding.

JAKE

Schneeflocken peitschen mein Gesicht, als ich von zu Hause losfahre. Das Moped kämpft sich über die ungeräumte Landstraße. Dunkelheit und Schneegestöber erschweren die Sicht, und ich fahre so langsam, dass ich Angst davor habe, in den Kurven umzukippen. Ich versuche, nicht daran zu denken, was passieren könnte, denn wenn ich hier draußen verunglücke, kann mir niemand helfen.

Aber heute kommt es mir vor, als ob das keine Rolle spielen würde.

Ich denke an Papa bei der Polizei in Örebro. Und dann denke ich an Melinda, an ihr Gesicht, als sie mich mit Kleid und Lippenstift im Bett sah. Die Verwirrung und die Angst in ihren Augen waren eine schmerzhafte Erinnerung daran, wer ich bin, oder vielleicht eher, *was* ich bin.

Widernatürlich.

Sowie Melinda verschwunden war, zog ich mich um und fuhr los.

Den Rucksack habe ich in den Gepäckkorb am Moped gestopft. Dort liegen auch Hannes Tagebuch, mein Handy, ein tiefgefrorenes Brot und zwei Dosen Cola.

Als ich die Hauptstraße erreiche, fahre ich in Richtung dessen, was alle stur »Zentrum« nennen, obwohl es sich nur um ein paar baufällige Häuser neben einer Wiese handelt.

So sieht Hanne es jedenfalls.

Ich fahre auf die kleine Straße, die zu Sagas Haus führt. Halte davor, gehe die kleine Treppe hoch und klingele. Durch die Haustür sind erregte Stimmen zu hören.

Sagas Mutter macht auf, sie trägt einen rosa Trainingsanzug. Sie hat ihre langen dunklen Haare mitten auf dem Kopf zu einem wackligen Knoten aufgesteckt. In der Hand hält sie einen nassen Spüllappen.

»Jake? Bei diesem Wetter unterwegs? Komm rein.«

Sie öffnet die Tür, und ich schlüpfe ins Warme, ziehe die Stiefel aus und hänge meine Daunenjacke an einen Haken in der Diele.

Sagas Mutter legt großen Wert auf Ordnung im Haus. Ich glaube, das ist ihr wichtigstes Hobby. Alle Familienmitglieder haben ihren eigenen Haken mit Namensschild und einen festen Platz im Schuhregal. Es gibt auch einen Platz für Gäste, und dorthin stelle ich meine Schuhe.

Aus dem Wohnzimmer höre ich den Fernseher.

Bea, Sagas jüngere Schwester, die zwölf ist, kommt mit einem iPad in der Hand aus der Küche gelaufen. Ich sehe sofort, dass sie wütend ist, und nehme an, dass ich mitten in einen Streit hineingeplatzt bin.

»Er hat mich aber gehauen!«, schreit sie.

Sagas Mama dreht sich zu Bea um und schlägt die Arme übereinander.

»Man darf trotzdem nicht zurückschlagen. Ich will keine solchen Anrufe von deiner Lehrerin mehr. Ist das klar? Das ist peinlich. Du bist doch ein Mädchen, Bea, du müsstest das besser wissen.«

»Aber er hat mich gehauen. Ganz fest!«

»Liebe fängt immer mit einem Streit an. Er hat dich sicher nur geschlagen, weil er dich gernhat, Jungs machen so was. Sie können nicht sagen, dass sie jemanden gernhaben. Wenn du älter bist, wirst du das verstehen.«

Saga taucht in der Küchentür auf.

Ihre Haare sind jetzt von einem dunkleren Rosa, fast kirschfarben. Lange Fäden hängen von ihren verschlissenen schwarzen Jeans, und durch die Löcher auf Oberschenkeln und Knien ist weiße Haut zu sehen.

Ihr Gesicht öffnet sich zu einem Lächeln, als sie mich sieht, und sie macht einige Schritte auf mich zu.

»Hallo!«

»Hallo«, sage ich, und mir ist plötzlich sehr bewusst, dass ich hier eigentlich nichts zu suchen habe.

Aber Saga lacht nur, nimmt meine Hand und zieht mich ins Wohnzimmer. Drückt mich zur Katze Musse aufs Sofa.

»Wie sieht's aus?«, fragt sie und setzt sich im Schneidersitz neben mich.

»Gut«, lüge ich. »Worüber streiten die sich?«

»Äh. Bea hat wieder einem eins in die Fresse gehauen.«

Ich denke daran, was Sagas Mutter zu Bea gesagt hat, dass Jungen schlagen, wenn sie jemanden gernhaben, weil sie das nicht auf andere Weise sagen können. Als ob alle Jungs, na ja, verkorkste Monster wären, die mit den Fäusten reden. *Tjong* – ein Schlag ins Gesicht: Du bist wunderbar. *Pang* – eine Faust in den Magen: Ich mag dich. *Poff* – ein Tritt in den Rücken: Willst du mit mir zusammen sein?

Saga grinst und fährt sich mit der Hand über die Haare.

»Ich hab sie dunkler gefärbt. Was meinst du?«

»Saugut!«

»Danke. Mama findet, ich sehe aus wie eine Hure.«

Wir hören Schritte in der Diele, und dann steht Sagas Mutter in der Türöffnung.

»*Junge Dame!* Das habe ich absolut nicht gesagt. Dieses Wort benutzen wir in diesem Haus nicht. Wo ist übrigens meine schwarze Jeans?«

»Weiß nicht. Wieso?«

Saga sieht mich an und verdreht die Augen.

»Erstens, weil sie mir gehört. Und zweitens, weil ich heute Abend zu Björn gehe, und ich will sie anziehen. Also such sie gefälligst mal raus.«

Sie verschwindet mit energischen Schritten.

Saga seufzt, und meine Wangen werden heiß.

Björn Falk.

Der neue Typ von Sagas Mutter. Der wegen Körperverletzung vorbestraft ist. Der seine Freundin gegen eine glühend heiße Saunaheizung geschleudert hat, sodass sie mehrere Transplantationen brauchte. Über den ich nichts erzählen darf, obwohl ich das tun müsste.

»Deine Haare sind ganz toll«, sage ich stattdessen und meine das auch.

Die Farbe erinnert an diese violetten Blumen, die im Sommer im Straßengraben wachsen und die Mama so gerngehabt hat.

»Hat irgendwie mehr *Aussagekraft*«, füge ich hinzu.

»Genau«, sagt Saga und sieht zufrieden aus.

Ich schüttele mich, weil ich friere.

Saga legt vorsichtig die Hand auf meinen Pulloverärmel.

»Aber, der ist ja nass. Warte mal, dann hol ich dir einen anderen.«

»Ist nicht nötig«, sage ich, aber Saga ist schon in die Diele verschwunden.

Zwei Minuten darauf kehrt sie mit einem T-Shirt und einem dicken schockrosa Wollpullover zurück. Der hat fast die gleiche Farbe wie ihre Haare. Eine lange Garnschleife hängt von einem Ärmel bis auf den Boden.

Saga steckt den Finger durch die Schleife, hebt die Augenbrauen und lächelt.

»Der bleibt überall hängen.«

Ich nehme den Pullover. Zögere ein paar Sekunden, beschließe dann aber, Saga nicht zu enttäuschen, und deshalb streife ich ihn über.

Der rosa Pullover ist lang, er reicht mir über den halben Oberschenkel.

»Saugut. Rosa steht dir.«

Ich sage nichts dazu.

Ich habe Rosa immer schon schön gefunden, aber das kann ich doch nicht laut sagen.

Es wird plötzlich seltsam still. Der Streit scheint ein Ende gefunden zu haben, und das Einzige, was zu hören ist, ist die gleichmäßige Stimme des Nachrichtensprechers im Fernsehen. Draußen vor dem Fenster wirbeln große Flocken in einem Tanz, der nie aufzuhören scheint.

Musse reckt sich ein wenig, und als Saga das weiche Fell auf dem Bauch der Katze streichelt, klirren ihre Armreifen.

»Also, willst du einen Horrorfilm?«

»Sicher.«

Saga legt einen alten Film über irgendwelche Jugendlichen ein, die in den Wald gehen, um eine Hexe namens »Blair Witch« zu suchen, und die sich dann verirren. Der Film sieht selbst gemacht aus, aber Saga stellt trocken fest, das sei nur ein Werbetrick gewesen.

»Es geht doch darum, dass man glaubt, dass die sich selbst filmen. Ich glaube, die Leute sind darauf reingefallen. Früher, meine ich, als der Film gedreht wurde. Mama sagt, sie fand ihn damals, na ja, *saugruselig*.«

»Echt?«

»Und wie«, sagt Saga, und wir kichern verschwörerisch.

Ihre Hand stiehlt sich in meine, sie ist warm und feucht, und obwohl ich meinen Arm gern ein bisschen bewegen würde, tue ich das nicht, um nur ja nicht diesen perfekten Augenblick zu ruinieren. Ich will auf dem Gefühl von Wärme surfen, das sich in mir ausbreitet, und ich will dieses süchtig machende Ziehen im Magen auskosten, so lange es geht.

»Stell dir vor, dass Ormberg so unglaublich gefährlich geworden ist, obwohl es eigentlich der langweiligste Ort auf der Welt ist«, sagt Saga. »Mama hat erzählt, dass gestern ein paar Leute vom Fernsehen sie interviewen wollten. Aber sie hatte sich morgens nicht geschminkt, deshalb hat sie abgelehnt. Und es sind auch schon Mordtouristen da.«

»Mordtouristen?«

»Ja, du weißt schon. Die Leute sind neugierig und wollen die Mordstätte sehen. Im Zentrum ist ihr eine ganze Bande begegnet, die nach dem Weg zur Geröllhalde gefragt haben.«

Mir schaudert, und ich denke an Hannes Tagebuch, das im Rucksack liegt und darauf wartet, gelesen zu werden.

»Verdammt pervers«, sage ich. »Ich meine, diese Frau da in der Geröllhalde, die war doch auch ein Mensch und hat gelebt und geatmet und so. Und ist hier herumgelaufen genau wie wir. Sie hat sich vielleicht diesen Film hier angesehen oder hatte Familie ... Und jetzt ist sie zur Touristenattraktion geworden. Wie die Ramschläden in Vingåker.«

Meine Stimme versagt.

»Mmm«, sagt Saga. »Das ist wirklich pervers. Aber daran denkt niemand. Außer uns, denn wir sind *moralisch überlegen*.«

Neues Kichern.

»Erinnerst du dich an die Frau, von der ich erzählt habe, die, die bei der Polizei in Örebro im Büro arbeitet?«

»Deine Cousine?«

Saga verdreht die Augen.

»Nein, die, die mit dem Sohn vom Exmann von Mamas Schwester zusammen ist und aus Kumla kommt. Jedenfalls, sie sagt, dass die Morde bald aufgeklärt sein werden. Die Polizei hat *einen Verdächtigen*.«

Mich durchfährt ein Schauder, als mir aufgeht, dass dieser Verdächtige Papa sein muss.

Saga mustert ihre Fingernägel und fügt hinzu:

»Sie sagt, sie hofft, dass sie ihn auf ewig einbuchten, an einem Ort, wo keine Sonne scheint.«

In mir scheint etwas zu zerbrechen, als sie das sagt. Mein Magen krampft sich zusammen, und mein Mund ist wie ausgedörrt.

Papa. Für immer in einem dunklen Raum eingesperrt.

»Ich frag mich ja, ob diese Alte, die sie im Wald gefunden haben, ihn erkennen würde«, sagt jetzt Saga, die meine Reaktion offenbar nicht bemerkt hat. »Die mit dem Gedächtnisschwund. Aber übrigens. Es ist doch total krank, dass sie jetzt bei Berit hinter der Kirche wohnt. Ein uralter Mensch, der sich um einen uralten Menschen kümmert. Mama sagt, das wird sicher schiefgehen. Obwohl Berit das früher offenbar als Beruf hatte. Sich um Krüppel und Idioten zu kümmern und so.«

»Diese Wörter habe ich nun wirklich nicht benutzt!«

Sagas Mutter steht wieder in der Türöffnung. Aber sie sieht nicht wütend aus, nur belustigt. Sie schwenkt das Spültuch hin und her.

»Jake«, sagt sie dann. »Du solltest dich vielleicht auf den Heimweg machen?«

Ich schaue den Teppich an, spüre, wie Panik in mir aufsteigt, als Sagas Mutter das sagt.

Sagas Mutter mustert mich schweigend und runzelt die Stirn. Dann sagt sie:

»Aber du kannst auf dem Sofa schlafen, wenn du willst. Das ist kein Problem.«

Saga lächelt, sagt aber nichts. Sie zieht nur an einem der langen Fäden, die von ihrer Jeans hängen, bis der reißt, und dann bleibt sie damit in der Hand sitzen, wie mit einem Regenwurm.

Ich liege auf dem Sofa, unter der alten feuchten Decke, die Sagas Mutter aus dem Schuppen geholt hat.

Sagas Mutter ist in Ordnung – sie muss mich ja nicht hier schlafen lassen.

Ich denke daran, was Papa immer sagt; dass die Leute in Ormberg füreinander da sind, dass das einer der Vorteile davon ist, in einem kleinen Ort zu wohnen. Und vielleicht hat er recht.

Ich nehme das Tagebuch hervor. Zögere, schalte dann aber die Stehlampe ein und lese.

Wir sind nicht einer Meinung, Hanne und ich, aber ich muss trotzdem wissen, was passiert ist. Denn wenn ich den wirklichen Mörder finde, dann müssen sie Papa freilassen. Vielleicht bin ich der Einzige, der ihn retten kann.

Ormberg, 30. November

Im Büro.
Wilder Wind draußen, fast schon Sturm.
Der Regen strömt nur so, der Wind reißt am Haus. Es ist eiskalt hier drinnen, und es tropft von der Decke, obwohl der Heizlüfter auf vollen Touren läuft.
Wir hatten eben die Morgenbesprechung. Wir haben den Stand der Ermittlungen zusammengefasst, sind wieder Zeitschienen, Hypothesen, technische Beweise und Zeugenaussagen durchgegangen. Von der bosnischen Polizei haben wir zudem weitere Bilder von Nermina bekommen.
Wir haben sie vergrößert und aufgehängt.
Der Tod starrte mich von der Wand her an. Ich starrte zurück.
Manfred war frustriert. Fragte mich, mit welchem Tätertyp wir es hier zu tun hätten.
Ich erklärte, dass ich drei Alternativen sehe: 1) Jemand hat Nermina aus Versehen getötet (Verkehrsunfall z. B.) und ihren Leichnam in der Geröllhalde versteckt. 2) Azra hat ihre Tochter getötet, das würde auch erklären, warum sie danach verschwunden ist. 3) Eine unbekannte Person hat Nermina getötet. Das Motiv könnte dann sexueller Art sein.
Danach sind wir die Personen durchgegangen, die Anfang

der Neunzigerjahre im Heim für Geflüchtete gearbeitet haben. Die meisten hatten keine verdächtige Vergangenheit. Eine Person war wegen Körperverletzung vorbestraft. Nur zwei Mitarbeiterinnen wohnten in Ormberg: Rut Sten, die ehemalige Leiterin, und Berit Sund, eine alte Dame, die zwischen der Kirche und der alten Fabrik wohnt.

Laut Malin ist Berit total harmlos.
So eine, die keiner Fliege etwas zuleide tun könnte.

Ich werde davon geweckt, dass ich friere.

Die Decke ist auf den Boden gerutscht. Ein schwaches Licht aus der Küche hat seinen Weg ins Wohnzimmer gefunden. Unter mir auf dem Sofa knistert etwas, als ich die Hand nach dem Boden ausstrecke – vielleicht alte Chips.

Das gehört zu den Dingen, die Sagas Mutter verabscheut – Chips unter dem Sofa. Wenn sie wüsste, dass die hier liegen, würde sie sicher mit dem Staubsauger angestürzt kommen – selbst mitten in der Nacht.

Ich hebe die Decke auf, erstarre dann aber mitten in der Bewegung, drehe mich um und sehe wieder den Boden an.

Das Tagebuch ist verschwunden!

Ich springe auf, falle auf die Knie und luge unter das Sofa, aber dort ist das Buch nicht. Es ist auch nicht zwischen die Sofakissen gerutscht.

Sie sitzt im Bett mit dem Tagebuch auf den Knien, und ihr laufen die Tränen über die Wangen. Ihre rosa Haare fallen über ein Auge.

»Hallo«, sage ich vorsichtig.

Saga schüttelt den Kopf, als ob sie will, dass ich weggehe.

»*Du, Saga.*«

»Das ist ihr Buch, oder? Das von der Frau, die sich im Wald verirrt hat.«

Ich nicke wortlos.

»Das hättest du erzählen müssen«, sagt sie leise.

Ich stehe wie erstarrt auf dem kalten Boden und merke, wie ein eisiger Luftzug um meine Knöchel streicht. Das Fenster klappert, wenn der Wind Anlauf nimmt und sich gegen die Scheibe presst.

Ja, ich hätte es sagen müssen. Aber das habe ich nicht. Und jetzt kann ich nicht einmal mehr sagen, warum ich es nicht sagen konnte.

»Du hättest sagen müssen, dass du das Buch hast, und du hättest erzählen müssen, dass Björn Falk ein Arsch ist. Was, wenn er versucht, Mama auch noch umzubringen? Was, wenn er sie in einen Saunaheizraum sperrt? Das hast du dir vielleicht nicht überlegt?«

»Ich ...«

»Warum hast du das nicht erzählt? Ich dachte, wir hätten Vertrauen zueinander.«

Ihre Stimme ist zu einem Flüstern geworden.

»Weil ... Weil ...«

Saga schüttelt wieder den Kopf und wischt sich eine Träne ab.

»Weil dein Vater vielleicht auch jemanden umgebracht hat?«

»Nein. *Nein!*«

»Weil du weder eine Mutter noch einen Vater hast, wenn er in den Knast muss?«

»Papa würde niemals ...«

»Das weißt du nicht«, sagt Saga und lacht trocken. »So was weiß man nicht. Und sowieso, was hattest du denn vor? Du wolltest ja wohl nicht hinfahren?«
»Wohin fahren?«
Saga schnauft.
»Du hast also noch nicht mal alles gelesen?«
Ich schweige. Saga wiegt sich im Bett hin und her und starrt die Wand an.
»Du«, sag ich. »Sag das nicht weiter. Bitte!«
Saga dreht sich zu mir um. Ihre Augen sehen aus wie schwarze Löcher. Sie umklammert das Tagebuch so fest, dass ihre Fingerknöchel weiß werden.
»Ist das alles, was dir wichtig ist? Dass ich die Klappe halte?«
»Nein, ich…«
»Geh jetzt endlich!«, schreit sie und wirft mit dem Tagebuch nach mir.
Die Blätter flattern und rascheln, als das Buch durch die Luft fliegt. Es landet mit einem dumpfen Aufprall auf meinem linken Fuß, aber es tut nicht weh, ich verspüre nur eine grausige Leere, als mir aufgeht, dass ich sie vielleicht verloren habe.
»Hau ab«, sagt sie. »Und lass dich nie wieder hier blicken.«
Sie dreht sich um und vergräbt ihr Gesicht im Kissen.

MALIN

Ich weiß nicht, was mich geweckt hat, vielleicht ein Geräusch von draußen, denn ich kann hören, wie der Wind um die Hausecken heult, und ein einsamer Zweig streift immer wieder die Fensterscheibe – es hört sich an, als säße Suzette dort draußen in der Dunkelheit und tippte mit einem ihrer langen blauen Nägel an die Scheibe.

Der Mond wirft sein bleiches Licht auf den Flickenteppich auf dem Boden, und zwei einsame Schneeflocken fliegen vorüber.

Ich denke an Max und an Kenny und daran, was Mama vor einigen Tagen darüber gesagt hat, dass man nicht vor sich selbst weglaufen kann.

Vielleicht hat sie recht.

Vielleicht ist Max eine Flucht aus Ormberg oder vielleicht vor Kenny, und am Ende eben auch vor mir selbst.

Ich glaube jedenfalls, dass bei Kennys Tod etwas in mir zerbrochen ist.

Nicht so sehr, weil es ein grauenhafter Unfall war, auch nicht, weil wir betrunken waren, sondern weil ich damals erfahren habe, wie weh es tut, den Menschen zu verlieren, den man liebt.

Diesen Schmerz will ich nie wieder erleben müssen.

Ein scharrendes Geräusch ist aus dem Erdgeschoss zu

hören, es klingt fast, als ob jemand einen Stuhl hinter sich herziehen würde.

Ich schaue auf die Uhr: fünf nach fünf Uhr morgens. Vielleicht geht Mama auf die Toilette.

Nach Kennys Tod wollte ich nicht aus dem Bett aufstehen, und ich wollte nicht essen. Das Essen blieb mir im Hals stecken, und mir wurde schlecht. Ich konnte nur an Kennys Gesicht denken, das kein Gesicht war, sondern eine formlose fleischige Masse.

Mama und Margareta hielten bei mir Wache, Tag und Nacht. Sicher – Papa war auch da, aber er musste ja an seine Arbeit denken. Außerdem war es Frauensache, sich um deprimierte Teenager zu kümmern.

Und als meine Eltern einige Wochen später an Grippe erkrankten und es ihnen so schlecht ging, zog Margareta hier ein. Machte für uns alle Frühstück, Mittagessen und Abendbrot. Räumte auf dem Dachboden auf, wusch und bügelte die ganze Bettwäsche und putzte den Boden.

Ich glaube, damals habe ich begriffen, wie viel Margareta mir bedeutet, ja, unserer ganzen Familie. Sie ist keine sanfte, verständnisvolle Person, aber sie ist da, wenn sie gebraucht wird. Sie ist die Nabe, um die wir uns alle bewegen, die verbindende Kraft in einer ziemlich kleinen und zerspaltenen Sippe. Die Hilfe, die sie anbietet, ist zwar grob und wortlos, aber auf sie ist immer Verlass.

Und im Grunde ist es das doch, was zählt?

Von unten ist ein Aufprall zu hören, und dann ein Knall, als sei die Haustür zugeschlagen.

Ich setze mich auf. Merke, dass mein Herz hämmert und dass mir der Schweiß auf die Schläfen tritt.

Geht Mama *jetzt* weg, um fünf Uhr morgens?

Ich stehe auf, lege mir die Wolldecke, die am Fußende meines Bettes liegt, um die Schultern und schleiche mich die Treppe hinunter.

Alles ist still. Das Mondlicht wirft einen gespenstischen Schein durch das Zimmer. Der Boden ist kalt, und ich ziehe die Decke fester um mich zusammen.

Papa war Schlafwandler. Meistens hat er beim Schlafwandeln gegessen. Es kam vor, dass Mama ihn am Kühlschrank fand, mit der Hand im wahrsten Sinne des Wortes im Marmeladentopf, den ganzen Schlafanzug mit Blaubeermarmelade verschmiert.

Langsam steige ich die Treppe hinunter und schaue in Diele und Küche.

Leer.

Die Büsche vor dem Fenster ducken sich in dem kräftigen Wind, und kalte Luft streicht um meine Fußknöchel.

Ich gehe weiter zu Mamas Zimmer, öffne die Tür einen Spaltbreit und lausche ins Dunkle.

Ihre Atemzüge sind tief und regelmäßig, und die Luft ist gesättigt von ihrem Geruch. Ich ziehe vorsichtig die Tür hinter mir zu, gehe zurück in die Diele und lasse den Blick über die verschneite Auffahrt und die Tannen dahinter gleiten. Und dort, zwischen zwei der höchsten Bäume, ahne ich eine Bewegung.

Jemand oder etwas bewegt sich zwischen den Baumstämmen. Es könnte ein Mensch sein, aber genauso gut auch ein Tier.

In diesem Moment höre ich aus dem Wohnzimmer ein *Pling*.

Ich fahre herum.

Etwas leuchtet auf dem Couchtisch auf, es badet in einem kalten, künstlichen Licht.

Mein Laptop.

Aber den habe ich doch gestern Abend ausgeschaltet?

Ich gehe ins Wohnzimmer und beuge mich über den Laptop. Auf dem Bildschirm tanzen bunte Kreise umeinander. Neben dem Rechner liegt mein aufgeschlagener Notizblock, so, wie ich ihn gestern hingelegt habe. Die Notizen über Hanne und das wenige, woran sie sich aus der Nacht von Peters Verschwinden erinnert, füllen zwei ganze Seiten.

Ich drücke auf die Tastatur, und der Bildschirmschoner weicht der Startseite.

Der Rechner ist gesperrt.

Ich atme erleichtert auf, aber dann fällt mein Blick neben mir auf den Fußboden. Ein feuchter Fleck breitet sich auf dem Parkettimitat aus, glitzert matt im Licht des Bildschirms.

Mein Herz schlägt schneller, und in meinen Ohren hämmert es.

Ich gehe in die Diele, schließe die Tür auf und schaue hinaus in die Dunkelheit. Der kalte Wind packt meine Haare, und ich zittere vor Kälte.

Zuerst kann ich nichts Besonderes sehen, dann ahne ich etwas im Schneegestöber, ganz dicht bei der Tür.

Es ist ein Fußabdruck.

Ich gehe in die Hocke und sehe ihn mir an. Mitten in der Sohle sind die Umrisse eines fünfzackigen Sterns zu sehen.

Hanne sitzt mit einer Teetasse in der Hand an Berits Küchentisch. Im Leuchter auf dem Tisch brennen zwei Kerzen.

Heute ist der zweite Advent.

Mein Kopf schmerzt vor Müdigkeit – nachdem ich am frühen Morgen diese Geräusche unten im Haus gehört und meinen Computer eingeschaltet vorgefunden hatte, konnte ich nicht wieder einschlafen. Ich lag wach und drehte mich von einer Seite auf die andere, bis der Wecker klingelte.

Als ich heute Morgen ins Büro fuhr, überlegte ich, ob ich Manfred erzählen sollte, was in der Nacht passiert war, aber im bleichen Sonnenlicht kam mir das so albern vor: ein Aufprall, ein Fußabdruck im Schnee, der frisch sein konnte, aber eben auch alt. Eine Bewegung zwischen den Bäumen, vielleicht heraufbeschworen durch meine eigene Angst, und nicht der Eindringling, den ich befürchtete.

Ich schaue auf den Tisch vor mir.

Neben dem Leuchter liegen die Bilder von Azras und Nerminas toten Körpern, die Karte von Ormberg, die Vernehmungsprotokolle und die Notizen, die Manfred mitgebracht hat.

Wir sitzen hier seit über einer Stunde, in der Manfred unendlich pädagogisch die ganze Ermittlung durchgegangen ist und alles dargestellt hat, was wir über Nermina und Azra, Peters Verschwinden und Hannes Anhänger wissen. Er hat nichts über Stefan Olsson gesagt – das ist eine bewusste Entscheidung, er will, dass Hanne sich ganz unbeeinflusst Gedanken über einen möglichen Täter macht.

Hanne hat gelesen, ab und zu etwas auf ihrem Block notiert und Fragen gestellt. Berit hat neuen Tee gekocht, war mit dem Hund draußen und hat sich am Ende mit ihrem Strickzeug ins Nebenzimmer gesetzt.

Es ist deutlich, dass Hanne sich nicht an die Ermittlung erinnert. Ich glaube, Andreas und mir fällt es beiden schwer, den Sinn dieses Besuchs zu verstehen. Wenn Manfred gehofft hatte, Hanne werde sich an etwas erinnern, dann hat er sich jedenfalls geirrt. Und wir haben viel zu tun – der Staatsanwalt braucht vor dem Haftprüfungstermin alle Hilfe, die er bekommen kann.

Vor Berits Fenster scheint eine bleiche Morgensonne über Ormberg. Ein dünner rosa Streifen schwebt über den Baumwipfeln, und der Nebel streicht um die Kiefern am Waldrand.

Es scheint ein schöner Tag zu werden, aber die Meteorologen haben für morgen kräftigen Schneefall und Verkehrsprobleme angekündigt.

Hanne schiebt ihre Lesebrille auf den Kopf und reibt sich die Augen. Der gusseiserne Herd lässt Funken aufstieben.

»Du weißt doch, dass ich mich an nichts erinnere?«, fragt sie und erwidert Manfreds Blick.

Manfred nickt und legt seine große Hand über Hannes.

Sie lächelt. Er lächelt.

Alles zwischen Hanne und Manfred scheint in schweigendem Einverständnis vor sich zu gehen.

»Was willst du wissen?«, fragt Hanne.

»Ich will wissen, ob dieselbe Person Nermina und Azra Malkoc getötet hat. Und dann will ich, dass du mir sagst, wer diese Person ist.«

Hanne lacht und drückt Manfreds Hand.

»Ich bin keine Hellseherin.«

»Doch, das bist du«, sagt Manfred und lächelt breiter.

Hanne lässt Manfreds Hand los und fährt sich mit ihrer durch die langen Haare, löst mit den Fingern eine verfilzte Stelle auf.

»Weil du es bist, Manfred. Aber du weißt, dass das jetzt nur Hypothesen sind, die sich auf eine überaus oberflächliche Kenntnis des Materials stützen.«

»Natürlich.«

Hanne seufzt und schüttelt langsam den Kopf. Sie sieht fast belustigt aus.

»Ich ziehe nur ungern übereilte Schlüsse.«

»Aber wenn du es doch einmal tust?«

Sie nickt.

»Dann sage ich, dass diese Fälle natürlich zusammenhängen. Es ist zu unwahrscheinlich, dass ein kleines Mädchen und seine Mutter aus purem Zufall an derselben Stelle tot aufgefunden werden, auch wenn die Herangehensweise eine andere ist und zwischen beiden Funden viele Jahre vergangen sind. Also, ja, ich glaube, dass wir es mit ein und demselben Täter zu tun haben. Außerdem gibt es im Verhalten des Täters einige Dinge, die mich annehmen lassen, dass er eine persönliche Beziehung zu den Opfern hatte.«

»Erklär das bitte mal genauer«, sagt Manfred.

Hanne nickt.

»Der Täter hat ihnen eine gewisse… Fürsorge erwiesen. Der Täter oder die Täterin, aber wir können der Einfachheit halber von einem Täter sprechen, hat das kleine Mädchen auf den Rücken gelegt und ihm die Hände auf der Brust gefaltet, ehe er es mit Steinen bedeckt hat. Fast wie bei einer Beerdigung. Es wirkt, als ob er es… respektiert hätte. Bei Azra ist es genauso. Der Täter hat sie unter die Tanne gelegt und ihr die Hände ebenso gefaltet wie damals bei Nermina. Ich glaube, er hat die beiden gekannt. Er hat sie vielleicht sogar gerngehabt.«

Hanne setzt wieder die Brille auf, wirft einen Blick auf ihre Notizen und fügt dann hinzu:

»Aber dann ist da ja noch Azras zerschlagenes Gesicht.«

Sie unterbricht sich und runzelt die Stirn. Schweigt danach lange.

Wir mustern sie stumm. Berit hustet im Nebenzimmer.

»Auf den ersten Blick ergibt das keinen Sinn«, sagt Hanne dann. »Nicht, wenn er sein Opfer respektiert hat. Dann zerschlägt man ihm das Gesicht nicht mit einem Stein. Das tut man, wenn man jemanden verabscheut oder wenn die Tat im Affekt geschieht. Aber es kann ja andere Gründe für sein Verhalten geben. Gründe von eher instrumenteller Art.«

Manfred schaut von seinem Notizblock auf.

»Ja«, sagt Hanne nun und klingt sicherer. »So kann es sein. Vielleicht hatte er keine Zeit, um den Leichnam richtig zu verstecken, und hat ihr das Gesicht zerschlagen, um die Identifizierung zu erschweren.«

»Aber man kann einen Menschen ja trotzdem identifizieren«, sage ich. »Durch die DNA zum Beispiel.«

Hanne zuckt kurz mit den Achseln.

»Sicher. Aber das ist schwieriger. Du brauchst Vergleichsmaterial. Das ist wie bei Fingerabdrücken.«

»Und dass beide Opfer barfuß waren?«, frage ich.

»Hm«, sagt Hanne und tippt mit dem Kugelschreiber auf den Tisch. »Falls die Kleine wirklich barfuß war. Sie kann doch Schuhe gehabt haben, die inzwischen vermodert sind. Sie hat schließlich fünfzehn Jahre da in der Geröllhalde gelegen. Aber die Mutter...«

Hanne verstummt und schaut hinaus auf die verschneite Wiese.

»Kann die Technik etwas darüber sagen, ob die Schuhe vor oder nach dem Mord abgelegt worden sind?«, fragt sie.

»Die Kollegen sind sich nicht sicher«, sagt Manfred. »Aber sie hatte etliche Schrammen an den Füßen, deshalb glauben sie, dass sie barfuß durch den Wald gelaufen sein kann.«

»Sie war vielleicht psychisch nicht gesund«, sagt Hanne. »Oder...«

»*Oder?*«, fragt Manfred.

»Oder sie ist Hals über Kopf losgestürzt, aus einem Auto oder einem Haus in der Nähe.«

»Es steht kein Haus in der Nähe«, sage ich.

»Aber es gibt eine Straße«, sagt Hanne und zeigt auf die Karte.

Manfred nickt.

»Also?«, fragt er langsam. »Wer ist es?«

Hanne lächelt traurig.

»Ich wünschte, ich könnte das sagen. Aber ich nehme an, dass er hier wohnt, da beide Morde hier passiert und dazwischen so viel Zeit vergangen ist. Ich bin ziemlich sicher, dass es ein Mann ist, ganz einfach, weil die meisten, die ihre Opfer erschießen oder totschlagen, Männer sind. Er ist körperlich stark und kennt sich in der Gegend gut aus. Er müsste irgendwas zwischen vierzig und fünfundsechzig sein...«

»Moment«, sagt Andreas. »Wie kannst du das wissen?«

Hanne nickt und sieht fast ein bisschen eifrig aus.

»Mord ist ein grobes Verbrechen. Die meisten Mörder haben irgendeine Art von krimineller Laufbahn hinter sich, oder zumindest eine, wie wir sagen könnten, *pathologische Entwicklungskurve*. Wenn wir also davon ausgehen, dass der Mörder mindestens achtzehn war, als er Nermina umgebracht hat, dann ist er heute mindestens einundvierzig. Dann haben wir den Mord an... wie hieß die Mutter noch?«

»Azra Malkoc«, sage ich.

»Danke. Das Gelände ist unwegsam, und der Leichnam ist transportiert und unter einer Kiefer abgelegt worden. Das erfordert eine gewisse körperliche Stärke, was alte Leute und Behinderte jedenfalls ausschließt. Ich glaube nicht, dass der Täter älter ist als fünfundsechzig.«

Es wird still im Raum.

Hanne sieht zufrieden aus. Ihre Augen funkeln.

»Und sonst noch was?«, fragt Manfred.

»Tja. Man kann ja spekulieren, wie der Täter als Mensch ist. Wenn man will. Aber das will ich lieber nicht.«

Hannes Stimme klingt vorwurfsvoll, und sie richtet ihren Blick auf Manfred.

»Mach schon«, sagt Manfred.

»Na gut. Dann würde ich sagen, dass er impulsiv und unorganisiert ist. Jedenfalls weist der Mord an der Frau darauf hin. Der war... schlampig ausgeführt. Undurchdacht und nicht besonders gescheit.«

»Könnte der Täter drogensüchtig sein, oder vielleicht Alkoholiker?«, fragt Manfred.

Hanne zuckt mit den Schultern.

»Das ist möglich. Oder es war so schlampig, weil es ungeplant war. Und wie schon gesagt, ich glaube, dass er irgendeine Beziehung zu den Opfern hatte. Sucht in ihrer Nähe, dann findet ihr ihn vielleicht.«

Manfred beugt sich vor, starrt Hanne an. Dann streckt er die Hand nach der Karte aus. Legt sie zwischen sich und Hanne auf den Tisch und zeigt auf die Geröllhalde.

»Warum hier, Hanne? Warum im Geröll?«

Hanne schüttelt den Kopf und macht ein gequältes Gesicht.

»Mein erster Gedanke war, der Ort könnte für den Täter vielleicht eine besondere Bedeutung haben. Aber ich bin mir nicht sicher. Es wäre möglich...«

»*Was?*«, frage ich.

Hanne erwidert meinen Blick, blinzelt und sieht konzentriert aus.

Der Hund, der bisher still auf dem Küchenboden gelegen hat, hebt den Kopf und sieht uns an, als merkte er, dass etwas Wichtiges passiert, hier, am Küchentisch in Berits Kate.

»Stell dir eine große Straßenkreuzung vor, die man passieren muss, um eine Stadt zu erreichen oder zu verlassen«, sagt Hanne langsam. »Einen Ort, an dem alle vorbeikommen, nicht, weil sie das wollen, sondern weil sie müssen. Vielleicht kamen das Kind und die Mutter dort vorbei, auf dem Weg von oder zu irgendeinem anderen Ort. Einem Auto. Einem Haus. Die Geröllhalde liegt auf einer Lichtung, jemand, der dort vorbeigeht, bleibt vielleicht stehen und sieht sich um, um sich zu orientieren. Ein Verfolger kann diese Person auf der Lichtung leicht sehen. Und hat sozusagen freie Schussbahn.«

Hanne hebt die Arme und legt den Kopf schräg, als hielte sie ein Gewehr und wollte auf etwas zielen.

Manfred nickt und notiert.

»Sollen wir uns die Häuser in der Nähe noch einmal ansehen?«

»Ja, das glaube ich«, sagt Hanne und schiebt die Papiere zur Seite. »Häuser und Fahrzeuge, die die Straße benutzen, in der Nähe von... in der Nähe von...«

Hanne schlägt frustriert mit der Hand auf den Tisch und kneift die Augen zusammen.

»In der Nähe von diesem ... *Steinhaufen*«, sagt sie endlich.

»Geröllhalde«, sagt Manfred vorsichtig.

Hanne erwidert Manfreds Blick. Blinzelt einige Male und faltet die Hände.

Dann seufzt sie hörbar.

»Das ist kein gutes Gefühl. Ich hatte von dieser Frau ... wie hieß sie noch gleich?«

»Azra«, sagt Manfred.

Hanne nickt.

»Ich hatte *Azras* Anhänger um den Hals. Und ihr Blut war an meinem Schuh. Ich glaube nicht, dass Peter in einem der Ferienhäuser dort draußen ist. Ich glaube, dass ihm etwas Schreckliches passiert ist.«

Niemand von uns sagt etwas, aber Manfred drückt Hannes Hand ganz fest.

Wir sind wieder im Büro. Andreas hängt seine dicke Jacke auf und setzt sich mir gegenüber auf den Stuhl.

»Wie konnte sie das alles wissen?«

Ich zucke mit den Schultern. Ich bin ebenso verblüfft wie er. Hanne, die während der gesamten Ermittlung so still und zurückhaltend war. Die bei allen Besprechungen schweigend zugehört, Notizen gemacht, genickt und kaum eine Frage gestellt hat.

Ich hatte keine Ahnung von ihren Fähigkeiten, obwohl Manfred gesagt hat, sie sei tüchtig, die Beste sogar. Es ist fast, als hätte sie sich Peter zuliebe zurückgenommen.

»Sie wird wohl nicht ohne Grund die ›Hexe‹ genannt«, sage ich.

Andreas nickt.

Er sieht heute gut aus, hat etwas mit seinen Haaren gemacht. Vielleicht hat er sie geschnitten, vielleicht Wachs hineingerieben, denn sie liegen glatt an seinem Kopf an, und ausnahmsweise einmal trägt er einen schicken Wollpullover und Jeans, die nicht zu kurz sind.

Ich glaube, er spürt, dass ich ihn mustere, denn er schaut von seinem Rechner auf und erwidert meinen Blick. Ich schaue weg, aber einen Moment zu spät, denn er hat schon sein typisches selbstzufriedenes Lächeln abgefeuert, als ob ich gerade bestätigt hätte, dass ich ihn ungeheuer attraktiv finde.

Manfred kommt herein. Hängt seinen Mantel auf und setzt sich. Blättert in den Papieren auf seinem Tisch und sagt dann:

»Wir müssen jetzt realistisch bleiben. Hanne ist ungeheuer scharfsinnig, aber sie ist auch verwirrt und weiß nichts mehr von der Ermittlung. Aber egal, ich verwette meine Tweedmütze darauf, dass sie recht hat mit dem, was sie sagt.«

»Stefan Olsson passt sehr gut zu ihrer Beschreibung«, sage ich. »Er ist achtundvierzig Jahre alt, wohnt erschreckend dicht bei der Geröllhalde, kennt sich hier in den Wäldern aus und wirkt ziemlich… wie hat Hanne den Mord noch genannt, *unorganisiert? Schlampig?*«

Manfred nickt und greift zu seinem Notizblock. In diesem Augenblick klingelt sein Handy. Er wirft einen Blick darauf und teilt mit:

»Das NFC, wie schön, dass die inzwischen auch am Wochenende arbeiten.«

Dann hebt er die Finger einer Hand.

»Fünf Minuten.«

Er erhebt sich und verschwindet im Laden, um ungestört reden zu können.

Andreas' Blick ist unergründlich.

»Ich glaube, wir sollten nach diesem Kind suchen«, sage ich. »Dem, das Azra erwartet hat.«

»Hast du dich bei den Entbindungsstationen erkundigt?«, fragt er.

Ich nicke.

»Keine Azra Malkoc hat im Frühling 1994 irgendwo ein Kind geboren. Und es gab auch keine anonyme Geburt. Aber sie kann ja eine falsche Identität angegeben haben. Egal wie. Dieses Kind ist sicher hier im Wald vergraben.«

»Klar. Die Frage ist nur, wo wir suchen sollen. Die Wälder hier sind doch endlos. Und im Moment ist alles verschneit. Wir können die Gegend erst im Frühling richtig durchkämmen.«

»Aber wenn wir wissen, *wo* wir suchen sollen...«

»Und wo ist das?«, fällt Andreas mir ins Wort und macht ein skeptisches Gesicht.

»In der Geröllhalde«, sage ich. »Es gibt zu viele Hinweise auf diesen Ort, als dass wir ihn ignorieren könnten.«

Ich lege eine Pause ein und füge dann hinzu:

»Und dann ist da ja noch die Sache mit dem Spukkind.«

Andreas macht ein ausdrucksloses Gesicht.

»Was?«, frage ich.

»Ernsthaft. Du glaubst doch wohl nicht an Gespenster?«

»Natürlich nicht. Das ist eine Art Massenhysterie. Ich frage mich nur, ob ein wirkliches Ereignis hinter den Gerüchten stecken kann. Ich meine, stell dir mal vor, jemand hat dort wirklich einmal einen Säugling weinen hören und es gab dort wirklich einmal ein Kind. Und dann wurde die Geschichte immer wieder erzählt, bis sie zu einer Wandersage geworden ist. Ich glaube, das Gerücht gibt es seit ungefähr zwanzig Jahren. Und das würde zeitmäßig dann ja stimmen.«

Ich erwähne Sumpf-Ivar nicht, der bei der Geröllhalde einen toten Säugling gesehen haben will. Will nicht zugeben, dass ich die verwirrten Reden eines schizophrenen alten Kerls ernst nehme.

Andreas erwidert meinen Blick und scheint über meine Worte nachzudenken.

»Ich nehme an, wir müssten diese Geröllhalde richtig durchsuchen. Bei allem, was dort passiert ist, meine ich.«

Er legt eine kurze Pause ein und fügt dann hinzu:

»Im Frühling. Wenn der Schnee verschwunden ist.«

»Es muss einfach eine Möglichkeit geben, das früher zu tun. Wir können den Schnee wegschaufeln oder vielleicht eine Art Heizbläser einsetzen, um ihn zu schmelzen. Und Leichenhunde kommen lassen.«

Andreas macht ein skeptisches Gesicht.

»Können die denn nach so vielen Jahren noch einen Leichnam finden?«

»Ja. Manche Hunde können das. Ich habe mich da kundig gemacht. Es gibt Leichenhunde, die über dreißig Jahre alte Skelettteile aufgespürt haben.«

»Okay«, sagt er.

»Okay, was?«

»Wir können es Manfred vorschlagen.«

Ich bin überrascht.

Ich hatte gedacht, ich würde mir sehr viel mehr Mühe geben müssen, um ihn zu überzeugen. Ihm viel mehr zusetzen. Überreden und erklären und vielleicht einige Demütigungen einstecken.

Andreas lächelt fast neckend.

»Heute Lust auf ein Feierabendbier?«

Im Bruchteil einer Sekunde weicht meine Befriedigung, weil ich ihm diese Zustimmung entlockt habe, der Wut.

Es ist ihm einfach scheißegal, was mit diesem Kind passiert ist. Das Einzige, worum es ihm geht, ist, in meine Unterhose zu gelangen, aber so weit wird es nie im Leben kommen, und wenn er der letzte Mann auf der Erde wäre.

Als ich aufschaue, sehe ich sein selbstzufriedenes Grinsen. Der Priem lugt unter seiner Oberlippe hervor wie ein Stück Rattenkacke, und seine Augen funkeln boshaft. Und wie er sitzt! Zurückgelehnt, breitbeinig.

Als sei er ungeheuer zufrieden mit sich selbst.

»Bist du eigentlich total zurückgeblieben? Hast du noch immer nicht kapiert, dass ich mich nicht für dich interessiere?«

»Oi, oi«, sagt er und grinst immer weiter.

Wenn ich fünf Jahre jünger wäre, würde ich ihm jetzt eine scheuern. Doch, ich würde zu ihm gehen und ihm eine Ohrfeige mitten in sein grinsendes Gesicht pflanzen. Aber so was mache ich nicht mehr. Ich wohne nicht mehr in Ormberg, und ich schlage niemandem in die Fresse, weil er ein Idiot ist.

Andreas erhebt sich bewusst langsam.

»Muss pissen«, sagt er, nickt zu seiner eigenen Mitteilung und verlässt das Zimmer.

Ich starre den Bildschirm an und merke, wie heiß meine Wangen sind. Hole tief Luft und versuche, meine Gefühle unter Kontrolle zu bekommen.

Das hier mit Andreas ist seltsam.

Sowie ich anfange, ihn sympathisch zu finden, tut er irgendetwas, das alles wieder ruiniert.

Mein Blick fällt auf den Ausdruck, der neben Andreas' Rechner liegt, den mit den Resultaten aller Auskünfte, die er eingeholt hat: den Namen aller Bewohner von Ormberg, die in irgendeinem polizeilichen Register auftauchen.

Und da, ungefähr in der Mitte der Liste, sehe ich es.

Mama.

Warum steht sie da, sie hat doch wohl niemals etwas Verbotenes getan, nicht einmal ein Stück Fallobst gestohlen?

Ich logge mich ins System ein und strecke die Hand nach der Liste aus. Gebe die Daten ein und drücke auf *Enter*.

Der Rechner brummt, als ob ich ihn um etwas überaus Anstrengendes gebeten hätte. Dann blinkt er auf.

Und da ist es.

Ich klicke weiter und finde den Bericht. Lese und bleibe dann sitzen, ohne mich bewegen zu können.

An einem Novemberabend vor drei Jahren, gleich nach Papas Tod, wurde Mama verletzt und stark angetrunken am Fuße des Ormbergs aufgefunden. Der Polizist, der als Erster dort ankam, schreibt, sie sei »überaus deprimiert durch den Tod ihres Mannes« und dass sie nach Katrineholm gebracht wurde, um medizinisch versorgt zu werden und weil »Verdacht auf Suizidabsichten« bestand. Er schrieb außerdem, dass sie durchaus nicht wollte, dass jemand ihre nächste Angehörige, die Tochter Malin Brundin, informierte, da diese gerade erst ihre Ausbildung an der PHS in Stockholm aufgenommen habe und »sich darauf konzentrieren solle«.

Mein Magen krampft sich zusammen, und hinter meinen Augenlidern brennen die Tränen.

Arme kleine Mama.

Ging es ihr so schlecht? Und doch wollte sie mich nicht stören.

Das ist herzzerreißend.

Ich lese weiter. Offenbar hatte Mama den Polizisten gebeten, stattdessen Margareta zu informieren. Mama hatte sich das Fußgelenk gebrochen, und Margareta versprach, sich um sie zu kümmern, solange der Fuß in Gips bleiben musste.

Ich überlege.

Hat Mama nicht erwähnt, dass Margareta oft bei ihr war, als ich damals im ersten Semester an der PHS war?

Ich habe damals nicht weiter darüber nachgedacht, aber jetzt begreife ich, was der Grund war.

In Ormberg kümmert man sich umeinander.

Ich kann mir sehr gut vorstellen, dass Margareta damals immer gekocht hat. Dass sie geputzt und gefegt hat, bis das ganze Haus nach Seife roch und die Fenster funkelten.

So macht sie es doch. So war es auch nach Kennys Tod.

Ich wünschte nur, Mama hätte es mir gesagt, dann hätte ich auch helfen können. Und wir hätten darüber reden können, was passiert war. Denn jetzt kann ich das Thema ja wohl kaum zur Sprache bringen – das hier fällt unter meine Schweigepflicht.

Ich schlage die Hände vors Gesicht und spüre, wie das Gefühl von Frustration und Trauer wieder wächst.

Ich hätte niemals nach Ormberg zurückkommen dürfen.

Ich hätte in Katrineholm bleiben müssen, mich von allem alten Dreck fernhalten und Max gut behandeln.

Schritte nähern sich, und ich setze mich gerade und streiche meine Haare glatt.

Andreas kommt wieder herein und setzt sich auf seinen Platz. Manfred ist einige Schritte hinter ihm. Seine Hamsterbacken sind gerötet, und sein Gang hat einen neuen Schwung.

Er bemerkt offenbar nicht, wie verstört ich bin, und das ist nur gut so, denn über dieses Thema will ich wirklich nicht mit ihm diskutieren.

»Ich habe mit der Zuständigen gesprochen«, sagt Manfred. »Also, ich meine die Frau, die unsere kriminaltechnischen Analysen im NFC zusammenträgt.«

Manfred setzt sich auf seinen Stuhl. Der schwankt unter seinem Gewicht.

Er redet weiter:

»Sie haben die Kleider untersucht, in denen Hanne gefunden wurde. Sie haben Erde und Pflanzenreste gefunden, das ist klar. Ja, damit musste man wohl rechnen, sie war schließlich viele Stunden durch den Wald geirrt. Aber sie haben auch eine chemische Analyse gemacht und Spuren gefunden von...«

Manfred setzt seine Lesebrille auf, blättert in seinem Notizblock, wischt sich mit Daumen und Mittelfinger einige Brotkrümel aus dem Mundwinkel und teilt mit:

»Kieseldioxid, Magnetit und Kohle.«

»Chemie ist nicht gerade meine Stärke«, sagt Andreas.

Manfred senkt den Kopf und schaut mich über seinen Brillenrand hinweg an.

Ich schüttele den Kopf.

»Tut mir leid, meine auch nicht.«

»Magnetit, auch Schwarzerz genannt, ist ein Eisenoxid«, sagt Manfred und beugt sich vor. »Es wird bei der Eisenproduktion verwendet, wenn ich das richtig verstanden habe. Kieseldioxid ist ein Schlackenprodukt bei der Eisenherstellung. Und Kohle... Ja, Kohle ist Kohle. Pyrolysiertes biologisches Material, um genau zu sein.«

Wir schweigen zunächst. Das einzige Geräusch im Raum ist der brummende Klangteppich des Heizlüfters im Laden.

»*Ja, verdammt*«, sagt Andreas langsam.

»Die Fabrik«, sage ich. »Hanne muss beim alten Eisenwerk gewesen sein.«

JAKE

Der Schnee reicht mir bis an die Knie, als ich das Moped unter dem kleinen Blechdach an der Längsseite des großen roten Hauses hervorziehe und mich durch die Öffnung in der Wand presse.

Es ist dunkel und kalt hier drinnen. Ich ahne eher, als dass ich sie sehe, die großen Betonpfeiler und den Querbalken, der sich durch die Halle zieht. Mein Handy ist warm, weil es so lange in meiner Tasche gesteckt hat. Ich gehe die Mitteilungen durch und entdecke zwei SMS von Melinda. Offenbar ist eine alte Kuh vom Sozialamt gekommen und soll sich um uns kümmern, bis Papa nach Hause kommt.

Sie erwähnt nichts davon, wie sie mich zu Hause angetroffen hat – geschminkt und in Mädchenkleidern.

Ich weiß ja, dass ich früher oder später nach Hause fahren muss. Aber ich kann Melinda jetzt nicht gegenübertreten. Packe es nicht, meine Schande in ihren Augen zu sehen. Deshalb schicke ich eine kurze SMS und behaupte, dass ich bei einem Freund übernachte.

Wo ich schlafen soll, ahne ich wirklich nicht. Zu Saga kann ich jedenfalls nicht zurück, denn sie hasst mich ja jetzt.

Die Maschinenhalle ist düster. Schatten ragen hinter den großen Stahlbiestern auf, die auf dem Betonboden herumstehen. Meine Schritte hallen in der Stille wider, und die Ketten, die von der Decke hängen, rasseln, als ob eine unsichtbare Hand sie berührt hätte.

Brogrens Mechanische war der einzige Ort, der mir einfiel, wo ich hinfahren könnte. Einen anderen habe ich nicht.

Ich gehe zum Schreibtisch des Vorarbeiters und setze mich auf die alte fleckige Matratze auf dem Boden. Zünde eine Kerze an, öffne den Rucksack und ziehe eine Coladose und Hannes Tagebuch heraus.

Mittagspause

Andreas & Manfred sind nach Stockholm gefahren. Sie wollen zur Einwanderungsbehörde und sich mit irgendwelchen Leuten von der Botschaft von Bosnien-Herzegowina treffen. Sie kommen morgen Abend zurück. Malin ist über die Mittagspause zu ihrer Mutter gefahren.

Ehe Malin aufgebrochen ist, habe ich sie nach Margareta und Magnus Brundin gefragt, warum die beiden zusammenwohnen, obwohl Magnus über vierzig ist. Sie sagt, Magnus sei alles, was Margareta noch habe. Dass ihr Mann, der Kleine Leffe, Margareta verlassen hat und zu einer Friseuse nach Flen gezogen ist, als sie Magnus erwartete. Das ist offenbar ein so wunder Punkt, dass der Kleine Leffe in der Familie nie mehr mit Namen genannt wird, obwohl mehr als vierzig Jahre vergangen sind.

Es ist nicht leicht, Mensch zu sein.

Gerade sind zwei Dinge passiert.

Erstens: Ich war auf der Toilette und habe mein eigenes Spiegelbild nicht erkannt.

Ich war außer mir! Ich brauchte mehrere Minuten, um mich wieder zu beruhigen.

Wie ist das möglich? Wie kann man sein eigenes Spiegelbild nicht erkennen? Das Gesicht, das man jahraus, jahrein angestarrt hat. Die Runzeln, deren Kommen man gesehen hat, die Haare, die vor unseren Augen ergraut sind.

Ich weiß, dass die Krankheit sich auf mein Gedächtnis für Gesichter auswirkt. Es fällt mir schwer, andere wiederzuerkennen.

Aber MICH SELBST?

Zweitens: P hat eine alte Anzeige vom November 93 ausgegraben. Das Personal im Heim für Geflüchtete hat mehrere Male einen braunen Kastenwagen auf der Straße vor dem Haus gesehen. Sie hatten Probleme mit Sachbeschädigung (mehrmals wurden die Büsche vor dem Gebäude angesteckt), und deshalb hatten sie den Verdacht, der Wagen könne mit den Bränden zu tun haben.

Wir interessieren uns aus ganz anderen Gründen dafür.

Die Anzeige wurde im November erstattet, lange bevor Nermina und ihre Mutter verschwunden sind.

Es kann keine Verbindung zwischen dem Wagen und ihrem Verschwinden geben.

P wird feststellen, ob jemand in Ormberg damals so ein Auto hatte. (Es gab keine Auskünfte über Automarke oder Nummernschild, aber hier wohnen ja nicht so viele, und da müssen wir die Listen eben suchen.)

Abend

Ich liege im Hotel im Bett. P ist im Badezimmer.

Es regnet und stürmt, und ich bin tief unten.

Ich verabscheue Ormberg. Ich will nur weg von hier und niemals zurückkehren.

Außerdem: P ist wieder so stumm und kalt.
Ich war so wütend auf ihn, dass ich Lust hatte, an der Handbremse zu ziehen, als wir nach Hause fuhren.
Was, wenn ich P etwas antue! Was, wenn ich dafür sorge, dass wir einen Unfall bauen, oder wenn ich ihn in den Bach stoße!
Das will ich doch nicht, aber es kommt mir vor, als ob ich meine Gefühle nicht mehr unter Kontrolle hätte.
Es kommt mir vor, als ob mir das Leben durch die Hände rinnen würde.
Es kommt mir vor, als ob alles dem Ende entgegengehen würde.

Ich werde von Schritten geweckt, die ein Echo durch die Maschinenhalle werfen, und ich höre einen dumpfen Knall, als ob jemand einer der alten Metallplatten, die hier herumliegen, einen Tritt versetzt hätte.

Die Halle kommt mir jetzt dunkler vor – sicher habe ich mehrere Stunden geschlafen. Mein Körper fühlt sich steif und wund an, als ich das Tagebuch in den Rucksack stecke und ins Dunkel spähe.

Die Schritte kommen näher, halten inne, dann gehen sie weiter. Ein Schatten wächst aus der Dunkelheit.

Mein Magen verkrampft sich, als ich sehe, wer das ist.

Wie konnte ich nur so verdammt blöd sein? Ich wusste doch, dass er sich hier herumtreibt. Und doch bin ich wieder hergefahren.

Als ob ich um Prügel bitten wollte.

»Verdammt, Jak-ke. Ich wusste ja gar nicht, dass du hier bist!«

Vincent steht breitbeinig auf dem Betonboden und hat eine Plastiktüte von der Tankstelle in der Hand. Seine flaumige Oberlippe zittert ein bisschen, als ob er gleich über irgendetwas losprusten würde.

Er kommt langsam auf mich zu und bleibt dann einen Meter vor mir stehen.

Ich bleibe auf der Matratze sitzen und schaue zu ihm hoch. Vielleicht liegt es am flackernden Kerzenlicht, aber er sieht noch wahnsinniger aus als sonst. Seine Jeans ist nass, und seine verschlissene Stoffjacke tropft. Er erinnert an das Gespenst aus dem Meer in einem der Horrorfilme, die Saga und ich vor ein paar Wochen gesehen haben. Das Gespenst war von seinem eigenen Haustier totgebissen worden – einem Hund, der in Wirklichkeit ein Werwolf war – und dann von einem Felsen gestürzt.

Nachdem wir den Film gesehen hatten, sagte Saga, sie wolle niemals ein Haustier haben, denn selbst wenn es das niedlichste Tier auf der Welt wäre, dann könnte man doch nicht wissen, ob es sich nicht in ein Monster verwandeln würde.

»Jak-ke. Wo hast du denn dein Emomädel? Hat die CP-Nutte dich schon satt?«

Er legt den Kopf in den Nacken und spuckt seinen Priem über meinen Kopf. Der Priem landet irgendwo hinter mir in der Dunkelheit. Dann geht er in die Hocke, sodass sein Gesicht ganz dicht vor meinem ist. Er ist so nah, dass ich den Tabakgeruch in seinem warmen feuchten Atem riechen und die Barthaare sehen kann, die wie einsame Kiefern in einem Kahlschlag auf seinem bleichen pickligen Kinn wachsen.

»Du weißt doch, dass du nach einem Schwulen so heißt, oder?«

Ich schlucke.

»Ich heiße so nach einem Schauspieler«, sage ich und schaue auf den ausgefransten Rand der Matratze hinunter, auf die Flecken, die Bier und Wein und andere widerliche Substanzen hinterlassen haben, von denen ich nicht weiß, was sie sind, die sich jedenfalls im Stoff ausbreiten.

Vincent versetzt mir einen so harten Stoß, dass ich rückwärtsfalle und auf den Rücken kippe.

»Scheißgerede. Dieser Schauspieler, Jack Geilenhall, hat den Homo im ärgsten Schwulenfilm aller Zeiten gespielt. Über zwei Cowboys, die miteinander vögeln und das ganz toll finden. Hast du das nicht gewusst? Hat deine Mutter das nicht erzählt, ehe sie gestorben ist?«

Ich drehe mich auf die Seite, richte mich auf und stelle mich zwei Meter vor Vincent.

»Der heißt Jake Gyllenhaal«, sage ich leise.

Vincent macht einen Schritt auf mich zu.

»Und er ist schwul. Genau wie du, Jak-ke. Fescher rosa Pulli übrigens. Hast du den von deinem Liebsten gekriegt?«

Etwas Kaltes tropft von der Decke in meine Haare. Irgendwo rasselt eine Kette. Ich wünschte, ich wäre nach Hause gefahren. Alles wäre besser als das hier. Sogar Melindas angeekelter Blick, mit dem sie mich für krank und gestört erklärt hat.

Vincent tritt noch einen Schritt vor.

»Blas mir einen, Scheißschwuler!«

»Ich bin kein...«

Pang.

Der Schlag trifft mich im Bauch, und ich krümme mich vor Schmerz. Sinke in die Hocke und muss mich mit den Händen an dem feuchten kalten Beton abstützen, um nicht umzukippen. Alles Blut scheint aus meinem Kopf geströmt zu sein und sich um den glühenden Ball aus Schmerz zu sammeln, der in meinem Bauch anschwillt. Ich keuche und kämpfe um das Gleichgewicht.

Was würde Hanne jetzt machen? Sie ist so cool und stark; sie würde sich niemals so behandeln lassen, wie Vincent mich hier behandelt.

»Gib zu, dass du schwul bist!«

Etwas passiert mit mir. Ich kann nicht erklären, was es ist, aber es kommt mir vor, als ob etwas in Stücke brechen würde.

Bilder von allem, was er mir angetan hat, jagen an meinem inneren Auge vorbei. Ich sehe, wie er mich in Schneewehen mit gelben Flecken von Hundepisse drückt, wie er im Schulbus meinen Kopf gegen den Sitz schlägt und wie der Eiffelturm auf dem Betonboden auf der Seite liegt, eine Sekunde ehe Vincent Albin den Befehl erteilt: *Hau weg den Scheiß!*

Ich sehe das alles, und etwas in mir birst und macht einem anderen Gefühl Platz, und dieses Gefühl ist so stark, dass ich Angst habe, es nicht in den Griff zu bekommen. Als ob Vincents Schlag in mir ein wildes Tier befreit hätte.

Ich richte mich langsam auf, gehe ein wenig in die Knie, um Anlauf zu nehmen, und stürze mich auf ihn.

Vincent fällt rückwärts auf den Betonboden, und ich falle auf ihn. Wir landen mit einem dumpfen Aufprall.

»Du Arsch!«, schreie ich und höre selbst, wie seltsam meine Stimme klingt. Es ist eine Stimme, die ich nicht wiedererkenne, sie ist heiser und hasserfüllt.

Ich packe seine blonden Haarsträhnen und knalle seinen

Kopf immer wieder auf den Boden, mit einer Kraft, deren Herkunft ich nicht begreife.

»Du Arsch! Du Arsch! *Du fucking Scheißdrecksarsch!*«

»*Verdammt, was denn?*«, jammert er. »Das... das war doch bloß ein Witz!«

Ich lasse seinen Kopf los und ziehe meine Hände zurück, als ob ich mich an seiner bleichen Haut verbrannt hätte.

»Wenn du mich noch einmal anrührst oder auch nur in meine Nähe kommst, dann werde ich dem ganzen beschissenen Ormberg erzählen, was dein Alter gemacht hat. Dass er ein mieser Pädo ist und in Örebro kleine Jungs begrapscht hat und im Gefängnis sitzt. Ist das klar?«

Vincent hat die Augen weit aufgerissen, und sein Blick ist starr vor Schreck. Ein dünner Speichelfaden zieht sich von einem Mundwinkel über sein Kinn.

Und mittendrin habe ich das Gefühl, diese Szene von außen zu sehen, und ich versuche, diese einfache Tatsache zu begreifen: Vincent hat Angst vor *mir!*

Wie ist das möglich?

Vincent hat Angst vor Jak-ke, dem Menschen, den er am meisten hasst. Dem Jungen, den er mit Leidenschaft schlägt und tritt und anspuckt.

Wir schweigen eine Weile, ich weiß nicht, wie lange, dann bemerke ich meinen und seinen Atem. Und die Kälte in der Maschinenhalle, den Wind, der draußen heult, und das ewige schwache Rasseln der Ketten unter der Decke.

Ich richte mich auf. Stelle mich vor ihn, ohne zurückzuweichen. Lasse meinen Blick nicht einen Millimeter zur Seite gehen.

Vincent taumelt rückwärts, auf den hinteren Teil der Halle

zu. Er hat den Blick eines gehetzten Tieres, der Blick erinnert mich an die Augen von Hanne an dem Abend im Wald.

»Du bist doch total ver... ver... rückt«, stammelt er mit schwacher Stimme. »Verdammt total ver...«

Seine Stimme versagt.

In diesem Moment weiß ich, dass ich nie wieder vor Vincent weglaufen werde. Das weiß ich einfach.

Er weicht noch einige Meter zurück, dann trete ich einen Schritt auf ihn zu.

Vincent fährt zusammen und rennt dann mit gesenktem Kopf hinaus in die Dunkelheit.

Ich bleibe noch lange auf der Matratze sitzen, als er gegangen ist, und versuche, das, was eben geschehen ist, zu begreifen. Wie war das möglich? Wie konnte ich, Jake, Vincent verjagen – den König der Arschlöcher von Ormberg?

Unter die Befriedigung mischt sich ein anderes Gefühl, etwas Dunkleres und Spitzeres, etwas, das in meiner Brust sticht.

Wenn ich das hier tun konnte, bedeutet das dann, dass ich wie er geworden bin? Dass ein Teil von mir dabei ist, genauso gemein und übel zu werden wie Vincent?

Ich werfe mir den Rucksack über die Schulter, nehme die Kerze in die eine Hand und greife mit der anderen nach der Ecke der Matratze, dann schleife ich sie hinter mir her durch die Halle.

Hinter der Maschine, die »Innocenti« heißt, gibt es einen kleinen Hohlraum, der fast nicht zu sehen ist, er ist vielleicht zwei Meter breit und einen Meter tief.

Hier bin ich sicher.

Nicht, weil ich glaube, dass Vincent zurückkommen wird, sondern weil ich das Gefühl habe, dass jetzt alles passieren kann.

Ich schiebe die Matratze in den Hohlraum, stelle die Kerze auf den Boden und lasse mich nieder. Lehne mich an die kalte Mauer und schlage das Buch wieder auf.

Nacht. Ich kann nicht schlafen. Denke nur an P.

Ich hatte wieder so einen Wutanfall. Habe total die Beherrschung verloren, seinen Rechner nach ihm geworfen und geschrien.

P rang mit mir. Sagte, er würde einen Krankenwagen holen, wenn ich mich nicht zusammenreißen könnte. Gab mir eine Ohrfeige.

Was passiert denn nur mit mir?

Was passiert denn nur mit uns?

Ich lege das Tagebuch zur Seite.

Wird Hanne richtig verrückt? Oder war sie nur schrecklich müde, als sie das geschrieben hat?

Was, wenn sie etwas mit Peters Verschwinden zu tun hat, wenn sie ihn wirklich in den Bach gestoßen hat, wovor sie doch solche Angst hatte?

Was, wenn ich hier das Tagebuch einer Mörderin lese?

Ich reibe mir die Augen. Es sind jetzt nicht mehr viele Seiten übrig, aber ich habe Hunger. Mein Magen tut weh, und ich zittere vor Kälte.

Ich öffne den Rucksack und nehme das Brot heraus. Öffne die Verpackung und nehme einen Bissen. Das Brot ist in der Mitte noch immer ein bisschen gefroren, aber ich esse das weiche Teigige um den harten Kern. Dann öffne ich die zweite Coladose und leere sie auf einen Zug. Rülpse und werfe sie dann beiseite.

Sie kullert mit einem blechernen Geräusch durch die Dunkelheit.

Ich denke ein wenig über Hanne nach und beschließe, dass sie mir wohl trotz allem leidtut. Obwohl ich wütend auf sie bin und obwohl sie so verrückt zu sein scheint, tut sie mir leid.

Und ich werde wütend auf P.

Ich begreife überhaupt nicht, warum sie mit ihm zusammen ist. Sie hätte in Grönland bleiben sollen, bei den Inuit, statt herkommen zu müssen, nach Ormberg.

Ehe ich Hannes Buch gelesen habe, hatte ich mir nie überlegt, dass es vielleicht auch Nachteile dabei geben könnte, hier zu wohnen, aber sie findet Ormberg schrecklich, und vielleicht hat sie recht damit, dass es ein hässliches und ödes Kaff ist.

Ich weiß nicht.

Ich weiß nichts mehr, nur, dass ich Hannes Geschichte zu Ende lesen muss.

Das Tagebuch liegt auf meinen Knien. Von der Kerze sind nur noch zwei Zentimeter übrig. Ich muss mich beeilen.

Ormberg, 1. Dezember

Ich bin früh aufgewacht. Hörte neben mir Ps Atem, regelmäßig, friedlich, ohne irgendeine Ahnung von meiner Verzweiflung.

Ich versuchte, den Arm um ihn zu legen.

Er erwachte und schob mich weg. Murmelte, es sei zu warm.
Zu WARM!
Ich BRAUCHTE seine Nähe. Ich hatte das Gefühl, ohne diese Nähe zerbrechen zu müssen.
Aber was P braucht, ist offenbar, mit meinen Bedürfnissen verschont zu bleiben.
Also stand ich auf. Las meine Aufzeichnungen von gestern und erinnerte mich an alles: den Streit, die Ohrfeige.
Ich blätterte zurück und las das ganze Tagebuch, von der ersten Seite bis zur letzten. Es war eine furchtbare Erinnerung daran, wie sehr sich mein Zustand in letzter Zeit verschlechtert hat. In Grönland waren wir so glücklich und verliebt. Und jetzt ist alles schwarz.
Ist das jetzt das Ende? Nicht mit einem Knall, sondern mit einem Wimmern, wie T. S. Eliot geschrieben hat?

Wir frühstückten schweigend.
P las die Zeitung genau. Jeder Artikel, jede Annonce erhielt seine volle Aufmerksamkeit.
Ich saß ihm gegenüber. Aß mein Knäckebrot, trank die Kaffeeplörre. Betrachtete ihn.
P schaute ab und zu auf. Wirkte ein wenig verlegen, fand vielleicht, dass ich glotzte.
Wir sind jetzt seit anderthalb Wochen in Ormberg.
Es kommt mir vor wie eine Ewigkeit.
Wir sind durch den Ort gefahren, durch die Wälder gestapft, haben die Ortsansässigen vernommen. Ich begreife diesen Ort noch immer nicht. Über allem scheint eine dicke Haut zu liegen. Als ob sich hier etwas verbergen würde, gleich unter der Oberfläche.

Bosheit, unter der Fassade von Alltäglichkeit und Tristesse.
Ich habe versucht, das P zu erklären.
Er begriff nicht, was ich meinte. Sagte, ich übertriebe. Und wir »ermitteln Verbrechen in einem Kaff auf dem Land und wirken nicht in einem Horrorfilm mit«.
Ich sagte ihm, GENAU SO komme es mir aber vor! Als ob wir die naiven Bullen wären, die ahnungslos in das Haus schlendern, in dem eine ganze Familie zerstückelt worden ist, in die Falle gelockt von einem Irren mit einer Motorsäge unter dem Arm.
Gegen neun fuhren wir ins Büro. Draußen wütete ein Sturm.
Malin war bereits vor Ort. Manfred und Andreas sind noch in Stockholm. Sie kommen heute Abend spät zurück.

Malin ist eben gegangen, sie wollte zum Mittagessen zu ihrer Mutter. P ist einkaufen.
Der Sturm wütet, das Wasser tropft in den Eimer. Es ist zwölf, aber draußen ist es fast dunkel.
Hier wird es nie richtig hell.
Ormberg ist ein Synonym für Dunkelheit. Vielleicht auch metaphorisch, denn ich bin noch immer davon überzeugt, dass hier etwas Grauenhaftes auf der Lauer liegt, egal, was P sagt.

P hat jemanden gefunden, der zu Beginn der Neunzigerjahre einen braunen Kastenwagen hatte, so einen, wie ihn das Personal vom Heim für Geflüchtete dort gesehen hat.
Jemand hier in Ormberg hatte einen braunen Nissan King.
Aber P will mir nicht sagen, wer das war. Er sagte nur, das alles sei »überaus brisant«.
Ich war furchtbar verletzt und wütend. Ich bin zwar verwirrt, aber natürlich würde ich so etwas nicht aus Versehen verraten.

Was glaubt er eigentlich von mir? Ich bin vergesslich, aber nicht schwachsinnig.

Oh, jetzt scheint vor dem Laden etwas umgeweht worden zu sein.

Muss aufhören.

MALIN

Wir stehen vor der alten Fabrik. Der Schnee, der mir bis ans Knie reicht, ist weich und federleicht, als ich auf Andreas zugehe. Bei jedem Schritt, den ich mache, stiebt Schnee um meine Beine auf.

Der Wind ist stärker geworden, und ich gehe im kalten Luftzug geduckt.

Ich stecke mein Handy in die Tasche, streife die dicken Fausthandschuhe über. Schalte die Taschenlampe ein und versuche zu verarbeiten, was Max vorhin gesagt hat.

Eine *Pause* machen.

Was zum Teufel soll das nun heißen? Wir wollen im Sommer doch heiraten, und ich brauche seine Hilfe bei den Hochzeitsvorbereitungen. Wir können keine Pause machen.

Nicht jetzt.

Oder meint er eigentlich, dass wir Schluss machen sollten? Ist es so, auch wenn er das nicht über die Lippen gebracht hat?

Ich weiß, ich hätte ihn anrufen und um Entschuldigung für mein Verhalten bei unserem letzten Telefongespräch bitten sollen. Ich war wirklich gemein. Nicht nur das übrigens, ich war auch ungerecht. Er kann nichts dafür, dass er dort arbeitet. Dass er den ganzen Tag damit beschäftigt ist, dafür zu sorgen, dass Menschen nach einem Unglücksfall so wenig Geld bekommen wie möglich.

Oder kann er etwas dafür?

Ich versuche, diesen Gedanken zu verdrängen, aber er kommt immer wieder, wie ein ungebetener Gast, der nicht gehen will, obwohl man schon Wein, Kaffee, Cognac und einen Imbiss aufgetischt hat.

Er könnte sich einen anderen Arbeitsplatz suchen. Er ist Jurist, in Stockholm gibt es eine Menge Arbeitsplätze für Juristen. Niemand zwingt ihn dazu, gerade bei dieser Versicherung zu arbeiten.

Sagt also seine Entscheidung für diesen Arbeitsplatz etwas über ihn aus, über seinen Charakter?

Die Gebäude breiten sich in der Dunkelheit um mich herum aus: Hochofen, Rostofen, Kohlenhaus und die alte Nagelschmiede. Einige sind eingestürzt, andere – die aus Backstein erbauten – stehen noch als stumme Erinnerung daran, was Ormberg einmal war.

Der Bach strömt lautlos vorüber. Große Eisbrocken sind am Ufer gewachsen.

Andreas schaut auf, als ich neben ihn trete.

»Ich dachte, du kennst dich hier aus?«

Ich ahne einen Hauch von Irritation in seiner Stimme. Er stampft im Schnee mit den Füßen und zieht sich die Mütze tiefer über die Ohren.

Es ist kalt, wir frieren, aber das ist wohl kaum meine Schuld.

»Es war nicht so verdammt leicht, in der Dunkelheit etwas zu finden«, sage ich.

Manfred, Andreas und ich sind schon seit einer Stunde hier draußen und suchen Spuren von Peter und Hanne – irgendetwas, das bestätigt, dass sie in dieser schicksalhaften

Sturmnacht vor einer guten Woche hier waren. Wir haben die Häuser durchsucht und ansonsten ziemlich planlos den tiefen Schnee durchwühlt.

Wir haben nichts gefunden.

Dass Hanne hier war, wissen wir, da wir an ihrer Kleidung Spuren von der Eisenverarbeitung gefunden haben, genauer gesagt, hinten auf ihrer Jeans, als ob sie auf dem Boden gesessen hätte.

Eine große Gestalt nähert sich im Schnee. Lautlos stapfend, wie ein Bär.

Manfred.

Ich richte die Taschenlampe nach unten, um ihn nicht zu blenden.

»Jetzt scheißen wir auf das hier«, sagt er. »Da gehen doch besser morgen die Techniker und Hunde auf die Suche.«

Ich überlege.

»Gleich«, sage ich und schaue mich um. »Ich muss nur schnell etwas nachsehen.«

Ich laufe auf den alten Rostofen zu.

»Verdammt, Malin«, seufzt Manfred, der das Frieren vermutlich satthat. »Ich setz mich schon mal in den Wagen.«

Ich höre Andreas hinter mir. Er keucht, als er näher kommt.

»Was willst du nachsehen?«, fragt er.

»Etwas eben.«

Die schöne Backsteinsilhouette des Rostofens ragt vor uns in der Dunkelheit auf. Der hohe Schornstein streckt sich in den Himmel. Die Fenster sind mit Brettern vernagelt und mit Schmierereien bedeckt, aber die schiefe alte Tür ist angelehnt.

»Aber was denn nun?«

Ich seufze und warte auf ihn.

»An dem Abend hat es gestürmt«, sage ich. »Da ist es doch ziemlich wahrscheinlich, dass sie in einem der Häuser Schutz gesucht hat, wenn sie hier war. Und dieses Gebäude da ist das einzige mit Türen und Fenstern.«

Die alte Holztür quietscht, als ich sie aufziehe.

»Ich hab da drinnen schon nachgesehen«, sagt Andreas.

»Nur eine Minute«, sage ich und gehe hinein.

Ich leuchte mit der Taschenlampe in den dunklen Raum.

In der Mitte steht der beeindruckend große, runde Rostofen. Gusseiserne Luken sind kurz über dem Boden eingemauert. Auf dem Boden drängen sich alte Bierdosen und leere Weinflaschen. Vor den Wänden liegen Haufen aus Kippen.

»Wo würdest du dich hinsetzen, wenn du vor einem Unwetter hier Schutz suchtest?«

Andreas sieht sich um. Sein Atem wird im Licht der Taschenlampe zu weißen Wolken.

»Da«, sagt er und zeigt auf einen Stapel aus altem Holz ganz hinten in der Halle.

»Genau«, sage ich, mache einen Bogen um den alten Rostofen und erreiche den Bretterstapel.

Hier und dort ragen alte rostige Nägel aus den Brettern.

Ich setze mich vorsichtig auf das oberste Brett, ziehe die Hand aus dem Fäustling und betastete das Brett unter mir. Das klebrige, eiskalte Holz erinnert mich an etwas.

»Hanne hat etwas über Bretter gesagt«, sage ich. »Sie konnte sich an Bretter erinnern.«

»Bretter und einen dunklen Raum«, fügt Andreas hinzu.

»Kann sie das hier gemeint haben?«

Wir schauen uns um. Andreas lässt den Lichtkegel durch die achteckige Halle wandern.

»Sie hat gesagt, es sei eng gewesen«, sagt er. »Das hier ist nicht besonders eng. Aber vielleicht bringt sie etwas durcheinander.«
Ich nicke und ziehe den Handschuh wieder an. Schaue mich ein letztes Mal um.
»Wir sollten vielleicht gehen«, sage ich und richte mich auf.
In diesem Moment sehe ich etwas, das neben meinen Füßen blinkt, unter den Brettern.
»Hier leuchten!«
Andreas gehorcht.
Ich bücke mich und hebe den Gegenstand auf.
»O verdammt«, murmelt Andreas, als er sieht, was es ist.

Der Heizlüfter und das Surren des Motors füllen das Wageninnere.
Manfred wiegt das Handy in der Hand.
»Es ist wirklich das von Peter«, sagt er und drückt mit dem behandschuhten Daumen auf die Home-Taste.
Nichts passiert. Das Display bleibt schwarz.
Er schließt das Handy an ein Kabel an, das vom Armaturenbrett hängt.
»Müssten wir nicht die Technik anrufen?«, fragt Andreas.
»Unbedingt«, sagt Manfred. »Aber ich habe nicht vor zu warten, bis die sich hierherbequemen. Es ist Sonntagabend. Der zweite Advent. Und wir können nicht mal mit einer gerade ermordeten Leiche locken. Wenn es in diesem Handy etwas gibt, das von Bedeutung ist, dann will ich das jetzt wissen.«
Es ist warm im Auto, der Heizbläser ist voll aufgedreht, und die Fenster sind nicht mehr so beschlagen. Es riecht nach

feuchter Wolle und nassem Stoff. Ich nehme die Mütze ab und knöpfe meine dicke Daunenjacke auf.

Andreas folgt meinem Beispiel.

Das Handy brummt und blinkt auf.

Manfred legt es auf sein Knie. Zieht die Fäustlinge aus, öffnet das Handschuhfach und sucht nach etwas. Zieht einen blauen Latexhandschuh hervor und streift ihn über seine linke Hand. Packt das Handy mit der linken Hand und drückt mit dem rechten Zeigefinger auf das Display. Dann dreht er sich zu uns um.

»Eure Tipps sind so viel wert wie meine. Was meint ihr zum Code?«

Eine halbe Stunde später sind wir noch immer nicht weitergekommen.

Wir haben die üblichsten Codes probiert, diese fantasielosen Ziffernkombinationen, zu denen die meisten von uns greifen, wie 0000 oder 1234. Und wir haben es natürlich mit den Zahlen aus Peters Personenkennziffer und der seines Sohnes versucht.

»Es gibt zehntausend mögliche Kombinationen«, sagt Andreas leise und kratzt sich zwischen den Bartstoppeln. »Vielleicht sollten wir die Sache gleich den Forensikern überlassen.«

Manfred seufzt und legt sich das Handy wieder aufs Knie.

»Moment mal«, sage ich. »Versuch mal 3631.«

Manfred zuckt mit den Schultern und gibt den Code ein. Das Handy brummt.

»Falsch«, sagt er.

»Versuch 3632 oder 3633.«

Manfred tut, wie ihm geheißen.

»Falsch. Was soll das hier eigentlich? Es hat sich übrigens wieder gesperrt. Wir müssen fünf Minuten warten.«

Wir warten schweigend. Wir hören nur das Brummen des Motors und Manfreds angestrengten Atem. Draußen jagt der Wind durch die Bäume, und Schnee wirbelt vorüber.

»Mach weiter«, sage ich, als das Display wieder aufleuchtet.

»Versuch 3634 und 3635.«

»Nein. Falsch.«

Manfred dreht sich zu mir und Andreas um.

»Können wir jetzt fahren?«, fragt er.

»Warte«, sage ich.

»Lass mich raten«, sagt Manfred. »3636?«

Er gibt den Code ein, holt Luft, wie um etwas zu sagen, und erstarrt.

Das Handy macht *Pling*.

»Was zum Teufel?«, flüstert er. »Woher hast du das gewusst?«

»Das sind die Ziffern, die in Hannes Hand standen«, sagt Andreas. »Sie hatte 363 geschrieben, und dann noch etwas, das nicht zu lesen war.«

Manfred schüttelt den Kopf, als ob er seinen Augen nicht trauen würde. Er klickt sich zu SMS und Mails durch.

Es wird still im Auto.

»Nichts, was wir nicht schon gewusst hätten«, sagt Manfred nach einer Weile.

»Sieh mal bei den Fotos nach«, sage ich.

Manfred öffnet den Fotoordner.

Hanne steht vor einer Bucht – türkises Gletschereis treibt auf dem Wasser, und Sonnenglitzern spielt in den Wellen.

Er wischt weiter: Hanne sitzt in einem unbekannten Hotelzimmer auf dem Bett, lächelt und hält ein Butterbrot in der Hand.

»Weiter«, sage ich. »Die sind ja wohl aus Grönland.«

Manfred macht weiter, und Bilder aus Ormberg tauchen auf: unser Büro, die Geröllhalde, der steile Hang am Ormberg, die Fichten, die nebeneinanderstehen, und das Blaubeergestrüpp zu ihren Füßen.

»Noch weiter«, sage ich. »Das war ja alles, ehe der Schnee gekommen ist.«

Die Bilder lösen einander ab, ändern langsam ihren Charakter. Der erste Schnee taucht auf; ein pudriger Belag auf der Wiese vor der Kirche, wie eine erste Warnung des herannahenden Winters. Dann eine tiefere Schneedecke. Und, stelle ich fest, immer weniger Bilder von Hanne.

Aber eines der letzten Fotos ist eine Nahaufnahme von Hanne. Ich nehme an, dass sie im Bett liegt, denn sie zieht sich etwas übers Kinn, das wie eine Decke aussieht. Sie lächelt strahlend, und ihre Haare sind zerzaust. Ihre Augen funkeln und ich kann fast ihr Lachen hören. Die Liebe zwischen ihr und Peter ist deutlich zu spüren – wie ein Ton, eine Schwingung durch Zeit und Raum –, obwohl ich das Bild ja nur ansehen kann.

Das Atmen fällt mir schwer, wenn ich daran denke, dass die beiden sich vermutlich niemals wiedersehen werden, dass sie hier vielleicht zum letzten Mal zusammen glücklich waren.

Die beiden letzten Fotos sind in einem Haus gemacht worden.

Das erste zeigt eine Treppe, die in eine Art Keller führt. Die Betonwände haben große Feuchtigkeitsflecken, und der Verputz ist an einigen Stellen abgeblättert. Ganz unten hängen Kleider an Haken, oder vielleicht sind das auch Kleiderbügel.

»Wo ist das? Malin, kommt dir diese Treppe bekannt vor?« Manfred hält mir das Handy vors Gesicht, und ich schaue ganz genau hin.

»Nein«, sage ich. »Aber es sieht aus wie eine Kellertreppe. Hol mal das nächste Bild.«

Manfred klickt das nächste Bild heran. Es ist verschwommen, als habe sich die Person, die es gemacht hat, dabei bewegt. Der Kopf eines Menschen ist am Bildrand zu ahnen.

Es ist Peter, die etwas krumme Nase und die zerzausten graublonden Haare sind nicht zu verkennen.

Am rechten Bildrand ist etwas anderes zu sehen. Es wirkt wie ein Mensch, der zusammengekrümmt auf dem Boden sitzt.

»O verdammt«, sagt Andreas noch einmal.

JAKE

Die Kerze erlischt mit einem Zischen, und es wird schwarz. Das schwache Tageslicht ist verschwunden und einer so kompakten Dunkelheit gewichen, dass ich die Hand nicht mehr vor Augen sehen kann. Mein Rücken tut weh, und meine Finger sind starr vor Kälte. Draußen tobt der Wind, heult stoßweise und flüstert, ich solle weiterlesen. Das Rasseln der Ketten unter der Decke bleibt konstant, als ob das ganze Haus sich vor Unruhe winden würde.

Ich frage mich, was Hanne jetzt macht, dort in Berits kleinem Haus hinter der Kirche. Und Papa, hat die Polizei ihn freigelassen?

An Melinda und Saga will ich nicht einmal denken, mein Magen krampft sich zusammen, wenn ich an Melindas angewiderten Blick und Sagas Wutanfall denke.

Ich ziehe mein Handy hervor, schalte die Taschenlampe ein und lege sie auf eine riesige Mutter, die aus dem Bauch der Maschine herausragt.

Jetzt nur noch ein paar Seiten.

Ich habe gesehen, wie P seinen Mobilcode eingegeben hat: 3636.

Ich hatte kein Papier zur Hand, deshalb habe ich ihn mir in die Hand geschrieben, um ihn nicht zu vergessen.

Ich sammele jetzt Mut: Ich habe vor, bei der nächsten Gele-

genheit sein Handy zu überprüfen. Ich nehme an, das ist nicht richtig, so etwas tut man nicht, in den Handys oder Tagebüchern anderer herumschnüffeln. Aber ich muss Bescheid wissen.

Halb fünf.
Wir haben Malin gesagt, wir wollten früh Feierabend machen. Vielleicht nach Katrineholm fahren. Etwas Gutes essen, das nicht nach Pappe schmeckt.
Malin wollte noch eine Weile weiterarbeiten.
Aber P fuhr nicht nach Katrineholm. Stattdessen fuhr er tief in den Wald, zu einem Haus, das ich noch nie gesehen hatte. Hielt hinter einem Baum. Sagte zu mir, ich sollte im Auto warten und ihn anrufen, wenn jemand käme.
Dann ging er.
Ich bereitete mich darauf vor, Wache zu halten, merkte aber bald, dass P sein Handy auf dem Fahrersitz vergessen hatte, und nun sitze ich hier und weiß weder aus noch ein.
Draußen wütet der Sturm, und der Regen peitscht gegen die Fensterscheiben.
Ich friere, will den Motor aber nicht anlassen, obwohl der Schlüssel im Zündschloss steckt. Ich will P im Haus nicht stören.

Viertel vor fünf. P ist jetzt über fünfzehn Minuten dort drinnen.
Ich nehme an, hier wohnt der Besitzer des braunen Autos. Von hier aus kann ich Teile des Hauses und des Gartens hinter dem Baum sehen. Auf dem Rasen stehen einige seltsame Holzfiguren – zwei Wichtel, ein riesiger Fliegenpilz mit rotem Hut, ein Lamm und zwei Bären, die einander umarmen.

Seltsam: Hinter den Fenstern ist es dunkel, aber ich habe eben gesehen, wie sich im Haus ein Lichtkegel bewegte.
   Das muss P sein!
   Aber warum benutzt er die Taschenlampe?
   Ist niemand zu Hause? Schnüffelt P einfach herum?
   Das wäre typisch.

Zehn vor fünf. Ich warte noch einen Augenblick. Dann hole ich P, wenn er nicht von selbst kommt.

Ich habe nicht vor, hier noch länger zu sitzen und zu frieren. Meine Zehen sind wie Eisklumpen.
   Ps Handy liegt auf dem Beifahrersitz. Der Code steht in meiner Handfläche.
   Wage ich es?

Ich kann nicht mehr.
   Ich will nicht. Das Leben tut zu weh.
   Ich habe Ps Handy untersucht und eine SMS an meine Ärztin gefunden.
   P schrieb, dass es mir schlechter geht und dass ich alles versuche, um das zu vertuschen. Dass ich furchtbare Wutausbrücke habe und dass er Angst hat, ich könnte ihm oder mir selbst etwas antun. Dass er mich sehr liebt, aber nicht weiß, ob er sich noch länger um mich kümmern kann. Er fragte, ob ich weiterhin zu Hause wohnen kann oder ob sie eine andere Lösung finden müssen.
   Die Ärztin hat geantwortet, sie könne das nicht entscheiden, ohne mich gesehen zu haben.
   Ich musste weinen.

Ich bin verdammt noch mal FERTIG!

Aber ich habe mich auch geschämt: Ich habe ihm vorgeworfen, kalt und abwesend zu sein, und dabei hat er sich Sorgen um mich gemacht.

Ich habe noch etwas begriffen, als ich diesen SMS-Austausch gelesen habe: P hat Angst. Er hat Angst davor, allein zu bleiben. Und er hat Angst, mit dem Alleinsein nicht umgehen zu können.

Ich schäme mich so! Und ich fühle mich so hilflos.

Es ist wie damals, als ich neun Jahre alt war und sah, wie mein Labradorwelpe Ajax durch das Eis brach. Ich stand da und sah seinem Kampf zu. Sah, wie seine schwarzen Pfoten versuchten, sich am Eis festzuhalten. Hörte sein Wimmern, bis er schließlich unter der Wasseroberfläche verschwand.

Jetzt ist es genauso.

Nur bin ich es, die ertrinkt.

Ich werde das Tagebuch verbrennen, wenn alles vorbei ist. Die zwei letzten Wochen aus meinem Leben streichen. Ormberg und alles, was hier passiert ist, vergessen, denn ehe wir hergekommen sind, war das Leben perfekt, trotz der Krankheit.

Großer Gott, ich bitte nur um einen einzigen kleinen Gefallen: Hilf mir vergessen!

Eben war P hier.

Er hat nicht gemerkt, dass ich geweint hatte.

Er war aufgeregt. Sagte, die Person, mit der er sprechen wollte, sei nicht zu Hause gewesen, aber er habe sich »im Haus ein bisschen umgesehen« und eine wichtige Entdeckung gemacht.

Er hatte die Küche und das Nachbarzimmer mit Schritten

ausgemessen. Das Zimmer müsste ebenso lang sein wie die Küche (sie liegen Wand an Wand mit dem Eingang und sind der Querseite des Hauses zugewandt), aber in der Küche fehlte ein guter Meter.

Vor dem »verschwundenen« Teil der Küche fand er eine versteckte Tür, verborgen von einem Regal an der Querseite des Raumes und ganz unten mit einem kleinen Riegel versehen.

Warum baut man eine Geheimtür?

P will diese Tür öffnen. Er will das Handy mitnehmen, um Bilder zu machen.

Ich habe es ihm gegeben.

Er hat nicht bemerkt, dass es nicht mehr gesperrt war.

Ich sagte, er solle Verstärkung rufen, ehe er wieder ins Haus ginge. P wollte das nicht.

Er gab mir auch ein Schmuckstück, eine goldene Kette, an der ein Medaillon hängt. Das lag offenbar unter der Geheimtür eingeklemmt. P bat mich, es aufzubewahren, es sei vielleicht wichtig.

Ich hatte keine Ahnung, wo ich es hinlegen sollte. Hatte Angst, es irgendwo zu vergessen. Deshalb habe ich es mir um den Hals gehängt.

P ist wieder im Haus.

Ich warte im Auto.

Ich zittere vor Kälte.

Draußen tobt der Sturm: Laub, Zweige – alles wird herumgewirbelt.

Ich komme mir vor wie in einer Trockentrommel.

Etwas muss passiert sein. Etwas stimmt hier überhaupt nicht mehr.
P kommt nicht.
Warten oder bleiben?

Ich g

Damit ist Schluss.
   Ich blättere um, aber die nächste Seite ist leer. Ich blättere noch ein bisschen. Erstarre zu Eis, als ich große, braune, starre Flecken auf dem Papier sehe.
Blut, das muss Blut sein.
   An mehreren Stellen sind im Blut Daumenabdrücke zu sehen.
   Vorsichtig streiche ich mit dem Finger über die Abdrücke und berühre sie mit den Fingerspitzen. Es kommt mir fast so vor, wie Hanne zu berühren. Als ob ich ein Loch in der Zeit geöffnet hätte und dort mit Hanne zusammen wäre, als ob ich ihre Verzweiflung und Trauer spürte.
   Etwas muss in diesem Haus hinter den Bäumen passiert sein. Das Haus, das ich so oft gesehen habe.
   Doch, so muss es sein.
   Dort muss sich die Lösung des Rätsels befinden – die Antwort auf die Frage, was mit diesem Polizisten passiert ist. Und wer das Mädchen und die Frau in der Geröllhalde ermordet hat.
   Die Antwort, die Papa retten kann.

MALIN

In Ormberg ist es finster wie im Grab, und die kleine Gruppe von Häusern, die so irreführend als Zentrum bezeichnet wird, liegt einsam und verlassen da. Nicht einmal die Presseleute, die am Anfang der Woche bis spätabends getreulich die Sitze in ihren Autos abgenutzt haben, sind geblieben.

Alle sind nach Hause gefahren, zu Adventsfeiern, Luziagebäck und Fernsehgemütlichkeit.

Manfreds Blick ist hektisch, seine Augenbrauen zucken, als er den Mantel abstreift und sich an den Tisch setzt. Er zieht die Plastiktüte mit Peters Handy hervor, legt sie behutsam auf den Tisch und klappt seinen Laptop auf.

»Die Techniker holen es nachher«, sagt er und nickt zum Handy hinüber.

Seine großen Hände jagen über die Tastatur, die Tasten klappern, während er schreibt.

»Hast du es übertragen?«, fragt Andreas.

Manfred dreht seinen Rechner langsam um, sodass wir alle den Bildschirm sehen können.

Und da ist es – das Bild, das wir in Peters Handy gefunden haben. Manfred hat es an sich selbst geschickt, damit wir es auf dem Computerbildschirm ansehen und vergrößern könnten.

Wir betrachten schweigend das verschwommene Foto –

die Umrisse sind verzerrt, schwer zu deuten, die Farbskala reicht von Sepiabraun zu dunklem Graphitgrau.

»Einwandfrei Peter«, sage ich und zeige auf das Gesicht, das am linken Bildrand im Profil zu sehen ist.

Manfred zoomt noch weiter hinein und konzentriert sich auf die Person, die in der rechten Ecke hockt. Die Konturen eines mageren Arms zeichnen sich ab. Das Gesicht ist abgewandt, die Haare aber sind grau und sehr lang.

»Das ist sie«, sage ich. »Das ist Azra Malkoc.«

Etwas funkelt in der Hand der Frau auf.

»Was ist das da?«, frage ich und zeige auf den Gegenstand.

»Ein Messer?«, schlägt Andreas vor.

»Es kann alles Mögliche sein, das Licht reflektiert«, sagt Manfred. »Ein Spiegel, irgendetwas aus Metall.«

»Aber wenn es nun ein Messer ist«, sage ich. »Wenn Azra nun gefährlich war. Wenn sie Nermina ermordet und Peter vielleicht verletzt hat.«

Niemand sagt etwas.

»Und was ist das da?«, frage ich und zeige auf etwas rechts von Peter.

Es sieht aus, wie…

»Es würde mich gar nicht wundern, wenn das aufeinandergestapelte Bücher wären«, sage ich.

Und sowie ich das sage, weiß ich, dass es stimmt, die Puzzlestücke fügen sich ineinander, mein Gehirn deutet die Bilder richtig, und ich kann die Titel auf den Büchern lesen.

»Ja«, sagt Manfred. »Ja! Hanne hat ja gesagt, dass sie sich an englische Bücher auf einem schmutzigen Boden erinnert.«

»Sie muss dort gewesen sein«, sage ich. »Aber wo ist das denn bloß?«

»Unmöglich zu sagen«, meint Andreas. »Wir müssen wohl abwarten, was die Bildanalytiker herausfinden, aber ich bezweifle, dass da viel mehr sein wird.«

»Hol noch mal das andere Bild«, sage ich. »Das mit der Treppe.«

Manfred klickt das Bild heran. Es ist viel schärfer und zeigt eine Treppe, die in einen Keller hinunterführt. Ganz unten sind ordentlich an einer Garderobenstange aufgehängte Kleider. Vor der Wand steht ein Tablett mit Porzellan.

Kein Mensch ist zu sehen.

»Das muss ein Keller sein«, sagt Manfred. »Wir müssen feststellen, in welchen Häusern hier in der Nähe es einen Keller gibt. Vielleicht hat das Landesvermessungsamt solche Informationen, oder das Bauamt. Ich rufe Svante an, sobald wir fertig sind. Die müssen uns helfen.«

»Wer hat das Handy gehalten, als das Bild von Peter und Azra gemacht worden ist?«, fragt Andreas. »Peter ist doch mit auf dem Bild, also muss es jemand anderes gewesen sein.«

»Hanne«, sage ich. »Sie hatte vielleicht Peters Handy. Sicher hatte sie sich den Code deshalb in die Handfläche geschrieben. Vielleicht hat sie es dann in der Fabrik verloren. Wir wissen ja gar nicht, ob Peter auch dort war.«

Manfred massiert sich die Schläfen mit Mittel- und Zeigefingern.

»Gesetzt den Fall, sie waren auf einer Spur und sind dabei auf Azra Malkoc gestoßen. Wir wissen, dass ihre Handys sich in Ormberg befanden. Sie haben Azra also irgendwo hier in der Gegend gefunden. Vermutlich ist danach irgendwas schiefgegangen. Azra wurde ermordet. Hanne ist geflohen oder hat sich verirrt. Und Peter ...«

Er beendet den Satz nicht. Das Bild von Peter taucht noch einmal vor meinem inneren Auge auf. Ich schiele zu dem Regal, wo wir seine und Hannes Sachen untergebracht haben. Es hat eine Woche gedauert, bis wir sie vom Tisch genommen haben. Wir hatten das Gefühl, die beiden wegzuräumen, als wir ihre Habseligkeiten ins Regal gelegt hatten.

Manfred sagt jetzt:

»Peter lebt vielleicht, Peter ist vielleicht tot. Er ist wie Schrödingers Scheißkatze. Und das macht mich so langsam wahnsinnig.«

Er legt eine kurze Pause ein, lässt den Blick zu dem alten Ladenlokal hinüberwandern, wo der Heizbläser brummt. Dann schüttelt er den Kopf und fügt hinzu:

»Warum haben Peter und Hanne uns nicht gesagt, dass sie eine neue Spur hatten? Warum haben sie uns das verheimlicht?«

»Es war vielleicht keine neue Spur«, sage ich. »Sie wollten vielleicht jemanden von denen treffen, die ohnehin schon unter Verdacht stehen, und sind dann durch Zufall über Azra Malkoc gestolpert.«

»Wen denn?«

Manfred beugt sich vor und starrt mich an. Gegen meinen Willen merke ich, dass meine Wangen heiß werden.

»Stefan Olsson?«, schlage ich vor. »Björn Falk? Oder den Pädophilen, Henrik Hahn? Oder vielleicht waren sie mit einem Zeugen verabredet, der sich als etwas ganz anderes entpuppte als ein unschuldiger Gewährsmann. Jemanden vom Personal des Flüchtlingsheims, zum Beispiel.«

Manfred lässt sich auf seinem Stuhl zurücksinken. Er sieht nicht ganz überzeugt aus.

»Hm«, sagt er.

Die Haustür wird aufgerissen, und Schritte nähern sich.

Malik tritt in die Tür. Seine Mütze und seine Schultern sind mit Schnee bedeckt.

»Klopf, klopf«, sagt er.

»Guten Abend«, sagt Andreas und hebt die Hand zum Gruß. »Bist du zu Besuch in Ormberg?«

»Ich soll mit den Technikern in die Fabrik fahren. Und da wollte ich auch dieses Handy abholen.«

Manfred nickt zu Peters Handy hinüber, das in der Plastiktüte auf dem Tisch liegt.

Malik stampft sich den Schnee von den Stiefeln, nimmt die Mütze ab, fährt sich mit der Hand durch die schwarzen Haare und sammelt diese zu einem Knoten mitten auf seinem Kopf. Den Knoten befestigt er dann mit einem dünnen schwarzen Gummi, das er um das Handgelenk gewickelt hatte.

»Wie ist die Hausdurchsuchung bei Stefan Olsson gelaufen?«, fragt Manfred.

»Gut«, sagt Malik. »Abgesehen davon, dass die Tochter hysterisch war, als wir gekommen sind. Wir haben in der Waschküche ein blutiges, zerfetztes Hemd gefunden, ansonsten aber nichts Auffälliges. Wir werden ja sehen, was die Technik dazu sagt, wenn sie fertig ist. Doch, eins. Da hing so ein Paillettenkleid im Kleiderschrank der verstorbenen Mutter. So ein goldfarbenes Paillettenkleid in Größe 36. Ja, ich weiß nicht, ob das wichtig ist, Stefan Olsson wird da wohl kaum reinpassen, aber wir haben es jedenfalls mitgenommen.«

»Hm«, sagt Manfred. »Sonst noch was?«

Malik schüttelt den Kopf.

»Nicht bei der Hausdurchsuchung. Aber wir haben mit diesem Tony geredet.«

»Tony?«, fragt Manfred.

»Ich dachte, Svante hätte euch angerufen«, sagt Malik überrascht. »Suzette hat mit einem gewissen Tony gesprochen. Der hat zu Anfang der Neunzigerjahre im Heim für Geflüchtete gearbeitet. Stefan Olsson wurde damals gefeuert. Das heißt, er war ja nicht fest angestellt, aber er musste sofort gehen, weil sie ihn dabei erwischt hatten, dass er spätabends im Garten herumschlich. Offenbar hat er die Bewohner bespitzelt. Und wisst ihr was? Das war im Herbst 1993.«

»Azra und Nermina«, flüstere ich.

Malik streckt die Hand nach Peters Handy aus.

»Genau. Wir vernehmen Stefan Olsson morgen früh um acht, wenn ihr dabei sein wollt.«

Manfred nickt.

»Das wollen wir uns nicht entgehen lassen. Und was diese Bilder hier angeht, so können wir heute Abend wohl nicht mehr viel machen. Sagen wir, wir sehen uns morgen früh um halb acht?«

Zehn Minuten später sind Andreas und ich allein im Büro – Malik und Manfred sind gegangen.

Ich gehe in den Laden, schalte den Heizlüfter aus und überzeuge mich davon, dass der Eimer genau unter der undichten Stelle in der Decke steht.

Andreas mustert mich forschend, als ich zurückkomme. Dann deutet er ein Lächeln an. Es ist nicht sein übliches selbstzufriedenes Grinsen, sondern ein freundliches, fast bescheidenes Lächeln.

»Würdest du mit mir nach Hause kommen?«, fragt er.

Ich erstarre mitten in der Bewegung. Will schon einen der bissigen Sprüche loslassen, die ich mir für solche Gelegenheiten zurechtgelegt habe. Aber dann sehe ich ihn an, sehe seinen ernsten Blick und denke an alles, was zur Hölle gegangen ist – an den blutigen Schweinekopf, an Nerminas Knochenstümpfe, an Azras gesichtslosen Leichnam auf dem Obduktionstisch und an Peter, der sich offenbar in Schrödingers Katze verwandelt hat. Ich denke an Kenny, der nie mehr zurückkommt, an Max, der vielleicht zurückkommt, und an Mama, die schlaflos im Bett liegt und sich – vermutlich absolut überflüssigerweise – den Kopf zerbricht, wie die Hochzeit so billig wie möglich ausgerichtet werden kann.

Ich denke an all das, aber vor allem denke ich daran, wie verzweifelt kurz das Leben ist. Ein Fliegenschiss in der Ewigkeit, ehe die Finsternis zupackt und uns alle verschlingt.

Und noch etwas anderes meldet sich zu Wort: das Bild von Hanne im Bett, mit der bis ans Kinn hochgezogenen Decke. Das Lachen in ihren Augen und die Liebe, die das ganze Foto zum Vibrieren brachte.

Warum war es zwischen Max und mir nie so? Habe ich ganz bewusst die echte Liebe aus meinem Leben ausgeschlossen? Und zwar wegen Kenny?

»Okay«, sage ich.

Andreas verzieht keine Miene, aber seine Augen weiten sich ein wenig und verraten seine Überraschung.

Mit dieser Antwort hatte er nicht gerechnet.

»Meinst du, dass...?«

»Sollen wir gehen, ehe ich mir die Sache anders überlege?«, frage ich.

Wir fahren schweigend durch den Wald. Die großen Kiefern haben eine dicke Schicht neu gefallenen Schnee auf den Zweigen liegen. Einsame Flocken wirbeln durch die Lichtkegel der Scheinwerfer.

Es ist so schön, wie es im Winter nur in Ormberg ist. So schön und so furchtbar einsam und dunkel.

Ich weiß nicht, wie weit wir fahren, zwanzig Kilometer vielleicht, vielleicht dreißig. Dann nimmt der Wald langsam ein Ende und weicht weiten, verschneiten Feldern. Andreas biegt auf eine kleinere Straße ab, fährt vorbei an einer Tankstelle. Kurz darauf erreichen wir eine Siedlung aus niedrigen Reihenhäusern, die aussehen wie aus den Siebzigerjahren.

Wir halten vor einem der identischen, erbärmlich hässlichen Wohnkartons und gehen hinein. Andreas lässt die Schlüssel in seiner Hosentasche klirren und schließt dann auf. Macht Licht und lässt mich hinein in die Wärme.

»Tja, hier wohne ich also.«

Das Haus könnte auch in Ormberg stehen.

Es sieht aus wie jedes von den Häusern, in denen ich in meiner Kindheit zu Besuch war: möbliert mit einer Mischung aus Alt und Neu, bei der nichts zusammenpasst. Hässliche Ledersofas und ein imitierter Perserteppich vor dem großen Fernseher, überdimensionale Lautsprecher. Ein Bücherregal ohne Bücher. Hanteln auf dem Boden und beim Sofa ein Stapel Motorradzeitschriften.

Neben dem Fernseher stehen zwei leere Coladosen und eine Schale mit einigen einsamen Chips. Ein Trainingsanzug ist zum Trocknen über einem Sessel ausgebreitet.

Davor bin ich mein ganzes Leben lang weggelaufen, denke ich.

Ormberg, das Dorf, die trostlose Vorhersagbarkeit der Zukunft, die weit gestreckten Felder und der stumme Wald. Die Fernsehabende mit Chips und Wein und die regelmäßigen Großeinkaufsbesuche im Einkaufszentrum.

Die grimmige Dunkelheit der Winternacht und die schonungslose Schärfe des Sommers.

Das Gefühl, dass alles zu Ende ist, ehe es richtig angefangen hat.

Ich denke daran, was in dem Polizeibericht über Mama stand. Dass sie auf dem Ormberg aufgegriffen wurde, angetrunken, verzweifelt und verletzt, vor drei Jahren.

Arme kleine Mama.

Ich denke an alles, was sie hätte tun können, wenn sie nicht in Ormberg geblieben wäre. An die Berufe, die sie hätte haben, die Menschen, die sie hätte kennenlernen, und die Orte, die sie hätte sehen können.

Aber für sie ist Ormberg Anfang und Ende von allem: ein absolut zureichendes Dasein. Ein Universum, das alle ihre Bedürfnisse und Wünsche enthält und sie absolut nicht einschränkt.

Warum ist es für mich nicht auch so?

Was hat Mama da noch gesagt?

»*Wenn du vor etwas fliehst, dann musst du sicher sein, dass du nicht im Grunde vor dir selbst weglaufen willst.*«

»Möchtest du etwas essen?«, fragt Andreas. »Ich weiß nicht, ob ich viel dahabe, aber...«

»Nein, danke.«

»Eine Tasse Tee?«

Ich schüttele den Kopf und drehe mich zu ihm um.

Seine dunklen Haare sind nass, und sein Pullover riecht ein

bisschen nach Schweiß. Seine Augen sind ernst und sitzen ein bisschen schräg, genau wie Kennys.

Ich habe mir das noch nie überlegt, aber Andreas hat Kennys Augen.

Auf seiner Wange sehe ich eine frische kleine Wunde – vielleicht hat er sich bei der Fabrik irgendwo aufgeschrammt.

Ein kleiner Blutstropfen glitzert am Rand der Wunde.

Er sieht verlegen aus, als ob er nicht richtig wüsste, was er mit mir machen soll, jetzt, da er mich endlich mit nach Hause geschleift hat.

»Tja«, sagt er.

»Tja«, sage ich, und plötzlich ist mir seine Nähe ungeheuer bewusst.

Sein Atem ist warm, feuchte Stöße gegen meine Wange, wie der Sommerwind an einem heißen Tag unten am Bach, und ich spüre, wie die Wärme seines Körpers mir entgegenstrahlt.

Als ich ihn küsse, tritt er einen Schritt zurück.

»Ist das eine gute Idee?«, flüstert er.

Aber sein Zögern hält nur eine Sekunde vor. Dann zieht er mich an sich und küsst mich zurück.

JAKE

Das Moped kämpft darum weiterzukommen, als ich Gas gebe. Der Schnee spritzt mir um die Beine. Ich versuche jetzt nicht mehr, langsam zu fahren, aber ich lasse die Füße über den Boden schleifen, für den Fall, dass ich ins Schlingern gerate.

Es ist halb drei am Montagmorgen.

Ich habe einige Stunden geschlafen, nachdem ich das Tagebuch ausgelesen hatte. Nicht, weil ich müde gewesen wäre, sondern weil ich beschlossen hatte, es wäre besser, mitten in der Nacht herzufahren. Kein Mensch ist wohl so *fucking* verrückt, jetzt wach zu sein.

Als ich aufwachte, entdeckte ich, dass Saga sieben SMS geschickt hatte – in den ersten vier war sie wütend, bei den folgenden dreien wirkte sie dann eher beunruhigt. Ich beschloss, sie in einigen Stunden anzurufen, ich will sie schließlich nicht wecken.

Ich denke an Hanne und P. Frage mich, ob er *sie verdient hatte* oder ob sie *zu gut für ihn war,* wie Mama oft über ihre Freundinnen gesagt hat.

Frauen sind sehr oft zu gut für Männer. Vielleicht sind alle Männer im tiefsten Herzen so schlecht, dass sie es verdienen, allein zu sein.

Und wie ist es mit Papa? Ich finde nicht, dass er schlecht ist, jedenfalls war er das nicht, als Mama gestorben ist.

Ein Windstoß erfasst mich, und für eine Sekunde glaube ich, dass ich umkippen werde, aber dann richtet sich das Moped wieder auf, und ich fahre weiter durch den Schnee.

Um mich herum ist es dunkel. Hohe Kiefern rahmen die Straße auf beiden Seiten ein, strecken ihre verschneiten Zweige zu den Seiten aus, als ob sie einander die Hand reichen wollten.

Eigentlich ist es seltsam, dass ich das hier tue. Aber es sind in letzter Zeit so viele seltsame Dinge passiert, dass ich nicht mehr so sicher bin, was normal ist, oder sogar, wer ich selbst bin. Ich denke an Papas Blick, als er von der Polizei abgeführt wurde. An Sagas weiche Lippen auf meinen, an meine Hände, die Vincents Kopf auf den Betonboden schlugen, und daran, was ich zu ihm gesagt habe: die Drohung zu verraten, wer sein Vater wirklich ist.

Was geht eigentlich mit mir vor?

Ich weiß nicht, aber was es auch sein mag, ich glaube nicht, dass es sich anhalten lässt. Ich kann nur mit dem Strom schwimmen und aufs Beste hoffen.

Die Häuser sind dunkel und stumm, als ich ankomme. Das große Wohnhaus liegt vielleicht fünfzig Meter weiter, am Waldrand. Auf dem Dach ist eine riesige Satellitenschüssel angebracht, und drei Fenster schauen auf die Auffahrt.

Ich stehe vor dem kleineren Haus – es erinnert an das große, nur ohne Satellitenschüssel. Und dann hat es vorn nur zwei Fenster.

Der Wind ist stärker geworden, und kleine, leichte Flocken berühren meine Wange, als ich auf die Haustür zugehe.

Die Holzfiguren auf dem Rasen sind unter einer dicken Schneeschicht begraben.

Ich war schon oft hier, ich kenne jeden Busch, jeden Baum, aber ich war noch nie in einem der Häuser.

Vor der Tür hängt ein Adventskranz aus Plastik, er bewegt sich ein wenig im Wind. Schnee ist hochgewirbelt worden und hat sich in kleinen Wehen auf der Vortreppe abgelagert.

Ich berühre vorsichtig die Türklinke.

Abgeschlossen.

Ich schaue durch das Küchenfenster. Alles ist dunkel, ein Lämpchen leuchtet an etwas, das aussieht wie ein Kühlschrank – es sieht aus wie ein Auge, das niemals blinzelt. Schwaches Licht kommt von nebenan, wo die Diele liegen muss.

Vor mir auf der Treppe stehen Pelargonien in Krügen. Ich nehme an, dass sie aus Kunststoff sind, denn die Blumen sehen unnatürlich kräftig und bunt aus, obwohl eine dicke Schneeschicht sie bedeckt. Ich ziehe die Fäustlinge aus, stecke sie in die Tasche und suche im Schnee neben den Krügen. Hebe dann einen nach dem anderen auf, und *bingo*, da liegt ein rostiger alter Schlüssel.

Niemand in Ormberg nimmt es besonders genau mit der Sicherheit.

Das ist ein großer Fehler, sagt Papa. Die meisten haben einen Reserveschlüssel bei der Tür liegen, obwohl die Flüchtlinge, die jetzt hier sind, viel unzuverlässiger sind als die Leute von Ormberg. Obwohl sie jederzeit einbrechen, vergewaltigen, die schwarzen Flaggen des Kalifats an die Wände nageln oder alles Wertvolle stehlen können, das man besitzt.

Was immer das sein könnte.

Ich kenne hier niemanden, der etwas besonders Wertvolles zu Hause hat, abgesehen vielleicht von einem Computer oder einem Flachbildschirm.

Der Schlüssel gleitet problemlos ins Schloss. Ich drehe ihn um, und die Tür öffnet sich lautlos.

Ich bleibe vor der Schwelle stehen.

Natürlich weiß ich, dass ich die Polizei anrufen müsste, statt ganz allein dieses dunkle Haus zu betreten.

Aber die Polizei hält Papa ja für einen verkommenen Alkoholiker. Sie glauben ernsthaft, dass er diese Frau ermordet hat. Vielleicht sperren sie ihn bis an sein Lebensende ins Gefängnis.

Der Kloß in meinem Hals – der lange verschwunden war – macht sich wieder bemerkbar.

Nein, ich muss herausfinden, wer die Frau in der Geröllhalde ermordet hat, damit sie Papa laufen lassen. Ich steige über die Schwelle und ziehe vorsichtig die Tür hinter mir zu.

In der Diele riecht es nach Pizza und altem Spüllappen. Das trübe Licht einer nackten Glühbirne, die von der Wohnzimmerdecke hängt, wirft einen bleichen gelben Schein über den Boden. Müllsäcke stehen neben der Haustür, und daneben liegt ein Paar Stiefel. Jacken hängen an Nägeln an der Wand.

Ich wische mir die Schuhe, so gut es geht, an der Fußmatte ab und schleiche mich in die Küche. Der Boden knarrt, und ich bleibe mehrere Male stehen, um mich davon zu überzeugen, dass niemand kommt. Das Einzige, was zu hören ist, ist das leise Summen des Kühlschranks und das Ticken eines Thermostats. Ganz weit hinten, an der Querseite des Raumes, sehe ich Regale.

Ich gehe hin und hocke mich davor. Taste mit der Hand über die Bodenleisten.

Ich brauche einige Minuten, bis ich ihn gefunden habe:

einen kleinen Metallriegel zwei Zentimeter über dem Boden. Ich muss ein wenig hin- und herwackeln, ehe ich den Riegel öffnen kann und die geheime Tür mit einem leisen Klicken aufgeht.

Es ist keine normale Tür, sie ist dick und innen mit Metall beschlagen.

Feuchte Luft schlägt mir entgegen: Es riecht genau wie in Sagas Vorratskammer, von der sie sagt, dass es dort Schimmel gibt und dass sie renovieren müssen, sowie sie das Geld dafür haben.

Ich richte mich auf, gehe in den dunklen Raum und ziehe die Tür hinter mir so weit zu, dass nur ein schmaler Lichtstreifen zu sehen ist.

Hier drinnen ist es kühler. Kühler und feuchter.

Ich fröstele. Ziehe mein Handy hervor, dessen Akku fast leer ist, und schalte die Taschenlampe ein.

Ich muss jetzt mit dem Akku sparsam umgehen.

Die Treppe ist steil und feucht. Die Wände sind gefleckt, und dünne Schleier aus Spinngewebe hängen von der Decke; sie bewegen sich ein wenig im Luftzug.

Mitten auf der Treppe liegen eine Tabaksdose und ein Handschuh, der noch immer wie eine halb geballte Faust geformt ist – es sieht fast aus, als wollte sie nach einem Priem greifen.

Schritt für Schritt gehe ich nach unten. Langsam und vorsichtig, um kein Geräusch zu produzieren. Die Luft kommt mir dicker vor, als ich nach unten komme, das Atmen fällt mir schwerer, und der feuchte Kellergeruch ist stärker geworden. Auf dem Boden liegen vor einer Kleiderstange Kleidungsstücke herum. Drei klaffende Löcher verraten, dass die

Stange bis vor Kurzem festgeschraubt war. Neben den Kleidern liegen ein zerbrochener Teller und die Scherben eines Glases.

Es gibt zwei Türen: eine rechts, eine links. Die rechte Tür hat in der Mitte eine tiefe Beule, als ob jemand versucht hätte, sie einzutreten, und das Schloss sieht defekt aus.

Ich zögere, ehe ich die Tür aufstoße. Auf der anderen Seite kann mich doch alles erwarten: ein Gespenst, ein Zombie, ein...

Dieser Gedanke ist rascher verflogen, als ich das erwartet hatte, und ich begreife zu meiner Überraschung, dass kein Gespenst und kein Zombie auf der Welt mir noch Angst machen können. Alles, wovor ich mich bisher gefürchtet habe, hat seine Macht über mich verloren: schleimige Leichen, Dämonen und fleischfressende Untote. Axtmörder, Motorsägenhooligans und Aliens, die die Weltherrschaft an sich reißen und Menschengehirne wie Popcorn knabbern wollen.

Die Wirklichkeit ist doch viel schlimmer!

Ich gebe der Tür einen Stoß, und sie geht auf. Lautlos. Sie ist schwerer, als ich gedacht hatte, und von innen mit Metall besetzt, genau wie die Geheimtür in der Küche.

Der Raum ist klein, fensterlos und kalt, vor allem aber ist er leer.

Kein Mensch und keine verweste Leiche sind zu sehen. Nur ein einsames Bett an einer Wand. Im Bett liegen einige Kissen und eine Decke mit Blumenmuster. Neben dem Bett stehen eine Stehlampe und ein kleiner Nachttisch. Auf dem Nachttisch gibt es ein Glas und einen Lippenpflegestift. Auf dem Boden neben dem Bett: ein Haufen Kleider, alle ordentlich zusammengefaltet. Vor der Wand sehe ich Bücherstapel. Es müssen mindestens hundert Bücher sein. Ich gehe hin und lasse die Taschenlampe über die Buchrücken wandern.

Alle sind auf Englisch.

Ganz hinten im Raum gibt es noch eine Tür.

Ich gehe hin und öffne sie, leuchte hinein.

Eine Toilette und ein Waschbecken.

Auf dem Waschbeckenrand liegt ein ausgefranstes rosa Handtuch. Eine vor Feuchtigkeit wellige Rolle Klopapier steht auf dem Boden. An der Wand gegenüber der Toilette: ein Regal mit einer Zahnbürste, einem Deo, einem kleinen rissigen Stück Seife und einer Haarbürste aus rosa Kunststoff.

Ich strecke die Hand nach der Haarbürste aus.

Sie ist voller langer, grauer Haare.

Sagas Worte tauchen in meinem Kopf auf.

»Dass sie wie ein Gespenst aussah. Mit verfilzten, langen grauen Haaren.«

Hat die Tote aus der Geröllhalde hier im Keller gewohnt?

Das Rauschen der Rohre, die über die Decke laufen, reißt mich aus meinen Überlegungen. Ich weiche von der Toilette zurück und schaue mich noch einmal im Kellerraum um, halte Ausschau nach irgendeinem Detail, das mir bisher vielleicht entgangen ist.

Über dem Bett ahne ich ein Muster in der Betonwand, wie ein vages Raster. Ich gehe näher und richte die Taschenlampe auf die Wand. Kleine Striche zeichnen sich ab, es sieht aus, als habe jemand sie in den Beton gekratzt.

Ich beuge mich vor, mustere etwas, das aussieht wie ein Lattenzaun: vier vertikale Striche, der fünfte schräg über den anderen.

Ich trete zurück und sehe weitere Lattenzäune. Gehe noch

einige Schritte rückwärts und lasse das Licht über den Beton wandern und sehe zu meinem Entsetzen, dass die ganze Wand mit Strichen bedeckt ist.

Die ganze verdammte Wand ist mit Strichen bedeckt!

Und in diesem Augenblick, als mir die Bedeutung der Striche aufgeht, überkommt mich die Panik. Das liegt nicht an dem schmutzigen kleinen Raum, der widerlichen Toilette mit den Flecken auf dem Boden oder den Spinnweben an der Decke.

Sondern an der Erkenntnis, dass jemand offenbar Jahre hier unten zugebracht hat. Nicht Tage, Wochen oder Monate, sondern *Jahre*. Dass dieser Mensch Striche in den feuchten Beton geritzt hat, um einen Überblick über die Tage und Nächte zu bekommen, die hier vergingen.

War sie das, die Frau mit den langen grauen Haaren?

Kann jemand überhaupt in einem Keller wohnen? Stirbt man nicht aus Mangel an Licht und frischer Luft? Verfault man nicht, wie ein in einem kalten, feuchten Kühlschrank vergessenes Stück Gemüse?

Die Luft wird wieder dicker, und meine Brust wird von einem unsichtbaren Seil zusammengeschnürt. Die Wände kommen näher, beugen sich über mich, und mein Herz schlägt einen Salto.

So viele Tage, so viele Nächte.

Ich verlasse den Raum rückwärts. Bei der Erkenntnis, dass hier jemand gewohnt hat, vielleicht hinter dieser dicken Tür gefangen gehalten wurde, wird mir schwindlig und schlecht.

Meine Hände zittern, als ich die kleine Diele erreiche. Ich stolpere über das Tablett, und das Porzellan klirrt.

Mein Herz bleibt stehen, und ich halte den Atem an.

Es ist still.

Ich höre nur die Rohre, die rauschen, und ein Surren von der anderen Tür her.

Ich drehe mich um und leuchte diese Tür an.

Sie sieht aus wie eine normale Tür, und als ich die Klinke anfasse, ist die Tür nicht abgeschlossen.

Ich öffne sie, leuchte dahinter.

Es ist noch ein kalter, fensterloser Kellerraum, nur kleiner als der andere.

In diesem Raum gibt es nur eine riesige Tiefkühltruhe vor der einen Wand – so eine, die von oben geöffnet wird, wie wir sie auch zu Hause in der Vorratskammer stehen haben. Papa bewahrt darin Wildbraten und Elchhack auf.

Man kann dort fast ein ganzes Reh unterbringen.

Der Boden ist bedeckt mit großen dunkelbraunen Flecken – ich will gar nicht daran denken, was das sein kann.

Eine Linie aus dunklen Tropfen zieht sich vom größten Fleck zur Tiefkühltruhe hin.

Ich gehe zur Tiefkühltruhe und lege die Hand auf den Griff. Sofort brummt die Truhe los, als ob sie mir etwas sagen wollte.

Vorsichtig öffne ich die Luke.

Die Tiefkühltruhe seufzt auf, als die kalte Luft herausströmt. Ich beuge mich vor und leuchte ins Innere der Truhe.

Dort, neben einer Haushaltspackung Speiseeis, liegt ein Mensch. Ein Mann, in Embryostellung zusammengekrümmt.

Er ist von einer dünnen glitzernden Frostschicht bedeckt, aber ich kann doch die graublonden Haare, die blaue Daunenjacke und das karierte Hemd darunter sehen.

Ich versuche, ihn nicht anzuschauen, sondern konzentriere

meinen Blick auf die Eispackung, auf der der lachende GB-Clown den Hut hebt.

Das gelingt mir nicht.

Die Übelkeit kommt in Wellen. Das Handy fällt auf den Boden, und ich lasse den Deckel los, er rutscht mir aus der Hand, ohne dass ich etwas dagegen tun könnte, und fällt mit einem unheilverkündenden dumpfen Dröhnen.

Obwohl sich der Raum um mich dreht und die Kotze nach oben will, denkt mein Gehirn weiter, spinnt Hypothesen und testet Theorien, obwohl mein Körper sich gegen alles sperrt.

Ich weiß noch, was über P in der Lokalzeitung stand:

... zum Zeitpunkt seines Verschwindens gekleidet in ein rot kariertes Flanellhemd sowie eine blaue Daunenjacke der Marke Sail Racing.

Der Mann in der Tiefkühltruhe ist P.

Ich hebe mein Handy vom Boden auf und lasse es in meine Tasche gleiten. Dann stolpere ich rückwärts aus dem Raum und in die kleine Diele. Stütze mich gegen die Betonwand, sinke in die Hocke und krieche dann auf allen vieren die Treppe hoch, wie ein Hund.

Das Einzige, woran ich denken kann, ist, dass ich hier wegmuss. Dass sich hier etwas viel Schlimmeres abgespielt hat, als ich es mir überhaupt vorstellen kann, unter den Bodenbrettern in einem ganz normalen Haus im langweiligsten Kaff auf der Welt, wo alle Tage gleich sind und niemals etwas Gefährliches passiert.

Die Treppenstufen werden zu Bergen, und ich besteige einen nach dem anderen. Sie knallen gegen meine Knie, und meine Nägel zersplittern am Beton, aber ich nehme keinen

Schmerz mehr wahr. Das Einzige, was in meinem Kopf existiert, ist lähmende Angst.

Als ich fast auf halber Höhe angekommen bin, richte ich mich auf. Der Boden ist feucht und glatt, und beim Gedanken an den Mann in der Tiefkühltruhe geben die Beine unter mir nach. Als ich gerade denke, dass ich ja nicht ausrutschen darf, stolpere ich über etwas.

Im selben Augenblick, in dem ich stürze, geht mir auf, dass es die Tabaksdose und der Handschuh gewesen sein müssen, die auf der Treppe lagen.

Mein Hinterkopf trifft mit einem dumpfen Knall auf den Boden auf.

Der Schmerz ist scharf, verschwindet aber ebenso schnell, wie er gekommen ist. Er weicht einer daunenweichen Leichtigkeit, einem Gefühl des freien Schwebens.

Die Dunkelheit um mich herum löst sich auf und wird weiß wie Schnee.

Als ich wieder zu mir komme, fühle ich mich wie gerädert. Ich weiß nicht, wie lange ich schon auf dem Betonboden liege, aber mein Körper ist starr vor Kälte, als ich mich aufsetze und meinen Hinterkopf betaste. Die Beule tut weh und ist so groß wie ein Pingpongball, aber ich finde keine Wunde.

Ich untersuche mein Handy – es ist geplatzt und mausetot.

Langsam gehe ich die Treppe hoch und passe genau auf, damit ich nicht noch einmal über den Handschuh und die Tabaksdose falle. Der schmale Lichtspalt, den ich über mir sehe, wächst. Als ich gerade die Geheimtür aufschieben will, sehe ich, dass in der Küche Licht brennt. Ich schaue durch den Spalt und halte den Atem an. Stütze die Hand gegen die raue Betonwand und beuge mich vor, um besser zu sehen.

Die Deckenlampe brennt, und nur einige Meter vor mir sehe ich zwei kräftige Beine.

MALIN

Als ich aufwache, weiß ich sofort, dass sich mein Leben für immer verändert hat. Dass ich eine Grenze überschritten und ein fremdes Land betreten habe, das ich niemals wieder verlassen kann. Dass alles, was ich über mein Leben und meine Zukunft zu wissen glaubte, sich als falsch erwiesen hat: eine Lüge, die ich selbst konstruiert habe, gewebt aus Vorstellungen über das Glück anderswo, weit fort von Ormberg.

Ich drehe mich auf die Seite und schaue im Dunkeln zu Andreas hinüber.

Er schläft auf dem Rücken, die Arme über den Kopf gelegt, wie ein kleines Kind. Er atmet tief und fast lautlos.

Dieser verdammte Andreas.

Ohne ihn hätte ich es geschafft.

Ich hätte Max geheiratet und wäre nach Stockholm gezogen. Hätte Ormberg hinter mir zurückgelassen und nicht mehr an dieses Loch hier gedacht, bis die Erinnerung so verblasst wäre wie die alten Polaroidbilder in Mamas Album. Verwandelt in pittoreske Geschichten bei Tisch, bei einem von den vielen Essen, zu denen Max und ich immer gehen.

Nein, ich bin in Ormberg aufgewachsen. Davon hast du noch nie gehört? Nein, das ist eigentlich kein Wunder, es ist sehr klein und nicht besonders spannend, aber es ist schön dort und…

Ich strecke die Hand nach ihm aus, berühre ganz leicht seine Schulter und merke, wie die kleinen Haare auf meiner Handfläche kitzeln.

Er hat alles ruiniert.

Warum aber ist das ein so schönes Gefühl? Warum kommt es mir vor, als hätte ich etwas gefunden, von dem ich nicht einmal wusste, dass ich es suchte?

Andreas grunzt, dreht sich auf die Seite. Und sein Geruch... Der ist seltsam vertraut und doch ganz neu – unwiderstehlich verlockend und zugleich total verboten.

Es ist der Geruch von Kenny.

Es ist der Geruch, den ich immer verleugnet habe und vor dem ich weggelaufen bin: Begehren, Kontrollverlust, dunkle Wälder, das schöne Backsteingebäude von TrikotKönig und die verfallene alte Fabrik.

Es ist Mamas untersetzte Gestalt vor dem Herd und Magnus' ausdrucksloses Gesicht, wenn er an Zorros Leine reißt und den Boden anstarrt.

Eigentlich ist es ziemlich komisch – obwohl alles zum Teufel ist, muss ich das zugeben.

Ich liege also hier im Bett mit einem Landei, das auf dem Sofa vor dem Fernseher Motorradzeitschriften liest und von seiner Zukunft nichts anderes verlangt, als ein paar neue Möbel zu kaufen, ein wenig an seinem Bizeps zu arbeiten und einmal im Jahr nach Thailand zu fahren.

Oder das ist jedenfalls, was ich über ihn zu wissen glaube. Die Wahrheit ist wohl, dass ich ihn nicht besonders gut kenne, sondern ihm diese Eigenschaften aufgrund meines eigenen Weltbildes zugeschrieben habe.

Ich schaue den Goldring an, der schwach an meinem Finger glänzt. Ziehe ihn herunter und lege ihn auf den Nachttisch.

Es klirrt.

Andreas öffnet die Augen und sieht mich an, ohne etwas zu sagen. Dann packt er mein Handgelenk und zieht mich an sich. Fest.

Ich lege mich auf seinen Arm und streichele den Strich aus Haaren unter seinem Nabel.

Ich weiß nicht, wie lange wir so liegen, einige Minuten vielleicht, dann klingelt der Wecker.

Wir sind um kurz nach sieben in Örebro. Der Schnee fällt über der dunklen Stadt, als wir vor der Wache halten.

Manfred ist schon da. Er sieht hohläugig aus, und ich habe den Verdacht, dass er in dieser Nacht nicht geschlafen hat. Sein Gesicht ist blass, und seine Haare kleben am Kopf, als ob er gerade erst die Mütze abgenommen hätte.

»Hallo«, sage ich.

Er nickt, ohne zu antworten.

Erst jetzt denke ich wieder an die Bilder in Peters Handy. Ich verspüre einen Stich des schlechten Gewissens, weil ich die Ermittlung so lange verdrängen konnte, weil ich die Nacht in Andreas' Bett verbracht habe, statt Manfred Gesellschaft zu leisten.

Die anderen kommen zehn Minuten später, und wir gehen hinunter zum Vernehmungsraum.

Svante und *Suzette-mit-dem-harten-Kneifgriff* sollen die Vernehmung durchführen. Suzettes Nägel sind heute kotzgrün und haben oben an den zurechtgefeilten Spitzen kleine funkelnde Steine sitzen.

Manfred, Andreas und ich dürfen im Nebenzimmer sitzen und durch das Glasfenster zusehen. Zur Überraschung aller hat Stefan, nachdem er von dem Verdacht gegen ihn informiert worden ist, erklärt, dass er keinen Anwalt bei der Vernehmung brauche, da er »hundertprozentig unschuldig« sei.

Die Stimmung ist angespannt, aber erwartungsvoll – heute soll es passieren, jetzt werden wir den Mörder von Azra und Nermina überführen.

Stefan Olsson sieht verwirrt aus, als er in den Raum geführt wird. Er schaut sich um, sein Blick bleibt an der Fensterscheibe haften, und obwohl ich weiß, dass er uns nicht sehen kann, wird mir ziemlich unwohl.

Er trägt eine schwarze Trainingshose mit weißen Seitenstreifen und ein falsch geknöpftes Jeanshemd. Auf der einen Seite hängt es weit über die Hose. Er hält sich die Hand vor die Augen, als Svante die Lampe einschaltet.

Svante und Suzette kommen gleich hinterher. Suzette geht noch immer vornübergebeugt, und ich frage mich, ob sie vielleicht Probleme mit dem Rücken hat und nicht mit dem Magen.

Sie setzen sich. Svante schaltet das Aufnahmegerät ein und leiert die Formalitäten herunter.

Stefan sitzt mir bewegungslos gegenüber, hat den Kopf gesenkt und die Hände auf den Knien gefaltet. Sein Blick klebt an der Tischplatte.

»Und unter anderem deshalb wollen wir heute mit Ihnen reden«, sagt Svante. »Um uns Klarheit darüber zu verschaffen, was 1993 und 1994 im Flüchtlingsheim passiert ist.«

»Also«, sagt Stefan und reibt sich die Augen. »Sie haben

mich ins Gefängnis gesteckt, um über meine Jobs als Schreiner mit mir zu reden?«

Svante reagiert nicht auf Stefans Kommentar, doch Suzette schaltet sich mit sanfter Stimme ein:

»Arrest, nicht Gefängnis.«

»Auch egal. Ich habe doch gesagt, dass ich das mit den Jobs vergessen hatte. Das habe ich ja schon erklärt. Verdammt. Das hier ist doch total Scheiß… Wahnsinn. Begreift ihr denn nicht, was ihr mir und meiner Familie antut? Begreift ihr nicht, was…«

Stefans Stimme versagt mitten im Satz.

Svante lässt sich zurücksinken, faltet die Hände auf der Brust und mustert Stefan forschend. Dann fragt er langsam:

»Warum haben Sie aufgehört, dort zu arbeiten?«

Stefan erstarrt und schaut auf. Zuckt dann mit den Schultern.

»Da gab's wohl nichts mehr zu tun.«

Suzette beugt sich vor und legt den Kopf ein wenig schräg.

»Wirklich, Stefan. Es wird leichter, wenn Sie uns weiterhelfen. Wir wollen Ihnen und Ihrer Familie ja nicht schaden, wir wollen nur wissen, was in dem Winter damals passiert ist.«

»Nichts. Ist. Passiert. Ich hatte da ein paar Jobs, und dann hab ich aufgehört.«

»Wie haben Sie eigentlich über die Flüchtlinge gedacht?«, fragt Svante.

»Wieso denn *gedacht*? Ich hab ja wohl nichts Besonderes gedacht.«

»Fanden Sie es gut, dass in Ormberg Flüchtlinge aufgenommen wurden?«, fragt Svante und beugt sich ein bisschen vor.

Stefan schüttelt den Kopf.

»Ich sehe, Sie schütteln den Kopf«, sagt Suzette. »Ich muss Sie aber bitten, mündlich zu antworten.«

Sie nickt zum Mikrofon hinüber, das an einem Kabel von der Decke hängt.

»Nö. Also«, sagt Stefan, »natürlich fand ich das nicht so toll... Aber ich hatte gegen keinen von denen was. Persönlich, meine ich. Das war nur eher, na ja. Ich weiß nicht. Ich fand wohl, die könnten doch woanders wohnen.«

Svante kratzt sich in seinem üppigen Bart.

»Es ist nicht so, dass Sie zwei ganz besonders gernhatten, Azra und Nermina Malkoc zum Beispiel?«

Stefan schüttelt heftig den Kopf.

»Beantworten Sie die Frage mündlich«, sagt Suzette noch einmal.

»Nein, verdammt. Ich kannte die doch alle gar nicht.«

»Warum haben Sie die Flüchtlinge bespitzelt?«, fragt Svante.

Sein Tonfall ist höflich, und die Frage kommt behutsam, fast im Vorübergehen, als ob sie eigentlich gar nicht so wichtig wäre, nur etwas, worauf Svante eben ein bisschen neugierig ist, so ganz allgemein.

»Das habe ich nicht!«

Stefan schlägt die Hände vors Gesicht und schluchzt auf.

»Verdammt«, murmelt er. »Ihr habt mein Leben ruiniert. Ist euch das klar?«

Suzette beugt sich vor und legt Stefan vorsichtig die Hand auf den Arm, als ob sie testen wollte, wie viel *good cop*-Scheiß sie sich hier leisten kann, ehe Stefan die Nase voll hat.

Aber Stefan reagiert nicht.

»Stefan«, sagt sie so freundlich, als redete sie mit einem Hundebaby. »Wir haben mit den Leuten gesprochen, die damals im Winter dort gearbeitet haben. Sie haben erzählt, dass Sie eines Abends im Garten erwischt wurden, im Herbst 1993. Sie hatten zu Hause ein Gewehr, obwohl Sie keinen Waffenschein besitzen. Sie und Ihr Auto wurden in der Nähe des Mordortes gesehen. Und außerdem haben wir gestern in Ihrem Keller ein blutiges Kleidungsstück gefunden, ein zerrissenes Hemd. Sie müssen verstehen, dass das alles verdächtig wirkt.«

Stefan beginnt zu zittern.

Manfred ist aufgesprungen, nickt zur Fensterscheibe hinüber und flüstert:

»Jetzt haben wir ihn!«

Stefan schluchzt unkontrolliert. Er bebt am ganzen Leib und stößt ein Heulen aus, wie ein verletztes Tier.

Suzette schiebt ihm routiniert eine Schachtel Taschentücher hin, aber Stefan scheint das nicht zu bemerken.

»Stefan«, sagt Suzette. »Helfen Sie uns, das zu verstehen. Erzählen Sie, was passiert ist.«

Stefan scheint sich ein wenig zu sammeln. Er reckt sich kurz, nickt und putzt sich laut hörbar die Nase.

»Ich war das«, sagt er und schluchzt dann gleich wieder los.

Suzette erstarrt, und Svante beugt sich vor. Sie wechseln einen raschen Blick.

Der Augenblick ist da – der, auf den alle gewartet haben.

Ich halte den Atem an und schaue zu Manfred hinüber, der bewegungslos neben mir sitzt.

»Das war iiich«, heult Stefan.

Suzette beugt sich vor und legt ihm die Hand auf den Arm. Die grünen Nägel sehen fast selbstleuchtend aus.

Stefan schnieft. Putzt sich noch einmal die Nase und erwidert dann Suzettes Blick.

»Ich habe die Sträucher vor dem Flüchtlingsheim angezündet«, sagt Stefan jetzt und putzt sich abermals die Nase. »Deshalb war ich im Herbst 1993 da im Garten. Und das Blut an dem Hemd, das Sie gefunden haben. Das... das war von einem Schweinekopf, den Olle und ich in einen Baum vor dem Heim gehängt haben. Aber wir wollten niemandem etwas tun, wir wollten nur, na ja, was *klarstellen*.«

Er verstummt für einige Sekunden und fügt dann hinzu:

»Und wir waren vielleicht auch ein bisschen betrunken. Ich weiß das nicht mehr so genau. Aber ich will nicht, dass die Kinder davon erfahren. Ich will nicht, dass sie schlecht von mir denken. Das will ich einfach nicht. Bitte, sagen Sie Jake und Melinda nichts.«

Stefans Stimme versagt.

»Es tut mir so wahnsinnig leid«, sagt er dann noch und putzt sich wieder die Nase.

Suzette und Svante wechseln einen Blick. Ich ahne Schock und Verwirrung in ihren Gesichtern.

»Was zum Teufel«, murmelt Manfred und lässt sich auf den Stuhl sinken.

Suzette scheint sich als Erste zu fassen. Sie wirft uns einen unsicheren Blick zu und räuspert sich.

»Stefan, Sie haben uns schon früher belogen. Woher sollen wir wissen, dass das hier nicht auch gelogen ist?«

»Fragt Olle«, schluchzt Stefan. »Der war doch dabei, als wir die Büsche abgefackelt haben.«

»Olle Eriksson, Ihr Freund in Högsjö?«

»Ja. Und das Gewehr gehört ihm. Ich hatte es ausgeliehen. Wir wollten abends in Ormberg auf Streife gehen. Die Jugendlichen beschützen. Ja, vielleicht vor allem die Mädels. Weiß doch der Teufel, was die Araber sich so denken.«

Manfred hält sich die Hand vors Gesicht, wie um diese ganze Szene auszusperren. Murmelt:

»*Scheiße, Scheiße, Scheiße…*«

Die Tür geht auf, und Malik schaut herein.

Manfred setzt sich gerade.

»Holt sofort diesen verdammten Olle«, faucht er.

»Schon unterwegs«, sagt Malik. »Aber da ist noch etwas anderes. Wir haben überprüft, welche Häuser in der Nähe der Geröllhalde einen Keller haben, und unseren Informationen nach sind das Folgende: die von Berit Sund, Rut und Gunnar Sten und Margareta Brundin.«

»Berit«, flüstere ich.

»Was?«, fragt Manfred.

»Berit hat Anfang der Neunzigerjahre im Flüchtlingsheim gearbeitet. Und sie hatte seltsame Schrammen an den Armen, als wir sie besucht haben. Außerdem, wenn Berit mit der Sache zu tun hat, könnte das erklären, warum Hanne den Anhänger hatte. Warum haben wir nicht schon längst daran gedacht?«

»Hm«, sagt Manfred. »Berit stimmt ja nicht direkt mit Hannes Täterbeschreibung überein.«

»Wie sieht es mit den anderen aus?«, fragt Malik.

»Rut Sten war Anfang der Neunzigerjahre Leiterin des Flüchtlingsheims«, sage ich. »Das wäre also eine Verbindung. Und ihr Mann war offenbar in seinen jungen Jahren gewalttätig. Außerdem haben sie kein Alibi für die Mordnacht.«

»Hm«, sagt Manfred noch einmal.

»Und Margareta Brundin?«, fragt Malik.

»Hat keinen Keller«, sage ich. »Ich war hundertmal bei ihnen, und weder Magnus noch Margareta haben einen Keller. Außerdem haben sie doch ein Alibi für den Abend, an dem Azra ermordet worden ist. Die waren da doch in Katrineholm?«

»*Margareta* hat ein Alibi«, korrigiert Manfred. »Sie konnte Quittungen aus einigen Läden und einem Restaurant vorweisen. Das muss aber nicht heißen, dass Magnus dabei war.«

»Egal«, sage ich. »Der könnte keiner Fliege etwas zuleide tun. Magnus Brundin ist total harmlos.«

JAKE

Ich schaue durch den schmalen Spalt. Der ist nur einen Zentimeter breit, aber ich kann die Küche deutlich sehen.

Sack-Magnus steht breitbeinig an seinem Küchentisch.

Er hält sein Handy in der einen Hand und kratzt sich mit der anderen am Schritt. Seine schütteren dunklen Haare sind zerzaust. Die Trainingshose hängt wie ein Sack unter dem schweren weißen Bauch über seine Hüften. Sein Blick klebt am Fenster.

Ein blaubleiches Licht sickert durch die Fensterscheiben herein.

Mein Kopf tut so weh, als ob er jeden Moment platzen könnte. Ich schließe die Augen und versuche, mich darauf zu konzentrieren, dass ich lautlos atme, dass ich die Luft so langsam ausstoße, wie das durch den Mund überhaupt geht, aber ich habe doch das Gefühl zu keuchen. Und mein Herz hämmert dermaßen, dass es doch in der Küche zu hören sein muss.

Sack-Magnus. Der Idiot. Der Dorftrottel.

Ich denke an die kleinen Striche da unten an der Wand, die so sorgfältig in den feuchten Beton eingeritzt worden sind. An die langen grauen Haare in der Bürste und an P, der neben einer Packung GB-Eis in der Tiefkühltruhe liegt.

Alle wissen, dass Sack-Magnus verrückt ist. Als ich jünger war, haben meine Freunde und ich uns bei der Auffahrt zum

Haus von Magnus und Margareta versteckt und ihn mit Steinen beworfen, wenn er kam.

Papa hat Sack-Magnus oft als »Kretin« bezeichnet, aber dann wurde Mama wütend. Sie sagte, Magnus könne doch nichts dafür, dass er »minderbegabt« sei, und dass sie mir und Melinda eine Tracht Prügel verpassen würde, wenn sie hörte, dass wir ihn gehänselt haben.

Hat er eine Frau in seinem Keller gefangen gehalten?

Hat er einen Menschen ermordet?

Es ist unmöglich zu verstehen, dass jemand so etwas tun kann, schon gar nicht Magnus, der nie eine Arbeit hatte, der kein Auto fahren und der laut Melinda nicht einmal lesen und schreiben kann.

Irgendwer muss ihm geholfen haben, denn er ist so schrecklich langsam und begriffsstutzig.

Doch zugleich spricht der Keller eine deutliche Sprache. Und es gibt noch etwas, was da bohrt: die Geröllhalde.

Ich glaube, ich weiß, warum Nermina und die Frau mit den langen grauen Haaren dort gefunden wurden.

Wenn man vom Haus von Margareta und Magnus in den Wald rennt, dann hat man auf der linken Seite den Bach und auf der rechten den Ormberg. Der Weg wird immer schmaler, bis man die Lichtung mit der Geröllhalde erreicht hat. Das ist fast wie eine Reuse, mit der man Fische fängt.

Man kann die Geröllhalde aus vielen Richtungen erreichen, aber der Weg vom Haus von Margareta und Magnus führt über die Lichtung.

Wenn man nicht über die Landstraße gehen will, natürlich. Und das will man vielleicht nicht, wenn man vor einem wahnsinnigen Mörder auf der Flucht ist.

Und Magnus wusste das natürlich.

Er muss bei der Geröllhalde auf Nermina und diese Frau gewartet haben, wie ein Jäger auf sein Wild. Er konnte die Frau sicher nur aufhalten, indem er auf sie schoss. Magnus ist zu langsam und schwerfällig, um eine Erwachsene einholen zu können.

Meine Gedanken arbeiten weiter, und Stück für Stück fügt sich das Bild zusammen.

Magnus hat die Frau im Keller gefangen gehalten. Als Hanne und Peter kamen, haben sie die Tür geöffnet und sie herausgelassen. Magnus hat sie überrascht und Peter umgebracht. Vielleicht sollte Peter bis zum Frühling in der Tiefkühltruhe liegen, bis der Bodenfrost aufhörte und Magnus ihn vergraben könnte.

Aber die Frau mit den langen Haaren konnte entkommen. Deshalb hatte sie eben keine Schuhe an. Sie ist sicher einfach losgestürzt. In den Wald und weiter zu der Geröllhalde, wo Magnus sie erschossen hat.

Und Hanne?

Die muss entkommen sein und sich dann verirrt haben.

Ich sehe wieder Magnus an.

Er läuft mit dem Handy in der Hand in der Küche hin und her. Seine Schritte sind vorsichtig, wie auf glattem und dünnem Eis. Er brummt ins Handy, hört eine Weile zu und sagt dann sehr langsam:

»*Du* hast das in *Malins* Notizblock gelesen?«

Magnus seufzt tief.

»Aber Berit ist doch da«, sagt er, zieht einen Stuhl heran und setzt sich mit dem Rücken zu mir.

»Weil ich eben nicht will!«

Er schweigt wieder, trommelt mit der freien Hand auf dem Stuhlrücken herum.

»Ich will trotzdem nicht.«

Dann seufzt er wieder.

»Aber Mama, die vergisst doch alles gleich wieder. Die ist doch uralt.«

Er schweigt lange.

Ich überlege.

Magnus spricht also mit Margareta, seiner Mutter. Und sie reden über Hanne. Mein Magen krampft sich zusammen, und ich balle so fest die Faust, dass sich meine Fingernägel in die Handfläche bohren.

»Muss ich das wirklich?«

Magnus' Stimme klingt flehend. Er klingt wie ein Kind, das sein Zimmer aufräumen soll und keine Lust hat. Er klingt wie Saga, wenn ihre Mutter ihr befiehlt, Mathe zu büffeln, oder wie Melinda, wenn Papa sagt, sie soll einen anständigen Pullover anziehen und keinen, der *den Arabern den halben verdammten Bauch zeigt.*

Der Kühlschrank schaltet sich mit einem Seufzen ein.

Plötzlich bemerke ich, wie mir der Schimmelgestank aus dem Keller fast den Atem verschlägt. Ich stelle mir vor, wie er durch den Türspalt sickert und sich in der Küche verbreitet.

Nimmt Magnus den Geruch wahr? Kann er wie ein Spürhund wittern, dass die Tür da unten offen steht?

»Können wir das nicht an einem anderen Tag machen?«, fragt Magnus. »Ich bin wahnsinnig müde.«

Und einige Sekunden später:

»Aber nachher wird es bestimmt wieder schneien. Müssen wir das wirklich heute machen?«

Magnus schweigt wieder lange. Kratzt sich mit seiner riesigen Pranke im Nacken.

»Okay«, sagt er endlich, wirkt aber noch immer skeptisch. »Aber ich muss mich zuerst anziehen und essen und so, also nicht gleich, aber ...«

Eine kurze Pause folgt.

»Ja. Das geht. Bei der Geröllhalde. Soll ich das Gewehr mitbringen?«

Magnus lässt sich auf dem Stuhl tiefer sinken und schaut zur Decke hoch. Verdreht den Kopf ein bisschen, sodass ich sein Profil sehe, und gähnt.

»Einen Stein? Warum denn das?«

Mein Herz macht einen Sprung, als ich begreife, wovon sie reden. Ich bin noch gar nicht auf die Idee gekommen, dass Hanne in Gefahr sein könnte, obwohl sie für die Polizei gearbeitet hat und ich dieses blasse, hohläugige Gesicht am Fenster in Berits Haus gesehen habe.

Das muss ja wohl Margareta gewesen sein.

Sie muss dort in der Dunkelheit gestanden und Hanne und Berit beobachtet haben. Natürlich haben sie und Magnus Angst, dass Hanne wieder einfällt, was P passiert ist.

Warum habe ich nicht früher daran gedacht?

Alles ist meine Schuld.

Wenn ich nur *der Krankheit* widerstehen könnte, wäre das alles nicht passiert.

»Ja, ja«, sagt Magnus müde. »Küsschen.«

Dann steht er auf, atmet durch, steckt das Handy in die Tasche seiner Trainingshose und reckt sich so sehr, dass sein T-Shirt hochrutscht und seinen behaarten Schmerbauch entblößt. Er geht zum Kühlschrank, öffnet ihn und scheint dort etwas zu suchen. Verschiebt Lebensmittel und raschelt mit Papier.

Meine Beine sind eingeschlafen, sie fühlen sich an wie Holzstöcke.

Ich mache einige Schritte auf der Stelle, um sie zum Leben zu erwecken, aber dann stolpere ich. Als ich nach der Wand greife, um das Gleichgewicht wiederzufinden, streife ich die Tür. Nicht hart, aber ein dumpfes Dröhnen ist zu hören, und die Tür gleitet einen Zentimeter weiter auf.

Ich kneife die Augen zusammen und spreche ein Stoßgebet, obwohl ich Gott nicht leiden kann und nicht einmal weiß, ob ich überhaupt an ihn glaube.

Lieber Gott, hilf mir! Mach, dass Magnus mich nicht entdeckt!

Als ich die Augen öffne, sieht er mich an. Blinzelt und leckt sich die dicken roten Lippen.

Mein Körper erstarrt zu Eis. Genau wie bei Menschen in Horrorfilmen, wenn ihnen Zombies, Aliens oder schleimige Monster begegnen. Der einzige Unterschied ist, dass das Monster hier echt ist. Ich sitze nicht auf Sagas Sofa und esse Chips. Halte nicht Sagas feuchte Hand. Es gibt keinen Pausenknopf für den Film, und es gibt vor allem keine Erwachsenen, die ich rufen könnte.

Ich stehe im Haus eines echten Mörders, und er schaut mir voll ins Gesicht.

Aber Sack-Magnus gähnt wieder, dreht sich zum Kühlschrank um, nimmt einen Trinkjoghurt heraus und trinkt direkt aus dem Karton.

Ich hole tief Luft. Und dann noch einmal.

Er hat mich nicht gesehen.

Obwohl ich genau vor ihm stehe, hat er mich nicht gesehen. Es gibt Gott vielleicht doch, auch wenn ich kaum glauben kann, dass er sich um mich kümmern kann, wo ich doch *widernatürlich* bin und wo es so viel Scheiß auf der Welt gibt.

Magnus stellt den Karton zurück, schließt den Kühlschrank und schlurft hinaus in die Diele. Seine Gestalt verschwindet in der Dunkelheit. Sekunden später höre ich seine schweren Schritte auf der Treppe nach oben.

Das hier ist meine Chance – die einzige, die ich bekommen werde.

Das hier ist der Augenblick, auf den ich gewartet habe.

Magnus ist jetzt da oben. Er zieht sich an und bereitet sich darauf vor, sich bei der Geröllhalde mit Margareta zu treffen.

Mit einem *fucking Scheißstein!*

Ich schließe die Augen und denke an Hanne. An Grönland, die türkisen Eisberge, die auf dem Meer dümpeln, und an diesen P, den sie geliebt hat. Der jetzt tiefgefroren ist, wie die Hamburger aus dem Großmarkt, die wir im Sommer grillen.

Ich denke, wie furchtbar es sein muss, alt zu werden und sich an nichts erinnern zu können und das ganze Leben hinter sich zu haben, wie einen langen Schwanz. Und dann denke ich, dass das Leben jederzeit zu Ende sein kann, auch wenn man gerade mit etwas Wichtigem beschäftigt ist, erwachsen werden zum Beispiel oder ein Buch schreiben oder ein Mittel gegen Krebs erfinden. Dass der Tod kommen kann, egal, ob man alt oder jung ist – so wie bei Nermina.

Mein ganzer Körper schmerzt vor Sehnsucht nach Saga, Melinda und Papa, vor allem aber nach Mama. Sie hätte gewusst, was ich machen soll. Sie wusste immer, was man machen sollte, wenn etwas schiefging. Wie damals, als Melinda vom Baum gefallen und mit dem Kopf auf einen Stein aufgeschlagen ist und wahnsinnig geblutet hat. Oder als Papa sich an Heiligabend bei Oma so betrunken hat, dass er nicht mehr allein gehen konnte.

Mama hat alles geschafft.

Nur den Krebs eben nicht.

Aber was macht man eigentlich, wenn man auf einen wahnsinnigen Mörder stößt? Wissen die Erwachsenen wirklich, was man dann machen soll?

Ich glaube nicht.

Ein Teil von mir will sich nur auf den Boden legen und weinen, der Müdigkeit und Angst nachgeben. Aber dann höre ich in Gedanken wieder diese Stimme – die flüstert und lockt, die sagt, dass nichts unmöglich ist. Alles lässt sich machen, wenn man die Gedanken nur frei fliegen lässt wie Vögel. Ich denke an Vincent, wie er gesagt hat: *Blas mir einen, Scheißschwuler!* Und an das Chaos in meinem Gehirn, als dann die Bestie in mir zum Leben erwachte. Wie Vincent plötzlich unter mir lag, außer sich vor Angst, als ich das Unvorstellbare getan hatte.

Das Unvorstellbare ist nur unvorstellbar, solange man es noch nicht getan hat.

Danach ist es nur ein ganz normaler Teil des Lebens, dieses Schwanzes, den man hinter sich herschleift.

Ich lege die Hand gegen die Tür, um sie aufzuschieben, aber sowie ich das kühle Metall unter den Fingern spüre, höre ich Schritte auf der Treppe.

Ich erstarre mitten in der Bewegung und schaue hinaus.

Magnus geht draußen vorbei. Er öffnet abermals den Kühlschrank, und ich höre Plastik rascheln.

Dann wird es still. Beängstigend still.

Ich beuge mich weiter zum Türspalt vor, um besser sehen zu können.

Magnus schaut mich an. Sein Mund steht halb offen, und er macht ein überraschtes Gesicht.

Dann kommt er auf mich zu, hebt die Hand und stößt die Tür energisch zu.

Alles wird schwarz, und ich höre ein Klicken, als er den Riegel vorschiebt.

HANNE

Vor Berits Fenster fällt der Schnee, legt sich auf Boden und Bäume. Ich sehe eine frische Hasenfährte, die sich über das Feld zieht und im Schneegestöber verschwindet.

Ich habe gut geschlafen, ich weiß schon gar nicht mehr, wann ich zuletzt so gut geschlafen habe.

Ich schaue auf meine Füße hinunter.

Der Verband ist verschwunden, aber die bleiche Haut ist noch immer übersät von Krusten und kleinen Wunden. Die Nägel sind blau und gesprungen und auf einem kleinen Zeh klebt ein Pflaster.

Ich ziehe mich an und mustere mich in dem kleinen Spiegel, der an der Wand hängt. Stelle fest, dass ich mich jedenfalls erkenne, die struppigen Haare, die jetzt eher grau als rot sind, die rot unterlaufenen Augen.

Die Sommersprossen.

Das bin ich, Hanne.

Es gibt eine Fotografin namens Helene Schmitz. Ich glaube, Owe, mein ehemaliger Mann, hat mich einmal auf eine ihrer Ausstellungen geschleppt. Er schwärmte für alles Kulturelle, und je prätentiöser und verschrobener es war, desto besser gefiel es ihm. Ich glaube eigentlich nicht, dass sein Kunstinteresse besonders groß war, Hochkultur war für ihn wohl eher eine Art Statuskennzeichen, etwas, durch das er sich anderen

Menschen ein wenig überlegen fühlte, so wie durch ein elegantes Auto oder teure Kleider.

Aber die Bilder von Helene Schmitz waren weder prätentiös noch verschroben. Sie waren umwerfend schön und ziemlich unbehaglich, was vielleicht der Grund ist, warum ich mich an sie erinnere.

Die Ausstellung, die aus zwei Fotoserien bestand, zeigte, wie die Natur das übernimmt oder sich vielleicht zurückholt, was die Menschen erschaffen haben.

Die eine Serie bestand aus schönen alten Häusern in einer verlassenen Bergwerksstadt an der Küste von Namibia, die langsam, aber unerbittlich vom Wind mit feinkörnigem Sand gefüllt wurde. Die andere zeigte, wie eine rasch wachsende japanische Pflanze, die sich in den USA angesiedelt hatte, die lokale Flora erstickte, Gebäude in eine tödliche grüne Decke hüllte und sogar Häuser zerquetschte.

Wie gesagt, als ich die Ausstellung sah, fand ich die Bilder schön und ein wenig beängstigend. Aber mit der Zeit haben sie für mich einen anderen Inhalt bekommen.

Ich komme mir so vor wie diese schönen Häuser an der Küste von Namibia. Und der Sand ist meine Krankheit, die mich langsam, aber sicher begräbt. Ich bin der Baum und das Gebäude, und die Kudzupflanze ist die verdammte Demenz.

Ich bin die Erzählerin, ich bin die Erzählung.

Ich bin die Kamera, ich bin das Haus.

Ich bin das Objekt, und ich bin zugleich das Subjekt, denn ich sehe, wie das alles geschieht, kann aber nichts dagegen unternehmen.

Und jeden Tag, wenn ich aufwache, hat der Sand ein wenig mehr von meiner Wirklichkeit verschlungen. Die Kudzupflanze hat ihre Zweige um eine weitere meiner Fähigkeiten geschlungen, um noch einen Teil meines Lebens, den sie mir wegnehmen will.

Ich ziehe den Kamm durch die Haare, fahre mir mit dem Fettstift über die Lippen und gehe in die Küche. Versuche, nicht an all das zu denken, was ich nicht mehr kann.

Berit spült gerade.

Sie hat sich eine verschlissene Schürze um die Taille gebunden. Ein Radio spielt leise Tanzmusik.

Das Feuer knistert im Holzofen, und Joppe steht bewegungslos mitten im Raum und wedelt abwartend mit dem Schwanz, als wollte er Berits Aufmerksamkeit erregen.

»Aber guten Morgen«, sagt Berit und lächelt strahlend. »Möchtest du ein bisschen Frühstück?«

Sie hebt die Kaffeekanne hoch.

»Gerne«, sage ich und setze mich auf einen Stuhl am Küchentisch.

Berit stellt Brot, Käse und Butter hin. Dann kommt sie mit der Kaffeekanne in der Hand auf mich zugehumpelt.

Ich habe immer ein schlechtes Gewissen, wenn sie mich so bedient, denn in vielerlei Hinsicht bin ich gesünder als sie. Abgesehen von meinem Gedächtnis, natürlich. Aber deshalb kann ich mir den Kaffee doch noch selbst eingießen.

Berit schenkt ein, lässt sich mir gegenüber auf einen Stuhl sinken und lächelt wieder. Ihre grauen Haare, die in ordentlichen Lockenwicklerlocken um ihren Kopf liegen, erinnern mich an meine Mutter. An der Seite trägt sie eine Haarspange mit einer Blume.

Ich schmiere mir ein Brot. Schneide dicke Scheiben vom Käse und lege sie auf das selbst gebackene Brot.

Wir haben es ziemlich gut, Berit und ich.

Ich mag sie gern – vor allem ihr anspruchsloses, von Ruhe erfülltes Schweigen. Sie gehört zu den wenigen Menschen, die das Leben nicht in Stücke reden. Aber vielleicht ist das hier das Wichtigste von allem: Sie hat sich festgesetzt. Wenn ich morgens aufwache, erinnere ich mich an sie. Ich weiß nicht, ob das bedeutet, dass ich dabei bin, einen Teil meines Kurzzeitgedächtnisses zurückzuerhalten, oder ob es nur darauf beruht, dass wir so viel miteinander zu tun haben, dass sie sich einfach in mein wild wucherndes Gehirn eingeätzt hat.

Tagsüber machen wir nicht besonders viel.

Wir haben es jedenfalls im Moment gar nicht so schlecht.

Berit bäckt und strickt, und dann machen wir, wenn das Wetter es erlaubt, lange Spaziergänge mit Joppe.

Es kommt vor, dass ich mitten in der Nacht aufwache und nach Peter rufe. Dann steht Berit auf, macht im Herd Feuer und kocht Tee, den wir dann schweigend trinken.

Ab und zu gibt sie mir eine Schlaftablette.

Ich glaube inzwischen kaum noch, dass ich ihn jemals wiedersehen werde. Und ich hoffe nicht mehr, dass Manfred kommt. Stattdessen habe ich Angst vor seinem Besuch, Angst vor dem, was er sagen wird. Denn ich glaube nicht mehr, dass Peter noch lebt. Aus irgendeinem Grund habe ich mir eingeredet, dass ich es dann spüren würde, wie eine Art Vibration in mir. Eine Wärme irgendwo unter dem Brustkasten oder ein Kitzeln im Herzbereich.

Aber zugleich weiß ich ja, dass das Unsinn ist.

Ich kann nicht spüren, ob er noch lebt oder nicht.

Es ärgert mich, dass ich mich an nichts aus unserer Zeit hier in Ormberg erinnern kann. An die Ermittlung, an der ich teilgenommen habe, und an die neuen Kollegen, die ich kennengelernt habe.

Meine letzte wirklich deutliche Erinnerung ist aus Grönland. Dort hatten wir es so fantastisch schön, Peter und ich.

Und es gibt wohl keinen Grund zu der Annahme, dass es hier in Ormberg anders war. Dass zwei Wochen in einem Loch in Sörmland das geändert haben könnten.

Wenn Berit mich also ab und zu nach Peter fragt, dann sage ich nur, er sei der Mann in meinem Leben, und alles sei sehr gut. Dass er mich sehr glücklich macht.

Berit stützt sich mit der Hand auf den Tisch und erhebt sich langsam. Sie erstarrt in der Bewegung und schneidet eine Grimasse.

»Ist irgendwas?«, frage ich.

Sie grinst.

»Bei mir ist im Moment alles Mist.«

Sie geht zu Joppe, bückt sich und krault den zottigen Hund hinter dem Ohr.

»Ich mach eine kleine Runde mit ihm. Bin in einer halben Stunde wieder da.«

»Ich kann abräumen«, sage ich und stecke den letzten Rest meines Käsebrotes in den Mund.

»Ich kümmere mich dann um den Abwasch«, sagt sie.

»Nein, das mache ich.«

»Aber das sollst du nicht.«

»Das ist doch keine Mühe.«

Ich sehe ihr an, dass sie protestieren will, aber dann überlegt sie sich die Sache anders.

»Na gut«, sagt sie und geht gefolgt von Joppe hinaus in die Diele.

Sowie sie gegangen ist, stehe ich auf und fange an, mein spätes Frühstück abzuräumen. Als ich fertig bin, lege ich noch ein paar Holzscheite in den Ofen.

Es ist heute kalt, trotzdem schneit es. Obwohl Berit im Ofen einheizt, schleicht sich die Kälte durch die Ritzen in das alte Haus. Und mit der Kälte kommt die Feuchtigkeit, die ihren Atemhauch auf der Innenseite der Fenster hinterlässt und die Bettwäsche klamm macht.

Von der Diele her höre ich ein leises Klopfen.

Zuerst glaube ich, das sei Einbildung, aber dann klopft es wieder, diesmal lauter. Es ist ein Klopfen, das weiß, was es will, das nicht vorhat, sich geschlagen zu geben.

In mir erwacht eine leise Unruhe zum Leben.

Berit kann es nicht sein, sie ist eben erst gegangen. Außerdem würde sie nicht klopfen, sie kommt immer sofort herein.

Was, wenn es Manfred ist? Was, wenn er Peter gefunden hat?

Meine Brust tut weh, weil ich nicht weiß, ob ich eine Todesnachricht ertragen würde.

Dann klopft es wieder. Diesmal noch energischer. Auffordernd.

Ich gehe in die Diele, um zu öffnen.

JAKE

Es ist ganz dunkel. Genau wie in einem Grab.

Ich versuche, nicht an P zu denken, der unten an der Kellertreppe in der Tiefkühltruhe liegt, denn wenn das hier einer von Sagas und meinen Horrorfilmen wäre, dann würde er jetzt die Treppe hochkriechen, und seine tiefgefrorenen Beine würden dabei knacken und knistern.

Ich betaste die Tür, finde aber nur glattes, kaltes Metall. Es gibt hier drinnen keine Klinke, und ich weiß natürlich, weshalb.

Man soll ja nicht weglaufen können.

Ich glaube nicht, dass Sack-Magnus mich gesehen hat, ich glaube nur, dass er gesehen hat, dass die Tür angelehnt war und dass er sie deshalb geschlossen hat. Aber ich sitze jetzt hier fest, in seinem perversen schrecklichen Foltergefängnis, während Magnus und Margareta sich darauf vorbereiten, Hanne umzubringen.

Und es gibt absolut nichts, was ich dagegen tun kann.

Der Keller hat keine Fenster oder Türen – das hier ist der einzige Ausgang, und er ist mit einer furchtbar dicken Metalltür versperrt. Ich kann die Scheißtür nicht mal treten, dann würde Magnus mich entdecken, und das wäre vermutlich noch schlimmer, als in der Dunkelheit festzusitzen.

Und mein Handy ist am Arsch, deshalb kann ich niemanden anrufen.

Ich setze mich auf die oberste Treppenstufe, spüre, wie die Tränen kommen und wie der bekannte Kloß in meinem Hals wieder anschwillt.

Ich habe Sehnsucht nach Mama. Ich wünsche mir so sehr, sie wäre hier, dass ich fast das Gefühl habe zu explodieren.

Ich schlage mit der Faust gegen die Tür und lasse meinen Tränen freien Lauf. Der Aufprall ist dumpf und kräftiger, als ich erwartet hatte. Wie ein Blitzeinschlag ein Stück weiter weg.

Ich erstarre vor Angst.

Was, wenn Magnus mich gehört hat, was, wenn er kommt und mich zu P in die Tiefkühltruhe stopft?

Von draußen ist ein Geräusch zu hören. Eine Art Kratzen und dann ein Klicken, als die Tür geöffnet wird.

Mein Herz bleibt stehen.

Es ist zu Ende.

Er ist hier.

Aber als die Tür aufgleitet, steht Saga draußen, noch immer im Schlafanzug, aber mit einer Daunenjacke darüber und dicken Stiefeln an den Füßen. Sie hat Schnee in den Haaren, und ihre Wangen sind rot vor Kälte.

»Was machst du hier?«, flüstere ich.

Sie packt meinen Arm und zieht mich in die Küche. Dann schaut sie sich um.

»Er ist gerade gegangen«, sagt sie atemlos. »Wir sind allein hier.«

Ich kneife in dem grellen Licht die Augen zusammen. Mein Schädel dröhnt, und mein Mund ist wie ausgedörrt.

»Woher hast du gewusst, dass ich hier bin?«

Saga mustert mich mit ernster Miene und drückt meinen Arm.

»Das stand doch im Tagebuch. Mir war klar, dass du hierherfahren würdest, als ich das gestern Morgen gelesen habe. Und als ich dich gestern Abend nicht erreichen konnte, habe ich Melinda angerufen. Sie hat gesagt, dass sie seit gestern nichts mehr von dir gehört hatte. Du hattest offenbar eine SMS geschickt und gesagt, dass du bei einem Freund übernachten wolltest. Aber ich wusste ja, dass das nicht stimmen konnte, weil…«

Saga verstummt, aber ich weiß, was sie denkt.

Ich habe außer Saga keine Freunde. Und da ich nicht bei ihr war, war klar, dass ich gelogen hatte.

»Wo hast du eigentlich übernachtet?«, fragt sie und sieht plötzlich neugierig aus.

»Brogrens.«

Saga nickt und sagt dann:

»Jedenfalls, ich dachte also, ich seh hier mal nach. Ich habe furchtbar lange draußen im Wald gewartet, bis Magnus wegfuhr, und dann bin ich reingekommen.«

»Hast du den Schlüssel gefunden?«

Saga nickt und verdreht die Augen.

»Unter einem Blumentopf. Die Leute sind so *fucking* vorhersagbar. Außer uns natürlich, wir sind nicht ganz so blöd.«

Sie lächelt ein bisschen, sieht dabei aber eigentlich nicht froh aus.

»Wir müssen uns beeilen«, sage ich. »Sie wollen Hanne umbringen.«

»Was? Wer denn?«

»Magnus und Margareta. Sie hatten die Frau aus der Geröllhalde hier im Keller eingesperrt, und sie haben diesen Polizisten umgebracht. Der liegt im Keller in der Tiefkühltruhe.«

Saga rümpft die Nase und reißt die Augen auf.
»Echt? Hier im Keller?«
Ich nicke.
»Hast du ihn gesehen?«
Ihre Stimme ist ein Flüstern.
»O verdammt. Wie war das?«
Ich überlege.
»Erinnerst du dich an diesen Film über die Zombies am Nordpol? Er sah genau aus wie die. Mit Frost auf der Haut und…«
Ich verstumme, als ich Sagas verängstigtes Gesicht sehe.
»Wir müssen uns beeilen«, sage ich. »Ich muss Hanne warnen. Kannst du die Polizei anrufen und sagen, dass sie zur Geröllhalde kommen müssen?«
Saga nickt mit ernster Miene.
»Bei meinem Handy ist der Akku leer. Aber ich fahr nach Hause und rufe von da an. Ich kann das anonym machen.«
Und dann:
»Und ich brauche ja auch nichts von dir und dem Tagebuch zu erzählen.«

MALIN

Wir halten vor Berits kleinem Haus. Der Schnee rieselt auf uns herab, als wir auf die Haustür zugehen.

Die Landschaft ist so schön, so vollendet perfekt in ihrer weiß gepuderten Üppigkeit, wie es das nur hier in Ormberg gibt.

Andreas ist auf dem ganzen Weg wie ein Wilder gefahren, und ich saß mit heftig hämmerndem Herzen neben ihm.

Aber je weiter wir uns von Örebro entfernten, desto unwahrscheinlicher kam es mir vor, dass Berit etwas mit den Morden zu tun haben könnte, auch wenn es Umstände gibt, die ich nicht erklären kann.

Ich kann mir einfach nicht vorstellen, dass diese sanfte, hinkende Frau einen Mord begehen könnte. Ich neige fast eher dazu, Rut und Gunnar Sten für die Schuldigen zu halten.

Suzette und Malik sind losgefahren, um deren Keller zu untersuchen.

Stefan Olsson hat die Wahrheit gesagt.

Nachdem wir ihn ein bisschen bedrängt hatten, gab sein Freund Olle zu, dass sie 1993 mehrere Male im Garten vor dem Flüchtlingsheim Feuer gemacht hatten. Auf die Frage, warum, antwortete er nur, sie seien »jung und verdammt dumm« gewesen. Er gab auch zu, dass sie den Schweinekopf in den Baum hinter dem Flüchtlingsheim gehängt hatten, behauptete aber, das sei »ein Scherz« gewesen.

Stefan wurde sofort auf freien Fuß gesetzt. Er hat sich zwar mehrerer Vergehen schuldig gemacht, aber keines ist schwerwiegend genug, um ihn länger in Haft zu halten.

Als wir das Haus gerade erreicht haben, bleibt Andreas stehen.

»Was ist das da?«, fragt er und zeigt in den Wald auf der anderen Seite der Wiese.

Ich sehe hin und bemerke, wie sich zwischen den Baumstämmen etwas bewegt, aber durch den rieselnden Schnee ist schwer zu erkennen, worum es sich handelt.

»Sieht aus, als ob da jemand rumlaufen würde«, sage ich.

Wir spähen in den Wald, aber was immer wir dort gesehen haben, ist jetzt verschwunden, und deshalb gehen wir weiter zu Berits Tür.

Wir steigen die kleine Vortreppe hoch und klopfen.

Die Tür wird fast sofort geöffnet.

Berit hat rote Wangen und einen gehetzten Blick. Eine Haarspange mit einer Stoffblume hängt lose an ihrem Pony, wie eine bunte Fliege an einem Wurfpfeil.

»Hanne ist verschwunden«, sagt sie, ehe wir sie begrüßen können. »Ich war nur kurz mit dem Hund weg, und als ich zurückkam, war sie verschwunden.«

Berit hält sich die Hand vor den Mund und kneift die Augen zusammen. Einen Moment lang glaube ich, dass sie gleich losweinen wird, aber dann holt sie tief Luft und sieht mich wieder an.

»Moment mal«, sage ich. »Wann bist du nach Hause gekommen?«

Ich schaue in die Diele. Auf dem Boden steht ein Paar Stiefel, daneben liegt eine achtlos hingeworfene Jacke.

»Vor einigen Minuten. Aber sie ist nirgends. Ich habe das ganze Haus durchsucht.«

»Dürfen wir reinkommen?«, fragt Andreas.

Berit tritt beiseite, um uns vorbeizulassen.

»Entschuldigt«, sagt sie. Dann stellt sie ihre Stiefel weg und hängt ihre Jacke an einen Haken.

Wir durchsuchen gemeinsam das kleine Haus, finden Hanne aber auch nicht.

»Können wir im Keller nachsehen?«, frage ich, dankbar für die Möglichkeit, Berits Keller zu untersuchen.

»Natürlich«, sagt Berit und hebt die Augenbrauen. »Aber warum sollte sie da unten sein?«

Sie humpelt durch die enge Diele und öffnet die niedrige Tür. Die gleitet mit einem Quietschen auf.

Ich gehe hin, schalte die Lampe ein und schaue nach unten. Blau gestrichene Wände sind bedeckt von Regalen mit Einmachgläsern und Samentüten. Ein Kartoffelsack steht neben der Treppe.

Ansonsten ist alles leer.

Ich hätte das Bild aus Peters Handy gar nicht zum Vergleich gebraucht. Das Foto ist nicht hier gemacht worden, das sehe ich sofort.

Andreas geht in die Küche und dann zum Fenster.

»Wohin kommt man, wenn man geradeaus über die Wiese und dann in den Wald geht?«, fragt er.

Berit schüttelt ungläubig den Kopf.

»Meint ihr, sie kann in den Wald gegangen sein? Aber warum um alles in der Welt sollte sie in den Wald gehen?«

»Wir haben da jemanden gesehen, als wir gekommen sind«, erkläre ich. »Da hinten bei dem umgestürzten Baum. Und es sieht ja aus, als ob da jemand über die Wiese gegangen wäre.«

»Ich gehe die ganze Zeit kreuz und quer über die Wiese«, schnaubt Berit, lehnt sich an den Fensterrahmen und schaut hinaus.

Sie kratzt sich ein wenig an der Schramme an ihrem linken Unterarm. Die scheint jetzt fast verheilt zu sein. Das wütende Rot ist verschwunden, und die Kruste ist abgefallen und hat dünne, empfindliche Haut hinterlassen.

Berit sieht meinen Blick und nickt.

»Die Rosensträucher. Ich lern das einfach nicht.«

Dann schaut sie wieder zum Waldrand hinüber. Späht hinaus ins Schneegestöber und runzelt die Stirn.

»Bei dem umgestürzten Baum, meinst du?«

»Ja«, sage ich.

»Man kommt zur Fabrik«, murmelt Berit. »Oder zum Steinbruch, es kommt ein bisschen darauf an, wie man geht.«

HANNE

Wir kämpfen uns durch den Schnee am Waldrand. Als wir den Schatten der großen Bäume erreichen, wird es fast dunkel.

Der Wald ist seltsam stumm, als ob der fallende Schnee alle Geräusche dämpfen würde.

Die Frau vor mir ist klein und gebeugt, aber sie geht schnell. Die mageren Beine steigen mit derselben Leichtigkeit durch den tiefen Schnee, als ob sie über eine Sommerwiese spazierte.

Ich kann mich nicht erinnern, ihr schon einmal begegnet zu sein, aber andererseits kann ich da kaum sicher sein.

Ich kann mich nicht mehr auf mich verlassen.

Sie trägt eine Daunenjacke und eine Thermohose. Dünne braune Haarsträhnen lugen unter der Strickmütze mit dem Herzmuster hervor.

Sie hat erzählt, dass sie Margareta heißt, und dann erklärt, dass Peter verletzt sei und ich sofort kommen müsse. Berit könnten wir später anrufen, sagte Margareta, sie habe ihr Handy ja bei sich.

»Wo ist er?«, keuche ich und versuche, sie einzuholen.

Margareta bleibt stehen und wartet auf mich.

»Beim Ormberg«, sagt sie dann und sieht mich mit ernster Miene an. »Deine Kollegen kommen gleich dorthin.«

Der Wald wird dichter. Die Bäume scheinen aufeinander zuzukriechen, als ob sie uns nicht durchlassen wollten. Als ob der Wald selbst versuchte, uns aufzuhalten.

»Wie geht es ihm?«

Margareta tritt auf der Stelle und sieht ungeduldig aus.

»Wie gesagt. Weiß nicht so recht. Aber es eilt.«

Dann schaut sie sich um, blickt aus zusammengekniffenen Augen hoch zu dem schmalen Streifen aus dunkelgrauem Himmel, der zwischen den Baumwipfeln zu sehen ist.

»Wir sollten uns beeilen.«

Sie nickt zu ihren eigenen Worten, dreht sich um und geht weiter.

Plötzlich kommt mir ihr Verhalten seltsam vor. Warum ist *sie* gekommen, nicht meine Kollegen? Warum gehen wir durch den Wald, statt mit dem Auto zu fahren? Und warum konnten wir nicht auf Berit warten?

Sie braucht nie lange für ihre Runde mit Joppe, auch wenn er alt ist und hinkt.

»Wie heißt du noch gleich?«, frage ich und gehe schneller, um sie einzuholen, aber das ist schwer, denn der Schnee reicht mir bis zu den Knien. Meine Beine brennen vor Anstrengung.

»Margareta Brundin«, sagt sie, ohne sich umzudrehen.

»Bist du von hier? Aus Ormberg?«

Sie bleibt stehen. Dreht sich zu mir um. Lächelt ein bisschen, zum ersten Mal. Ein tiefes Netz aus Runzeln breitet sich um ihre Augen aus, und etwas, das wie eine Art Zuneigung oder vielleicht Liebe aussieht, ist in ihrem Gesicht zu ahnen.

»Wohne schon mein ganzes Leben hier. Es gibt keinen besseren Ort.«

»Und du arbeitest für die Polizei?«

Margareta lacht laut und zieht ihren Lovikka-Handschuh aus. Wühlt in ihrer Tasche und zieht eine Packung Zigaretten hervor. Steckt sich eine an und macht einen tiefen Zug.

»Ich? *Polizei?*«

Sie lacht wieder, aber ihr Lachen schlägt in ein röchelndes Husten um.

»Nein, du«, sagt sie und räuspert sich laut hörbar, »ich arbeite schon viele Jahre nicht mehr. Früher war ich Hebamme. Aber meine Nichte Malin ist Polizistin. Du hast doch mit ihr zusammengearbeitet.«

Als ich dazu nichts sage, legt sie den Kopf schräg und sieht mich an.

»Kannst du dich nicht an sie erinnern?«

»Nein«, sage ich und schäme mich, als ob ich mir diese Vergesslichkeit ausgesucht hätte, und dabei war es doch umgekehrt.

Margareta zuckt mit den Schultern und schaut hoch in den fallenden Schnee. Lässt die Zigarette in den Schnee fallen und zieht ihren Handschuh wieder an.

»Wir müssen weiter«, sagt sie.

Wir gehen schweigend einige Hundert Meter weiter. Die Bäume stehen jetzt etwas weniger dicht. Hier und dort ragen Baumstümpfe auf und zeigen, dass der Wald als Forstbetrieb genutzt wird. Dann wird das Gelände unebener und undurchdringlich, und wir müssen große Felsquader umrunden und über umgestürzte Bäume steigen.

Eine Weile darauf erreichen wir eine Landstraße.

»Bald da«, sagt Margareta. »Nur noch über die Straße und da rein.«

Sie zeigt auf die Kiefern auf der anderen Seite des Weges.

»Wie weit ist es noch?«

»Nicht weit«, sagt sie, steigt über den verschneiten Straßengraben und auf die Fahrbahn.

Ich folge ihr, aber das Unbehagen will mich nicht loslassen. Müssen wir wirklich wieder in den Wald?

Die Kälte dringt durch meine dünne Zipfelmütze, und meine Ohren fühlen sich an wie Eisstücke. Meine Hose ist starr vor Schnee und nass bis an meine Knie.

Eine Sekunde lang spiele ich mit dem Gedanken, hier zu warten, im Licht dieser vom Schnee befreiten Landstraße. Aber dann denke ich an Peter. Was, wenn er dort im Wald ist, wenn er verletzt in einem Haus liegt? Einsam, krank und unfähig, allein dort wegzukommen.

Margareta verschwindet zwischen zwei Kiefern, und ich folge ihr.

Peter lebt, denke ich. So muss es sein.

Warum hätten sie diese Frau sonst geschickt, um mich zu holen?

Wieder ändert sich das Gelände. Es geht jetzt aufwärts. Zuerst merke ich nur ein leichtes Ansteigen, dann wird es nach und nach steiler. Ich muss mich an Zweigen und kleinen Bäumen festhalten, um nicht zu fallen. Dicke Schneeladungen fallen mir ins Gesicht und rutschen unter meinen Kragen. Aber Margareta springt einfach weiter, wie eine undurchschaubare und unermüdliche Bergziege.

Als ich mich endlich umschaue, staune ich.

Unter uns breitet sich ein scheinbar unendlicher verschneiter Wald aus – wir müssen viel weiter gelaufen und viel höher gestiegen sein, als mir klar war. Ich ahne den Kirchturm, aber das Schneegestöber verdeckt den Horizont und lässt die Landschaft in einem weißen Nebel verschwinden.

»Warte!«, rufe ich.

Margareta bleibt stehen, dreht sich um und stapft durch den Schnee zurück zu mir.

»Was?«

»Ich muss mich ausruhen. Ich kann nicht so schnell laufen.«

»Wir sind bald da«, sagt sie. »Komm jetzt.«

Meine Füße sind inzwischen gefühllos geworden – sie sind taub und steif, aber ich gehorche und folge Margareta weiter den Berg hoch.

Hier und dort sehe ich Fußspuren, die sich quer über den Hang ziehen; vielleicht hat die Polizei Peter im Wald gesucht.

Dann erreichen wir einen Absatz, ein Stück ebenes verschneites Gelände, umgeben von niedrig stehenden Bäumen und Büschen. Rechts ahne ich eine Gruppe von hohen, verschneiten Steinen, die in einem Kreis aufgestellt sind.

Margareta bleibt am Rand des Absatzes stehen, ohne ein Wort zu sagen. Sie schaut über den Wald, lässt die Hände an ihren Seiten nach unten hängen und hat das Kinn gesenkt. Dann dreht sie sich langsam zu mir um. Ihr Atem wird zu kleinen Wolken, die ihre Augen verdecken.

»Sieh mal, wie schön«, sagt sie mit unerwarteter Weichheit und legt mir die Hand auf den Arm.

JAKE

Ich steige den Ormberg hoch. Der Hang ist steil, und ich muss mich an Büschen und Zweigen festhalten, um nicht zu stolpern. Aber immer, wenn ich einen Zweig packe, löst sich ein blöder Haufen Schnee und landet in meinem Gesicht.

Der Wald scheint mich anzuspucken, mich hier nicht haben zu wollen. Meine Kopfschmerzen machen sich immer, wenn ich nach oben blicke, bemerkbar, und mit ihnen kommt die Übelkeit. Ich hatte schon Angst, ich könnte eine Gehirnblutung erwischt haben, wie die, an der meine Oma gestorben ist, aber ich rede mir ein, dass ich keine Angst zu haben brauche. Oma war fast achtzig und die ganze Zeit krank.

Margareta und Hanne klettern vielleicht fünfzig Meter über mir. Sie sehen in dem heftigen Schneegestöber aus wie zwei verschwommene Strichmännchen.

Ich folge ihnen schon den ganzen Weg von Berits Haus her.

Sowie ich dort angekommen war und mein Moped im Wald abgestellt hatte, ging Berit mit dem lahmen Hund los. Aber ehe ich Hanne warnen konnte, tauchte Margareta auf, lief zu Berits Haus und klopfte an die Tür.

Sie hatte offenbar irgendwo darauf gewartet, dass Berit das Haus verließ. Wie ein Wolf, der seine Beute belauert.

Ich war also nicht rechtzeitig gekommen, und deshalb musste ich den beiden folgen. Ich überlegte zuerst, ob ich das

Moped nehmen und schon mal zur Geröllhalde fahren sollte, traute mich aber nicht.

Margareta könnte ja versuchen, Hanne irgendwo unterwegs umzubringen.

Wenn ich Glück habe, ist die Polizei ohnehin schon da, wenn Margareta und Hanne die Geröllhalde erreichen. Saga wollte sie doch anrufen, sowie sie zu Hause wäre.

Ich schaue zu den Strichmännchen hoch, die Margareta und Hanne sind.

Ich begreife nicht, wie sie so schnell sein können, sie sind schließlich beide uralt.

Papa sagt, dass alles zum Teufel geht, wenn man alt wird. Das meiste lässt nach – Gehör, Sehschärfe, Gedächtnis –, aber nur langsam, sozusagen in Zeitlupe. So langsam, dass man es fast nicht merkt, so wie wenn man einen alten Film durchlaufen lässt, eine Einstellung nach der anderen.

Bei Mama war das nicht so.

Sie wurde krank und starb dann bald, obwohl sie nicht alt war. Obwohl Hadiya, die Ärztin mit den tollen Titten, sie mit Zellgift vollpumpte.

Es ist schwer zu verstehen, aber vor allem ist es ungerecht: dass solche wie Berit und Margareta, die so alt sind, weiterleben dürfen, während Mama tot und begraben ist.

Irgendwo am Hang über mir knackt ein Zweig, und ich höre ein Rufen.

Ich bleibe stehen, halte den Atem an. Schaue hoch, habe plötzlich Angst, Hanne könnte den Hang heruntergerollt kommen, wie ein riesiger Schneeball.

Aber alles ist ruhig.

Keine Hanne kommt angerollt.

Ich klettere weiter. Setze einen Fuß vor den anderen, immer wieder, obwohl ich so müde bin und Hunger habe und mir schwindlig ist und ich mich eigentlich nur in den Schnee legen und schlafen möchte.

Aber das geht ja nicht. Die Kälte ist lebensgefährlich, sie kann einen müde und verwirrt machen. Einem zuflüstern, man brauche nur ein paar Minuten Ruhe – und dann, *peng*, ist man tot und starr gefroren wie ein beschissener Schneemann.

Genau wie P.

Ich versuche, nicht an den Leichnam in der Gefriertruhe zu denken, steige über einen verschneiten Ast und schaue nach oben.

Warum ist Margareta mit Hanne hergekommen? Es muss doch viel bessere Orte geben, um jemanden umzubringen, so viele Stellen, die leichter zu erreichen sind.

Vor allem, wenn man alt ist.

Der Ormberg ist schwer zu besteigen, sogar im Sommer. Saga und ich waren im Herbst einige Male hier oben. Saßen im Gras über dem Todesfelsen, aßen Bonbons und schauten hinunter auf die Landschaft.

Das Dorf sah von oben sehr schön aus, fast wie auf einer Postkarte. Aus dieser Entfernung war das Hässliche und Heruntergekommene, über das Hanne in ihrem Tagebuch klagt, nicht zu sehen. Die schrottigen Häuser, die beschmierten Fassaden und die Autowracks waren weggewischt, als ob Melinda ganz Ormberg mit einem ihrer weichen Pinsel überschminkt hätte.

Ich schaue wieder nach oben.

Hanne ist auf dem Absatz oberhalb des Todesfelsens stehen geblieben, links von dem prähistorischen Steinkreis, aber Margareta ist nicht zu sehen, sie muss weiter nach vorn gegangen sein.

Weiter nach vorn? Da ist doch nur der Abgrund.

Und plötzlich begreife ich.

Plötzlich weiß ich, warum Margareta Hanne auf den Ormberg geführt hat. Und warum es unbedingt heute passieren muss, im Schneegestöber.

Ich denke daran, was Magnus gesagt hat.

»Aber nachher wird es bestimmt wieder schneien. Müssen wir das wirklich heute machen?«

Mir schaudert, und ich drehe mich um.

Ja. Der fallende Schnee wird Margaretas Spuren verdecken. Meine sind schon von weichen Schneeflocken gefüllt.

Ich werde schneller, renne fast den Hang hoch. Aber meine Füße rutschen aus, und ich kippe um. Knalle mit dem Kopf auf den Boden und schramme mir das Gesicht an etwas Spitzem auf. Rolle hilflos den Hang hinunter, bis ich einen Ast packen und mich aufrichten und mir den Schnee abwischen kann.

Ich ziehe den Handschuh aus, spucke den Schnee aus und fahre mir über meine kalte, gefühllose Wange. Finde eine Wunde, etwas Heißes und Klebriges fließt über mein Gesicht.

Blut.

Aber es ist nur eine kleine Schramme, sage ich mir. Es ist nichts im Vergleich dazu, was Hanne passieren wird, wenn Margareta sie bis an den Rand des Abgrundes locken kann.

Ich klettere weiter durch den tiefen Schnee nach oben, bis ich den Absatz erreicht habe. Mein Herz hämmert, und ich keuche vor Anstrengung, als ich hinter einem verschneiten Busch in die Hocke gehe und dann hervorluge.

Hanne und Margareta zeichnen sich vor dem hellen Himmel ab. Sie stehen am Rand des Abgrundes und scheinen auf den Ort hinabzublicken. Es sieht fast friedlich aus. Margaretas Hand ruht leicht auf Hannes Arm, wie um sie zu beschützen, nicht, als ob sie das Gegenteil vorhätte.

Aber sie ist eine wahnsinnige *Mörderin*!

Blut tropft vor mir in den Schnee, aber das ist mir jetzt egal. Ich kann nur an Hanne denken. Ihr darf nichts passieren – nicht nur, weil ich dafür verantwortlich bin, sondern auch, weil sie meine Freundin ist, auch wenn sie das selbst nicht weiß. Was sie in ihr Tagebuch geschrieben hat, war ehrlicher und wichtiger als alles, was mir Erwachsene jemals gesagt haben. Und obwohl ich wütend darüber war, was sie über Papa geschrieben hat, bereue ich nicht, dass ich das Buch gelesen habe.

Bitte, geh zurück, denke ich. *Geh nicht so dicht an den Abgrund.*

Aber Hanne steht einfach da neben Margareta und erinnert sich an nichts und begreift nichts. Hat keine Ahnung, dass die alte Kuh sie bei der ersten Gelegenheit vom Todesfelsen stoßen will.

Und der Einzige, der das verhindern kann, bin ich.

Ich richte mich auf und gehe auf die beiden zu. Der Schnee dämpft das Geräusch meiner Schritte, und sie scheinen nicht zu bemerken, dass ich mich ihnen von hinten nähere.

Am Ende bin ich so nahe, dass ich Ormberg unter uns sehen kann. Ich ahne den Kirchturm und hier und dort Rauchsäulen aus den kleinen Häusern, die zwischen den Bäumen versteckt sind.

Ich kann sie jetzt fast berühren. Hannes Schulter oder Margaretas alberne Mütze mit dem Herzen.

Etwas in mir wird hart, oder vielleicht gefriert es zu Eis. Alle Angst und Verzweiflung, die ich bisher verspürt habe, verschwinden, verwandeln sich in Entschlossenheit und Stärke.

Ich werde sie Hanne nicht umbringen lassen.

»Hanne«, sage ich.

HANNE

Jemand sagt meinen Namen.

Zuerst halte ich es für Einbildung, glaube, dass mein Gehirn diese Stimme auf irgendeine Weise heraufbeschworen hat. Denn warum sollte mich hier jemand rufen, auf dem Berg?

Aber die Frau, die hier bei mir steht und deren Namen ich schon wieder vergessen habe, dreht sich blitzschnell zu der Stimme um. Ich folge ihrem Beispiel, nur langsamer, denn meine Beine und mein Rücken schmerzen vor Anstrengung nach der langen Klettertour hier auf den Berg.

Im Schnee vor mir steht ein Junge.

Er kommt mir vage bekannt vor. Etwas an der sanft geschwungenen Oberlippe und dem aufmerksamen dunklen Blick. Und dann ist da seine Stimme, obwohl sie hell ist, hat sie einen vollen Klang, fast wie bei einem Sänger.

Er ist vielleicht fünfzehn und trägt eine verschlissene Daunenjacke, eine Mütze und bis zu den Oberschenkeln mit Schnee bedeckte Jeans. Ein langer rosa Strickpullover schaut unter seiner Jacke hervor, und ein Faden hängt an dem Pullover. Quer über seine Wange zieht sich eine klaffende Wunde, und Blut läuft zu seinem Kinn hinunter.

Ich sehe die Frau an, den sehnigen kleinen Körper, die rot leuchtenden Wangen und die schwarzen Knopfaugen, die vor Überraschung weit aufgerissen sind.

»Jake Olsson, was um alles in der Welt hast du hier zu suchen?«, fragt sie. »Weiß dein Vater, dass du hier bist?«

»Komm, Hanne«, sagt der Junge und schaut mir noch immer ins Gesicht. »Wir müssen weg hier.«

»Sie muss gar nichts«, sagt die Frau. »Aber *du* musst jetzt gehen, Jake Olsson. Mach, dass du nach Hause zu deinem Vater kommst! Die Götter wissen, dass er dich und deine Schwester braucht!«

Der Junge, der Jake heißt, tritt einen Schritt vor und packt meinen Arm, während zugleich der Zugriff der Frau um meinen anderen fester wird. Jakes große dunkle Augen strahlen Entschlossenheit aus und weichen meinem Blick nicht aus.

»Sie will dich in den Abgrund stoßen«, sagt er atemlos und nickt zu der Frau hinüber.

»Einen solchen Unsinn habe ich noch nie gehört«, sagt sie und hebt die freie Hand an den Mund, wie um zu zeigen, wie geschockt sie ist.

»Doch. Du willst sie in den Abgrund stoßen, weil sie anfängt, sich zu erinnern. Du hast Angst, dass ihr wieder einfällt, dass du zusammen mit Magnus diesen Polizisten umgebracht hast, Peter. Und dass ihr die Frau mit den langen Haaren im Keller eingesperrt hattet.«

Als der Junge das über Peter sagt, geben meine Knie unter mir nach. Aber sein Arm ist fest, und ich kann mich auf den Beinen halten.

»Ist Peter tot?«

Meine Worte sind ein Flüstern, das zwischen den Bäumen sofort verschwindet. Als ob nicht einmal der Wald wollte, dass sie laut ausgesprochen werden.

Der Junge nickt.

Die Frau sieht mich wütend an.

»Du darfst nicht glauben, was … der da sagt«, sagt sie leise, nickt zu dem Jungen hinüber und spuckt dann in den Schnee. »Der hat schon als kleines Kind immer nur Ärger gemacht. Seine Mutter hat sich solche Sorgen um ihn gemacht, dass sie daran gestorben ist. Komm jetzt, Hanne. Wir müssen zu Peter. Wir haben keine Zeit für diesen Unsinn.«

»Hör nicht auf sie«, sagt der Junge. »Sie lügt. Sie ist eine Mörderin.«

Die Frau lacht laut und hustet dann.

»Meine Güte, Jake. Ich muss immerhin zugeben, dass du eine lebhafte Fantasie besitzt. Von wem hast du die wohl geerbt? Nicht von deinem versoffenen Vater, das steht jedenfalls fest.«

Ich weiß nicht, wem ich glauben soll. Die Situation ist zu absurd: Ich stehe auf einem Berg mitten im Wald, bis zu den Knien im Schnee, zusammen mit zwei Personen, die ich nicht kenne.

Was der Junge sagt, klingt unglaublich. Aber ich habe keine Ahnung, was mit Peter passiert ist. Ihm kann alles Mögliche zugestoßen sein, vielleicht ist er wirklich einem Verbrechen zum Opfer gefallen.

Aber ermordet?

Nein, das ist nicht möglich. Wenn so etwas passiert wäre, würde ich es noch wissen. Irgendein Erinnerungsfragment hätte sich dann festgesetzt. Ein Ereignis, das das Leben dermaßen auf den Kopf stellt, geht doch nicht unbemerkt vorbei.

Ich sehe die Frau an, fange den Blick der Knopfaugen auf.

Warum ist sie eigentlich mit mir auf den Berg gegangen, bis

an den Rand des Abgrundes? Kann der Junge am Ende doch recht haben?

Die Frau nickt mir langsam zu.

»Hanne«, sagt sie mit sanfter Stimme, wie zu einem Kind. »Du hörst doch selbst, wie unsinnig das klingt.«

Der Junge zieht mich am einen Arm, die Frau am anderen.

Ich wackele zwischen ihnen im Schnee hin und her.

Langsam nähern wir uns dem Rand des Abgrundes.

MALIN

Wir folgen den Fußspuren seit fast einer Stunde, als wir die Geröllhalde erreichen. Wir sind eigentlich nicht sehr weit gegangen, aber der Schnee ist tief, und der Wald ist voller umgestürzter Bäume und Senken. Jeder Meter ist eine Anstrengung, bei jedem Schritt brennen meine Oberschenkel.

Die Lichtung liegt leer und stumm vor uns. Vor den Bäumen flattert blau-weißes Absperrband im Wind. Der Schnee ist zertrampelt, und Spuren führen in alle Richtungen.

»Man kann nicht sehen, wohin die Spuren führen«, sagt Andreas. »Hier waren viel zu viele unterwegs. Und jetzt schneit ja alles auch noch zu.«

Ich sehe mir die verschneiten Spuren von Polizei, Technikern und Gaffern an. Dann wische ich den Schnee von einem der Steine in der Geröllhalde und setze mich. Meine Beine schmerzen vor Anstrengung.

»Was glaubst du, wohin sie gegangen sind?«

Ich sage »sie«, denn Andreas und ich konnten rasch feststellen, dass Hanne nicht allein im Wald war – im Schnee gab es Spuren von mindestens zwei Personen, vielleicht von dreien.

Andreas stapft zu mir herüber, beugt sich vor und stützt die Hände auf die Knie.

Er schaut sich um. Sein Atem bildet vor seinem Mund eine

Wolke, und seine Wangen sind rot vor Kälte. In seinen Bartstoppeln haben sich kleine Eisklumpen gebildet.

»Keine Ahnung«, sagt er.

Die Kälte stiehlt sich unter meine Jacke. Solange ich mich bewegt habe, habe ich nicht gefroren, aber jetzt zittere ich vor Kälte. Eine kalte Schweißschicht bedeckt die Haut unter meiner dicken Jacke, und der Stein, auf dem ich sitze, kommt mir eisig vor.

Der Ormberg ragt hinter uns auf wie ein düsterer Riese. Irgendwo ist ein brechender Zweig zu hören, vielleicht ist dort ein Reh oder ein Elch.

Wie immer, wenn ich bei der Geröllhalde bin, muss ich an das Skelett denken, das wir hier gefunden haben. Und daran, wie oft ich hier im Sommer mit meinen Freunden gesessen habe, wie wir Bier getrunken und auf das Spukkind gewartet haben – das niemals kam. Und dann denke ich an die Freunde, die nach Stockholm, Katrineholm oder Örebro verschwunden sind.

Und an Kenny, der noch weiter weggegangen ist.

Ormberg ist voll von solchen Dingen – Sachen, die niemals geschehen, und Menschen, die nicht hiergeblieben sind.

Mamas untersetzte Gestalt taucht vor meinem inneren Auge auf.

Warum ist sie hiergeblieben? Warum ist sie nicht weggezogen wie die anderen? Dass Margareta und Magnus hiergeblieben sind, kann ich schon eher verstehen – sie hätten an keinen anderen Ort gepasst. Sie sind so verdammt anders als andere. Aber Mama hätte sich woanders ein gutes Leben aufbauen können.

Sie hätte nicht in Ormberg versauern müssen.

Aus dem Wald ist ein Knall zu hören.

»Was war das?«, frage ich und halte zwischen den verschneiten Baumstämmen Ausschau.

Alles ist stumm und still, zwischen den Bäumen ist keine Bewegung zu sehen. Kein Mensch, kein Tier.

Andreas zuckt mit den Schultern.

»Rehe vielleicht.«

Ich schaue ihn aus dem Augenwinkel an.

Wir haben nicht darüber gesprochen, was zwischen uns passiert ist. Ich weiß nicht, was er empfindet, und vor allem weiß ich nicht, was ich empfinde. Das Einzige, was ich mit Sicherheit weiß, ist, dass ich Max nicht heiraten werde, und seltsamerweise bin ich deshalb nicht traurig.

Ich wollte nicht nach Ormberg zurückkehren.

Es gibt hier so viele Erinnerungen, so viel, das mich an alles erinnert, was ich aus meinem Leben nicht machen will. Und doch hat Ormberg mir Max im richtigen Licht gezeigt. Je mehr Zeit ich hier verbrachte, desto klarer wurde mir, dass ich ihn nicht heiraten will.

Ich weiß nicht einmal, ob ich noch nach Stockholm ziehen will. Es kommt mir viel zu weit von Mama entfernt vor. Und wenn ich in den letzten Wochen eins begriffen habe, dann, dass ich in ihrer Nähe sein will.

Und das mit dem Jurastudium – warum soll ich das überhaupt machen? Ich bin doch so gern Polizistin.

Als ich mich gerade erhebe, klingelt mein Handy.

Ich halte inne, ziehe meinen Handschuh aus und suche in meiner Tasche. Meine Hände sind so starr gefroren, dass ich das Gespräch fast nicht annehmen kann.

Es ist Manfred.

»Habt ihr Hanne gefunden?«

»Nein. Die Fußspuren führten wirklich zur Geröllhalde. Aber hier sind so verdammt viele davon, dass es unmöglich ist zu sehen, wohin sie dann gegangen sind. Und jetzt schneit ja auch alles zu.«

»Na gut. Offenbar hat jemand angerufen und behauptet, jemand sollte bei der Geröllhalde ermordet werden.«

»Was? Jetzt?«

»Ja, vorhin.«

»Wer hat angerufen?«, frage ich.

»Diese Person wollte ihren Namen nicht nennen, aber der Kollege, der den Anruf angenommen hat, meinte, es klang wie ein Kind, es könnte also auch ein Scherz sein. Egal wie. Wir fahren jetzt hin, aber ihr könnt doch auch die Augen offen halten?«

»Natürlich. Aber hier sieht alles ruhig aus.«

»Aha. Na gut.«

Manfred hört sich zerstreut an, als sei er mit seinen Gedanken woanders.

»Übrigens«, sagt er nun. »Etwas ganz anderes. Dieses Schmuckstück, das Hanne um den Hals hatte, Azras Medaillon, das Haare enthielt.«

»Ja?«

»Hast du die berührt? Die Haare, meine ich?«

Ich denke nach und erinnere mich daran, wie Andreas und ich vor Berits Haus im Auto saßen. Wie das Medaillon sich in Andreas' Hand öffnete wie eine goldene Muschel und wie ich mit den Fingerspitzen über das dunkle Haarbüschel fuhr.

»Ja«, sage ich. »Ich glaube, das habe ich. Ich wollte wissen, was es war.«

Ich drehe mich um und sehe Andreas an. Seine Lippen formen ein »was«, und ich hebe die Hand, um ihm zu verstehen zu geben, dass er noch einen Moment warten muss.

»Und als wir Azra in der Geröllhalde gefunden haben, hast du da eine Speichelprobe abgelegt?«

»Ja, schon. Wieso?«

»Darüber reden wir nachher«, sagt Manfred. »Die Technik hat angerufen und wollte wissen... äh. Ich erklär das, wenn wir uns sehen. Da ist irgendwas durcheinandergeraten.«

»Okay«, sage ich. »Wir warten bei der Geröllhalde.«

»Gut, dann sehen wir uns gleich.«

Wir legen auf, und ich stecke das Handy wieder in meine warme Jackentasche. Ziehe den Handschuh an und erwidere Andreas' Blick. Seine Augen sind schwarz, und in seinen Bartstoppeln glitzert der Reif.

»Was?«, fragt er.

»Irgendein Kind hat angerufen und behauptet, hier solle ein Mord geschehen. Die anderen sind in einer Viertelstunde hier.«

»Na gut. Und das andere? Du hast gesagt, dass du irgendetwas angefasst hast?«

»Ach so, das. Manfred wollte wissen, ob ich die Haare in Azras Medaillon berührt habe.«

»Warum das denn?«

»Weiß nicht. Offenbar hatte sich die Technik bei ihm gemeldet und danach gefragt.«

Andreas runzelt die Stirn und zieht seine Mütze gerade.

»Seltsam«, sagt er.

Ich nicke.

Dann hören wir einen dumpfen Knall und fahren gleichzeitig herum.

In der Ferne sind Stimmen zu hören, so leise, dass es fast Einbildung sein könnte. Es klingt fast, als kämen sie von oben vom Ormberg. Und gleichzeitig knacken in der anderen Richtung Zweige.

Andreas sinkt in die Hocke und flüstert:

»Verdammt, hier ist jemand.«

Er hat recht. Jemand oder etwas befindet sich oben auf dem Ormberg. Und jemand anderes kommt von der Landstraße her auf uns zu.

Ich hocke mich neben Andreas und hoffe, dass uns die kleinen verschneiten Büsche verstecken. Ich stütze mich mit der Hand auf seinen Rücken.

Die Stimmen vom Ormberg sind jetzt deutlicher zu hören. Es klingt, als ob zwei Personen miteinander sprächen, etwas diskutierten. Und die Schritte von der Landstraße her kommen näher.

Ich gebe mir alle Mühe, mich nicht zu bewegen, umklammere Andreas' Schulter. Einige Sekunden darauf sehe ich zwischen den Bäumen eine Person.

Es ist ein kräftiger Mann. Er geht vornübergebeugt, mit schweren, langsamen Schritten, und er hält etwas in der Hand, nur kann ich nicht sehen, was das ist.

Ich blinzele und halte den Atem an.

Es ist Magnus.

Sack-Magnus. Mein Cousin.

HANNE

Der Abgrund ist nur wenige Handbreit von meinen Füßen entfernt.

Ich versuche, nicht hinzuschauen, aber ich ahne doch den Boden tief unter mir. Bäume und Sträucher sehen klein aus, als ob ich auf eine Miniaturlandschaft hinunterblickte, so eine, wie es sie bei alten Spielzeugeisenbahnen gab.

»Ich habe dein Tagebuch gelesen«, sagt der Junge, der an einem meiner Arme zieht.

»Was?«, frage ich.

»Ich habe es im Wald gefunden.«

»Blödsinn«, faucht die Frau und zieht so fest an mir, dass wir alle hin- und herschwanken und ich noch einen Schritt auf den Abgrund zu machen muss.

Der Junge lässt nicht locker:

»Ich weiß alles über dich und Peter. Dass ihr die Inuit auf Grönland besucht habt. Und dass ihr einen Kollegen namens Manfred habt, der Unmengen von Zimtschnecken vertilgt, obwohl Peter meint, er sollte abnehmen. Ich habe auch eine Menge Wörter gelernt, wie *Anomalie, Fetischist* und *schizophren*.«

Ich wende mich von der Frau ab und erwidere den Blick des Jungen. Er streicht sich mit der Rückseite des Fäustlings das Blut aus dem Gesicht. Am Rand der tiefen Wunde hat sich Schnee festgesetzt.

Ist es möglich? Kann er mein Tagebuch im Wald gefunden haben?

Das könnte möglich sein. Woher sollte er sonst das alles über Peter und Manfred wissen? Und er weiß ja sogar von der Reise nach Grönland.

»Und Ajax«, sagt der Junge. »Dein kleiner Labrador. Der durch das Eis gebrochen und ertrunken ist. Über den habe ich auch gelesen.«

Der Boden schwankt unter mir.

Ajax?

Der Junge *muss* mein Tagebuch gelesen haben.

»Woher weißt du, was Peter passiert ist?«, frage ich.

»Weil du in deinem Tagebuch geschrieben hast, dass ihr bei Magnus in der Küche eine Geheimtür gefunden habt. Ich bin hingefahren. Die Geheimtür führte in einen Keller. Peter wurde da unten ermordet. Ich...«

Der Junge blinzelt einige Male und sieht unglücklich aus.

»... habe ihn gefunden«, sagt er mit leiser Stimme.

Er sagt die Wahrheit.

Ich weiß es einfach, mit vernichtender Sicherheit. Das ist nichts, was sich ein Fünfzehnjähriger aus den Fingern saugen könnte.

Ich sehe den Jungen wieder an, und nun bin ich sicher, dass ich ihn schon einmal gesehen habe. Ich weiß nur nicht mehr, wo. Bilder eines dunklen Waldes und eines glitzernden Kleides flackern an meinem inneren Auge vorüber.

Die Frau zieht mich am Arm.

»Er lügt«, faucht sie und zieht an mir. »Glaub ihm kein Wort.«

Der Junge zieht an meinem anderen Arm.

»Nein, *sie* lügt. Sie ist eine Mörderin.«

Sie ziehen beide an mir.

Ich stecke in der Mitte fest und kann mich nicht losreißen. Die Frau ist klein, aber überraschend stark. Sie zerrt uns alle dichter an den Abgrund heran, langsam aber sicher. Der Junge und ich geben uns alle Mühe, in die andere Richtung zu ziehen.

Unter uns breitet sich Ormberg aus.

Ich ahne eine Gestalt, die sich über die Lichtung bewegt. Es ist ein Mann, ein großer Mann, der sich schwerfällig durch den Schnee kämpft.

Etwas an seiner Art, sich zu bewegen, ist mir bekannt, etwas an dem unförmigen Leib und wie er sich vorbeugt und die Hände auf die Knie stützt, um Atem zu holen.

Und plötzlich weiß ich es wieder, eine Flut aus Erinnerungen schlägt über mir zusammen. Es sind nur Fragmente, aber sie reichen aus, um zu begreifen.

Dieser Mann hat mich an dem Abend, an dem Peter verschwunden ist, durch den Wald gejagt, jetzt weiß ich es wieder. Mich und diese Frau, die Peter und ich im Keller gefunden hatten. Denn das war doch eine Frau?

Ja. *Ja!*

Ich erinnere mich an die langen grauen Haare und das verängstigte Gesicht, als Peter die Tür zu ihrem Gefängnis eintrat.

Ich weiß nicht, ob sie floh, um frei zu sein, oder weil sie Angst vor uns hatte, aber jedenfalls floh sie. Und ich folgte ihr. Aber als wir gerade die Kellertreppe hochgerannt waren, kam der Mann.

Er schrie etwas, packte die Frau an den Haaren und riss sie

zu Boden. Sie konnte sich losmachen, rannte weiter zur Haustür. Und gleich darauf stand der Mann noch immer in der Küche und hatte die Faust voller langer grauer Haare.

Danach ist alles wieder verschwommen, aber vielleicht haben der Mann und Peter gekämpft, denn ich erinnere mich an das Geräusch von zerbrechendem Porzellan und gedämpftem Stöhnen aus dem Keller.

Die nächste Erinnerung: Der Mann jagt mich und die Frau aus dem Keller durch den Wald. Der Regen peitscht mir ins Gesicht. Der Sturm tobt.

Der Mann war unbeholfen und langsam, aber er hatte…
Ein Gewehr!
Der Mann hatte ein Gewehr.

Ich erinnere mich an das scharfe Geräusch eines Schusses und dann noch eines. Danach eine blutende Frau auf dem Boden.

Die Kellerfrau?

Dann taucht ein neues Bild vor mir auf: Ich erinnere mich, wie die Frau auf dem Boden mit der Hand in meinem Ausschnitt tastete. Sie schloss die Finger um den Anhänger und versuchte, etwas zu sagen.

Mir schaudert und ich blinzele.

Ich schaue noch einmal den kräftigen Mann an, der sich dort unten nähert, und mir ist das Drama, das sich hier und jetzt abspielt, plötzlich sehr bewusst.

Der Junge sieht mich an. Er scheint außer sich vor Angst zu sein, wirkt aber gleichzeitig fest entschlossen.

Er dreht sich zu der Frau um, die meinen Arm festhält.

»Du weißt doch, dass Magnus von dir wegziehen wird?«, fragt er.

Und dann:

»Dass er dich verlassen wird, genau wie der Kleine Leffe es getan hat. Das stand im Tagebuch. Dass er findet, dass du eine blöde alte Kuh bist, die immer auf ihm herumhackt.«

Für eine Sekunde scheint die Frau die Beherrschung zu verlieren. Sie starrt den Jungen ungläubig an und reißt die Augen auf. Der Griff um meinen Arm lockert sich ein bisschen. Ich nutze die Gelegenheit und ziehe meinen Arm zurück.

Die Frau schwankt, stolpert rückwärts, kann aber die Jacke des Jungen fassen. Macht einen Schritt auf den Rand zu und zieht ihn zum Abgrund, einen Zentimeter nach dem anderen.

Mir wird eiskalt im Magen, als ich begreife, was hier passiert.

Ich schließe die Augen und schicke ein Stoßgebet zu Gott, an dessen Existenz ich nicht glaube. Bitte ihn, mir zu sagen, was ich tun soll. Aber ich höre nur den kalten Atemhauch des Waldes und meine eigenen Herzschläge.

Als ich die Augen wieder öffne, sehe ich den Jungen und die Frau am Rand des Abgrundes balancieren. Der Junge öffnet den Mund, wie um etwas zu sagen, bleibt aber stumm. In der nächsten Sekunde stürzen sie über die Kante. Ich höre Zweige knacken und mehrmals einen kräftigen Aufprall.

Dann ist es still.

Es ist fast so, als ob es die beiden niemals gegeben hätte.

MALIN

Aus dem Wald ist ein Krachen zu hören, gefolgt von einem Knacken, als ob jemand mit einem gut gezielten Tritt ein Reisigbündel zerbricht.

Andreas packt meinen Arm noch fester und flüstert mir ins Ohr:

»*Shit.* Ich glaube, da ist jemand von diesem Felsen gestürzt.«

»Dem Todesfelsen?«

»Ja, sah so aus, als ob da jemand oder etwas runtergefallen wäre.«

»Großer Gott«, sage ich. »So einen Fall überlebt doch niemand.«

Wir stürzen in Richtung Felsen los.

»Aber was ist mit dem Herzchen da hinten?«, keucht Andreas. »Deinem Cousin?«

»Magnus? Ich weiß nicht, was der hier will, aber er ist absolut harmlos. Wir können später noch mit ihm reden.«

»Sicher?«

Ich denke an Magnus. An seinen umfangreichen Leib und die dicken roten Lippen. An den Blick, der sich in den Boden bohrt, sowie jemand versucht, mit ihm zu reden.

»Er ist lammfromm«, sage ich.

Wir kämpfen uns zwischen den Bäumen durch, in Richtung Ormberg und den Todesfelsen. Der Schnee stiebt um unsere Beine herum auf, als wir schneller werden.

Der Körper liegt auf einem Gebüsch, ganz dicht vor der senkrechten Felswand. Die Beine sind nach hinten gebeugt, in einer unnatürlichen Stellung. Ein Zweig bohrt sich aus dem einen Hosenbein, auf Höhe des Knies. Ein Fuß ist nach oben gedreht, und ich sehe eine gelbe Stiefelsohle aus Gummi. Mitten auf der Sohle ahne ich die Umrisse eines fünfzackigen Sternes.

Er sieht genauso aus wie der Stern in dem Fußabdruck vor Mamas Haustür. Ich ahne, dass das hier wichtig ist, schaffe es jetzt aber nicht, meinen Gedanken weiterzuverfolgen. Kann die Bedeutung dieses Sterns im Moment nicht an mich heranlassen.

»*Scheiße*«, murmelt Andreas und erstarrt. »Verdammter Mist!«

Ich lasse meinen Blick im Schnee an den Konturen des kleinen sehnigen Körpers entlangwandern – der unmoderne Stoffmantel, die Mütze mit dem Herzen, die sie voriges Jahr von Mama zu Weihnachten bekommen hat. Der Reflektor in Eulenform, der an einer Schnur aus ihrer Tasche hängt. Mein Blick bleibt an dem Zweig haften, der aus ihrer Thermohose ragt, und ich brauche einige Sekunden, um zu begreifen, was ich da sehe.

Es ist kein Zweig, es ist ein Knochen.

Ich drehe mich um, um mich zu übergeben, aber es kommt nichts. Nur Schluchzen und etwas Bitteres, das ich in den Schnee spucke.

»Malin!«, sagt Andreas. »Sie lebt noch!«

Ich bücke mich, nehme eine Handvoll Schnee und verreibe

sie um meinen Mund. Dann drehe ich mich um und laufe zu Margareta.

»Das ist meine Tante«, sage ich und spüre, wie mir die Tränen kommen.

Andreas starrt mich an.

»Was? Sie ist das? Die Mutter von Magnus? Was macht sie denn hier draußen?«

Ich gebe keine Antwort.

»Sieh du nach ihr«, sagt Andreas. »Ich hole Hilfe.«

Ich nicke und gehe neben Margareta in die Hocke. Ziehe den Fäustling aus und taste nach dem Puls an ihrem Hals. Tue alles, was ich gelernt habe und was man bei einem Unfall tun soll.

Margareta öffnet die Augen und sieht mich an. Ihr Mund formt ein lautloses Wort: »Alin.«

Ich streichele ihre Wange und versuche, die Ruhe zu bewahren. Kämpfe gegen meine Panik.

Margareta.

Sie war immer da, genau wie Ormberg. Ich habe sie immer für selbstverständlich gehalten – sie, Magnus und Mama.

Die einzige Familie, die ich habe.

Werde ich sie jetzt verlieren?

»Beweg dich nicht«, sage ich und streichele wieder ihre Wange. »Wir haben schon Hilfe angefordert.«

Margareta öffnet wieder den Mund, aber diesmal kommt kein Wort heraus, sondern ein Faden aus mit Speichel vermischten Blutblasen rinnt aus ihrem Mund und dann weiter in den Schnee. Sie hustet.

»Pst«, flüstere ich. »Was zum Teufel wolltest du denn bloß oben auf dem Ormberg?«

Margareta kneift die Augen zusammen.

Die Tränen kommen, und ich wische sie mit dem Handrücken weg.

»Malin«, flüstert sie und dreht den Kopf ein wenig.

Und dann, kaum hörbar:

»Verzeihung.«

Verzeihung? Wovon redet sie da?

Sie hustet wieder, und der Schnee um ihren Kopf wird vom Blut rot gefleckt.

»Sag jetzt nichts. Und bleib still liegen!«

Ich höre, wie Andreas mit jemandem redet, kann aber kein Wort verstehen. Oder mein Hirn kann die Bedeutung nicht erfassen.

Dann ist er wieder da. Hockt sich neben mich, legt mir eine Hand auf die Schulter und sieht Margareta an.

»Sie sind unterwegs. Wir rühren sie besser nicht an.«

Ich nicke.

»Was wollte sie da oben?«, fragt er.

Keine Ahnung.

Wieder streichele ich vorsichtig Margaretas Wange. Ihre Haut ist kalt und ein bisschen rau.

Margareta öffnet die Augen und sieht mich an, und in diesem Moment gibt es in meinem Kopf nur einen Gedanken, so selbstverständlich wie selbstsüchtig: *Nicht sterben, verdammt noch mal. Mama braucht dich. Und Magnus auch.*

Im Wald sind Schritte zu hören.

»Sind sie schon da?«, frage ich überrascht.

»Nein, das muss jemand anderes sein«, sagt Andreas.

Die Schritte kommen näher, und dann tauchen zwei Personen auf – eine ältere Frau und ein Junge. Der Junge hat eine große Wunde quer über einer Wange und ein blutverschmiertes Kinn.

Ich brauche einige Sekunden, um die beiden zu erkennen.

Es sind Hanne und Jake Olsson – Stefan Olssons Sohn. Ich erinnere mich an die Angst in seinen Augen, als ich ihn zuletzt gesehen habe, als wir seinen Vater zur Vernehmung holten.

Jake zeigt auf Margareta und öffnet den Mund, als ob er etwas sagen wollte, aber es kommt nichts heraus. Er bleibt nur still und stumm stehen. Hanne nickt, als ob sie wüsste, was Jake sagen will.

»Sie... wollte uns umbringen«, sagt Hanne und zeigt auf Margareta.

Ich schüttele den Kopf und lache unfreiwillig.

»Nein«, sage ich. »Natürlich wollte sie das nicht.«

Andreas legt mir die Hand auf den Arm.

»Warte mal, Malin«, sagt er und wendet sich Hanne zu. »Was ist passiert?«

Hanne sieht unsicher aus und schaut gleichsam Hilfe suchend zu Jake hinüber.

»Sie hat ihn mitgerissen...«

Hanne verstummt und zeigt auf Jake.

»Sie hat ihn mit in den Abgrund gerissen«, sagt sie dann, als könnte sie auch nur mit Mühe begreifen, was passiert ist.

»Margareta?«, frage ich. »Das muss ein Missverständnis sein. Warum sollte sie...«

»Still, Malin«, sagt Andreas mit einer Schärfe in der Stimme, die mich ärgert und erstaunt.

»Aber«, sage ich, »warum behauptet ihr, dass Margareta dich in den Abgrund gerissen hat? Du bist doch hier!«

Jake erwidert meinen Blick. Seine Augen sind dunkel und ausdruckslos. Er senkt die Hand und greift nach etwas unter seiner Jacke. Es sieht aus wie ein rosa Wollknäuel. Lange Fäden hängen zwischen seinen Fingern hervor und in den Schnee.

Dann schaut er auf seine Hand hinunter und runzelt die Stirn.

»Das war der Pullover«, sagt er. »Der bleibt überall hängen.«

»Er ist einen Meter unterhalb der Kante an einem Ast hängen geblieben«, erklärt Hanne. »Ich konnte ihn wieder nach oben ziehen. Wenn dieser Faden nicht gewesen wäre ...«

Hanne beendet den Satz nicht.

»Sie haben diesen Polizisten umgebracht«, sagt Jake leise und nickt zu Margareta hinüber. »Und die mit den langen Haaren in ihrem Keller gefangen gehalten.«

Ich schüttele den Kopf und richte mich auf.

Der Wald dreht sich um mich, und die Übelkeit ist wieder da. Die Kälte ist plötzlich verschwunden, und an meinen Schläfen und in meinem Nacken bricht der Schweiß aus.

»Nein«, sage ich. »Also, das müsst ihr falsch ... das wäre niemals ...«

Ich fange fast an zu lachen, so absurd ist das alles. Aber meine Brust ist wie zugeschnürt, und in meinen Fingern prickelt es.

Jake und Hanne sehen mich schweigend an.

»Woher weißt du das alles?«, fragt Andreas und sieht Jake an.

»Sie ...«

Jake scheint zu zögern, er scheint fast Anlauf zu nehmen, dann spricht er weiter:

»Hanne hat es mir erzählt.«

»Stimmt das, Hanne?«, fragt Andreas.

Hanne sieht unsicher aus. Ihr Blick jagt zwischen mir und Andreas hin und her. Sie hebt die Hand an ihre Zipfelmütze und rückt sie etwas gerader.

»Ja. Nein. Oder doch. Ich glaube schon.«

In diesem Moment bricht eine Gestalt aus der Dunkelheit. Magnus!

Er stürzt sich auf Hanne und schlägt mit etwas Hartem auf ihren Kopf ein. Ich glaube, mit einem Stein. Es gibt einen beängstigend dumpfen Knall.

Hanne schreit laut und schrill auf, wie ein Tier.

Andreas reagiert sofort. Er springt Magnus an und versucht, dessen Arme zu packen. Aber Magnus ist stark, viel stärker, als gut für ihn ist. Er hebt den Stein und schlägt noch einmal auf Hannes Kopf.

Und noch einmal.

Ich stehe wie erstarrt im Schnee. Ich kann mich nicht bewegen, kann kein Wort sagen. Ich kann kaum etwas denken. Aber vor allem kann ich nicht begreifen, was sich hier vor meinen Augen abspielt. Dass meine Tante – eine harmlose Oma von über siebzig – schwer verletzt im Schnee liegt und dass mein halb zurückgebliebener Cousin versucht, Hanne totzuschlagen.

Dann kommt Jake mit einem Ast in der Hand angerannt. Er bleibt breitbeinig stehen, hebt den Ast und schwingt ihn auf Magnus zu.

Der Ast trifft Magnus mit einem lauten Knall am Kopf.

Magnus kippt zur Seite und bleibt bewegungslos im Schnee liegen. Andreas packt seine Arme und legt ihm Handschellen an. Dann fängt er meinen Blick auf.

»Verdammt, Malin. Wolltest du einfach tatenlos zusehen, während er Hanne umbringt? Was ist denn bloß los mit dir?«

Andreas tritt einen Schritt zur Seite und hilft Hanne, sich aufzusetzen. Nimmt ihr die Mütze ab und tastet mit den Fingern über ihren Kopf. Die grau gesprenkelten Haare sind klebrig vor Blut.

»Aiaiai«, jammert Hanne und schneidet eine Grimasse.

»Ich glaube, es ist nur äußerlich«, sagt Andreas und lässt die Schultern ein wenig sinken, gleichsam entspannt. Dann lässt er sich in den Schnee fallen und stützt den Kopf auf die Hände.

»Entschuldige«, sage ich.

Andreas gibt keine Antwort. Er wiegt nur langsam den Kopf hin und her.

»Entschuldige«, sage ich noch einmal.

JAKE

Der Polizist, der Manfred heißt, gießt heißen Tee in einen Plastikbecher und schiebt ihn langsam über den Tisch zu mir herüber.

Es ist ein komisches Gefühl, in dem alten Lebensmittelladen zu sitzen. Saga und ich haben früher hier herumgelungert, ehe das große Vorhängeschloss an die Tür kam. Aber dann ist die Polizei eingezogen, und wir haben uns nicht mehr hergetraut.

Wir sitzen an einem Schreibtisch ganz hinten im Laden. An den Wänden hängen Fotos, Papiere und handgeschriebene Zettel. Sie bilden einen riesigen Flickenteppich. Hier und dort sehe ich gelbe Klebezettel. Ein Laptop steht auf einem Stuhl.

Manfred ist etwas ganz Besonderes.

Ich weiß nicht so ganz, ob ich ihn sympathisch finde – ich kenne ihn ja kaum. Aber er hat einen tollen Stil, als ob es ihm wichtig wäre, wie er sich kleidet – und dabei ist er doch ein Mann.

Er trägt einen olivgrünen Wollanzug mit Lederknöpfen. Der Stoff hat ein schwaches rosa Karomuster, und aus der Brusttasche lugt ein knallrosa Seidentuch. Sein Bart ist rot, wie seine Haare, und die sind feucht und locken sich an den Schläfen ein wenig.

Ich nippe an dem Tee und betaste die Kompresse auf meiner Wange.

Manfred hat mich zum Krankenhaus in Katrineholm gefahren. Dort hieß es, ich hätte wohl eine leichte Gehirnerschütterung und sollte mich an den nächsten Tagen ruhig verhalten. Die Wunde wurde mit drei Stichen genäht, und sie versprachen, dass die Narbe in einigen Wochen kaum noch zu sehen sein wird.

Ich sagte nicht, dass ich die Narbe behalten will, dass sie mir wichtig vorkommt, weil sie beweist, was ich für Hanne getan habe.

Ich will, dass sie immer da ist, wie eine stumme Erinnerung, wenn ich in den Spiegel schaue.

Hanne war mit uns im Krankenhaus, aber bei ihr musste nichts genäht werden. Ich glaube, jemand anderes von der Polizei hat sie dann zu Berit gefahren.

Was mit Margareta und Magnus passiert ist, weiß ich nicht.

»Jetzt gehen wir das alles noch einmal durch, dann fahre ich dich nach Hause, okay?«, fragt Manfred.

»Okay.«

»Du bist Hanne an dem Abend, an dem sie gefunden wurde, im Wald begegnet?«

»Ja. Das war ein Samstag.«

»Samstag, der 2. Dezember«, sagt Manfred und fährt sich mit der Hand über den Bart, was ein leichtes Kratzgeräusch verursacht.

»Glaube schon. Hab das Datum nicht nachgesehen.«

»Und dabei hat sie erwähnt, dass Magnus oder Margareta Peter verletzt hat.«

Ich überlege, wie ehrlich ich sein kann.

Ich habe beschlossen, das Tagebuch nicht zu erwähnen. Hanne würde nicht wollen, dass Manfred und die anderen Polizisten lesen, wie traurig und krank sie war, auch wenn das Buch wichtige Informationen enthält.

Aber jetzt sind Margareta und Magnus ja festgenommen worden. Die Polizei hat Magnus' grauenhaften Mordkeller und Peters starr gefrorenen Leichnam gefunden. Und offenbar stand Ps Auto in Margaretas Scheune. Da kann Hannes Tagebuch doch nicht mehr so wichtig sein. Sie haben ja alle Beweise, die sie brauchen.

»Das hat sie gesagt«, sage ich.

Manfred nickt und macht sich eine Notiz.

»Und dann hat sie gesagt, Magnus habe in seinem Keller eine Frau gefangen gehalten?«

Diesmal nicke ich.

Manfred legt den Kugelschreiber weg und massiert sich die Schläfen. Seine Hände sind riesig. Wenn Papa jemanden mit so großen Händen sieht, nennt er sie immer Klodeckel.

Manfred legt die Klodeckel auf den Tisch, erwidert meinen Blick, und ich werde sofort nervös, weil er so streng aussieht. Genau wie Papa, ehe er mich zusammenstaucht.

»Ich muss das fragen«, sagt er.

Ich nicke, denn ich weiß ja schon, was kommen wird. Ich habe auf der ganzen Fahrt vom Krankenhaus hierher darüber nachgedacht. Habe es gedreht und gewendet, wie einen Zauberwürfel.

»Warum hast du das niemandem erzählt? Dir muss doch klar gewesen sein, dass es eine wichtige Information war. Dass Magnus und Margareta offenbar ein schwerwiegendes Verbrechen begangen hatten.«

Manfred sieht mich an.

»Die Wahrheit, Jake«, sagt er leise. »Du musst die Wahrheit sagen. Hast du damit ein Problem?«

Ich gebe keine Antwort.

Ich starre die abgenutzte Tischplatte an. Die Hunderte von kleinen Kratzern, die von denen erzählen, die hier gesessen haben: Männer, Frauen. Vielleicht sogar Kinder.

Aber keins wie ich.

Kein *widernatürliches.*

»Ich dachte, der Polizist wäre schon tot«, sage ich und fahre mit einem Finger über einen Kratzer.

Manfred seufzt.

»Ja. Er war bestimmt schon tot. Aber trotzdem. Das konntest du doch nicht wissen. Oder?«

»Nö.«

»Warum also hast du nichts gesagt, Jake? Warum nicht? Ich glaube, du weißt viel mehr, als du sagst. Und ich glaube, dass du es jemandem erzählt hast. Einer Person, die hier angerufen und uns den Tipp gegeben hat.«

Ich bekomme eine Gänsehaut, aber nicht vor Kälte, sondern weil Manfred den Heizbläser so gedreht hat, dass die heiße Luft direkt auf uns zuströmt.

»Jake?«

Ich schüttele langsam den Kopf, will es sagen, aber die Wörter scheinen mir im Mund festzustecken und nicht hinauszuwollen. Als ob alle Stärke und Entschlossenheit zusammen mit Margareta im Abgrund verschwunden wären.

Manfred seufzt wieder. Steht auf, geht zur Wand und holt eine kleine Schachtel. Dann kommt er zurück, setzt sich, schnauft und stellt die Schachtel auf den Tisch.

Sie ist braun und vielleicht zehn Zentimeter lang und fünf Zentimeter breit.

Er erwidert meinen Blick und öffnet die Schachtel, steckt die eine Hand hinein und zieht dann eine kleine durchsichtige Plastiktüte heraus. Legt sie vor mir auf den Tisch.

Ich beuge mich vor, um besser sehen zu können.

In der Tüte glitzert eine kleine goldfarbene Paillette.

»Jake?«

Manfreds Stimme klingt nicht zornig, sondern eher flehend.

Ich schließe die Augen, denn ich will die Paillette nicht sehen. Aber ich kann die Bilder nicht aussperren: das glitzernde Kleid, der Lippenstift und Hannes durchnässter, zerschundener Körper, der aus dem Gestrüpp gekrochen kam. Ich habe fast das Gefühl, wieder dort zu stehen, als ob ich noch einmal im Wald wäre, umgeben vom Geruch nach feuchter Erde und verfaulendem Laub, während der Regen mir ins Gesicht schlägt. Ja, ich kann Hanne vor mir sehen. Aber jetzt sieht sie anders aus, sie lächelt mich an und streckt die Hand aus.

Ich habe sie ja gerettet, denke ich. Das habe ich.

Ich sehe Manfred an, den eleganten Anzug und das leuchtend rosa Seidentuch. Die roten Wangen und die müden Augen.

Vielleicht kann er mich ja verstehen?

Ich hebe die Augenbrauen ein wenig.

»Jake?«, sagt er noch einmal, und es klingt wie eine Frage.

Und dann tun die Gedanken es wieder – fliegen weg, wie Vögel oder Schmetterlinge, flüstern mir zu, dass alle krank oder komisch sind, wenn man nur genau genug hinschaut. Oder dass es vielleicht gar nichts Gesundes oder Krankes gibt.

Und dass es wohl kaum ein Verbrechen sein kann, ein Kleid anzuziehen, selbst wenn man Jake heißt, in einem Kaff wie Ormberg wohnt und ein Mann werden muss.

Ein Kleid ist nur ein Kleid. Ein Stück Stoff, von dem man halten kann, was man will.

Aber jemanden umbringen?

Das ist wirklich falsch, denn der Tod dauert sehr lange.

»Ja, das war ich«, sage ich. »Ich finde Kleider gut. *Haben Sie damit ein Problem?*«

Manfred setzt mich an der Auffahrt zum *schönsten Haus von Ormberg* ab. Ehe ich die Tür öffne, legt er mir die Hand auf die Schulter.

»Gut, Jake«, sagt er. »Sehr gut!«

Nur das, dann verstummt er.

Ich öffne die Tür und springe aus dem großen Auto. Werfe mir den Rucksack über die Schulter, kneife im scharfen Morgenlicht die Augen zusammen und gehe auf das Haus zu. Der Schnee knirscht unter meinen Schritten, und die Haustür wird einen Spaltbreit aufgemacht, sowie Manfred losfährt.

Hinter der Tür steht Papa.

Er macht einen Schritt hinaus in den Schnee, und dann noch einen, die Treppe hinunter, obwohl er keine Schuhe anhat. Dann läuft er auf mich zu, umarmt mich und drückt mich fester an sich als jemals zuvor in meiner Erinnerung.

»Jake, verdammt. Du hast mir ja eine Scheißangst gemacht!«

»Entschuldige«, sage ich.

Wir bleiben eine Weile stehen. Papas Atem ist warm und riecht nach Bier.

»Nein, hier können wir nicht herumstehen«, sagt er endlich. »Ich frier mir doch den Arsch ab. Und die Zehen. Komm, wir gehen ins Haus.«

Dort sieht alles aus wie immer. Ich weiß nicht, was ich erwartet hatte, aber ich habe so ein Gefühl, dass etwas sich auf irgendeine Weise verändert haben müsste.

Sowie ich die Diele betrete, mache ich mir Sorgen, was Melinda sagen wird, wenn sie mich sieht. Ich habe in den letzten Stunden den Gedanken an sie verdrängt, aber jetzt ist er wieder da und dröhnt in meinem Kopf wie ein Düsenflugzeug.

»Melinda?«, frage ich.

»Bei Markus«, sagt Papa. »Hast du Hunger?«

»Nein, danke. Wir haben auf der Fahrt von Katrineholm eine Wurst gegessen.«

Papa nickt und sieht mich an. Streckt die Hand nach der Kompresse auf meiner Wange aus, hält aber inne, ehe er mich berührt.

»Verdammt! Ich kann es nicht fassen. Du hast dieser Alten aus Stockholm also das Leben gerettet!«

»Ja.«

»Wenn ich ehrlich sein soll, dann hätte ich dir das nicht zugetraut.«

»Was denn nicht zugetraut?«

Papa schüttelt den Kopf.

»Ach, vergiss es. Aber nachher will ich alles hören. Du möchtest jetzt vielleicht erst mal schlafen? Du hast doch sicher die ganze Nacht kein Auge zugemacht.«

Ich nicke und gehe die Treppe hoch.

Mein Zimmer sieht ebenfalls aus wie immer: Der dicke Teppichboden ist weich und kitzelt unter meinen Füßen, die an die Wand geklebten Plakate sind hier und da ein bisschen abgegangen und bewegen sich im Luftzug des undichten Fensters. Sogar das ungemachte Bett und die schmutzigen Socken und Unterhosen, die auf einem Haufen davor liegen, sind unverändert.

Ich setze mich auf die Matratze und merke, wie sich die Müdigkeit in mir breitmacht. Es pocht in meinem Kopf und meiner Wange, meine Beine sind steif, und die Übelkeit lauert unten in meinem Hals.

Langsam lasse ich mich auf die Matratze sinken. Ziehe die Decke über mich, obwohl ich noch nicht ausgezogen bin, und schließe die Augen.

Ich bin so müde. Ich glaube, ich könnte jetzt tagelang schlafen.

Als ich mich auf die Seite drehe, spüre ich an meinem Hals etwas Hartes, ungefähr wie ein kleines Legostück. Ich stütze mich auf den Ellbogen und untersuche diesen Gegenstand. Schalte die Nachttischlampe ein und halte ihn ins Licht.

Es ist ein Päckchen, kaum größer als eine Streichholzschachtel, und in goldfarbenes Papier gewickelt. »Für Jake von Melinda«, steht dort in nach links gerichteter kräftiger Handschrift. Und daneben hat Melinda ein Herz gezeichnet. Der Kugelschreiber war dabei wohl fast leer, denn Teile des Striches sind farblos, und sie hat das Herz in einer anderen Farbe ausgefüllt.

Ich wickele das Papier ab und lasse es auf den Boden fallen.

Darin liegt eine kleine Schachtel.

Ich öffne die Schachtel und finde eine kleine Flasche mit rosa Verschluss. Nehme sie heraus und halte sie ins Licht.

Es ist Nagellack mit kleinen Goldkörnchen. Wenn ich die

Flasche schüttele, schweben die glitzernden Körnchen durch die Flüssigkeit. Es erinnert an eine Glaskugel mit einer winzigen Winterlandschaft, mit Plastikschnee, der herumwirbelt, wenn man die Kugel schüttelt.

MALIN

Mama sitzt am Küchentisch, als ich am nächsten Vormittag nach Hause komme. Ihre Augen sind gerötet, und vor ihr auf dem Wachstuch liegt ein Ball aus zusammengeknülltem Küchenpapier. Als sie mich sieht, steht sie auf und streicht die über ihrer schweren Brust spannende Bluse glatt.

Ich gehe zu ihr und umarme sie, aber sie erwidert meine Umarmung nicht. Stattdessen klopft sie mir auf den Rücken, als wäre ich ein Fußballspieler, der gerade ein Tor geschossen hat. Sie reicht mir knapp bis an die Schultern, und mich überkommt eine plötzliche Zärtlichkeit für sie.

»Malin«, sagt sie und streicht mir eine Haarsträhne aus der Stirn. »Geliebtes Kind.«

Ich setze mich auf den Stuhl neben ihrem und frage mich, wie viel meine Kollegen ihr wohl erzählt haben. Aber ich nehme an, dass sie das meiste weiß, denn Manfred hat zwei Kollegen hingeschickt, um sie zu vernehmen, sowie er vom Todesfelsen zurückgekommen war.

Als feststand, dass meine Tante und mein Cousin unter Mordverdacht standen, wurde ich von der Ermittlung abgezogen. Peter und Hanne waren den beiden offenbar auf der Spur. Das war natürlich der Grund, warum sie uns anderen nichts gesagt haben, schließlich hatte meine Familie nun mit der Sache zu tun.

Ich weiß nicht, was jetzt passieren wird, aber Manfred sagte, ich solle nach Hause gehen und mich ausruhen. Ich blieb dann aber lange im Wald, drehte Runden um die Geröllhalde und ging weiter zu der alten Fabrik. Den Rest der Nacht saß ich im Büro und las heimlich das Protokoll der Voruntersuchung.

Ich glaube, ich versuchte zu verstehen.

Ich weiß nicht, ob ich sehr viel klüger geworden bin. Margareta und Magnus haben offenbar grauenhafte Verbrechen begangen, und ich habe hier mein Leben gelebt, Seite an Seite mit ihnen, in all den Jahren, ohne das Geringste zu begreifen.

Was sagt das über mich aus?

Nicht nur als Polizistin, sondern auch als Mensch? Es muss doch Hinweise gegeben haben, Risse in der Fassade, die verrieten, dass hier etwas nicht stimmte. Denn Menschen können doch wohl nicht unbemerkt zu Monstern werden. Wir können doch nicht von der eigenen Familie, der wir vertrauen und auf die wir unser Leben aufbauen, dermaßen getäuscht werden.

Was mir am meisten zu schaffen macht, ist wohl, dass Magnus damit zu tun hat. Ich habe immer einen starken Drang gehabt, ihn zu beschützen, trotz seiner offenkundigen Probleme, oder vielleicht gerade deshalb. Mein ganzes Leben lang habe ich ihn gegen die Kinder aus dem Dorf verteidigt – verbal, aber auch handgreiflich, wenn das nötig war.

Und die ganze Zeit habe ich ihn für ein Opfer gehalten.

Mama faltet ein Stück Küchenpapier auseinander und putzt sich noch einmal die Nase.

»Fahren wir?«, frage ich.

Margareta liegt auf der Intensivstation, und der Arzt war sehr deutlich, als er uns riet, lieber sofort zu kommen.

Er sagte, es sei nur eine Frage der Zeit.

Mama schluchzt und zupft dann ein wenig an der vollgerotzten Papierkugel herum. Ein dünner Papierstreifen löst sich und fällt auf das Wachstuch, wie ein welkes Blütenblatt.

»Wir müssen zuerst reden«, sagt sie und starrt das Küchenpapier an.

»Der Arzt hat gesagt, wir müssten uns beeilen...«

»Das weiß ich«, fällt Mama mir ins Wort. »Aber wir müssen reden. Jetzt.«

»Ach?«

Ich schaue auf die Uhr und dann Mama an. Ich kann nicht begreifen, was solche Eile hat und was nicht auf der Fahrt ins Krankenhaus besprochen werden kann.

»Worüber denn?«, frage ich.

Mama blinzelt einige Male und wischt sich dann eine Träne von der Wange.

»Es ist so schwer«, sagt sie.

»Sie schafft es ja vielleicht.«

Mama schüttelt den Kopf und lacht auf. Es ist ein kurzes, trockenes Lachen, bei dem mir unbehaglich wird, denn es ist so fehl am Platze: Es gibt wirklich keinen Grund zu lachen.

»Nein, Allerliebstes. Ich rede hier nicht von Margareta. Es geht um uns.«

»Um uns?«

Ich verspüre einen vagen Widerwillen, den ich nicht richtig benennen kann. Als ob ich ahnte, dass das, was jetzt kommt, nichts Gutes ist.

Absolut nichts Gutes.

Vor dem Fenster steht der Weihnachtsstern aus rotem Filz, den ich damals in der Schule gebastelt habe. Die Verzierung aus Glitzer und Pailletten hat sich gelockert und hängt an vertrockneten Leimfäden vom Stoff herunter.

»Du weißt doch, dass ich dich mehr liebe als alles andere auf der Welt? Dass niemand mir mehr bedeutet als du?«

»Ja«, sage ich und frage mich, worauf sie hinauswill.

Die Minuten vergehen, und Margareta liegt auf der Intensivstation im Sterben. Obwohl sie ein Monster ist, sind sie und Magnus die einzigen Verwandten, die wir haben.

Ich bin sicher, dass Mama sie ein letztes Mal sehen will.

»Wir bekamen einfach keine Kinder«, sagt Mama. »Wir haben es viele Jahre lang versucht, dein Papa und ich. Ich weiß nicht, wie viele Fehlgeburten ich hatte. Es war so schrecklich, es fraß uns von innen her auf, wie Krebs. Und du musst mir glauben, dass ich von dem anderen niemals etwas gewusst habe. Dass er sie da in diesem Keller gefangen hielt. Wie kann man so etwas nur tun? Und Magnus ist doch so lieb. Und Margareta, man könnte doch glauben, dass sie ihn die ganze Zeit gedeckt hat. Auch wenn er ihr Sohn ist, kann ich das einfach nicht verstehen.«

»Warte einen Moment. Ich komme hier nicht mehr mit.«

Mama schluchzt jetzt hemmungslos. Tränen laufen über ihre schweren Wangen. Sie wickelt das rotznasse Papier auseinander und putzt sich wieder die Nase. Dann holt sie tief Luft und erzählt weiter.

»Wir wollten nur helfen. Wir dachten, das sei richtig so.«

»Wovon redest du da? Was war richtig so?«

Mama schluchzt wieder, ihre Antwort wird von einem Schniefen erstickt.

»Diese Frau, die Geflüchtete, um die Magnus sich gekümmert hat. Ja, so hat Margareta uns das jedenfalls erklärt. Sie war doch schwanger. Aber sie konnte oder wollte sich nicht um das Kind kümmern.«

»Ich begreife nicht…«

»Und dein Papa und ich, wir wollten doch so gern ein Kind. Und wir hatten ein schönes Zuhause und konnten eins aufnehmen.«

Etwas Kaltes und Klebriges breitet sich in mir aus, als ich begreife, was sie zu sagen versucht.

»Nein«, sage ich. »Du kannst nicht… meinen…«

Meine Stimme versagt. Ich höre nur noch Mamas Schluchzen und den alten Kühlschrank, der in der Ecke vor sich hin brummt. Ein Spatz landet draußen auf der Fensterbank und pickt an der Talgkugel, die Mama hingehängt hat.

»Wir dachten, wir könnten ihr damit helfen«, flüstert sie. »Und Margareta hat alles Praktische erledigt. Sie hatte doch so viele Hausgeburten betreut, und als amtlich anerkannte Hebamme konnte sie so einen… einen Geburtsschein, so heißt das, glaube ich… ausstellen, den man dann bei den Behörden einreicht. Ja, das hat sie alles erledigt. Und wir haben dich vom ersten Augenblick an geliebt, Malin. Wir haben dich geliebt wie unser eigenes Kind. Du warst doch unser Kind! Unser geliebtes Kind!«

»Nein! Aufhören!«

Ich springe so plötzlich auf, dass mein Stuhl rückwärts umkippt und auf den Boden fällt. Er landet mit einem Knall.

Aber Mama, die wie ein Häuflein Elend vor mir sitzt, reagiert nicht. Sie bewegt sich nicht einmal. Sie zupft nur kleine Stücke von der vollgerotzten Papierkugel.

Und plötzlich begreife ich.

Unerbittlich fügen sich die Stücke zu einem Bild zusammen. Ich denke daran, wie Margareta »Verzeihung« gemurmelt hat, als sie unter dem Todesfelsen im Schnee lag und der Knochen aus ihrer verschlissenen Thermohose ragte. Dann denke ich an Magnus, der immer meinem Blick ausgewichen ist. Der immer zu Boden starrt, wenn wir uns begegnen, als hätte er Angst vor mir oder schämte sich aus irgendeinem Grund.

Und endlich: Manfreds Anruf. Als er anrief und fragte, ob ich die Haare in Azras Medaillon angefasst hätte. »*Hast du die berührt? Die Haare, meine ich?... Die Technik hat angerufen...*«

Das Zimmer dreht sich um mich.

Ich will dem Gedanken nicht bis zum Ende folgen, aber ich zwinge mich doch dazu: Azra hatte eine Haarsträhne im Medaillon. Manfred fragte vermutlich, ob ich diese Haare berührt hätte, weil die Techniker darin meine DNA gefunden hatten – sie hatten mir doch eine Speichelprobe abgenommen, nachdem wir Azras Leichnam gefunden hatten, und meine DNA wurde danach im Eliminierungsregister festgehalten, das angewendet wird, um sicherzugehen, dass die Ermittler kein Beweismaterial kontaminiert haben.

Und da haben sie bei mir wohl einen Treffer gelandet.

Aber die Haare enthielten meine DNA nicht, weil ich sie berührt hatte oder weil bei dem Test etwas »durcheinandergeraten« war, wie Manfred es ausgedrückt hat, sondern weil es meine waren.

Das Zimmer dreht sich immer schneller, und mein Herz rast. Ich öffne und schließe den Mund mehrere Male, ohne ein Wort herauszubringen.

Mama schaut zu mir hoch.

Ihr Gesicht verrät eine so tiefe Verzweiflung, dass ich Angst bekomme. Eine Verzweiflung, die genauso groß ist wie an dem Tag, als Papa mit der Cylinda in den Armen auf dem Weg zur Scheune starb.

Kleine Mama.

So anders als ich: klein, obwohl ich groß bin. Blond, obwohl ich dunkel bin. Ruhig, obwohl ich impulsiv und gefühlsbetont bin.

Wir sind so verschieden, dass man denken könnte, ich hätte dich im Wald bei den Trollen geholt.

Dick ist sie noch dazu – es ist absolut möglich, dass der ganze Ort sie für schwanger gehalten hat, obwohl sie das gar nicht war.

Ich muss mich am Tisch festhalten, um nicht umzukippen.

»*Ihr habt ein Kind gestohlen?*«, flüstere ich.

»Ja«, schreit Mama. »Ja! Und ich habe es nie bereut. Nie!«

Sie schlägt die Hände vors Gesicht und schluchzt auf. Dann reißt sie sich zusammen, hebt den Kopf ein wenig und erwidert meinen Blick.

Sie sieht mich flehend an.

»Malin«, sagt sie dann leise. »Niemand hat etwas davon, es jetzt zu erfahren. Niemand. Und Magnus wird es nicht verraten, dafür hat Margareta gesorgt. Es kommt also auf dich an.«

Ich drehe mich um und stolpere in die Diele, öffne die Haustür und lasse den beißend kalten Wind herein. Schaue aus zusammengekniffenen Augen hoch zur Sonne, die noch immer über den Baumwipfeln ruht, als ob die Welt überhaupt nicht untergegangen wäre.

Als ob ich nicht die Tochter einer ermordeten bosnischen Muslimin ohne Gesicht wäre. Als ob das Kinderskelett, das ich in der Geröllhalde gefunden habe, gar nicht meiner Schwester gehört hätte. Als ob Esma mit den verkrümmten Händen und einer Familie, die nur auf verblassten Polaroidbildern existiert, nicht meine Tante wäre.

Vielleicht hatte Sumpf-Ivar ja recht, vielleicht hat er wirklich bei der Geröllhalde einen nackten Säugling gesehen – und dieser Säugling war ich.

Und die Haare.

Der Brechreiz kommt in Wellen, wenn ich daran denke: Wie das flaumweiche trockene Haarbüschel in dem Medaillon meine Fingerspitzen gekitzelt hat.

Azra hat diese Haare vielleicht ihrer neugeborenen Tochter abgeschnitten und ins Medaillon gelegt, ehe Margareta ihr das Kind gestohlen hat.

Ehe sie das Kind gestohlen hat, das ich war.

Ich falle und falle, und es nimmt nie ein Ende.

Ich falle durch die Erde und in die Hölle und danach falle ich immer weiter, denn es gibt keinen Menschen mehr, der mich auffangen kann.

Die Tränen strömen mir über die Wangen und zu meinen Lippen. Füllen meinen Mund mit dem salzigen Geschmack meiner verlogenen Vergangenheit.

MALIN

Eine Woche später

»Bitte«, sage ich. »Ich muss es wissen. Ich schaff das sonst nicht. Ich...«

Meine Stimme versagt und mein Hals ist wie zugeschnürt, obwohl ich mir alle Mühe gebe, die Trauer und Verzweiflung, die in meiner Brust so wehtun, nicht freizulassen.

Draußen fällt der Schnee. Schwere weiße Flocken sinken eilig zum Boden, um dort auf dem schwarzen Asphalt sofort zu schmelzen.

Ich war seit Margaretas Tod wie gelähmt, ich konnte nur daran denken, was Mama erzählt hat; dass ich die Tochter von Azra Malkoc bin.

Ich war gezwungen, alles, was ich über mich und meine Familie zu wissen glaubte, neu durchzudenken, und ich weiß nicht, wann dieser Prozess ein Ende nehmen wird. Aber eins weiß ich ganz sicher: Ich muss in Erfahrung bringen, was in dem Winter passiert ist, als meine biologische Mutter und meine Schwester aus dem Flüchtlingsheim verschwunden sind. Ich muss das verstehen.

Und dann muss ich mich entscheiden: Soll ich Manfred erzählen, was Mama gesagt hat? Soll ich die kleine Familie zerstören, die ich trotz allem habe, und Azra und Nermina das zukommen lassen, was ihnen zusteht, oder soll ich das Grauenhafte für immer begraben sein lassen?

Ich denke an Mama – mit ihr habe ich seit Margaretas Tod nicht gesprochen, obwohl sie jeden Tag versucht hat, mich zu erreichen.

Ich habe versucht, sie anzurufen, aber es geht nicht.

Ich habe versucht, mich daran festzuhalten, dass sie die Frau ist, die sich um mich gekümmert, mich als ihre eigene Tochter aufgezogen und mich in jeder Sekunde geliebt hat, obwohl ich doch ein Kuckuckskind war.

Ich habe versucht zu glauben, dass Margareta sie und Papa dazu überredet hat, sich um mich zu kümmern. Dass sie wirklich keine Ahnung hatte, dass Magnus meine biologische Mutter in seinem Keller gefangen hielt.

Dass sie nur helfen wollte.

Das habe ich wirklich versucht.

Aber es geht einfach nicht.

Ich verspüre nur Verzweiflung und einen so schwarzen und bodenlosen Hass, dass es mir Angst macht. Immer, wenn ich an Mama denke, dann denke ich auch an den gesichtslosen, blutigen Körper im Schnee bei der Geröllhalde – die Frau, der ihr Kind und ihr Leben gestohlen worden waren.

Ich wünschte, es gäbe jemanden, mit dem ich über alles sprechen könnte, aber so einen Menschen gibt es nicht. Alle, die mir nahegestanden haben, leben entweder nicht mehr oder sind von dem unvorstellbaren Bösen angesteckt, das in Ormberg herangewachsen ist.

Max will ich nicht zurückhaben, und daran, was ich von Andreas will, habe ich noch nicht einmal angefangen zu denken.

»Bitte!«, wiederhole ich.

Manfred reibt sich die Schläfen mit seinen Pranken und schüttelt langsam den Kopf.

»Ich darf das nicht. Ich stehe unter Schweigepflicht, was die Voruntersuchung angeht, und du bist von den Ermittlungen abgezogen. Es tut mir leid, ich kann mir nicht einmal vorstellen, wie dir zumute sein muss, aber es geht einfach nicht.«

Manfred verstummt. Räuspert sich und fügt dann in sanfterem Tonfall hinzu:

»Du, Malin. Ich weiß, dass ich nicht immer so verdammt leicht in der Zusammenarbeit bin. Dauernd unzufrieden, nie gibt es ein Lob. Und so weiter und so weiter. Wenn es ein Trost ist, dann möchte ich dir sagen, dass du eine verdammt gute Polizistin bist. Ich würde gern wieder mit dir zusammenarbeiten.«

Ich beuge mich vor.

»Ich *muss* das wissen«, sage ich.

Manfred seufzt und verdreht die Augen.

Auf dem Boden vor der Wand stehen eine schwarze Reisetasche und ein Koffer. Ich nehme an, dass er jetzt nach Stockholm zurückkehren wird, wo seine Tochter Mittelohrentzündungen hat. Zu dem Leben, das ganz normal weitergeht und nichts mit der Finsternis von Ormberg zu tun hat.

»Bitte!«

Meine Stimme ist ein Flüstern, das im Rauschen der Klimaanlage auf der Wache fast ertrinkt.

Manfred schlägt sich mit den Händen auf die Knie.

»Verdammt!«

Und dann:

»Weißt du, wie viel Scheiß auf mich zukommt, wenn irgendwer das hier rauskriegt?«

Ich gebe keine Antwort.

Er tippt auf seinem Laptop herum, dreht ihn mir zu und

sieht mich an. Dann schüttelt er den Kopf und schiebt mir den Rechner zu.

»Ich muss ein paar Sachen erledigen. Das dauert eine halbe Stunde. Hast du das verstanden? *Eine halbe Stunde!*«

Ich nicke stumm.

Er steht auf, streicht den perfekt geschnittenen Anzug glatt und fährt sich mit der Hand durch die rotblonden Haare. Dann verlässt er den Raum, ohne mich noch einmal anzusehen.

Mit zitternden Händen ziehe ich den Laptop an mich heran. Auf dem Bildschirm sehe ich Magnus. Ihm gegenüber sitzt Svante mit verschränkten Armen und so weit vorgebeugtem Kopf, dass sein Bart ihm auf der Brust ruht. Über dem Tisch hängt an einem Kabel ein Mikrofon von der Decke.

Die Aufnahme muss hier auf der Wache in einem Vernehmungsraum gemacht worden sein.

Ich drücke auf *Play* und Svante und Magnus erwachen zum Leben.

»Wo sind Azra und Nermina Malkoc Ihnen zum ersten Mal begegnet?«, fragt Svante.

Magnus wiegt sich auf seinem Stuhl hin und her.

»Im Flüchtlingsheim. Da war ich mit Mama.«

»Und was haben Sie dort gemacht?«, fragt Svante.

Magnus schaut zur Decke.

»Mama wollte mit irgendwem von der Leitung da über das Schneeräumen reden. Sie wollte eine Unterschrift für eine Liste. Und da haben wir Assa getroffen und angefangen zu reden.«

»Sie meinen Azra.«

»Ich hab sie Assa genannt.«

»Aber sie hatte einen Namen. Und dieser Name war Azra und nicht Assa.«

Magnus schweigt, starrt auf die Tischplatte. Dann zuckt er mit den Schultern.

»Was ist danach passiert?«, fragt Svante.

Magnus richtet sich ein wenig gerader auf.

»Wir ... wir haben Assa ein paarmal getroffen. Sie hat von sich und Nermina erzählt. Sie würden wohl nicht in Schweden bleiben dürfen, sagte sie. Ich sagte, dann könnten sie in meinem Keller wohnen.«

»Und was hat Ihre Mutter dazu gesagt?«

Magnus schiebt trotzig die Unterlippe vor. Alles an ihm – Körper, Gesten, wie er redet – erinnert an ein übergroßes Kind.

»Mama war stocksauer.«

»Warum?«

»Darum. Sie sagte, wir hätten schon genug eigene Probleme. Dass wir keine Ausländer im Keller haben könnten. Man kann nicht einfach Ausländer im Keller haben, bloß weil man einen Keller hat. Hat sie gesagt.«

»Und was haben Sie da gemacht?«

Magnus saugt an seiner Unterlippe, es sieht aus, als ob er darauf herumkaute.

»Hab gesagt, dass ich ausziehe. Nach Katrineholm. Wie der Kleine Leffe.«

Svante nickt kurz, macht sich einige Notizen und erwidert dann Magnus' Blick.

»Was hat Ihre Mutter zu diesen Umzugsplänen gesagt?«

Magnus schaut zur Seite, starrt die Wand an, eine Sehne an seinem Hals sieht gespannt aus, sie zuckt ein wenig, und ich ahne rote Flecken auf seinem Hals.

»Dass ich das nicht darf. Das hat sie immer gesagt, wenn ich wegziehen wollte. Dann wurde sie wieder *stockstocksauer*.«

Svante schreibt etwas auf seinen Block und erwidert dann Magnus' Blick.

»Und was haben Sie dann gesagt?«

Magnus rutscht auf seinem Stuhl hin und her.

»Dass ich diesmal ausziehen wollte. Ganz echt!«

Er verstummt.

»Und?«, fragt Svante. »Was ist dann passiert?«

Magnus wiegt sich auf seinem Stuhl langsam vor und zurück.

»Sie hat sich die Sache anders überlegt. Hat gesagt, die könnten vielleicht erst mal bei uns wohnen. Bis sie nach Stockholm gehen könnten. Also sind sie eingezogen. Und wir haben alles getan, was wir konnten, damit sie sich wohlfühlten, aber sie wollten die ganze Zeit nur weg. Und dabei hat Mama Eis und Chips gekauft und... Sie waren kein bisschen dankbar. Sie wollten nur weg, obwohl sie gerade erst eingezogen waren. Eines Abends ist Nermina verschwunden. Ich hatte vergessen, die Tür abzuschließen, und da ist sie einfach verschwunden.«

»Ist sie geflohen?«

»Geflohen?«

Magnus macht ein verwirrtes Gesicht, als ob er noch gar nicht auf die Idee gekommen wäre, dass er die beiden gefangen gehalten hat. Am Ende nickt er dann aber, wie um Svantes Darstellung der Geschichte zu bestätigen.

»Und was haben Sie da gemacht?«, fragt Svante.

Magnus sieht verwirrt aus. Sein Blick irrt umher, er leckt sich die Lippen.

»Ich bin hinterhergelaufen. In den Wald.«

Er verstummt wieder.

»Haben Sie sie gefunden?«, fragt Svante schließlich.

Magnus nickt.

»Bei der Geröllhalde. Sie stand da auf der Lichtung. Und ich wollte das nicht. Ich wollte das doch nicht. Ihr wehtun.«

»Was ist passiert?«

Magnus murmelt etwas Unverständliches, und obwohl ich weiß, dass er ein Monster ist, tut er mir doch ein bisschen leid. In vielerlei Hinsicht ist er ein Kind. Tatsache ist, je mehr ich über alles nachdenke, umso sicherer bin ich, dass Margareta die moralische Verantwortung für alles trägt, was passiert ist.

Ich habe mich immer wieder gefragt, warum sie das getan hat. Warum sie zugelassen hat, dass Magnus Azra und Nermina in den Keller sperrte.

Ich weiß, dass Margareta ein hartes Leben hatte. Ihr erstes Kind ist mit weniger als einem Jahr gestorben, und dann hat der Kleine Leffe sie verlassen, als sie Magnus erwartete. Ich glaube, sie hat ihn deshalb so beschützt, weil sie sonst niemanden hatte und weil sie so furchtbare Angst hatte, er könnte wegziehen und sie allein lassen.

Ich vermute, dass Magnus eine sogenannte Paragraf-Sieben-Untersuchung bevorsteht, bei der festgestellt wird, ob er an einer schwerwiegenden psychischen Störung leidet. Und wenn das der Fall ist, wird er in eine geschlossene Anstalt eingewiesen werden.

»Was ist passiert?«, fragt Svante noch einmal.

»Ich wollte sie nur einfangen, aber sie hat schrecklich gezappelt und ist rückwärts umgekippt und mit dem Kopf auf einen Stein geschlagen. Und ich ... ich bin irgendwie auf sie gefallen. Und als ich aufgestanden war, atmete sie nicht mehr.«

Magnus schielt auf seinen Schmerbauch hinunter.

»Ich wollte das nicht«, beteuert er wieder. »Ich bin so groß und ungeschickt. Ich wollte ihr nichts tun. Bei Assa war das anders. Ich konnte sie nicht einholen. Da musste ich sie doch erschießen. Aber Nermina wollte ich nur einfangen. Sie durfte doch nichts erzählen, denn dann ...«

»Was?«, fragt Svante mit scharfer Stimme.

Magnus starrt den Tisch an und deutet ein Schulterzucken an.

»Dann hätten doch alle geglaubt, wir hätten die beiden gekidnappt.«

»Und haben Sie das denn nicht?«

»Also, wieso denn, was meinen Sie?«

»Hatten Sie die beiden nicht gekidnappt?«

»Nein. Das war doch bloß ... um ihnen zu helfen.«

»Aber warum haben Sie die beiden nicht gehen lassen? Wenn Sie ihnen nur helfen wollten?«

Magnus windet sich wieder. Er reibt die Hände aneinander und runzelt die Stirn.

»Aber ...«, sagt er.

Und einige Sekunden später:

»Ich hatte sie doch gern.«

»Azra?«

Magnus starrt den Tisch an. Sein großer Kopf bewegt sich auf und ab. Sein kahler Schädel glänzt im Schein der Leuchtröhre.

»Ja«, sagt er und schluchzt auf. »Und Mama hat gesagt,

niemand würde merken, dass es zwei Jugos weniger sind. Sie hat gesagt, das spiele keine Rolle. Im großen Ganzen nicht. Sie hat gesagt, ich dürfte sie behalten, solange ich zu Hause wohnte. Aber dann... nachdem Nermina... verschwunden war, wurde Assa anders. Sie wollte nicht mehr reden und den Keller nicht mehr verlassen. Sie saß nur einfach so im Bett. Also, alles war gut. Jedenfalls, bis dieser Polizist und die Alte aus Stockholm gekommen sind und sie verjagt haben. Der Polizist war schrecklich wütend. Ich hatte wahnsinnige Angst. Es war scheußlich, aber ich musste das doch tun. Um mich zu verteidigen, meine ich. Und ich musste Assa aufhalten. Aber die Oma ist einfach verschwunden. Die aus Stockholm.«

Es wird still.

Ich ahne, wie geschockt Svante ist, obwohl der Bildschirm verschwommen ist und das Geräusch unklar, aber ich spüre sein Entsetzen wie ein Vibrieren in meinem Leib.

Er sitzt mit offenem Mund da, als ob er nicht fassen könnte, was Magnus da gesagt hat.

»Haben Sie Azra geliebt?«, fragt Svante endlich.

Magnus Kopf wackelt noch heftiger, und er schnieft wieder. »Geliebt?«

»Ja. Waren Sie verliebt? Wollten Sie bei ihr sein? Fanden Sie sie attraktiv? Haben Sie sie deshalb bei sich behalten?«

»Also«, sagt Magnus und schnieft wieder. »Sie war mehr wie... wie ein Haustier.«

Mein Magen krampft sich vor Grauen zusammen, und ich drücke auf *Pause*. Das Atmen fällt mir schwer.

Er redet über sie wie über ein Haustier.

Meine Mutter, das Haustier von Magnus.

Ich merke, wie mir die Tränen über die Wangen laufen, und ich denke daran, wie oft ich als Kind dort war.

Ich weiß noch, dass ich immer zu Magnus ins Haus gerannt bin und mich unter dem Küchentisch verkrochen habe, wenn wir Verstecken spielten. Ich lag auf dem Bauch und presste die Wange auf den kühlen Linoleumboden. Saugte den Geruch von Bratenfett und Zigarettenrauch in mich auf, unterdrückte mein Kichern und wartete darauf, dass ich gefunden würde.

Sie war da unten, unter mir.

Meine nackten Kinderfüße sprangen über ihren Kopf.

Mein Ohr war an den Boden gepresst, der ihre Zimmerdecke war.

Und doch habe ich nichts gespürt.

Ich denke an Esmas Worte, an das bosnische Sprichwort, das sie erwähnt hat, als wir bei ihr waren.

Wer den Wind sät, wird den Sturm ernten.

Jetzt ist der Sturm da. Das böse Samenkorn, das Margareta schon in dem Winter ausgesät hat, als sie Azra und Nermina Unterschlupf angeboten hat, ist zu einem tosenden Sturm herangewachsen.

Draußen ist ein Scharren zu hören. Die Tür wird geöffnet, und Manfred kommt herein.

Er setzt sich mir gegenüber an den Tisch, erwidert meinen Blick und nickt langsam, wie um zu bestätigen, dass das Grauenhafte, das ich soeben gehört habe, wirklich stimmt.

Plötzlich denke ich daran, was Andreas gesagt hat, als wir vor Manfreds Ohren über Flüchtlinge stritten, und ich zu erklären versuchte, warum die Leute in Ormberg diese negative Haltung haben. Ich weiß noch, dass ich mir alle Mühe gab, um zu begründen, warum wir hier mehr Hilfe und Unterstützung verdient hätten als die Flüchtlinge. Als ob meine Herkunft eine harte Währung wäre, die gegen Mitgefühl und Privilegien eingetauscht werden könnte.

Ich werde niemals seine Worte vergessen, sie haben sich für immer in meinem Gedächtnis eingeprägt.

Malin, das könntest doch du sein ... Ich meine, es könntest du sein, die vor Krieg und Hunger geflohen ist.

Und ich, ich antwortete, dass ich das absolut nicht hätte sein können.

Ich war doch aus Ormberg, ich war keine verdammte Muslimin, die in einem Schlauchboot über das Mittelmeer gekommen war, in der Hoffnung, das schwedische Wohlfahrtssystem ausnutzen zu können.

Aber genau das war ich eben doch.

In diesem Moment weiß ich, was ich zu tun habe, was ich Azra, Nermina und Esma, aber auch mir selbst schuldig bin.

»Manfred«, sage ich. »Ich muss dir etwas erzählen.«

JAKE

Vier Monate später

Berit stellt Tee und Zimtschnecken auf den Tisch.

Ich schaue aus dem Fenster.

Die Sonne hat den Schnee weggebrannt und große dunkle Risse in der Wiese draußen bloßgelegt. Bei dem kleinen Steinhaufen am Gartenende wächst ein mutiger kleiner Huflattich.

Berits Zimtschnecken duften wunderbar.

Ich kann mich nicht erinnern, wann ich zuletzt frisch gebackene Zimtschnecken gegessen habe. Das muss noch vor Mamas Tod gewesen sein – sie hat manchmal gebacken. Meistens Sandkuchen, weil der am leichtesten ging, aber sie machte manchmal auch Zimtschnecken, mit dickem Streuzucker darauf.

Papa kann weder kochen noch backen, aber das ist nicht so wichtig, wenn man eine Mikrowelle hat.

Hanne schaut Berit an und runzelt die Stirn.

»Bitte, Berit, den Tisch decken kann ich auch selbst.«

»Nein, bleib sitzen«, sagt Berit. »Das mache ich. Ihr könnt dann in Ruhe plaudern. Joppe braucht auch seine Runde.«

»Dann spüle ich«, sagt Hanne.

»Aber nicht doch«, sagt Berit.

»Natürlich mach ich das«, sagt Hanne.

»Kommt nicht infrage«, sagt Berit.

Sie hören sich fast an wie ein Ehepaar.

Papa und Mama konnten das so machen, sich über Kleinkram kabbeln, wer den Müll rausbringen sollte und was sie sich am Freitagabend im Fernsehen anschauen wollten.

Vielleicht bedeutet das, dass Berit und Hanne einander gernhaben, so wie Mama und Papa. Auch wenn sie nicht ineinander verliebt sind.

Papa sagt, es sei ein »Skandal«, dass die Gemeinde Hanne noch immer bei Berit wohnen lässt. Er sagt, es wäre billiger und sicherer, sie in ein Heim zu stecken, aber ich sehe das nicht so. Ich kann mir Hanne nicht zwischen vielen verwirrten alten Leuten vorstellen, eingesperrt in einem Pflegeheim.

Berit humpelt in die Diele, und Joppe schlendert träge hinterher, wirft einen letzten Hundeblick auf die Zimtschnecken, ehe er widerwillig das Haus verlässt.

Die Tür fällt zu, und hier sitzen wir nun, von Angesicht zu Angesicht.

Hanne lächelt ein wenig.

Sie ist nicht mehr so mager wie in meiner Erinnerung, und ihr Gesicht hat mehr Farbe. Ihre Haare sind dicht und glänzend, und sie fallen in weichen Wellen über ihre Schultern.

»Ich muss mich wohl bei dir bedanken«, sagt Hanne. »Ich habe gehört, du hast mir das Leben gerettet.«

Meine Wangen werden heiß, und ich starre die Tischplatte an.

Sie hält mir die Schüssel hin, und ich strecke die Hand aus und schnappe mir die größte Zimtschnecke.

Hannes Augen sehen neugierig aus, und obwohl sie so alt ist, muss ich an ein Kind denken, wenn sie mich so ansieht.

»Ich muss zugeben, dass ich nicht mehr weiß, was passiert

ist«, sagt sie. »Aber es ist mir erzählt worden. Mehrere Male sogar.«

Sie lacht kurz, als sie das sagt.

»Ist es schlimm, wenn man sich nicht erinnern kann?«

Hanne nickt und nimmt sich ebenfalls eine Zimtschnecke. Lässt sie auf ihrer Handfläche ruhen und mustert sie, als fragte sie sich, was so ein Stück Gebäck wiegt, oder vielleicht, woraus es besteht.

»Ja. Ab und zu ist es sehr hart. Aber ich habe das Gefühl, dass es etwas besser geworden ist. Ich bekomme ein neues Medikament. Und mein Leben ist auch nicht mehr so dramatisch.«

Sie hebt die Augenbrauen und lächelt, als sie »dramatisch« sagt.

»Ich kann mich jetzt an mehr erinnern«, sagt sie. »Ich weiß noch immer nicht alles, was passiert ist, als Peter und ich im Wald verschwunden sind, aber ich weiß ja, dass er ...«

Sie blinzelt mehrere Male.

»Tot ist?«, frage ich.

Hanne nickt, sagt aber nichts. Ihr Blick wandert zum Fenster.

»Wünschst du dir, du könntest dich an alles erinnern, was hier in Ormberg passiert ist?«, frage ich.

Hanne legt die Zimtschnecke auf den Tisch, setzt sich gerade hin und sieht mich an.

»Ich bin mir da gar nicht so sicher«, sagt sie. »Es kommt wohl darauf an. Unwissenheit kann manchmal ein Segen sein.«

Und dann:

»Und du? Ist es schwer, so mutig zu sein wie du?«

»Nö. Oder doch. Ein bisschen vielleicht.«

»Auf welche Weise ist es schwer?«, fragt sie und beißt in ihre Zimtschnecke.

Ich überlege einen Moment, ehe ich antworte:

»Das Schwere ist, den Mut zu finden, den man in sich hat. Ich glaube, alle können mutig sein, wenn sie nur ihren Mut finden.«

Hanne nickt.

»Du bist nicht nur mutig, du bist auch klug. Wie hast du denn deinen Mut gefunden?«

Ich schaue wieder aus dem Fenster. Berit verschwindet zwischen den Kiefern, und Joppe springt um ihre Beine. Es tropft vom Dach auf die Fensterbank.

»Ich musste zuerst schreckliche Angst haben«, sage ich.

»Mmm.«

Hanne nickt wieder, als habe sie genau verstanden, was ich meine, als sei Mut ihre Spezialität.

Eigentlich ist es sehr seltsam, dass ich hier sitze und ihr das alles erzähle. Denn ich habe mit anderen Erwachsenen nicht über diese Dinge gesprochen. Hanne gegenüber aber muss ich ehrlich sein. Ich weiß, dass es so ist. Als ich ihr Tagebuch gelesen habe, habe ich so viel über sie erfahren – da ist es nur recht und billig, dass sie auch etwas über mich weiß.

Es ist eine Frage des Gleichgewichts.

»Mut ist derzeit eine Mangelware«, sagt Hanne und schaut aus dem Fenster, zur Kirche hinüber.

Vielleicht denkt sie daran, was dahinter liegt, das Flüchtlingsheim.

Die Geschichte, wie Magnus die Flüchtlingsfrau und ihr Kind im Keller gefangen gehalten hat, war jeden Tag in den

Zeitungen und im Fernsehen, seit Margareta vom Todesfelsen gestürzt und gestorben ist. Und als herauskam, dass diese Malin das Kind der Flüchtlingsfrau war, kamen Presseleute aus aller Welt her.

Sie nennen Magnus den »Schlächter von Ormberg« und den Keller das »Wartezimmer des Todes«. Offenbar wird jemand ein Buch mit dem Titel »Das Haustier« über diese Ereignisse schreiben.

Sack-Magnus hat bei der Vernehmung Azra angeblich als Haustier bezeichnet.

Saga sagt, so einen Wahnsinn habe sie ja noch nie gehört. Und unsere Lehrerin hat im Sozialkundeunterricht darüber gesprochen, sie hat gesagt, Magnus und Margareta hätten vielleicht geglaubt, dass Azra und Nermina wegen ihrer Herkunft nicht denselben *Menschenwert* hätten wie wir anderen.

Bei Papa haben ausländische Journalisten angerufen und Geld für ein Interview mit mir geboten.

Er hat allen gesagt, sie sollten sich zum Teufel scheren.

Man darf Presseleuten nicht vertrauen. Schon gar nicht, wenn sie aus Großstädten wie Stockholm, Berlin, London und Paris kommen.

Wir reden noch eine Weile, dann kehrt Berit mit dem Hund zurück und fängt sofort an, den Tisch abzuräumen.

»Aber Berit«, sagt Hanne. »Das mach ich doch nachher.«

»Nein, das tust du nicht«, sagt Berit.

»Ich helfe dir«, sagt Hanne und will schon aufstehen.

»Bleib du nur sitzen«, sagt Berit, humpelt um den Tisch herum und drückt Hanne wieder auf den Stuhl.

Ich habe ein gutes Gefühl, als ich Hanne und Berit verlasse.

Ehe ich das Moped starte, ziehe ich mein Handy hervor und sende eine Mitteilung:

Bin um 5 da.

Dann setze ich den Helm auf und fahre zu der alten Landstraße. Ich fahre mit offenem Visier, und die Luft, die mir ins Gesicht weht, ist warm. Am Straßenrand liegen noch schmutzige Schneewehen, und in den tiefen Pfützen im Kiesweg steht spiegelblankes Schmelzwasser.

Ich biege hinter dem Ormberg nach rechts ab und fahre zweihundert Meter weiter, ehe ich anhalte und das Moped stehen lasse.

Um mich herum erwacht der Wald nach dem langen kalten Winter zum Leben. Kleine aufgerollte Farnblätter schießen aus dem braunen Gras vom Vorjahr, und die Vögel singen. Die Sonne brennt, und es riecht herb nach feuchter Erde und Nadelbäumen.

Saga ist schon da.

Sie steht mitten auf dem Weg und hat die Hände tief in die Jeanstaschen gebohrt. Der Wind spielt mit ihren blauen Haaren.

Ich umarme sie eilig, und sie erwidert die Umarmung. Dann ziehe ich das Tagebuch hervor und blättere ein wenig darin. Halte bei der Seite am Ende, der mit Hannes blutigem Handabdruck.

Ich lege meine Hand auf den Abdruck. Sie passt genau darauf.

Saga tut es mir nach.

Ich denke noch einmal daran, wie dankbar ich bin, weil sie mir verziehen hat, dass ich das Tagebuch für mich behalten hatte. Und welch ein Glück es ist, dass ihre Mutter mit diesem

Arschloch Björn Schluss gemacht hat und deshalb nicht in der Sauna ermordet werden wird.

Ich blättere einige Seiten zurück. Lese die spitze, vertraute Handschrift.

Ich werde das Tagebuch verbrennen, wenn alles vorbei ist. Die zwei letzten Wochen aus meinem Leben streichen. Ormberg und alles, was hier passiert ist, vergessen, denn ehe wir hergekommen sind, war das Leben perfekt, trotz der Krankheit.

Großer Gott, ich bitte nur um einen einzigen kleinen Gefallen: Hilf mir vergessen!

»Soll ich?«, fragt Saga.

Ich nicke und denke daran, was Hanne gesagt hat.

Unwissenheit kann manchmal ein Segen sein.

Saga sucht in ihrer Tasche und zieht das Feuerzeug hervor, dreht mit dem Daumen an dem kleinen Rad und hält die Flamme an das Buch.

Es knistert, als das Feuer die zundertrockenen Seiten erfasst. Die Flammen züngeln über die Blätter, und für einen Augenblick scheint der Text frei in der Luft zu schweben, zum Leben zu erwachen und sich von dem welligen, pergamentähnlichen Papier zu befreien.

Als ob Hannes Geschichte das Tagebuch nicht mehr brauchte, um zu existieren.

Ich lege das brennende Buch auf den Kiesweg und sehe, wie das Feuer eine Seite nach der anderen verzehrt, um am Ende dann den Einband zu verschlingen. Die Pappe wird schwarz, und hauchdünne schwarze Rußflocken fliegen im Wind davon.

Sagas Hand stiehlt sich in meine, drückt.

»Gehen wir?«, fragt sie.

ÜBER DIESES BUCH

Wir leben in einer finsteren Zeit. Es sind mehr Menschen auf der Flucht als zu irgendeinem anderen Zeitpunkt in der Geschichte. Und in den Spuren dieser Zeit wachsen Fremdenfeindlichkeit, Konflikte und Furcht.

Mein Ormberg gibt es eigentlich nicht, aber es existiert trotzdem – überall um uns herum. Vielleicht wohnst du in Ormberg, ohne es zu wissen, oder du fährst hindurch, auf dem Weg zur Arbeit oder zu deiner alten Mutter. Ormberg ist eher ein Zustand als ein geografischer Ort – ein Zustand, der eintritt, wenn eine große Veränderung vorübergefegt ist, wie ein Waldbrand. Ormberg ist das, was in der schwarz verbrannten Erde aus der Asche wächst. Das, was seine Nahrung aus Resignation, Unzufriedenheit und vielleicht auch nur purer Tristesse holt.

Du könntest die sein, die vor Krieg und Hunger geflohen ist, sagt Andreas zu Malin. Und diese schlichte, aber zugleich wichtige Botschaft wollte ich mit diesem Buch vermitteln.

Ich meine, du könntest die sein, die vor Krieg und Hunger geflohen ist.

DANK

Ich möchte mich ganz herzlich bei allen bedanken, die zur Arbeit an diesem Buch beigetragen haben, vor allem meiner Lektorin Katarina Ehnmark Lundquist und meiner Verlegerin Sara Nyström bei Wahlström & Alander und meinen Agentinnen Christine Edhäll und Astri von Arbin Ahlander von der Ahlander Agency. Außerdem schulde ich ewigen Dank Åsa Torlöf, die das Manuskript gelesen und mich in polizeilichen Fragen beraten hat, Martina Nilsson, die großzügig ihre Kenntnisse über DNA-Analysen mit mir geteilt, und Lajla Hastor, die meine Fragen über Bosnien beantwortet hat. Schließlich möchte ich meiner Familie und meinen Freunden danken für Verständnis und aufmunternde Worte in der Zeit, in der ich an dem Buch gearbeitet habe. Ohne eure Liebe und euer Geld kein Buch!

Camilla Grebe

Die Originalausgabe erschien 2017
unter dem Titel »Husdjuret« bei Wahlström & Widstrand, Stockholm.

Sollte diese Publikation Links auf Webseiten Dritter enthalten,
so übernehmen wir für deren Inhalte keine Haftung,
da wir uns diese nicht zu eigen machen, sondern lediglich auf
deren Stand zum Zeitpunkt der Erstveröffentlichung verweisen.

Verlagsgruppe Random House FSC® N001967

1. Auflage
Deutsche Erstausgabe Oktober 2019
Copyright © der Originalausgabe 2017 by Camilla Grebe
Copyright © der deutschsprachigen Ausgabe 2019
by btb Verlag in der Verlagsgruppe Random House GmbH,
Neumarkter Str. 28, 81673 München
Covergestaltung: Semper Smile nach einem Entwurf von Miroslav Šokčić
Covermotiv: © Miroslav Šokčić
Satz: Uhl + Massopust, Aalen
Druck und Einband: CPI books GmbH, Leck
Printed in Germany
ISBN 978-3-442-71881-8

www.btb-verlag.de
www.facebook.com/btbverlag